James S. A. Corey

EHRE UNTER DIEBEN

Imperium und Rebellen

DAS STAR-WARS-UNIVERSUM IM BLANVALET VERLAG IN CHRONOLOGISCHER REIHENFOLGE

Tim Lebbon: Der Aufstieg der Jedi-Ritter – Ins Nichts (26982)

John Jackson Miller: Der Vergessene Stamm der Sith. Storys (26931)

Joe Schreiber: Darth Scabrous (37938)

John Jackson Miller: Knight Errant – Jägerin der Sith (26877)

Drew Karpyshyn: Darth Bane – Schöpfer der Dunkelheit (26981) · Darth Bane – Die Regel der Zwei (26596) · Darth Bane – Dynastie des Bösen (37559)

James Luceno: Darth Plagueis (38045) · *James Luceno:* Schleier der Täuschung (26854) · *Michael Reaves:* Darth Maul – Der Schattenjäger (24315) · *Joe Schreiber:* Darth Maul: In Eisen (26983) · *Terry Brooks:* Episode I. Die dunkle Bedrohung (36313) · *Greg Bear:* Planet der Verräter (35886) · *T. Zahn:* Die Kundschafter (36898) · *Alan D. Foster:* Ein Sturm zieht auf (37093) · *R. A. Salvatore:* Episode II. Angriff der Klonkrieger (35761) · *Karen Traviss:* Clone Wars (26635) · *Karen Miller:* Clone Wars – Wilder Raum (26636) · *Karen Traviss:* Clone Wars – Keine Gefangenen (26637) · *Karen Miller:* Clone Wars – Im Verborgenen (26638) · *Karen Miller:* Clone Wars – Unter Belagerung (26639) · *Michael Reaves:* MedStar – Unter Feuer (26811) · *Michael Reaves & Steve Perry:* MedStar – Jedi-Heilerin (26815) · *Matthew Stover:* Mace Windu und die Armee der Klone (36292) · *Steven Barnes:* Obi-Wan Kenobi und die Biodroiden (36394) · *David Sherman & Dan Cragg:* Die Feuertaufe (36163) · *Sean Stewart:* Yoda – Pfad der Dunkelheit (24436) · *James Luceno:* Labyrinth des Bösen (36226) · *Matthew Stover:* Episode III. Die Rache der Sith (36431) · *James Luceno:* Dunkler Lord. Der Aufstieg des Darth Vader (36609) · *Michael Reaves & Maya Kaathryn Bohnhoff:* Der letzte Jedi-Ritter (26959)

Michael Reaves & Steve Perry: Die Macht des Todessterns (26566) · *Joe Schreiber:* Der Todeskreuzer (37560) · *George Lucas:* Eine neue Hoffnung [Episode IV] (35248) · *Timothy Zahn:* Treueschwur (36980) · Glücksritter (26957) · Einsame Entscheidungen (37954) · *Martha Wells:* Imperium und Rebellen – Auf Messers Schneide (26403) · *James S. A. Corey:* Imperium und Rebellen – Ehre unter Dieben (6007) · *Donald F. Glut:* Das Imperium schlägt zurück [Episode V] (35249) · *Kevin J. Anderson (Hrsg.):* Kopfgeld auf Han Solo (25008) · *James Kahn:* Die Rückkehr der Jedi-Ritter [Episode VI] (35250) · *Matthew Stover:* Luke Skywalker und die Schatten von Mindor (26599) · *Troy Denning:* Der Geist von Tatooine (26842)

Timothy Zahn: Erben des Imperiums. Jubiläumsausgabe (26914) · Die dunkle Seite der Macht (26407) · Das letzte Kommando (26408)

Peter Schweighofer (Hrsg.): Flucht der Rebellen (24234) · *Jeff Grubb:* Die Geißel (26938) · *Peter Schweighofer & Craig Carey (Hrsg.):* Kampf um die Neue Republik (24235)

Aaron Allston: Operation Eiserne Faust (35142)

DAS ERBE DER JEDI-RITTER: *R. A. Salvatore:* **1.** Die Abtrünnigen (35414) · *Michael Stackpole:* **2.** Die schwarze Flut (35673) · **3.** Das Verderben (35620) · *James Luceno:* **4.** Der Untergang (35822) · **5.** Die letzte Chance (35883) · *Kathy Tyers:* **6.** Planet der Verlorenen (35983) · *Greg Keyes:* **7.** Anakin und die Yuuzhan Vong (36101) · **8.** Die Verheißung (24302) · *Troy Denning:* **9.** Das Ultimatum (24342) · *Elaine Cunningham:* **10.** Jainas Flucht (24347) · *Aaron Allston:* **11.** Rebellenträume (24370) · **12.** Aufstand der Rebellen (24377) · *Matthew Stover:* **13.** Verräter (24408) · *Walter Jon Williams:* **14.** Wege des Schicksals. Mit Bonus-Roman Ylesia (24398) · *Sean Williams & Shane Dix:* **15.** Die Ruinen von Coruscant (24433) · **16.** Der verschollene Planet (24438) · **17.** Wider alle Hoffnung (24459) · *Greg Keyes:* **18.** Die letzte Prophezeiung (24468) · *James Luceno:* **19.** Vereint durch die Macht (24489)

DUNKLES NEST: *Troy Denning:* **1.** Die Königsdrohne (24491) · **2.** Die verborgene Königin (26567) · **3.** Der Schwarmkrieg (26568)

WÄCHTER DER MACHT: *Aaron Allston:* **1.** Intrigen (26603) · *Karen Traviss:* **2.** Blutlinien (26607) · *Troy Denning:* **3.** Sturmfront (26624) · *Aaron Allston:* **4.** Exil (26625) · *Karen Traviss:* **5.** Opfer (26597) · *Troy Denning:* **6.** Inferno (26598) · *Aaron Allston:* **7.** Zorn (26666) · *Karen Traviss:* **8.** Enthüllungen (26684) · *Troy Denning:* **9.** Sieg (26685)

Paul S. Kemp: Gegenwind (37743) · *Paul S. Kemp:* Dunkle Flut (26885) · *James Luceno:* Millennium Falke (37851)

DAS VERHÄNGNIS DER JEDI-RITTER: *Aaron Allston:* **1.** Der Ausgestoßene (26660) · *Christie Golden:* **2.** Omen (26676) · *Troy Denning:* **3.** Abgrund (26677) · *Aaron Allston:* **4.** Rückschlag (26678) · *Christie Golden:* **5.** Die Verbündeten (26679) · *Troy Denning:* **6.** Im Vortex (26680) · *Aaron Allston:* **7.** Verurteilung (26681) · *Christie Golden:* **8.** Aufstieg (26682) · *Troy Denning:* **9.** Apokalypse (26683)

X-WING: *Aaron Allston:* Gnadentod (26936) · *Troy Denning:* Feuerprobe (26958)

James S. A. Corey

STAR WARS™

EHRE UNTER DIEBEN

Imperium und Rebellen

Aus dem Englischen
von Andreas Kasprzak

LUCAS BOOKS
blanvalet

Die amerikanische Originalausgabe erschien unter dem Titel
»Star Wars™ Empire and Rebellion II. Honor Among Thieves«
bei Del Rey/The Ballantine Publishing Group, Inc., New York.

FSC
www.fsc.org
MIX
Papier aus verantwortungsvollen Quellen
FSC® C014496

Verlagsgruppe Random House FSC® N001967
Das FSC®-zertifizierte Papier Holmen Book Cream für dieses Buch
liefert Holmen Paper, Hallstavik, Schweden.

1. Auflage
Deutsche Erstveröffentlichung Juni 2015
bei Blanvalet, einem Unternehmen der Verlagsgruppe
Random House GmbH, München

Umschlaggestaltung: Isabelle Hirtz, Inkcraft,
nach einer Originalvorlage

Jacket illustration: Alan Brooks
Redaktion: Rainer Michael Rahn
ue · Herstellung: sam
Satz: omnisatz GmbH, Berlin
Druck und Bindung: GGP Media GmbH, Pößneck
Printed in Germany
ISBN 978-3-7341-6007-3

www.blanvalet.de

STAR WARS™

DIE ROMANE: WAS GESCHAH WANN?

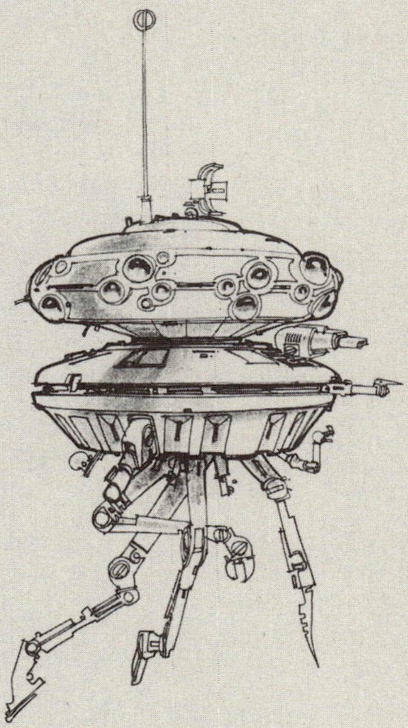

25783 VSY

· Der Aufstieg der Jedi-Ritter: Ins Nichts

5000–2975 VSY

· Der Vergessene Stamm der Sith

3645 VSY

· Darth Scabrous

1032 VSY

· Knight Errant – Jägerin der Sith

ca. 1000 VSY

Darth Bane:

· Schöpfer der Dunkelheit
· Die Regel der Zwei
· Dynastie des Bösen

67–32 VSY

· Darth Plagueis

32,5–32 VSY

· Schleier der Täuschung
· Darth Maul – Der Schattenjäger
· Darth Maul – In Eisen

32 VSY

· *Star Wars*: Episode I *Die dunkle Bedrohung*

29 VSY

· Planet der Verräter

27 VSY

· Die Kundschafter

22 VSY

· Ein Sturm zieht auf
· *Star Wars*: Episode II *Angriff der Klonkrieger*

22–19 VSY

Clone Wars:

· *Star Wars*: *Clone Wars*
· Wilder Raum
· Keine Gefangenen
· Im Verborgenen
· Unter Belagerung

· Mace Windu und die Armee der Klone
· Obi-Wan Kenobi und die Biodroiden
· *MedStar* I – Unter Feuer
· *MedStar* II – Jedi-Heilerin
· Die Feuertaufe
· Yoda – Pfad der Dunkelheit
· Labyrinth des Bösen

19 VSY

· *Star Wars*: Episode III *Die Rache der Sith*
· Dunkler Lord – Der Aufstieg des Darth Vader

18 VSY

· Der letzte Jedi-Ritter

10–0 VSY

Die Han-Solo-Trilogie:

- Der Pilot
- Der Gejagte
- Der König der Schmuggler

5–2 VSY

Lando Calrissian – Rebell des Sonnensystems:

- Die Geistharfe von Sharu
- Der Flammenwind von Oseon
- Die Sternenhöhle von Thon Boka

Han Solos Abenteuer:

- Han Solo auf Stars' End
- Han Solos Rache
- Das verlorene Vermächtnis

1–0 VSY

- Der Todeskreuzer
- Die Macht des Todessterns

0

- *Star Wars:* Episode IV *Eine neue Hoffnung*

0–3 NSY

- Sturm über Tatooine
- Glücksritter
- Treueschwur
- Einsame Entscheidungen
- Skywalkers Rückkehr

Imperium und Rebellen –

- Auf Messers Schneide
- Ehre unter Dieben

3 NSY

- *Star Wars*: Episode V *Das Imperium schlägt zurück*
- Kopfgeld auf Han Solo

3,5 NSY

- Schatten des Imperiums

4 NSY

- *Star Wars*: Episode VI *Die Rückkehr der Jedi-Ritter*
- Palast der dunklen Sonnen

Der Kopfgeldjägerkrieg:

- Die mandalorianische Rüstung
- Das Sklavenschiff
- Die große Verschwörung
- Der Pakt von Bakura

5 NSY

- Luke Skywalker und die Schatten von Mindor

6,5–7,5 NSY

X-Wing:

- Angriff auf Coruscant
- Die Mission der Rebellen
- Die teuflische Falle
- Bacta-Piraten
- Die Gespensterstaffel
- Operation Eiserne Faust
- Kommando Han Solo

8 NSY

- Entführung nach Dathomir
- Der Geist von Tatooine

9 NSY

Die Thrawn-Trilogie:
- Erben des Imperiums
- Die dunkle Seite der Macht
- Das letzte Kommando

X-Wing:
- Isards Rache

11 NSY

Die Jedi-Akademie-Trilogie:
- Flucht ins Ungewisse
- Der Geist des Dunklen Lords
- Der Meister der Macht
- Der Kampf des Jedi

12–13 NSY
- Palpatines Auge
- Darksaber – Der Todesstern
- Planet des Zwielichts

X-Wing:
- Das letzte Gefecht

14 NSY
- Der Kristallstern

16–17 NSY

Die Schwarze Flotte:
- Vor dem Sturm
- Aufmarsch der Yevethaner
- Entscheidung bei Koornacht
- Rebellion der Verlorenen

18 NSY

Die Corellia-Trilogie:
- Der Hinterhalt
- Angriff auf Selonia
- Showdown auf Centerpoint

19 NSY

Die Hand von Thrawn:
- Schatten der Vergangenheit
- Blick in die Zukunft
- Der Zorn des Admirals

- Die Geißel

22 NSY
- Die Verschollenen

23–24 NSY

Young Jedi Knights:
- Die Hüter der Macht
- Akademie der Verdammten
- Die Verlorenen
- Lichtschwerter
- Die Rückkehr des dunklen Ritters
- Angriff auf Yavin 4
- Die Trümmer von Alderaan
- Allianz der Vergessenen
- Stimmen des Zorns
- Gefangen auf Ryloth
- Das Vermächtnis des Imperiums

25–29 NSY

Das Erbe der Jedi-Ritter:
- Die Abtrünnigen
- Die schwarze Flut
- Das Verderben
- Der Untergang
- Die letzte Chance

- Planet der Verlorenen
- Anakin und die Yuuzhan Vong
- Die Verheißung
- Das Ultimatum
- Jainas Flucht
- Rebellenträume
- Aufstand der Rebellen
- Verräter
- Wege des Schicksals
- Die Ruinen von Coruscant
- Der verschollene Planet
- Wider alle Hoffnung
- Die letzte Prophezeiung
- Vereint durch die Macht

35–36 NSY

Dunkles Nest:

- Die Königsdrohne
- Die verborgene Königin
- Schwarmkrieg

40–41 NSY

Wächter der Macht:

- Intrigen
- Blutlinien
- Sturmfront
- Exil
- Opfer
- Inferno
- Zorn
- Enthüllungen
- Sieg

41,5 NSY

- Gegenwind
- Dunkle Flut

43 NSY

- Millennium Falke

43–44 NSY

Das Verhängnis der Jedi-Ritter:

- Der Ausgestoßene
- Omen
- Abgrund
- Rückschlag
- Die Verbündeten
- Im Vortex
- Verurteilung
- Aufstieg
- Apokalypse

44 NSY

X-Wing:

- Gnadentod

45 NSY

- Feuerprobe

Für Scarlet

Dramatis Personae

BAASEN RAY, Schmuggler (Mirialaner)
C-3PO, Protokolldroide
CHEWBACCA, Kopilot des *Millennium-Falken* (Wookiee)
ESSIO GALASSIAN, Astrokartograf (Mensch)
HAN SOLO, Captain des *Millennium-Falken* (Mensch)
HUNTER MAAS, Dieb (Mensch)
LEIA ORGANA, Rebellin, Prinzessin von Alderaan (Menschenfrau)
LUKE SKYWALKER, Rebellenpilot (Mensch)
R2-D2, Astromech-Droide
SCARLET HARK, Rebellenspionin (Menschenfrau)
SUNNIM, Pilot (Bothaner)
WEDGE ANTILLES, Kommandant der Rebellen-Allianz (Mensch)

Es war einmal vor langer Zeit
in einer weit, weit entfernten Galaxis …

1. Kapitel

Vom imperialen Kern bis zu den abgelegenen Sternen der Randes wimmelte es vor Leben. Planeten, Monde, Asteroidenbasen und Raumstationen, bevölkert von Tausenden verschiedenen Spezies, allesamt beschäftigt mit den großen Ambitionen der Mächtigen und den banalen Problemen des täglichen Lebens, von den Plänen des Imperators bis zur Sorge, ob man an diesem Tag noch etwas zu essen bekommen würde. Jede Stadt, jede Station und jedes Schiff hatte eine eigene Geschichte, eigene Geheimnisse, Hoffnungen, Ängste und halb ausgeformte Träume.

Doch jeder Lichtkreis – jeder Stern, jeder Planet, jeder Außenposten und jedes Leuchtfeuer der Zivilisation – war von einem ungleich größeren Wall aus Dunkelheit umgeben. Der Raum zwischen den Sternen war unvorstellbar weit und würde es immer bleiben, und die Mysterien, die sich darin verbargen, würden nie völlig enthüllt werden. Ein fehlgeschlagener Sprung in den Hyperraum reichte schon, und ein Schiff war für immer verloren, es sei denn, es gab einen Weg, Hilfe anzufordern, zu rufen: *Hier sind wir. Kommt und holt uns.* Die Leere zwischen den Welten, die Räume, in denen selbst das Licht erst nach einem Lebensalter ankam, konnten eine Rettungskapsel oder einen Frachter oder eine ganze Flotte verschlingen.

Und deshalb konnte ein Treffpunkt der Rebellenallianz so groß sein wie ein ganzes Sonnensystem – ihre Schiffe waren trotzdem ebenso gut verborgen wie eine Flocke in einem Schneesturm. Hunderte von ihnen trieben lautlos durch das All. Da gab es behelfsmäßig reparierte, plasmaverbrannte Kreuzer und Kampfschiffe aus dritter Hand, X- und Y-Flügler und alle möglichen anderen Schiffstypen. Wartungsdroiden krochen über den Rumpf zahlreicher Kreuzer und verschweißten die Wunden der letzten Schlachten, in dem Wissen, dass sie hier sicher waren, eine Nadel im Heuhaufen des Imperiums.

Die größte Gefahr hier draußen war nicht der Feind, sondern die Tatenlosigkeit. Und die Art, wie bestimmte Männer mit dieser Untätigkeit umgingen.

»Ich habe nicht falsch gespielt«, sagte Han Solo, als Chewbacca sich bückte, um neben ihm die Luke zu passieren. »Ich war einfach nur besser als sie.«

Der Wookiee knurrte.

»Genau deswegen habe ich ja besser gespielt. Es ist nicht gegen die Regeln. Und davon abgesehen, ist es nicht so, als ob sie ihr Geld hier draußen bräuchten.«

Ein Dutzend Jägerpiloten marschierte in ihren schmutzigen orange-weißen Uniformen vorbei und salutierte vor ihm. Han nickte jedem von ihnen im Vorbeigehen zu. Sie waren ein hässlicher Haufen: Männer mittleren Alters, die eigentlich in einer zwielichtigen Kneipe auf ihrer Heimatwelt sitzen sollten, und schmächtige Jungen, die noch immer ihrem ersten Bartwuchs entgegenfieberten. Kämpfer für die Freiheit – und grottenschlechte Sabacc-Spieler.

Chewbacca stieß ein langgezogenes, tiefes Brummen aus.

»Würdest du nicht tun«, brummte Solo.

Der Wookiee musterte ihn aus blauen Augen, und sein Schweigen sagte mehr als jede Bemerkung, die er hätte machen können.

»Na schön«, entgegnete Han. »Aber wenn du ihnen unbedingt ihr Geld zurückgeben willst, ziehe ich es dir von deinem Anteil ab. Wann bist du nur so weich geworden?«

»Han!«

Luke Skywalker kam durch einen Seitenkorridor auf sie zu, seinen Helm unter den Arm geklemmt. Zwei Droiden folgten ihm: der kleine, zylindrische R2-D2, der piepsend und zirpend vor sich hin rollte; und der große, goldglänzende C-3PO, der ein paar Schritte dahinter durch den Gang stakste und mit seinen Händen gestikulierte, als würde er auf eine Konversation reagieren, die nur er hören konnte. Das Gesicht des Jungen war gerötet, sein Haar dunkel vor Schweiß, aber er grinste, als hätte er gerade etwas gewonnen.

»He«, sagte Han. »Gerade erst vom Übungsmanöver zurück?«

»Ja. Diese Kerle sind großartig. Du hättest die Schraube mit anschließender Wendung sehen sollen, die sie uns gezeigt haben. Ich hätte noch stundenlang so weitermachen können, aber Leia hat mich zurückgerufen. Sie erwähnte etwas von einer Notfallsitzung.«

»Ihre Durchlauchteste hat das Treffen einberufen?«, fragte Solo, als sie gemeinsam in den Hauptzugangskorridor einbogen. Der Geruch von Schweißbrennern und Kühlflüssigkeit hing schwer in der Luft; so ziemlich alles in der Rebellenallianz roch wie ein Reparaturhangar. »Ich dachte, sie würde an dieser tollen Konferenz auf Kiamurr teilnehmen.«

»Das war eigentlich auch der Plan. Ich nehme an, sie hat ihre Abreise verschoben.«

Der kleine R2-Droide zwitscherte, und Han drehte sich zu ihm um. »Was ist, Erzwo?«

C-3PO schloss zu den anderen auf und beugte sich vor, als müsste er erst wieder zu Atem kommen, was natürlich unmöglich war, da er keine Lunge hatte. Anschließend übersetzte er: »Er sagt, dass Ihre Hoheit ihre Abreise bereits zum zweiten Mal verschoben hat. Das hat auf dem Hangardeck für großes Durcheinander gesorgt.«

»Das kann nichts Gutes bedeuten«, warf Han ein. »Wenn sie lieber mit uns spricht, als an einem großen Tisch zu sitzen und über die Zukunft der Galaxis zu entscheiden … Ich meine, das ist schließlich ihre Lieblingsbeschäftigung.«

»Du weißt, dass das nicht stimmt«, entgegnete Luke, während er beiseitetrat, um einem bronzehäutigen Droiden Platz zu machen. »Ich frage mich wirklich, warum du sie nicht leiden kannst.«

»Ich kann sie ganz hervorragend leiden.«

»Warum machst du sie dann ständig nieder? Die Allianz braucht gute Politiker und Organisatoren.«

»Jede Regierung braucht einen Steuereintreiber. Nur, weil es uns beiden besser gefallen würde, wenn das Imperium nicht an der Macht wäre, heißt das noch lange nicht, dass sie und ich uns auch in allem anderen einig sind.«

Luke schüttelte den Kopf. Der Schweiß auf seiner Stirn begann zu trocknen, und sein Haar gewann wieder ein wenig von seiner sandbraunen Farbe zurück. »Ich glaube, ihr beiden seid euch ähnlicher, als euch lieb ist.«

Gegen seinen Willen musste Han lachen. »Du bist ein unverbesserlicher Optimist, Junge.«

Als sie den Eingang zur Kommandozentrale erreichten, schickte Luke die beiden Droiden weiter den Gang entlang, was R2-D2 mit einem Pfeifen und Quietschen quittierte, während C-3PO sich pikiert gab. Die Kommandozentrale hatte während der Schlacht von Yavin einen direkten Treffer abbekommen, und der Wiederaufbau war noch immer in vollem Gange. Neue Plastikretplatten waren dort angebracht worden, wo die Explosion die alte Wandverkleidung zerfetzt hatte, und ihr blendend helles Weiß ließ den Bereich ringsum noch dunkler und schmutziger wirken. Die Bildschirme auf Kopfhöhe markierten die Position der Schiffe in der Flotte, eine Ansammlung von Lichtpunkten in der Leere des Treffpunkts, außerdem zeigten sie den Status der Reparaturmannschaften, die Sensordaten und ein halbes Dutzend anderer Informationen an. Doch da keine der Stationen bemannt war, wanderten die Daten unbeachtet über die Schirme und verschwanden dann wieder.

Leia stand im vorderen Teil des Raumes, und der Kontrast zwischen den grellen neuen Elementen und der schmutzigen ursprünglichen Einrichtung schien sich in ihr widerzuspiegeln. Sie trug ein schwarzes Kleid mit goldenen und bronzenen Verzierungen, und ihr Haar fiel in sanften Wellen herab, bevor es auf Nackenhöhe zu einem Zopf zusammenfloss, der sie reifer und auch deutlich stärker wirken ließ als die seitlichen Haarknoten, die sie bei ihrer ersten Begegnung auf dem Todesstern getragen hatte. Han hatte sich in der Flotte umgehört, und augenscheinlich hatte die Zerstörung von Alderaan die Prinzessin älter und härter gemacht. Und so ungern er es auch zugab, sie sah der Tragödie zum Trotz unverschämt gut aus.

Der Mann, mit dem sie sich unterhielt – Colonel Harcen – hatte den Neuankömmlingen den Rücken zugekehrt, aber seine Stimme war deutlich zu hören. »Bei allem Respekt, Sie müssen einsehen, dass Verbündeter nicht gleich Verbündeter ist. Die Allianz kann gut und gern auf einige der Fraktionen verzichten, die auf Kiamurr vertreten sein werden.«

»Ich verstehe Ihre Bedenken, Colonel«, sagte Leia in einem Tonfall, der nicht gerade verständnisvoll klang. »Aber ich dachte, wir wären uns darin einig, dass die Allianz es sich im Augenblick nicht leisten kann, Hilfe abzulehnen. Die Schlacht von Yavin mag ein Erfolg gewesen sein, dennoch …«

Harcen hob die Hand, um sie zu unterbrechen. Was für ein Narr, dachte Han. »Es gibt bereits einige Stimmen, die finden, dass wir zu großzügig geworden sind, was die Leute angeht, die wir in unsere Reihen aufnehmen. Wenn wir respektiert werden wollen, dürfen wir keine untragbaren Elemente in unseren Reihen dulden.«

»Da stimme ich Ihnen voll und ganz zu«, warf Han ein. Colonel Harcen zuckte zusammen wie eine Katze, die man aus dem Schlaf gerissen hatte. »Sie müssen die Allianz von Abschaum sauber halten.«

»Captain Solo«, sagte der Offizier. »Ich wusste nicht, dass Sie hier sind. Missverstehen Sie meine Bedenken bitte nicht als persönliche Beleidigung.«

»Nein, natürlich nicht«, erwiderte Han mit einem gekünstelten Lächeln. »Ich meine, Sie haben doch schließlich nicht von *mir* gesprochen, oder?«

»Jeder kennt Ihre Verdienste um die Allianz.«

»Genau. Es gäbe also überhaupt keinen Grund, warum Sie über mich sprechen sollten.«

Harcen errötete und neigte den Oberkörper in einer kleinen, formellen Verbeugung. »Ich habe nicht von Ihnen gesprochen, Captain Solo.«

Han setzte sich an eine der verwaisten Stationen und breitete die Arme aus, als wäre er mit ein paar Freunden in einer Cantina. Vielleicht bildete er es sich nur ein, aber kurz glaubte er zu sehen, wie ein Lächeln über Leias Lippen huschte. »Wie könnte ich dann beleidigt sein?«, fragte er.

Der Colonel wandte sich zum Gehen, seine Schultern gestrafft, sein Kopf hoch erhoben. Chewbacca ließ sich einen Moment länger Zeit als eigentlich nötig, um dem Offizier Platz zu machen, während Luke sich gegen einen der Monitore lehnte. Sein Gewicht reichte aus, um den Schirm so weit zu krümmen, dass bunte Linien und Kurven über das Bild huschten.

Als Harcen den Raum verlassen hatte, seufzte Leia. »Danke, dass Sie alle so kurzfristig hergekommen sind. Es tut mir leid, dass ich Sie um Ihr Training bringe, Luke.«

»Schon in Ordnung.«

»Ich habe übrigens gerade Sabacc gespielt«, meldete sich Han zu Wort.

»Ich hoffe, Sie erwarten keine Entschuldigung von mir, weil ich Sie beim Falschspielen gestört habe.«

»Ich habe fair gewonnen.«

Chewbacca lachte grollend und verschränkte die Arme. Leias Gesichtsausdruck wurde ein wenig weicher. »Ich hätte eigentlich schon vor zehn Standardstunden aufbrechen sollen«, erklärte sie, »und ich kann nicht mehr lange bleiben. Aber es gab einige unvorhergesehene Entwicklungen, über die ich Sie informieren muss.«

»Was ist passiert?«, fragte Luke.

»Wir werden die Übergangsbasis im Targarth-System nicht benutzen können«, antwortete sie. »Mehrere imperiale Drohnen wurden in der Gegend identifiziert.«

Die Stille, die auf diese Worte folgte, dauerte nur einen kurzen Moment an, aber sie war von tiefer Enttäuschung erfüllt.

»Nicht *schon* wieder«, stöhnte Luke.

»Tut mir leid.« Die Prinzessin verschränkte die Arme vor der Brust. »Wir suchen nach Alternativen, aber bis wir etwas finden, werden sämtliche Bau- und Wartungsprojekte auf Eis gelegt.«

»Vader macht sich wirklich alle Mühe, Sie und Ihre Freunde zu finden«, kommentierte Han. »Wie sieht Ihr Ersatzplan aus?«

»Wir sehen uns auf Cerroban, Aestilan und Hoth um«, erklärte Leia.

»Viel tiefer können Sie nicht sinken«, erwiderte Solo.

Eine Sekunde lang glaubte er, sie würde zu einer spitzen Entgegnung ansetzen, aber stattdessen wandte sie niedergeschlagen den Blick ab. Er wusste ebenso gut wie sie, dass eine neue Basis für die Sache der Rebellen von größter Bedeutung war. Reparaturen, Produktion, Ausbildung – ohne eine Zentrale würden sie das nie in ausreichendem Maße bewältigen können, und das Imperium wusste das ebenfalls. Doch Cerroban war kaum besser als dieser Treffpunkt mitten im All; es gab dort kein Wasser, keine Atmosphäre, und die Oberfläche wurde regelmäßig von Asteroideneinschlägen erschüttert. Aestilan hatte zwar Luft und Wasser, die planetare Kruste war aber von Felswürmern zerfressen und so destabilisiert, dass man nur einmal kurz hüpfen musste, um einen Tunnel zu graben. Und Hoth … Hoth war ein Eisbrocken. Allein die Äquatorialregion war warm genug, um von Menschen bewohnt werden zu können – und auch das nur, wenn die Sonne schien.

Leia trat an eines der Displays und wechselte mit einer Handbewegung die Anzeige. Eine Karte der Galaxis erschien vor ihr, die unglaubliche Weite von Milliarden Sonnen weit genug komprimiert, um auf einem Bildschirm Platz zu finden.

»Vielleicht gibt es noch eine Möglichkeit«, begann sie. »Das

Seymarti-System befindet sich in der Nähe der großen Raumstraßen. Es gibt Beweise, dass dort einst intelligente Wesen lebten, aber das ist schon lange her, und unsere Sonden konnten keine Siedlungen entdecken. Womöglich ist das ja der Ort, nach dem wir suchen.«

»Das ist eine schreckliche Idee«, sagte Han. »Glauben Sie mir, Sie wollen nicht dorthin.«

»Und warum nicht?«, fragte Luke.

»Schiffe neigen dazu, im Seymarti-System zu verschwinden«, erklärte Solo. »Das ist schon vielen Schiffen passiert. Sie springen in den Hyperraum und tauchen nie wieder auf.«

»Was geschieht mit ihnen?«

»Das weiß niemand. Ein Ort, der so nahe an den Flugrouten liegt, ist natürlich verlockend, wenn es um einen Platz geht, an dem niemand nach einem sucht, aber ich kenne keinen, der sich diesem System freiwillig nähern würde. *Niemand* fliegt das Seymarti an.«

Luke trommelte nachdenklich mit den Fingern auf seinen Helm. »Aber wenn niemand das System anfliegt, wie können dort dann so viele Schiffe verschwinden?«

Han verzog das Gesicht. »Ich sage ja nur, dass diese Ecke einen schlechten Ruf hat.«

»Das Wissenschaftsteam glaubt, dass es eine Art Raumanomalie geben könnte, die die Sensorwerte stört«, sagte Leia. »Falls das stimmt und wir eine Möglichkeit finden, diese Störung auszugleichen, könnte Seymarti der perfekte Ort sein, um uns vor dem Imperium zu verbergen. Sobald Wedge Antilles von seiner Patrouille zurück ist, wird er eine Begleitstaffel für unsere Aufklärungsschiffe zusammenstellen.«

»Ich würde gerne mitgehen«, erklärte Luke.

»Ich habe mit Wedge darüber gesprochen«, erwiderte die

Prinzessin. »Er meinte, es wäre eine gute Chance für Sie, ein wenig Erfahrung zu sammeln. Darum hat er Sie als seinen Stellvertreter vorgeschlagen.«

Lukes Grinsen war so strahlend, dass im Vergleich dazu sogar die neuen weißen Wandplatten verblassten. »Wunderbar«, freute sich der Junge.

Das Kommpult neben Leia piepste. »Eure Hoheit, die Triebwerke sind hochgefahren, aber wenn wir nicht bald starten, müssen wir den Sprung neu berechnen, und dann müssten wir das Treffen erneut verschieben. Soll ich mich darum kümmern?«

»Nicht nötig. Ich bin gleich da«, antwortete sie, dann unterbrach sie die Verbindung.

Han beugte sich vor. »Ich verstehe schon, warum Sie mich herbestellt haben«, brummte er. »Meine Waffenlieferung von Minoth nach Hendrix fällt also aus. Aber ich kann die Waffen doch zumindest hierherbringen, oder? Es sei denn, Sie möchten, dass der *Falke* diese kleine Expedition begleitet.«

»Eigentlich wollte ich Sie aus einem anderen Grund sprechen«, entgegnete Leia. »Etwas ist passiert. Vor zwei Jahren haben wir eine Agentin am Rande des imperialen Raums stationiert, und die Informationen, die sie uns seitdem geliefert hat, waren von unschätzbarem Wert – bis die Verbindung vor sieben Monaten ganz unvermittelt abgebrochen ist. Zunächst gingen wir vom Schlimmsten aus, aber dann, gestern, fingen wir den Notfallcode dieser Agentin auf. Aus dem Saavin-System. Von Cioran.«

»Das ist aber nicht der *Rand* des imperialen Raums«, protestierte Han. »Das ist *mittendrin.*«

Chewbacca grollte zustimmend.

»Glauben Sie mir, ich hätte mir das auch anders gewünscht«, erwiderte die Prinzessin. »Die Nachricht enthielt keinerlei Informationen. Keinen Text, keinen Bericht, nur den Notfallcode für eine Evakuierung. Wir wissen nicht, was zwischen dem letzten Kontakt und diesem Signal passiert ist. Alles, was wir haben, ist dieses Signal, wonach wir schnellstmöglich ein Schiff schicken sollen.«

»Oh«, machte Han, und seine Lippen verzogen sich langsam zu einem Grinsen. »Ich verstehe schon. Alles klar. Da ist also diese wichtige Agentin, die hinter feindlichen Linien festsitzt, und irgendwie müssen Sie sie da rausholen. Nur können Sie ihre eigenen Leute nicht schicken, weil das Imperium im Moment so aggressiv ist wie ein aufgescheuchter Schwarm bacianischer Bluthornissen. Und deswegen soll ich jetzt ran. Habe ich das im Groben richtig verstanden?«

»Ich würde es nicht so ausdrücken, aber ganz falsch ist es leider nicht, ja«, antwortete Leia. »Die Operation ist äußerst riskant, und ich werde niemandem den Befehl geben, sie zu übernehmen. Aber wir werden Ihren Einsatz entsprechend honorieren, falls Sie bereit sind, diese Aufgabe zu übernehmen.«

»Sie müssen uns keine Befehle geben, nicht wahr, Chewie? Sie müssen nur darum bitten, und schon machen wir uns an die Arbeit.«

Leias Blick wurde ein wenig mitfühlender. »Werden Sie es also tun? Für die Allianz?«

Han fuhr fort, als hätte er überhaupt nichts gehört. »Sie müssen nur *Bitte* sagen, und schon springen wir in den *Millennium Falken* und fliegen los. Wir holen Ihre Agentin ab und sind wieder zurück, bevor Sie uns überhaupt vermissen können. Absolut kein Problem.«

Leias Züge wurden starr. »Bitte.«

Solo kratzte sich an der Augenbraue. »Ich glaube, ich brauche noch ein wenig Zeit, um darüber nachzudenken.«

Der Wookiee gab ein zunächst leises, dann aber lauter werdendes Heulen von sich und hob ungeduldig die Arme.

»Danke, Chewie«, sagte Leia. »Es könnte natürlich sein, dass die gesamte Operation kompromittiert wurde und der Notfallcode nur eine Falle ist. Sie müssen also äußerst vorsichtig sein, wenn Sie den Treffpunkt anfliegen.«

»Bin ich das nicht immer?«, entgegnete Han, woraufhin Luke hüstelte. »Was?«, brummte der Corellianer.

»Du bist immer vorsichtig?«

»Jedenfalls vorsichtig genug.«

»Ihre wichtigste Aufgabe besteht darin, Kontakt mit unserer Agentin herzustellen und sie zurückzuholen«, fuhr Leia fort. »Falls das nicht möglich ist, versuchen Sie herauszufinden, was geschehen ist, und ob noch weitere unserer Leute in Gefahr sind. Aber falls Sie auch nur den leisesten Verdacht schöpfen, dass es sich um eine Falle handelt, verschwinden Sie. Wenn wir sie verloren haben, dann ist es eben leider so. Wir wollen nicht noch jemanden opfern.«

»Ist sie denn wenigstens hübsch?«

Leia berührte erneut die Display-Kontrollen, und eine grüne Sicherheitswarnung blinkte auf dem Schirm auf. Die Prinzessin gab einen Code ein, und dann sahen sie vor sich das Gesicht einer Frau mit hohen Wangenknochen, dunklen Augen und Haaren, einem V-förmigen Kinn und einem Mund, der beinahe zu lächeln schien. Hätte Han sie in irgendeiner Stadt gesehen, hätte er sicher zweimal hingesehen, aber nicht aus Misstrauen. Neben dem Bild fassten mehrere Stichpunkte eine Lebensgeschichte zusammen, die viel zu komplex war, als dass man sie mit einem kurzen Blick überfliegen könnte. Der Name, der über diesen Daten stand, lautete: SCARLET HARK.

»Gehen Sie kein Risiko ein«, ermahnte ihn Leia.

2. Kapitel

Das Saavin-System schwebte über dem Holo-Feld, eine Gruppe von winzigen bunten Kugeln, die die diversen Planeten auf ihren Kreisbahnen um einen grell orangefarbenen Stern darstellten. Eine kleine blaue Welt war umgeben von einem Schwarm imperialer Schiffe und unabhängiger Raumstationen: Cioran, das bürokratische Herz des Imperiums. Nun, vielleicht nicht das Herz. Aber doch zumindest die Niere – oder der Darm. Eine zweite Welt, ein großer hellroter Planet am Rande des Systems, schwoll an, als Chewbacca seine Pfote in das Hologramm streckte. Der Wookiee knurrte.

»Genau das ist doch der Punkt«, sagte Han. »Die Welt ist ein großer, nutzloser Gasball in den Außenbereichen des Systems. Niemand lebt dort, es gibt nicht einmal Gasminen. Es wird ein wenig länger dauern, von dort nach Cioran zu fliegen, aber es ist schön ruhig. Der perfekte Ort, um sich erst mal ein wenig umzusehen.«

Chewie grollte und verschränkte die Arme.

»Hör mal, das ist die Schreibstube des Imperiums. Ich möchte nicht direkt über einem Sternzerstörer aus dem Hyperraum fallen.«

Der Wookiee wandte sich ab, um den *Falken* bereit zu machen, aber obwohl er Han den Rücken zugekehrt hatte, knurrte er weiter Bedenken und Zweifel vor sich hin.

»Du wirst mir noch danken, wenn wir völlig unbemerkt im Saavin-System ankommen.«

Chewie grunzte, und Han zog den Schubregler zurück, um sie aus dem Hyperraum zu holen. Die weißen Linien, die die Cockpitscheibe ausgefüllt hatten, verwandelten sich ruckartig wieder in ein stetes, regloses Sternfeld, und direkt vor ihnen füllte das aufgeblähte rote Rund des Gasriesen von Saavin die Hälfte ihres Blickfelds aus.

»Siehst du? Jetzt müssen wir nur noch …«, setzte Han an.

»Nicht identifizierter YT-Dreizehnhundert, hier spricht der imperiale Sternzerstörer *Unbändig*. Antworten Sie unverzüglich.«

Mehrere Kollisionsalarme begannen im Cockpit des *Falken* loszuheulen, als sie von zwei TIE-Jägern flankiert wurden, und dann schob sich von der Steuerbordseite die gewaltige Keilform eines Sternzerstörers vor das Aussichtsfenster.

»Nicht identifizierter YT-Dreizehnhundert …« Han deaktivierte das Komm im selben Moment, als Chewbacca sich herumdrehte und ihn wortlos anstarrte.

»Das ist nicht meine Schuld«, verteidigte Solo sich. Er suchte nach einer Fluchtmöglichkeit, konnte aber keine entdecken. »Was haben die hier draußen überhaupt zu suchen?«

Chewie knurrte und griff nach den Kontrollen für die Deflektorschilde.

»Nein, warte«, sagte Han und packte den Arm des Wookiees, um ihn zurückzuhalten. »Ich krieg das schon hin.« Der Wookiee lachte bellend.

»Hallo, *Unbändig*, hier ist Captain …« Rasch ging er in Gedanken die Namen auf seiner Liste gefälschter Registrierungscodes durch. »... Boro Mandibell vom leichten Frachter *Vortando*. Wie kann ich Ihnen an diesem schönen Tag behilflich sein?«

Er legte die Hand über das Mikrofon und flüsterte: »Chewie, aktivier das Transpondersignal. Und geh sicher, dass es auch wirklich die Codes für die *Vortando* sind.«

»Vortando«, drang nach ein paar Augenblicken die Antwort aus dem Komm. »Ihr Transpondersignal entspricht nicht dem Standard ...«

»Das tut mir schrecklich leid«, unterbrach Han den Imperialen mit einem ebenso herzlichen wie falschen Lachen. »Ich habe einen Wookiee-Mechaniker an Bord genommen, und seitdem der Kerl an meinem Schiff herumgeschraubt hat, entspricht so gut wie nichts mehr dem Standard.«

Chewie knurrte bedrohlich, und Han deckte hastig wieder das Mikrofon ab. »Falls er Shyriiwook versteht, könnte uns diese kleine Bemerkung in große Schwierigkeiten bringen.« Chewbaccas gegrollte Entgegnung ließ jegliche Einsicht vermissen.

»Ziel und Ladung«, verlangte die Stimme von dem Sternzerstörer.

»Äh, wir haben corellianischen Brandy und scorrianische Weine an Bord und fliegen Cioran an. Wie ist das Wetter dort denn heute?«

Es folgte eine Pause, die gefühlte Stunden anzudauern schien, und Han begann schon, sich einen Kurs für einen Fluchtversuch zurechtzulegen, um das System so schnell wie möglich wieder zu verlassen. Die beiden TIE-Jäger hingen wie eine unausgesprochene Drohung neben dem *Falken*.

Schließlich legte Solo noch einmal die Hand über das Mikrofon und sagte: »Chewie, es funktioniert nicht. Mach dich bereit, die hinteren Deflektoren zu aktivieren und von hier zu verschwinden.«

»*Vortando*«, meldete sich da der Sternzerstörer wieder. »Wir übermitteln Ihnen einen Kurs. Fliegen Sie auf diesem Kurs nach Cioran weiter, und weichen Sie nicht davon ab. Wir haben viel Verkehr, reihen Sie sich also gefälligst in die Warteschlange ein.«

»Verstanden, *Unbändig*. Wünsche Ihnen noch einen schönen Tag«, sagte Han, dann gab er den Kurs ein. Chewbacca neben ihm stieß einen ungläubigen Ruf aus.

»Ja, ich weiß. Ein Sternzerstörer, der den Verkehr regelt«, nickte Han, während er die Triebwerke wieder hochfuhr. »Willkommen im Imperium.«

Die *Unbändig* hatte nicht übertrieben, was den Andrang im Orbit anging. Der *Falke* musste mehr als zwei Standardstunden warten, bis man ihm einen Landeplatz zuwies. Um sich die Zeit zu vertreiben, überprüfte Han die Ladung seines Blasters, während Chewbacca seinen Bogenspanner auseinanderbaute und säuberte. Anschließend streifte Solo einen langen Mantel über, der seine Waffe verdeckte; er wusste natürlich, dass er vermutlich der Einzige wäre, der im warmen Klima von Cioran einen Mantel anhatte, aber das war noch immer besser, als den Blaster offen zu tragen, sodass jeder ihn sehen konnte.

»Weißt du«, sagte er, während er sich vor dem Spiegel in seiner Kabine drehte, um sicherzustellen, dass die Waffe auch dann verborgen blieb, wenn er sich bewegte, »das hier ist das Herz des Imperiums. Ich bezweifle, dass dort unten sehr viele Wookiees mit Energiearmbrüsten herumspazieren. Vielleicht wäre ein etwas subtileres Auftreten angebracht.«

Chewbacca grollte, und Han hob die Hände. »Ich sage ja nur, dass das hier kein alltäglicher Blitzeinsatz ist. Wir müssen uns unters Volk mischen. Unbemerkt vorgehen.« Er drehte sich abrupt herum und betrachtete dabei im Spiegel, wie der Mantel sich aufbauschte. Doch der Blaster blieb verborgen. Gut. Chewbacca stieß ein hustendes Lachen aus.

»He!«, protestierte Solo mit gekränkter Stimme. »Was soll das denn heißen? Ich kann mich unters Volk mischen! Und falls es mir hier nicht gelingt …« Er riss den Stoff zurück und riss in einer blitzschnellen Bewegung den Blaster aus dem Holster. »Dann improvisiere ich eben.«

Die Andockbuchten auf Cioran sahen genauso aus wie die Andockbuchten auf hundert anderen Welten, die Han Solo während seiner Reisen besucht hatte, mit dem einen Unterschied, dass sie sauberer waren. Geradezu beunruhigend sauber. Es gab die gleichen Reparaturgerüste, Verladekräne und Treibstofftanks, die gleichen Wartungsdroiden und Inspektionsbeamte, nur dass sie nicht so ungepflegt wirkten. Keine Öllachen auf dem Boden, keine defekten Droiden, die funkensprühend in einer Ecke standen, keine Schmierfettflecken an den Uniformen der Inspektoren. Das Ganze hatte etwas beinahe schon Andächtiges – eine Gedenkfeier für das Ideal einer Andockbucht.

Ein kleiner, breit gebauter Droide wartete bereits am Fuß der Ausstiegsrampe und klickte leise vor sich hin. Er hatte einen vage humanoiden Kopf, einen kantigen Körper mit viel zu vielen Armen, und er bewegte sich auf kleinen Gummirollen. Als er Han sah, richtete sich die Einheit ruckartig auf.

»Ich bin R-Vier-Zwei-Sieben«, stellte sich der Droide mit entnervend fröhlicher Stimme vor. »Die Raumhafenbehörde und das Trajenni-Dockkontrollkollektiv heißen Sie auf Cioran willkommen!«

»Danke«, sagte Han, aber als er versuchte, sich an der Maschine vorbeizuschieben, setzten sich die Gummirollen quietschend in Bewegung, und der Droide versperrte ihm den Weg.

»Das Trajenni-Dockkontrollkollektiv hofft, dass wir Ihnen während Ihres Aufenthalts auf Cioran zu Diensten sein können!«

»Großartig«, brummte der Corellianer. »Ich brauche keine …«

»Darf ich Ihnen mit Ihrem Gepäck behilflich sein?«, fuhr R-427 unbeirrbar fort. »Oder möchten Sie vielleicht, dass einer der lizenzierten Reparaturdroiden des Trajenni-Dockkontrollkollektivs Ihr Schiff wartet? Für einen äußerst günstigen Preis füllen wir zudem Ihren Treibstoff auf und …«

Chewbacca knurrte und stapfte auf den Droiden zu, woraufhin dieser hastig nach hinten rollte.

»Wir melden uns, falls wir irgendetwas brauchen sollten«, erklärte Han mit einem Lächeln und einem abweisenden Winken. Der Wookiee machte einen weiteren Schritt in Richtung von R-427, und nun drehte der Droide sich endlich herum und rollte davon.

»Das Trajenni-Dockkontrollkollektiv heißt Sie auf Cioran willkommen und wünscht Ihnen einen angenehmen Aufenthalt!«, rief er noch, ohne dabei aber langsamer zu werden, und die letzten Worte waren kaum noch zu verstehen.

Chewbacca bellte ein leises Lachen, als die Maschine hinter einer Ecke verschwand.

»Die Quelle des Signals befindet sich im Staton-Park«, sagte Han, dann ging er zu dem anderen Ausgang der Landebucht hinüber, der auf die Straße führte. Der Wookiee folgte ihm mit einem Grummeln. »Ja, ich weiß auch nicht, warum wir uns nicht einfach in einer Bar treffen. Das wäre die normale Vorgehensweise. Weißt du, manchmal glaube ich, wir sind die letzten Profis in der gesamten Galaxis.«

Sie verließen den Raumhafen und traten auf einen breiten Fußgängerweg hinaus. Über ihren Köpfen glitt der dicht gedrängte Luftverkehr aus Speedern, Landungsschiffen und privaten Speederbikes in perfekten geraden Linien dahin, welche exakt dem Straßenverlauf auf dem Boden folgten. Imperiale Gleiter wachten über die endlose Prozession von Fahrzeugen, ihre Laserkanonen eine gut sichtbare Mahnung, sich gefälligst an die Verkehrsregeln zu halten.

»Alles sehr ... *ordentlich* hier, findest du nicht auch?«, murmelte Han und hob mit einem Seufzen den Kopf.

Jeder Besuch im Kern erinnerte ihn daran, warum er in die abgelegenen Regionen am Rande der Galaxis geflohen war. Die hohen Wände aus Stahl und Glas, die sich ringsum erhoben, fühlten sich an wie ein Käfig. Gern hätte er sich eingeredet, dass dies nur die imperiale Vorstellung von Kontrolle war: Regeln, die mit dem Blaster durchgesetzt wurden. Doch jede Regierung brauchte Verkehrsgesetze, und vor dem Imperator waren es eben die laserscharfen Lichtschwerter der Jedi gewesen, die diese Regeln erzwungen hatten. So funktionierte das Universum nun einmal. Doch das bedeutete nicht, dass es ihm gefallen musste.

»Gehen wir was trinken.«

Selbst die Bars stanken nach imperialer Ordnung. Die chromglänzenden Tischplatten und ungemütlichen Stühle waren nicht gerade dazu angetan, sich zurückzulehnen und zu entspannen. Das knappe Dutzend Gäste saß schweigsam an den

Tischen, wo sie schnell und viel tranken, ohne aber sonderlich enthusiastisch zu wirken. Ein paar von ihnen starrten auf Chewbacca, als Han mit dem Wookiee eintrat, aber niemand sprach sie an. In einer Nische entdeckte Solo eine kleine Gruppe von Männern und Frauen, die wie Soldaten nach Schichtende aussahen; sie hatten die Köpfe zusammengesteckt und unterhielten sich im Flüsterton.

Die zwei Neuankömmlinge setzten sich möglichst weit von den Imperialen entfernt an einen Tisch, beide mit dem Rücken zur Wand, und Chewbacca brummte leise vor sich hin, während er auf die Tischplatte hinabstarrte.

Han winkte dem chrom- und goldglänzenden Protokolldroiden zu, der hinter der Bar stand, dann zeigte er auf eine Flasche corellianischen Brandys, hob zwei Finger und deutete auf ihren Tisch. Ein paar Sekunden später hatten sie ihre Getränke, und Solo schnippte dem Droiden einen Credit-Chip zu, den dieser wortlos aus der Luft schnappte.

Als die Protokolleinheit sich wieder von ihnen abgewandt hatte, knurrte Chewie ihm leise hinterher.

»Ich weiß, was du meinst, Kumpel. Meine Lieblingsbar ist das auch nicht«, stimmte Han ihm zu, bevor er einen tiefen Schluck nahm. »Aber der Brandy ist nicht übel. Hast du bemerkt, ob uns jemand gefolgt ist?«

Der Wookiee bellte und reckte das Kinn vor.

»Ich auch nicht«, nickte Han. »Das ist doch schon mal ein Anfang.«

Er zog den Einweg-Datenblock hervor, den Leia ihm mitgegeben hatte, und legte ihn auf den Tisch. Das Gerät verband sich automatisch mit dem lokalen Netzwerk und lud ein Update der öffentlich zugänglichen Daten herunter, die es anschließend mit den begrenzten Informationen der Rebellenallianz kombinierte. Karten der Stadt huschten in rascher Folge über den Bildschirm und zeigten ihnen eine Route von ihrer gegenwärtigen Position zu dem Park, von dem aus das Signal gesendet worden war. Zudem leuchteten rot markierte Gefahrenpunkte auf: bekannte Sturmtruppen-Kontrollpunkte, imperiale Regierungsgebäude, Überwachungskameras.

»Das wird nicht einfach«, murmelte Han. Der Treffpunkt befand sich im Zentrum des Parks, bei einem Denkmal für irgendeinen hochrangigen Würdenträger des Imperiums. Sicherheitsdroiden waren dort Tag und Nacht postiert, um jegliches gesetzeswidrige Verhalten im Keim zu ersticken, und imperiale Truppen patrouillierten auf den umliegenden Straßen, am Himmel und vermutlich auch im Park selbst. Zudem gab es in regelmäßigen Abständen Beobachtungsposten, ein perfektes, gleichmäßiges Netz, das die ganze Stadt überzog.

Chewbacca berührte den Bildschirm mit einem Finger und scrollte die Karte rauf und runter, wobei er leise grummelte.

»Meine erste Wahl für einen Treffpunkt wäre das auch nicht«, sagte Han. »Aber vielleicht ist ja genau das der Punkt. Wäre es eine Falle, würden sie sicher einen Ort wählen, bei dem niemand Verdacht schöpft. Diese Scarlet Hark weiß angeblich, was sie tut, also werden wir mitspielen, bis wir mehr wissen.«

Der Wookiee knurrte zustimmend und schob den Block wieder zu Solo hinüber. Dieser drückte den kleinen Knopf an der Vorderseite, woraufhin das Innenleben des Geräts zusammenschmolz, begleitet von einem leisen Zischen und einer winzigen Rauchfahne. Anschließend ließ Han den nunmehr unbrauchbaren Kommunikator in den Müllentsorger an der Wand fallen.

»Sieht aus, als müssten wir mal wieder hart für unser Geld

arbeiten. Aber vielleicht wird es gar nicht so schlimm, wie es klingt, an ein paar Hundert imperialen Sturmtrupplern, Dutzenden Kameras und Kontrollstationen vorbeizugelangen, ohne Aufmerksamkeit zu erregen. Und auf eines können wir immerhin zählen.«

Chewbacca legte den Kopf schräg und grollte.

»Es gibt hier niemanden, der für Jabba arbeitet.«

3. Kapitel

Der Staton-Gedenk-und-Erholungspark war eine fünfundzwanzig Hektar umfassende Grünfläche auf dem Dach des gewaltigen Komplexes, in dem die imperiale Wasseraufbereitungsbehörde ihr Hauptquartier hatte. Einen halben Kilometer über dem Boden von Cioran erstreckten sich hier Hydrokulturen mit Gräsern und Bäumen, zwischen denen sich in regelmäßigen Abständen Brunnen erhoben. Am Rand des Daches befand sich eine Landestation, wo dünne, schlanke Fahrzeuge andockten oder in der Luft schwebten, um die Bürger des Imperiums zu ihren nächsten hygienisch reinen, sterilen Terminen zu bringen, sobald ihre Erholungspause hier vorüber war. Han fühlte sich an diesem Ort in etwa so unauffällig wie eine messianische Flammenechse.

»Kann ich noch etwas für Sie tun, Sir?«, fragte der Droidenpilot des Lufttaxis, als sie ausstiegen.

»Nein.«

»Ich kann Ihnen die Speisekarten der Nahrungs- und Getränkeverkäufer hier im Park geben, falls Sie sich stärken möchten.«

»Nein, danke.«

»Dann vielleicht ein Verzeichnis der Statuen und Gedenkstätten, die sich in diesem, dem schönsten aller Erholungsparks von Cioran befinden?«

Chewbacca schälte sich aus den viel zu kleinen Sitzen des Taxis. Vermutlich bildete Han sich das nur ein, aber er glaubte, dass der Gleiter ein paar Zentimeter höher schwebte, nachdem der Wookiee ausgestiegen war.

»Wir möchten den Park selbst erforschen«, erklärte Solo, wobei er versuchte, wie ein Tourist zu klingen.

»Das Jaino-Personentransportkollektiv dankt Ihnen für Ihr Vertrauen. Wir hoffen, Sie nehmen auch bei Ihren weiteren Reisen in der Hauptstadt unsere Dienste in Anspruch«, sagte der Droide, dann stieg er auf, um den anderen Gleitern Platz zu machen, die bereits darauf warteten, Besucher abzusetzen oder abzuholen. Han trat an den Rand der Plattform und blickte in die Tiefe. Das Gebäude glich einem Kalksteinkliff, hell und gewaltig und ohne jede Öffnung.

»Bitte treten sie vom Rand zurück«, wies ihn eine künstliche Stimme an. »Sie finden gesicherte Aussichtsplattformen in der nordwestlichen und der südwestlichen Ecke des Parks.«

Solo schaffte es, sein Zähnefletschen wie ein Lächeln aussehen zu lassen, als er zu dem kleinen Servicedroiden hinabblickte. »Danke schön«, sagte er. »Die werden wir uns gleich ansehen.«

»Bitte genießen Sie Ihren Aufenthalt im Staton-Gedenk-und-Erholungspark«, zirpte der Droide fröhlich, dann wartete er, bis Han von der Kante zurücktrat.

Chewbacca brummte gutmütig und breitete die gewaltigen Arme aus.

»Ja, hierherzukommen war leichter, als ich dachte«, murmelte Han.

Der Wookiee knurrte erneut, wobei er den Hals reckte und unter seinem Fell schmunzelte.

»Mich macht es auch nervös. Ich weiß nicht. Vielleicht sind wir es einfach nicht mehr gewohnt, dass etwas mal ohne Probleme abläuft.«

Der Park war wunderschön: Die Bäume waren in perfektem Gleichmaß einen halben Meter von den Kolonnaden entfernt gepflanzt worden, und ihre Äste erstreckten sich ebenso gleichmäßig sechs Meter über dem Boden. Das Gras, so grün, dass es in den Augen schmerzte, erreichte exakt die Höhe von vier Zentimetern über den Gelmatten, die in Ermangelung echter Erde das Dach bedeckten. Und sämtliche Pfade verliefen in perfekten rechten Winkeln zueinander. Servicedroiden standen in den Schatten und warteten darauf, dass ein Vogel ein Denkmal oder eine Bank beschmutzte, damit sie den Unrat umgehend wieder entfernen konnten. Die sanfte kühle Brise, die durch den Park wehte, roch nach absolut gar nichts.

Han hatte schon mit genügend Spionen und Kriminellen zu tun gehabt, um zu wissen, dass man viel über eine Person erfahren konnte, indem man sich ansah, wie sie arbeitete. Das Profil von Scarlet Hark hatte keine größeren Einsichten in ihren Charakter gewährt. Sicher, da waren Daten und Hintergrundinformationen gewesen, aber nichts, was Aufschluss über ihre persönliche Vorgehensweise gab. Dass sie ihr Notfallsignal von einem Park aus gesendet hatte, verriet Solo hingegen mehr über die Frau als jede Geheimdienstakte. Dieser Ort war der Inbegriff all dessen, was das Imperium so unerträglich machte. Jedes einzelne Element wurde streng reguliert und kontrolliert, alles war nach genauen Vorgaben angelegt, und was nicht dem Standard entsprach, wurde kurzerhand entsorgt. Vermutlich, überlegte er, hatte Hark den Park gewählt, weil sie dort zwischen den verkniffenen Imperialen in ihren grauen Uniformen untertauchen konnte. Er versuchte sich vorzustellen, wie es wohl wäre, auf einem Planeten wie Cioran zu leben, wo alles seinen eigens zugeordneten Platz hatte, wo jeder beobachtet und überwacht wurde und man diese Ordnung mit der Androhung von Gewalt durchsetzte, maskiert durch eine Fassade falscher Höflichkeit. Er war schon in Gefängnissen gewesen, wo es ihm besser gefallen hatte als hier.

Solo spürte, wie sich sein Kiefer verkrampfte, während er und Chewbacca einen langsamen, aufmerksamen Rundgang durch die gesamte Parkanlage machten. Im Moment hielten sich vielleicht zwei Dutzend Personen in der Anlage auf. Vier alte Männer saßen an Dejarik-Tischen und spielten mit der grimmigen Entschlossenheit von Sprengstoffexperten, die versuchten, eine Bombe zu entschärfen. Zwei jüngere Frauen hatten es sich auf einer Bank bequem gemacht und blickten auf die Häuserschluchten der Stadt hinaus, ohne miteinander zu reden. Ein paar andere Gestalten waren auf einer eigens angelegten Fläche mit einem komplizierten Spiel beschäftigt, ihre Mienen angespannt und freudlos.

»Hier treiben sich weniger Sicherheitskräfte herum, als ich gedacht hatte«, flüsterte Han, nachdem sie ihre erste Runde durch den Park beendet hatten und wieder auf dem gepflasterten Platz vor der Landeplattform standen. »Das ist doch schon mal was.«

Chewbacca brummte leise.

»Natürlich starren dich alle an. Was hast du erwartet? Du bist ein Wookiee.«

Die Antwort bestand aus einem Knurren.

»Vermutlich nicht. Ich habe dir doch schon gesagt, dass Saavin unter Wookiees nicht gerade ein beliebtes Reiseziel ist.

Welches ist eigentlich das Staton-Denkmal? Ich glaube, es ist das schwarze Ding da drüben in der Mitte.«

Chewie schnaubte.

»Warum übernehme ich nicht einfach diesen Teil? Du kannst da rübergehen und … irgendetwas tun, um von mir abzulenken. Sing doch einfach.«

Der Wookiee musterte ihn wortlos.

»Als Ablenkung. Wenn alle dich anstarren, werden sie zumindest nicht mich beobachten, und das macht unsere Operation einfacher. Muss ich dir denn alles erklären?«

Chewbacca seufzte und setzte sich mit hängenden Schultern in Bewegung. Han wartete noch ein paar Sekunden, dann ging er über den Weg zurück zu dem großen schwarzen Bauwerk im Herzen des Parks, wobei er aber immer wieder ein paar Sekunden stehen blieb, um die Blumen und Pflanzen zu bewundern, die in ihrer sterilen Schönheit beinahe schon hässlich waren.

Das Denkmal ragte ebenso hoch auf wie die Bäume ringsum, und symmetrische Wasserstrahlen ergossen sich wie gebogene Glasröhren von seinen Seiten. In der Mitte befand sich die schwarze Statue eines Menschen in heroischer Positur, die rechte Hand im Salut vor die Brust gehoben. Han versuchte, möglichst unauffällig zu wirken, während er sich umblickte. Ein Mann mit rundem Gesicht kaufte gerade an einem der grellgelben Verkaufsstände eine Schale Chaka-Nudeln; eine alte Frau saß auf einer Bank links von der Statue und stierte niedergeschlagen ins Nichts, während neben ihr ein Servicedroide hilfsbereit in der Luft hing. Solo fuhr mit den Fingern über die Schrifttafel vor dem Denkmal und tat so, als würde ihn tief bewegen, was da zu lesen stand. CHIEF MOIY STATON VOM IMPERIALEN RESSOURCENRAT HAT DIE EFFIZIENZ DES SPEZIES-ASSIMILIERUNGSPROGRAMMS UM DAS VIER-

FACHE GESTEIGERT UND WURDE VOM IMPERATOR PERSÖNLICH LOBEND ERWÄHNT … und so weiter. Anschließend blickte Han über die Schulter zu Chewbacca, der ungefähr zwanzig Meter entfernt zwischen mehreren zurechtgestutzten Bäumen stand, und nickte ihm zu. Der Wookiee rührte sich nicht. Solo nickte noch einmal, diesmal ein wenig deutlicher, und sein Freund stimmte ein melodiöses Heulen an, seine langen, fellbedeckten Arme ausgebreitet wie eine Opernsängerin.

Han beugte sich vor, stützte sich mit einer Hand an der Schrifttafel ab und griff mit der anderen in das Wasserbecken vor der Statue. Seine Finger berührten glatte Steine, gummiartiges Versiegelungsmittel, suchten weiter, nach links, nach rechts. Schließlich stießen sie gegen etwas, das nicht auf den Boden des Beckens zu gehören schien, etwas Hartes, und er tastete seine Ränder ab. Eine Stelle gab nach, und der Gegenstand löste sich mit einem befriedigenden Klacken von seinem Platz zwischen den Steinen.

Es war ein braunes Kästchen, ungefähr so groß wie Hans Handfläche. Rasch ließ er es in seiner Manteltasche verschwinden, dann wandte er sich von dem Denkmal ab und ging zu einer nahen Bank hinüber. Jetzt beendete auch Chewbacca seine Vorstellung, und Solo klatschte höflich, als der Wookiee auf ihn zustapfte und mit einem Knurren neben ihm Platz nahm.

»Hoffen wir, dass das das Schlimmste ist, was dir bei dieser Mission widerfährt. Und jetzt lass uns mal sehen, was wir hier haben.«

Chewie brummte und stöhnte.

»Ja, ich habe vor, es gleich hier zu öffnen. Wenn sie uns entdeckt haben, werden sie uns so oder so folgen. Und falls nicht, dann wird das hier auch keinen Unterschied machen.«

Jetzt, wo das Kästchen trocken war, konnte man sehen, dass

seine Oberfläche aus einem stark glänzenden, beinahe schon schillernden Material bestand, das an den Panzer eines Insekts erinnerte. Han fuhr mit dem Daumennagel an den Seiten entlang, bis er einen Spalt ertastete, so schmal, dass man ihn nicht einmal sehen konnte. Er beugte sich vor, drehte die beiden Hälften des Kästchens in entgegengesetzte Richtungen, und schon öffnete sich der Verschluss. Im Inneren erblickte er ein kleines Etui mit einem Tastenfeld, das in einem sanften, warnenden Rot leuchtete. Vorsichtig gab der Corellianer den Code ein, den Leia ihm gegeben hatte, und das Gerät zirpte fröhlich, gleichzeitig wechselte seine Farbe zu grün, und die Oberseite schwang auf. Das kleine Fach dahinter war jedoch leer, was Chewbacca ein anklagendes Gurren entlockte.

»Warum soll das denn bitte *meine* Schuld sein?«, verteidigte sich Han, als der Wookiee ihm das Kästchen aus den Händen nahm. »Ich war schließlich nicht hier, als sie das verfluchte Ding in das Becken gelegt hat.«

Chewie klappte die beiden Hälften wieder zusammen, schlug sie gegen die Armlehne der Bank – fest genug, dass das Metall klirrte – und spähte dann erneut ins Innere.

»Vergiss es«, sagte Han. »Da ist nichts drin. Vermutlich ist es also wirklich eine Falle, und wir haben gerade den Köder geschluckt. Vergiss nicht, dich an unsere Geschichte zu halten, wenn sie uns aufhalten. Wir haben das Ding gefunden, wir wussten nicht, was es ist, und sie können es gerne haben, wenn sie es möchten.«

Um eine gleichgültige Miene bemüht, blickte Han sich im Park um, aber noch tauchten keine Sturmtruppen zwischen den Bäumen auf. Er musste gegen den Drang ankämpfen, seinen Blaster zu ziehen und zu den Lufttaxis hinüberzusprinten. Chewbacca knurrte.

»Ich würde uns auch nicht glauben.«

»Solo.«

Die Stimme war ruhig und freundlich, und sie erklang völlig unerwartet. Han fuhr auf der Bank herum und sah einen Mirialaner, breit und groß, der über das Gras auf sie zukam. Seine gelbgrüne Haut hatte sich im Laufe der Jahre ein wenig weiter verdunkelt, und zu den Tätowierungen auf seinem Kinn und seinen Wangen waren einige neue hinzugekommen. Er bewegte sich mit federnden Schritten, die den Anschein erweckten, als wäre er angetrunken, aber soweit Han wusste, war dieses Wesen dem Alkohol noch nie zugetan gewesen.

»Baasen Ray? Was tust du denn hier?«

»Ist das nicht offensichtlich? Ich warte auf dich«, erklärte Baasen. »Chewbacca. Gut, dich wiederzusehen. Ist schon zu lange her.«

Der Wookiee knurrte und grummelte, woraufhin der Mirialaner das Gesicht verzog. »Was sagt er?«

»Er sagt, du siehst gut aus«, übersetzte Han. »Er wollte nur höflich sein.«

»Tut mir leid«, entschuldigte sich Baasen, dann nickte er Chewbacca zu. »Es ist mein Gehör. Ich habe schon Probleme, meine eigene Sprache zu verstehen. Aber vergessen wir das. Es ist schon verflucht lange her. Ihr arbeitet also wohl tatsächlich für die Rebellen, hm?«

»Wie kommst du denn darauf, alter Freund?«

Ray verdrehte die Augen. »Weil Hark ein Signal sendet, damit man sie hier rausholt, und ihr beiden am Treffpunkt auftaucht. Man muss nicht gerade ein Genie sein, um eins und eins zusammenzuzählen, oder? Aber um die Wahrheit zu sagen: Ich habe beinahe erwartet, euch hier vorzufinden. Nur ein Wahnsinniger oder ein Narr würde versuchen, eine Rebellenspionin aus dem Kern herauszuholen und ... Nun, manche Dinge sprechen sich eben schnell herum. Wer für wen arbeitet. *Solche* Dinge.«

»Wirklich? Über dich habe ich schon lange nichts mehr gehört. Das Letzte, was ich weiß, ist, dass du von Hoven aus Schmuggelware über die Schleife geschafft hast.«

»Tja, was soll ich sagen? Die Zeiten sind hart. Sieht aus, als arbeiteten wir für dieselben Leute. Die Rebellenallianz hat mich hergeschickt, um hier aufzupassen, Kontakt herzustellen, all das, du weißt schon.«

»*Du* bist die Kontaktperson?«

»Hark ist nicht dumm. Was hast du denn erwartet? Dass sie hier in aller Öffentlichkeit handgeschriebene Instruktionen hinterlegen würde, in denen steht, wo ihr sie findet?«

Chewbacca drückte dem Mirialaner mit einem grollenden Schnauben das Kästchen in die fleischige Hand.

»Entschuldige, was?«

»Er meint, dass wir von hier verschwinden sollten, und er hat recht. Bist du mit einem Gleiter hier?«

»Transport ist meine Spezialität«, grinste Baasen. »Folgt mir.«

Er ging in nördlicher Richtung los, ohne noch einmal über die Schulter zu blicken, um sicherzugehen, dass sie ihm auch tatsächlich folgten. Die Männer, die zwischen den Bäumen in ihr Spiel vertieft waren, ignorierten die drei Gestalten, als sie an ihnen vorbei zum Rand des Gebäudes marschierten, wo ein grauer Transportgleiter in der Luft schwebte, seine Einstiegsrampe heruntergefahren, sodass sie auf dem Pflaster des Parks ruhte. Derselbe Droide, der Han von der Kante der Plattform zurückgebeten hatte – oder zumindest einer, der ihm zum Verwechseln ähnlich sah –, redete auf einen Droiden ein, der neben der Rampe stand und seinen metallenen Artgenossen geflissentlich ignorierte. Als Baasen auf das Fahrzeug zuging, richtete die kleine Serviceeinheit sich an ihn, aber ihre empörten Worte prallten ebenso wirkungslos von dem Mirialaner ab wie von seinem Droiden. Han und Chewbacca machten einen kleinen Bogen um die entrüstete Einheit, bevor sie den Transporter bestiegen, und nachdem hinter ihnen auch Baasens Droide an Bord gestakst war, zog dieser die Rampe hoch.

»Ich muss schon sagen«, begann Han, »nach der Sache auf der Caarsin-Station bin ich ein wenig überrascht, dich zu sehen.«

»Jeder hat eine Vergangenheit«, erwiderte Baasen in freundschaftlichem Ton. »Und jeder muss arbeiten, ganz egal, wie diese Vergangenheit aussieht, habe ich nicht recht?«

Die Unordnung und der muffige Geruch im Innern des Transporters wirkten regelrecht beruhigend auf Solo. Im hinteren Teil hatten sich drei Männer auf einer Sitzbank zusammengedrängt, und zumindest zwei von ihnen sahen aus wie Söldner; der dritte war hagerer, und seine Augen huschten nervös hin und her. Sie alle trugen deutlich sichtbar Blaster, und auch wenn sie sauberer und gepflegter wirkten als der durchschnittliche Rebellensoldat, waren sie doch längst nicht so geschniegelt wie die Bürger von Cioran. Baasen klopfte zweimal an die Tür zur Fahrerkabine, und der Transporter flog los. Anschließend legte der Mirialaner summend einen Schalter an der Wand um und gab einen Code auf einem Tastenfeld ein. Han nickte derweil den drei Männern zu. Keiner von ihnen lächelte, und der Magen des Corellianers zog sich wieder ein wenig enger zusammen.

»Wer sind deine Freunde?«, fragte er Ray, die Augen weiterhin auf das grimmige Trio gerichtet.

»Hm? Oh, Garet und Simm gehören zu meiner Mannschaft. Schon seit einer ganzen Weile. Kommt mir vor, als würde ich sie ewig kennen. Und der neben ihnen ist Japet. Er ist ein neuer Freund. Habe ihn erst vor Kurzem getroffen.«

Ein tiefes, warnendes Knurren drang tief aus Chewbaccas Kehle. Nicht, dass es nötig gewesen wäre; Han hatte bereits in einer beifälligen Bewegung die Hand zu seinem Holster gesenkt, nur ein paar Zentimeter von seinem Blaster entfernt, aber ohne die Waffe zu ziehen.

»Schön, euch kennenzulernen«, erklärte er mit einem entwaffnenden Lächeln.

»Nicht doch, Solo«, sagte Baasen. Ein Blaster lag in seiner Hand, und Han hatte nicht einmal gesehen, wie er ihn gezogen hatte. »Wir werden euch jetzt eure Waffen abnehmen.«

Chewbacca entblößte die Zähne zu einem blutrünstigen Heulen, aber der Mirialaner hielt seine Pistole weiter erhoben, ohne jedes Zittern oder Zucken.

»Ihr wisst, wie das läuft«, fuhr er fort. »Wenn ihr hier eine Schießerei beginnt, nehmt ihr vielleicht einen oder zwei von uns mit, aber ihr werdet auf jeden Fall sterben. Also seid nett, dann ergibt sich vielleicht später eine Gelegenheit, aus dieser Sache rauszukommen.«

»So war es beim letzten Mal«, warf Han ein.

»Und vielleicht geht es hierbei auch genau darum. Die Vergangenheit, du weißt schon«, erwiderte Ray mit einem Grinsen. »Also gebt uns einfach eure Waffen, und niemand muss sterben – zumindest fürs Erste.«

Chewbacca grollte, und sein Blick wanderte von Han zu Baasen und wieder zurück. Solo wog ihre Chancen ab. Den Mirialaner könnten sie erledigen, dazu einen von seinen Leuten. Vielleicht auch zwei.

»Tu, was er sagt, Chewie«, brummte er nach einem Moment und hob die Hände.

»Gute Entscheidung. Jetzt überleben und später kämpfen.«

»Ich hatte mehr von dir erwartet, Baasen. Für das Imperium zu arbeiten, das ist sogar für dich ein neuer Tiefpunkt.«

»Oh, aber so ist es doch gar nicht. Würde ich dich den Imperialen aushändigen, würden sie mich vermutlich zum Dank hinrichten lassen. Nein, nein. Ich habe nichts gegen die Rebellion. Die Sache ist nur, die Zeiten sind hart, und die Hutten zahlen so verflucht gut.«

»Es sagt wohl einiges aus, wenn Jabba vertrauenswürdiger ist als das Imperium.«

»Nicht wahr?«, nickte Baasen, während der Kerl, den er Simm genannt hatte, Hans Blaster aus dem Halfter zog.

»Was ist mit Hark geschehen?«

»Keine Ahnung. Ich vermute, sie wird enttäuscht sein, dass niemand gekommen ist, um sie abzuholen. Aber es heißt, dass sie äußerst einfallsreich ist. Sie wird schon einen Weg aus dem Kern finden.«

Chewbacca starrte Simm an und bleckte die Zähne in einem wortlosen Versprechen großer Schmerzen. Der Mann schluckte, nahm dem Wookiee aber dennoch den Bogenspanner und den Munitionsgurt ab. Der Transporter geriet in ein Luftloch, und kurz wankten sie alle von einer Seite zur anderen, bis die Triebwerke das Fahrzeug mit lautem Jaulen wieder ausbalanciert hatten. Nun gab Simm die Waffen an Gert weiter und zog zwei Paar Handschellen aus einem blauen Plastoid-Werkzeugkasten an der Wand.

»Was ist mit der Nachricht in dem Kästchen, die wir am Treffpunkt gefunden haben?«, wollte Han wissen, als sich die kalten, schweren Fesseln um seine Handgelenke schlossen, so eng, dass der Druck nicht mehr weit von echtem Schmerz entfernt war.

»Ich hab sie in den Wiederaufbereiter geworfen«, erklärte der Mirialaner. »Wird vermutlich gerade zu Papier für irgendeine imperiale Toilette verarbeitet.«

»Dann gab es also eine? Hark hat uns eine Nachricht hinterlassen?«, fragte Han weiter. »Schriftliche Instruktionen darüber, wie wir sie finden, in aller Öffentlichkeit hinterlegt?«

»Natürlich«, sagte Baasen. »Welche andere Wahl hatte sie denn schon, außer den Einheimischen zu vertrauen? Die Frau ist schließlich nicht dumm.«

4. Kapitel

Sie waren in einem Lagerhaus neben einem Hangar am Rand des Raumhafens gelandet. Vor den Wänden aus gebürstetem Metall erhoben sich Stapel von bruchfesten Keramikkisten, von denen manche bis dicht unter die Decke reichten, aber ein paar Kisten waren auch in den freien Bereich in der Mitte geschoben worden, wo sie als Sitzgelegenheiten und Tische dienten. Es war so kalt wie in einer Eistruhe, die Luft erfüllt vom beißenden Gestank nach Kühlflüssigkeit und Abgasen. Han saß auf dem Boden, gehüllt in den Schein seiner blau glühenden Handschellen, deren magnetisches Feld die Klammern tief in sein Fleisch schneiden ließ. Chewbacca kauerte ein paar Meter links von ihm und kratzte gelangweilt mit den Fingern an einer der Kisten, scheinbar ohne auf Han, Baasen und die beiden Schlägertypen zu achten, die sie begleiteten.

»Was willst du eigentlich?«, fragte Garet den Mirialaner, den Arm abwehrend erhoben. »Ich habe es dir erklärt, bevor wir losgeflogen sind. Ich kann bleiben und das Schiff vorbereiten, oder ich kann mitkommen und euch mit den beiden helfen. Du sagtest: Komm mit und hilf uns mit den beiden, also habe ich das getan. Und deswegen dauert es jetzt eben eine Weile, bis wir losfliegen können. Ich kann auch nicht alles gleichzeitig erledigen.«

»Ich meinte nur, dass du dich beeilen sollst«, brummte Baasen, wobei er mit der Hand über die Tätowierungen an seinem Kinn strich.

»Ich habe eine Starterlaubnis angefordert. Sunnim fährt gerade die Triebwerke hoch. Aber abfliegen können wir erst, wenn wir grünes Licht haben«, entgegnete Garet. »Falls du versuchen möchtest, die Imperialen zur Eile anzutreiben, nur zu. Ich warte solange hier.«

Ray warf dem Mann einen wütenden Blick zu, enthielt sich aber jeder weiteren Bemerkung. Er schien eine ziemlich kleine Mannschaft zu haben: die drei Menschen aus dem Transporter und der bothanische Pilot mit dem braunen Fell und dem Gesicht einer traurigen Ziege – das musste dann wohl Sunnim sein –, der das Fahrzeug gesteuert hatte. Han stemmte die Hände versuchsweise gegen seine Fesseln, aber die Metallklammern gaben keinen Millimeter nach.

Garet stapfte davon, und die breite Tür des Verladedocks öffnete sich mit einem Zischen, um ihn durchzulassen. So konnte Solo einen Blick in den Hangar erhaschen. In seiner Mitte stand ein uralter Sienar NM-600, ein kleiner Frachter, der vor dem strahlend sauberen Hintergrund der Wände wie ein Klumpen Dreck aussah. Der Pilot stand neben dem Schiff und unterhielt sich mit einem grau gekleideten imperialen Beamten, und Han fragte sich, was wohl geschehen würde, wenn er jetzt um Hilfe rief. Nun, vermutlich nichts Gutes. Einen Moment später hatte sich die Verbindungstür zum Hangar bereits wieder geschlossen. Der andere Mensch, Simm, gähnte.

»He, Chewbacca«, sagte Baasen, »lass die Finger von der Kiste.«

Der Wookiee blickte auf und antwortete mit einer komplexen Folge von Grolllauten.

»Was hat er gesagt?«, fragte Ray.

»Er hat dir für deinen weisen Ratschlag gedankt«, erklärte Han, wobei er sich nicht einmal die Mühe machte vorzuspiegeln, dass das die Wahrheit wäre. Falls Sunnim, der Bothaner, auch nur halbwegs kompetent war, würde er weniger als eine Stunde brauchen, um das Schiff startbereit zu machen, selbst falls die Triebwerke noch eiskalt waren. Und sobald man sie erst an Bord des Frachters brachte und sie den Hangar verließen, konnten sie jede Hoffnung auf eine Flucht fahren lassen.

Was immer sie also taten, es musste innerhalb der nächsten Minuten geschehen. Er blickte hinüber zu Chewbacca, der mit den Krallen am Verschluss der Kiste kratzte. Falls es ihm gelang, den magnetischen Bolzen herauszuziehen, dann könnte – *könnte* – er damit die Spulen in seinen Handschellen überladen. Natürlich würden die Metallklammern nicht einfach aufspringen, aber vielleicht wäre das magnetische Feld so weit geschwächt, dass der Wookiee sie mit brutaler Gewalt auseinanderreißen konnte.

Jetzt müsste es nur noch einen Weg geben, ihm das mitzuteilen, ohne dass die anderen es ebenfalls mitbekamen …

Han reckte den Hals, und als sein Freund zu ihm herübersah, blinzelte er mehrmals in Richtung des Verschlusses, bis Chewbacca seinem Blick folgte. Falls er jetzt *begriff* … Das Seufzen des Wookiees war so leise, dass Solo es kaum hören konnte, dann hob er seinen braunen fellbedeckten Arm, sodass Solo den magnetischen Bolzen sehen konnte, den er an seiner Seite verborgen hatte.

Schlaues Kerlchen, dachte Han. *Und jetzt braucht er natürlich ein Ablenkungsmanöver.*

Er stand auf. Simm und Baasen drehten sich beide herum und zogen ihre Blaster.

»Ich wäre dir sehr dankbar, wenn du dich wieder hinsetzen würdest«, sagte der Mirialaner.

»Ich wollte nur ein wenig die Beine vertreten«, erklärte Han. »Und den Blaster kannst du wieder einstecken. Ich weiß, dass ihr mich nicht erschießen werdet. Wir sind im Kern. Wenn du hier anfängst, in der Gegend herumzuschießen, dann werden innerhalb von drei Minuten hundert Sturmtruppen vor dem Hangar aufmarschieren.«

Baasen grinste reuevoll und senkte seine Waffe, ohne sie aber wieder ins Halfter zu schieben. Solo ging zur gegenüberliegenden Wand hinüber, drehte sich um und setzte sich auf eine Kiste, wo er mehrere Sekunden nach einer gemütlichen Position suchte. Anschließend schüttelte er den Kopf.

»Wie konntest du nur so tief sinken, Baasen? Früher haben wir uns beide damit gebrüstet, dass es keine Autorität in der Galaxis gibt, die uns Vorschriften machen kann. Und jetzt jagst du mich wie ein erbärmlicher Kopfgeldjäger. Wofür?«

»Geld«, antwortete Ray.

»Das ist die Hauptmotivation, ja«, fügte Simm mit einem Nicken hinzu. »Es ist gutes Geld.«

Das hohe Jaulen eines Triebwerks schwoll an und wurde dann rasch leiser, als ein Schiff startete. Nicht ihres, aber eines aus einem der umliegenden Hangars, das vor ihnen eine Starterlaubnis erhalten hatte. Chewbacca nutzte diesen Moment, um sich vorzubeugen und die Hände zwischen die Knie zu schieben, wobei er weiterhin einen niedergeschlagenen Gesichtsausdruck zum Besten gab. Baasen seufzte.

»Ich verstehe schon, was du meinst. Das waren gute Zeiten damals. Schade, dass sie vorbei sind.«

»Erinnerst du dich noch daran, wie Lando dir diese Ladung caskanisches Wolfsschlangengift abkaufen wollte? Und du sagtest, er müsse erst eine Probe versuchen, damit er auch sicher weiß, dass es echtes Gift ist.«

Baasens Augen leuchteten kurz auf, und sein Bauch bebte, als er lautlos in sich hineinlachte.

»Er hat einen Monat lang rosa Feen gesehen«, nickte er dann. »Aber das liegt in der Vergangenheit, alter Freund. Und es war vor Dusty.«

»Würde es etwas bringen, wenn ich sagte, dass mir die Sache mit ihr leidtut?«

»Es würde jedenfalls nicht schaden«, brummte Ray, dann schüttelte er den Kopf. »Aber retten würde es dich trotzdem nicht. Sie tat, was sie tat, weil sie es tun wollte. Du warst für sie nur die erstbeste Gelegenheit. Früher oder später wäre es ohnehin geschehen.«

Simm warf Baasen einen fragenden Blick zu, den der Mirialaner zwar registrierte, aber geflissentlich ignorierte. Und auch Solo zuckte nur mit den Schultern, als der Kerl sich zu ihm umwandte. Chewbaccas Schultern zuckten ebenfalls, als er die Arme nach vorne drückte, dann entblößte er die Zähne zu einer Grimasse lautlosen Schmerzes. Zum Glück war Han der Einzige, der es sehen konnte.

»Und was ist mit dir, Kumpel?«, fragte Baasen. »Die Rebellenallianz? Ich hätte dich nie für einen von der Sorte gehalten.«

Han grinste. »Was für eine Sorte meinst du? Idealisten?«

»Leute, die Politikern hinterherrennen?«

»He«, entgegnete Solo, überrascht, wie tief ihn diese Worte trafen. »Kein Grund, unter die Gürtellinie zu schlagen.«

»Du kannst es nennen, wie du willst, alter Freund, aber letztlich läuft es genau darauf hinaus. Falls die Rebellen gewinnen und sie den Platz der alten Republik einnehmen, was macht das dann aus dir?«

»Hör zu, ich arbeite nur für sie, weil ich ein paar Freunden noch einen Gefallen schulde. Und falls ich das Imperium dadurch ärgern kann, umso besser.«

»Freunde, hm? Das ist ein großes Wort für jemanden wie dich.«

Han dachte an Luke. Es war in der Tat seltsam, dass er den Jungen so nah an sich herangelassen hatte. Im Verlauf seines Lebens war er vielen Personen begegnet, mit denen er gut ausgekommen war, aber nicht allzu vielen, die er wirklich gemocht hatte, und nur einer Handvoll, für die er bereit gewesen wäre, sein Leben aufs Spiel zu setzen. Er hoffte, dass der Junge sich bei seinem Ausflug als Wedge Antilles' rechte Hand nicht die Finger verbrennen würde. Ebenso wie er hoffte, dass er und Chewie noch am Leben und wieder bei der Rebellenflotte sein würden, wenn Skywalker zurückkehrte, um mit seinen Abenteuern zu prahlen.

Ein weiteres Schiffstriebwerk erwachte zum Leben, schwoll an und wurde dann rasch leiser. Ihnen lief die Zeit davon. Chewbacca starrte angestrengt auf seinen Schoß hinab, der vom Glühen der Handschellen erhellt wurde, aber Han konnte nicht sagen, ob er bereits Fortschritte gemacht hatte.

»Freunde sind eine Schwäche, die unsereins sich nicht leisten kann«, sagte Baasen. »Sie sind ein Risiko. Eines, das du besser nicht eingegangen wärst. In der Hinsicht geht es dir genau wie dieser Hark, die du hier abholen solltest.«

»Was willst du damit sagen?«

»Die Rebellen haben dem Imperium den Krieg erklärt. Sie stehen auf der falschen Seite des Gesetzes, aber sie sind keine *Kriminellen*, verstehst du? Nur ehrliche Leute, die die Dinge gern anders haben würden. Ehrenwert. Vielleicht sogar heldenhaft. Ich meine, sie wollen die Galaxis verändern. Aber falls sie gewinnen – nicht, dass sie eine Chance hätten, aber mal rein theoretisch angenommen, sie würden es schaffen … Dann wären sie das Gesetz. Aber du und ich, alter Freund. Wir beide, und sogar der kleine Simm hier …«

»Ich bin nicht klein«, schnappte der Schläger.

»… wir wären auch weiterhin Kriminelle«, fuhr Baasen fort, als hätte er überhaupt nichts gehört. »Wir wollen die Galaxis nicht verbessern, höchstens unseren kleinen Bereich davon. Würde uns jemand zum Herrscher der Galaxis machen, würden wir die Möbel des Imperators verkaufen und uns mit dem Geld aus dem Staub machen.«

»Und Hark?«, fragte Han. »Zu welcher Gruppe gehört sie?«

Rays Lippen zuckten in einem schmalen Lächeln. »Schwer zu sagen. Sie ist ein wenig von beidem, schätze ich. Bin ihr nur einmal begegnet, aber ich muss sagen, mir hat gefallen, was ich da gesehen habe.«

Hinter den beiden Männern spannte Chewbacca stumm und hoch konzentriert die Muskeln. Seine gewaltigen Arme zitterten vor Anstrengung, und Solo musste gegen den Drang ankämpfen, direkt zu ihm hinüberzublicken. Simm setzte sich auf die Kante einer Kiste, aber bevor er den Kopf in Richtung des Wookiees drehen konnte, stand Han ruckhaft auf und zog damit die Aufmerksamkeit des Mannes wieder auf sich. Einmal mehr zielte der Schläger mit seinem Blaster auf ihn.

»Warum meinst du dann, dass Hark denselben Fehler begangen hätte wie ich?«, fragte er, wobei er so tat, als würde ihm Simms Waffe überhaupt nicht auffallen. Tatsächlich rann ihm beim Anblick der Blastermündung ein Schauer über den Nacken.

»Den Fehler, die falschen Freunde zu wählen«, antwortete Baasen. »Sie sah nicht den Unterschied zwischen einem ehrlichen Rebellen und einem Kriminellen, dem es nur nichts ausmacht, für eine politische Gruppe zu arbeiten. Nicht, dass sie eine echte Wahl hatte. Auf Cioran gibt es nicht gerade viele Rebellen, die sie um Hilfe hätte bitten können.«

»Aber Kriminelle gibt es überall«, führte Han den Gedanken zu Ende.

»Sie brauchte Unterstützung und hat sich an die falschen Leute gewandt. Dann hat sie zu viel verraten, und anstatt ihr Geheimnis für sich zu behalten, hat einer ihrer vermeintlichen Helfer es verkauft.«

»An dich.«

»Ich habe ihnen das beste Angebot gemacht.«

»Das bezweifle ich. Für eine Rebellenspionin hätte das Imperium ihm das Zehnfache von dem gezahlt, was du aufbieten kannst. Es ist also jemand, der sich ebenso wenig ans Imperium wenden kann wie du«, schlussfolgerte Solo und richtete den Finger in vorgetäuschtem Zorn auf Baasen. Auf der anderen Seite des Raumes hielt Chewie in seinen Bemühungen inne; seine Brust hob und senkte sich wie ein Blasebalg, und seine Zähne waren gebleckt. Direkt vor Han begann Simm indes, seine Waffe zu senken. Solos Gedanken rasten, suchten nach etwas, das er tun oder sagen könnte. Irgendetwas, egal was.

»Japet«, rief er schließlich aus. »Er ist der Verräter, nicht wahr? Du sagtest, du hast ihn erst vor Kurzem getroffen, und jetzt ist er nicht mehr bei euch. Er hat Hark verraten.«

Simms Augen weiteten sich um eine Winzigkeit, und er blickte zu Baasen hinüber. Der alte Schmuggler zuckte mit den Schultern. »Das hast du ja schnell herausgefunden. Nun, ich schätze, es macht keinen Sinn, das zu leugnen. Ja, Japet wusste, dass sie für die Rebellen arbeitet und von hier fortgebracht werden wollte.«

»Aber woher wusste er, dass ausgerechnet ich und Chewie sie abholen würden? Es ist nicht so, als hätte Hark konkret nach uns verlangt.«

»Er hat es nicht gewusst. Das war ich. Hab immer ein Ohr am Puls des Geschehens, weißt du? Ich hörte, dass Captain Solo sich der Rebellion anschloss. Und dann brauchte die Allianz jemanden, der furchtlos und verrückt genug ist, zum Kern zu fliegen. Von der Sorte haben sie nicht allzu viele.«

»Du wärst überrascht, wie viele«, brummte Han.

»Glaube ich nicht. Sie haben Politiker. Sie haben Soldaten. Sie sind die *Guten.* Die Rebellen denken nicht wie wir, alter Freund. Sie verstehen nicht einmal, wie wir denken. Fehler passieren. So ist das nun mal.«

Han musste an Leia denken, an ihre Konferenz auf Kiamurr und an die verschiedenen Fraktionen, die dort zusammenkommen würden. Es war ein geheimes Treffen der Feinde des Imperators, aber Baasen hatte recht. Einige der Anwesenden würden die Republik ebenso ablehnen wie das Imperium – wenn nicht sogar noch mehr. Vertraute man den falschen Leuten, würden sie vielleicht bald alle an die Imperialen ausgeliefert werden. Leia. Luke. Einfach alle. Das war das Risiko, mit dem man bei diesem Spiel leben musste.

Die Tür glitt mit einem Zischen auf, und Chewbacca legte rasch den Kopf auf die Brust, so, als wäre er völlig in seiner Niedergeschlagenheit versumpft. Wenn er nur wollte, konnte der Wookiee überraschend harmlos wirken. Garet trat in den Lagerraum, blieb aber in sicherer Entfernung von Hans gefesselten Händen stehen. Hinter ihm glühten die Triebwerke des Frachters in einem matten Blau, und vom Piloten war nichts mehr zu sehen. Das war nicht gut. Die Tür schloss sich, und Han biss auf seine Unterlippe. Ihre Chance auf eine Flucht schmolz schneller zusammen, als ihm lieb sein konnte.

»Die Flugkontrolle hat uns Starterlaubnis erteilt. Noch zehn Minuten«, erklärte Garet, wobei er über die Schulter zu Chewbacca hinübersah.

»Welche Flugroute?«, wollte Baasen wissen.

»Handelsroute Fünf«, antwortete der Mensch. »Das war das zeitnächste Startfenster. Ich hätte uns vielleicht auch einen Platz auf Handelsroute Zwei besorgen können, aber dann müssten wir eine weitere Stunde warten.«

»Handelsroute Zwei ist aber viel besser«, platzte Solo dazwischen. »Ich habe nichts dagegen, ein wenig länger zu warten.«

Baasen seufzte und stemmte sich in die Höhe. Er sah wirklich alt aus. Außerdem, und das beschäftigte Han im Augenblick mehr, wirkte er absolut skrupellos. Einst hatte der Mirialaner Freude und Enthusiasmus versprüht, aber die Galaxis hatte all das aus ihm herausgewrungen, und übrig geblieben war diese grimmige Hülle. Unter anderen Umständen hätte Solo vielleicht sogar Mitleid mit ihm empfunden.

»Bereitet die Zelle vor«, wies Baasen Garet an, und der Mensch nickte. Die Tür öffnete und schloss sich, als der Mann wieder in den Hangar stapfte. »Zeit zu gehen, alter Freund.«

»Es gibt noch eine andere Möglichkeit«, sagte Han. »Die Rebellion hat einen hübschen Haufen Credits angespart, und ich kenne einige Leute, deren Worte großes Gewicht haben. Außerdem ist ihnen diese Mission sehr wichtig. Hark lebend zurückzubekommen wäre ihnen einiges wert. Du musst dich nur an die richtigen Stellen wenden, dann werden sie dir ebenso viel bieten wie Jabba. Vielleicht sogar mehr.«

Simm blickte zu Baasen hinüber, und der Ausdruck auf seinem kantigen Gesicht verriet Solo, dass sie schon einmal über ein derartiges Vorgehen gesprochen hatten. Doch der Mirialaner schüttelte den Kopf. Ein weiteres Triebwerk heulte auf und verklang bald darauf wieder.

»Ein netter Gedanke, aber daraus wird nichts.«

»Warum nicht? Früher warst du niemand, der sich mit seinem Blatt zufriedengab, wenn er einen noch größeren Gewinn abstauben konnte.«

»Nun, die Sache ist die, ich habe Jabbas Geld bereits genommen. Nicht alles, natürlich. Ein Drittel. Und das meiste davon habe ich bereits ausgegeben. Selbst wenn ich also auf deinen Vorschlag eingehen wollte ...«

»Einen Moment mal«, rief Han aus, und einen Moment lang rückten die Blaster und das Schiff und das Imperium in seinen Gedanken in den Hintergrund. »Du hast Jabbas Geld ausgegeben, während wir hier herumsaßen? Wie das denn bitte?«

»Nicht hier, nein. Vorher. Als wir alles vorbereitet haben.«

»Willst du damit sagen, Jabba hat dich im *Voraus* bezahlt?«

»Nun«, erwiderte Baasen, »vielleicht habe ich ihm gegenüber den Eindruck erweckt, dass ich dich praktisch schon in der Hand habe. Was sollte ich tun, es gab einige Reparaturen, die sich nicht länger aufschieben ließen. Nun, es ist ja noch mal gut ausgegangen. Für mich zumindest.«

Hans Kiefer klappte in echter Bestürzung ein paar Zentimeter nach unten. Einen Moment lang war alles andere vergessen; er starrte sein Gegenüber einfach nur an. Es war, als würde er ihn zum ersten Mal wirklich sehen – die blutunterlaufenen Augen, die zornigen Falten in den schlaffer werdenden Wangen und ringsum die Gesichtstätowierungen. Der Baasen Ray, den er kannte, hätte niemals einen Hutten angelogen. Und erst recht hätte er kein Geld für etwas gefordert, das er noch gar nicht in Händen hatte.

Solo musste lachen. »Bist du wirklich so dumm? Du weißt, wie es mir mit Jabba ergangen ist, und du hast rein gar nichts daraus gelernt. Ich musste seine Ladung über Bord werfen, weil man uns entdeckt hatte, und seitdem macht er mir das Leben zur Hölle. Und da dachtest du, du könntest den Hutten *reinlegen*?«

»Es war ein Risiko«, räumte der Mirialaner ein. »Aber ein kalkuliertes Risiko, und es hat sich ausgezahlt. Davon abgesehen, bist du nicht in der Position, anderen Vorhaltungen zu machen, Captain Solo. So, wie ich das sehe, stehen dir nämlich ein paar äußerst unangenehme Tage bevor, bis Jabba irgendwann genug davon hat, dich zu foltern, und das, was dann noch von dir übrig ist, an seinen Sarlacc verfüttert.«

»Simm?« Han drehte den Kopf. »Wusstest du, dass er Jabba hintergangen hat?«

»Das ist jetzt nicht mehr wichtig«, brummte der Schläger.

»Dann bist du genauso dumm wie er. Vielleicht sogar noch dümmer, weil du einfach mitgespielt hast. Oh, ich weiß, Ray ist sehr überzeugend in der Rolle des väterlichen, weltmüden Freundes. Aber jetzt sitzt ihr alle auf demselben Cherfer, und Baasen ist drauf und dran, seinen Schwanz anzuzünden.«

»Wie ich meine Mannschaft führe, geht dich nichts an«, fuhr Ray dazwischen. »Nicht mehr.«

»Simm«, fuhr Han fort, »falls du mir einen Kommunikator gibst, mit dem ich den Rand erreichen kann, dann sorge ich dafür, dass du und dein Kumpel genug Geld bekommen, um euch bis zum Ende eurer Tage ein schönes Leben zu machen.«

»Rede gefälligst nicht mit ihm«, schnappte Baasen. Dunkle Flecken erschienen auf seinen gelbgrünen Wangen. »Wenn du mit jemandem redest, dann gefälligst mit mir. Aber die Zeit der Worte ist ohnehin vorbei. Du wirst jetzt in dieses Schiff steigen. Bislang war ich milde, um der alten Zeiten willen, aber ich bin sicher, Jabba wird es egal sein, ob du noch deine Kniescheiben hast, wenn wir dich bei ihm abliefern. Also reiz mich nicht, sonst …«

»Ist das dein Ernst? Simm, hörst du das? Ist das der brillante Geschäftssinn, auf den du dich langfristig verlassen möchtest? Ich …«

Die Mündung von Baasens Blaster drückte gegen seinen Adamsapfel. Das Gesicht des Mirialaners hatte ein tiefes, ungesundes Grün angenommen, die onkelhafte Fassade war verschwunden, und was darunter zum Vorschein kam, war ein wütender Schmuggler, der seine besten Jahre hinter sich hatte, bis über beide Ohren in Problemen steckte und nach Verzweiflung stank. Diesem Mann war alles zuzutrauen. Han schluckte und hoffte, dass Ray seine vorige Bemerkung über Blasterfeuer und anrückende Sturmtruppen nicht vergessen hatte.

»Meine Mannschaft ist meine Mannschaft«, sagte Baasen. »Dass du sie gegen mich aufhetzen willst … nun, das ist äußerst beleidigend. Du wolltest mich doch nicht beleidigen, oder?«

»Nein, wollte ich nicht«, erwiderte Han.

Der Mirialaner lächelte grausam, trat zurück und senkte seine Waffe.

»Was ich *wirklich* wollte, war, dass ihr beide euch weiter auf mich konzentriert«, schob Solo nach, als sich Chewbacca wie ein Berg aus langem braunen Fell und unbändigem Zorn hinter Simm aufbaute.

5. Kapitel

»Oh« war alles, was Simm noch hervorbrachte, bevor Chewbacca ihn quer durch den Raum schleuderte. Der Schläger prallte mit dem Kopf voran gegen einen Stapel von Kisten und wurde unter einer Lawine aus Keramikcontainern begraben. Sein Blaster schlitterte über den Boden und blieb ein paar Schritte von Han und Baasen entfernt liegen.

Die beiden blickten auf die Waffe hinab, dann im selben Moment wieder zum jeweils anderen. Solo wusste, dass der Mirialaner versuchte, in seinem Gesicht zu lesen, und er überlegte, ob er die Pistole wohl erreichen könnte, bevor Ray ihn erschoss. Baasens grimmiges Grinsen war eine stumme Herausforderung, es darauf ankommen zu lassen. Keiner von ihnen bewegte sich, während Chewbacca nun auch Garet packte und ihn an den Vorderarmen vom Boden hochhob.

Das Grollen des Wookiees wurde noch übertönt von dem schrillen, panischen Kreischen des Menschen. Baasen hielt seinen Blaster dennoch weiterhin auf Solos Gesicht gerichtet. »Ich werde ihn erschießen, Chewbacca. Glaube nicht, dass ich bluffe.«

»Er sagt, dass er deinem Freund die Arme ausreißen wird,

und ich bin mir ziemlich sicher, dass er auch nicht blufft«, erklärte Han. Einen langen, angespannten Moment starrten sie einander an, bis …

… die Tür zum Hangar aufglitt und ein imperialer Offizier mit einem Datenblock hereinstolzierte. »Sie haben vergessen, zu unterschrei …« Er hielt inne, als er aufblickte und die Szene vor ihm wahrnahm. Sein Gesicht wurde aschfahl, und Han sah, dass sich auch Baasens Züge veränderten; vermutlich wurde dem Mirialaner gerade klar, dass sie alle erledigt waren.

»Das war's dann wohl«, murmelte der Schmuggler, und seine Schultern sackten nach unten. Da brüllte Chewbacca und schleuderte Garet auf den Offizier. Der Mensch flog wie eine Puppe durch die Luft und prallte mit einem dumpfen Knall gegen den Imperialen, dann gingen sie beide in einem Knäuel aus Gliedmaßen zu Boden. Baasen drehte sich zu dem Wookiee herum und hob seinen Blaster, aber da war Han bereits vorgesprungen. Er rammte dem Mirialaner die Schulter in den Rücken, um ihn von den Beinen zu holen. Der Blaster des Schmugglers rutschte davon, aber Baasen erholte sich schneller, als Solo gehofft hatte. Er rammte dem Corellianer das Knie in den Bauch, und während dieser noch um Atem rang, stieß Ray ihn von sich. Anschließend wirbelte der alte Mirialaner herum und kroch auf seine Waffe zu. Han blieb nichts anderes übrig, als gekrümmt auf Simms Blaster zuzutorkeln.

Chewbacca sprang auf Baasen zu, wobei er einen steten Strom von Drohungen brutaler körperlicher Gewalt von sich gab, aber Ray war schneller. Er erreichte seine Pistole, erhob sich auf die Knie und zielte auf den Kopf des Wookiees. »Tut mir leid«, zischte er, während er den Abzug drückte.

Seine Waffenhand verschwand, und der Ärmel um den verkohlten Stumpf seines Handgelenks fing ob der Hitze des Blasterschusses Feuer. Han konnte sich nicht mehr bewusst daran erinnern, Simms Waffe aufgehoben zu haben, aber jetzt lag sie in seiner Hand, und eine feine Rauchfahne kräuselte sich aus der Mündung. Langsam richtete er sich auf, die Pistole weiterhin auf Baasen gerichtet.

Chewbacca knurrte dankbar und eilte durch den Raum, um ihm seine Handschellen abzunehmen.

»Gern geschehen, Kumpel«, erwiderte Han. Er hob die Arme, damit der Wookiee besser an die Fesseln herankam, achtete aber darauf, dass der Blaster in seiner Hand weiterhin auf den Mirialaner zielte. Baasens Augen waren vor Schock geweitet. »Bleib einfach da sitzen, alter Freund. Vielleicht vergesse ich dann, wie wütend ich gerade auf dich bin.«

»Du hast mir die Hand abgeschossen«, sagte Ray; seine Stimme klang mehr überrascht als schmerzerfüllt.

»Tut mir leid. Eigentlich hatte ich auf deinen Kopf gezielt. Der Schuss muss irgendwie danebengegangen sein.«

Die Handschellen zischten und schnappten auf, als Chewbacca die magnetischen Spulen überlud, und ein paar Sekunden später landeten sie klappernd vor Solos Füßen.

»Zeit zu verschwinden«, wandte Han sich an den Wookiee. Sicher schrillte inzwischen schon jedes Alarmsystem in der gesamten Stadt wegen des unautorisierten Blasterfeuers.

Die Waffen, die der Mirialaner ihnen abgenommen hatte, lagen auf einer Kiste in der Nähe, und Chewbacca blieb gerade lange genug stehen, um seinen Bogenspanner und Solos Blaster aufzuheben. Der Corellianer stieß derweil Baasen mit dem Fuß an. »Du solltest nicht versuchen, uns zu folgen«, sagte er. »Die Imperialen werden dich vielleicht ins Gefängnis werfen, aber sollte ich dich je wiedersehen, werde ich Chewie erlauben, dich Stück für Stück auseinanderzunehmen.«

Ray starrte mit einer Mischung aus Belustigung und schierem Hass zu ihm hoch. »Oh, und ob wir uns wiedertreffen ... *alter Freund.*«

»Hoffentlich nicht. Um deinetwillen.«

»Ich wusste gar nicht, dass du eine solche Anziehungskraft auf Imperiale hast«, murmelte Han, und Chewie schnaubte eine sarkastische Entgegnung.

Sie versteckten sich im Schatten eines Verladekrans, ungefähr zwanzig Meter über dem Boden, und zwischen den Andockbuchten und Hangars unter ihnen hatten sich mehrere Hundertschaften Sturmtruppen versammelt, um das Gelände abzusuchen. Garet und Simm waren inzwischen beide gefesselt und knieten vor Baasens Hangar, wo sie von einem imperialen Offizier in schwarzer Uniform verhört wurden. Han konnte nicht verstehen, was sie sagten, aber ihre missmutigen Mienen verrieten ihm alles, was er wissen musste.

Baasen selbst hatten sie bislang noch nicht gesehen. Han rechnete damit, dass die Sturmtruppen ihn jeden Moment in Handschellen aus dem Gebäude führen würden, aber nichts dergleichen geschah. Und je länger Solo wartete, desto nervöser wurde er. Vielleicht versuchten die Imperialen nur, ihre Handschellen für einen einhändigen Gefangenen anzupassen, aber er hatte nicht so lange überlebt, weil er immer vom Besten ausging.

»Glaubst du, er könnte irgendwie geflohen sein, bevor sie aufgetaucht sind?«, fragte er Chewbacca.

Der Wookiee brummte.

»Er war schon immer ein gerissener alter Ghodbock«, murmelte Han. »Du denkst doch nicht, dass er weiterhin versuchen könnte, uns an Jabba auszuliefern, oder?«

Chewie warf ihm einen Blick zu und grunzte.

»Nun, es sieht nicht so aus, als würden die Jungs in Weiß in nächster Zeit abrücken, also warum schleichen wir uns nicht still und leise davon?«

Chewbacca knurrte eine Frage.

»Nein, nicht zum *Falken*. Noch nicht. Wir müssen noch immer unsere Rebellenspionin finden, andernfalls war das hier alles nur Zeitverschwendung.«

Der Wookiee setzte zu einer langwierigen, grollenden Entgegnung an, und Han hob in scherzhafter Kapitulation die Hände. »Schon gut, schon gut, beruhige dich, Kumpel. Ja, ich habe den Blaster abgefeuert. In gewisser Weise könnte man also vielleicht wirklich sagen, dass diese Misere meine Schuld ist. Aber Baasen wollte dich erschießen. Hätte ich das etwa zulassen sollen? Wenn ich genauer darüber nachdenke, ist es also eigentlich eher *deine* Schuld.«

Chewbaccas Brummen war kurz und philosophisch.

»War ja klar, dass du das so siehst.«

Bevor der Wookiee weiter mit ihm diskutieren konnte, schob Han sich nach hinten und kletterte die Leiter des Krans hinab, anschließend huschten sie in die Gasse zwischen zwei Lagerhäusern. Alte, von Wind und Wetter gezeichnete Transportkisten säumten ihren Weg, aber echten Abfall entdeckten sie auch hier nicht. Aus irgendeinem Grund bescherte dieser Mangel an herumwehenden Papierfetzen und anderem Müll Solo eine Gänsehaut; es führte ihm die imperiale Dominanz auf diesem Planeten deutlicher vor Augen als alles andere, was er hier gesehen hatte. Er fragte sich, was wohl mit Personen geschah, die ihren Abfall auf die Straße warfen. Nun, wie immer die Strafe dafür aussah, sie schien so hart zu sein, dass niemand es darauf ankommen ließ.

Am Ende der Gasse versteckten sie sich hinter einer leeren Kiste, als eine Gruppe von vier Sturmtrupplern auf einem Patrouillengang vorbeimarschierte. Chewbacca tippte seinen Bogenspanner an und warf Han einen fragenden Blick zu.

»Nein«, flüsterte Solo. »Nicht noch mehr Blasterfeuer.«

Chewbacca schnaubte ihn an.

»Nein, ich habe nicht ›damit angefangen‹.«

Die Imperialen verschwanden um eine Ecke, und Han setzte sich in entgegengesetzter Richtung in Bewegung. Bevor sie die Suche nach Scarlet Hark fortsetzen konnten, mussten sie zunächst einen Ort finden, wo sie bis zum Ende dieser Menschenjagd untertauchen konnten. Unterzutauchen und sich vor dem Gesetz zu verbergen waren zwei von Solos Spezialitäten, aber bislang hatte er sie nur am Rand erprobt, wo die imperiale Präsenz weniger erdrückend und die Bevölkerung kooperativer war. Cioran hingegen war die Art von Planet, wo Hunderte Sturmtruppler auf einen einzigen Schuss reagierten, und Han hätte einen großen Batzen Geld darauf verwettet, dass weitere Hundertschaften schon in Reserve bereitstanden, um ihre Kameraden hier zu unterstützen. Was die Einheimischen anging, die waren es gewohnt, unter der harten Hand des Imperiums zu leben; sie würden ihre eigene Unversehrtheit nicht aufs Spiel setzen, indem sie Flüchtlinge vor den Behörden versteckten. Es gab auch keine anrüchigen Cantinas, wo man in den Schatten untertauchen konnte und nur ein paar Credits in die richtige Hand drücken musste, damit jegliche Fragen nach verdächtig aussehenden Fremden mit einem Kopfschütteln abgetan wurden.

Über ihren Köpfen warf der Verkehrsstrom aus Speedern und Transportern flackernde Schatten über Gebäude aus grauem Metall und Glas, die so weit in die Höhe reichten, dass sie sich zu krümmen und über den Fußwegen zusammenzurücken schienen – gewaltige Bauwerke, entworfen in einem gesichtslosen, institutionellen Stil, der gleichermaßen funktional und bedrückend wirkte. Überall, an jeder Kreuzung, an jeder Häuserecke, prangten die omnipräsenten Augen des Imperiums in Gestalt von Sensoren, Kameras und Wachposten. Und als wäre das noch nicht genug, zogen schnittige imperiale Gleiter ihre Bahnen am Himmel, und Einheiten der Sturmtruppen patrouillierten in urbaner Einsatzuniform durch die Straßen.

»Könnte sein, dass wir in Schwierigkeiten stecken«, sagte Han. Er nahm den Waffengürtel ab und steckte ihn mitsamt seinem Blaster in Chewbaccas Tasche, anschließend deutete er auf den Bogenspanner des Wookiees. »Den solltest du vielleicht lieber hierlassen, Kumpel.«

Chewie knurrte drohend und presste die Waffe fest an seine Brust.

»Schon gut, schon gut.« Solo schlüpfte aus seinem langen Mantel und reichte ihn dem Wookiee, damit dieser den Bogenspanner darin einwickeln konnte. Ein paar Sekunden später hielt er ein Stoffbündel in der Hand, das kein bisschen nach einer versteckten Waffe aussah. »Das wird reichen müssen.«

Chewbacca warf sich den verhüllten Bogenspanner über die Schulter und stieß eine grollende Frage hervor.

»Japet. Fangen wir mit ihm an«, erwiderte Han. »Er hat sie verraten, vielleicht weiß er also auch, wo sie sich versteckt. Davon abgesehen, gibt es sonst nicht wirklich viele Spuren, denen wir folgen könnten.«

Der Wookiee heulte und wedelte mit seinen Armen, um die Größe der Stadt und die erdrückende imperiale Präsenz zu unterstreichen.

»Nun, dann müssen wir eben vorsichtig sein, nicht wahr?«,

entgegnete Han ungeduldig. »Ich schlage vor, wir sehen uns zuerst in den Bars am Raumhafen um.«

Chewbacca brummte zwar weiter leise vor sich hin, erklärte sich aber mit einem Schulterzucken einverstanden und folgte Han die Straße hinab.

»Wenn wir nur mit einem breiten Lächeln und beschwingtem Schritt durch die Stadt spazieren, wird man uns sicher für zwei fröhliche Untertanen des Imperiums halten. Dann hat niemand einen Grund, uns aufzuhalten.«

Falls Chewbacca Zweifel an dieser Einschätzung hatte, so behielt er sie für sich.

Han ging zurück in Richtung Andockbuchten, wo sie den *Falken* zurückgelassen hatten. Als Orientierungspunkt diente ihm dabei ein besonders hohes Gebäude mit kupferfarbener Spitze, die wie ein Pfeilschaft in die Höhe ragte – er hoffte inständig, dass es nicht mehrere dieser Wolkenkratzer in der Stadt gab. Gleichzeitig hielt er Ausschau nach einer Holo-Karte oder einem Informationsstand, aber dieser Bezirk schien größtenteils aus Lagerhäusern zu bestehen; sie sahen deutlich mehr Droiden als organische Lebensformen, und ein öffentliches Verkehrssystem existierte hier ebenso wenig wie andere Dienstleistungen für Zivilpersonen. Schwere Verladedroiden hievten gewaltige Frachtcontainer von einem Gebäude zum nächsten, und kleinere Technikdroiden – größtenteils R2- und R3-Einheiten – huschten hin und her, um ihren diversen Aufgaben nachzukommen. Hin und wieder, wann immer in der Ferne eine Einheit der Sturmtruppen auftauchte, änderte Han zielstrebig die Richtung, um eine Begegnung zu vermeiden.

Schließlich rollte ein Reinigungsdroide an ihnen vorbei, der leise piepsend die Straße säuberte. Das elektronische Auge auf seinem langen Stiel wandte sich von der Ölspur ab, die eine leckgeschlagene Verladeeinheit auf der Fahrbahn zurückgelassen hatte, und fixierte Han und Chewbacca, gleichzeitig wurde er langsamer. Solo nickte der Maschine zu, als sie sie wieder überholten.

»Siehst du?«, begann er. »Man muss nur den Eindruck erwecken, als würde man hierhergehören, und schon ...«

»Stehen bleiben«, forderte die tiefe mechanische Stimme des Reinigungsdroiden. »Zeigen Sie bitte Ihre gültigen Ausweise und Ihre Erlaubnis für den Fußverkehr im Lagerhaussektor Elf-B vor. Falls Sie keine Erlaubnis haben, warten Sie bitte, bis imperiale Beamte eintreffen, um Sie festzunehmen.«

»Tut uns wirklich leid, aber wir haben es eilig«, rief Han, dann bedachte er den Droiden mit seinem aufrichtigsten Lächeln. »Wir werden also einfach ...«

»Stehen bleiben«, wiederholte die Maschine. Teile ihrer silbernen Hülle glitten auseinander, und ein halbes Dutzend Waffenmündungen schoben sich aus den Öffnungen. »Zeigen Sie bitte Ihre gültigen Ausweise und Ihre Erlaubnis für Fußverkehr im Lagerhaussektor Elf-B vor. Falls Sie keine Erlaubnis haben, warten Sie bitte, bis imperiale Beamte eintreffen, um Sie festzunehmen.«

Die Mitte des Auges öffnete sich in einer kreisförmigen Bewegung, und ein kleinerer Sensorfühler streckte sich ihnen entgegen. Einen Moment lang zuckte er vor den beiden in der Luft herum, dann sagte der Droide: »Eine Waffe wurde entdeckt. Lassen Sie alle Waffen fallen und nehmen Sie die Hände oder vergleichbare Gliedmaßen hoch.«

»Wirklich?« Han seufzte. »Ich wurde heute schon einmal festgenommen. Damit ist mein Limit erreicht.«

»Nehmen Sie die Hände hoch«, wiederholte der beharrliche Droide seine Forderung.

Han machte einen Schritt auf die Einheit zu, woraufhin sie ein Stück von ihm fortrollte. Ihr Sensorauge ließ ihn zu keiner Sekunde aus dem Blick.

»Ich wette, Straßenreinigungsdroiden wie dir ist es nicht erlaubt, Bürger zu töten, nur weil sie sich nicht ausweisen können oder keine passende Genehmigung dabeihaben.«

»Das ist korrekt«, erklärte eine Stimme hinter ihm. »Ich hingegen habe damit keine Probleme.«

Chewbacca stieß eine wütende Entgegnung aus.

»Leider habe ich keine Augen im Hinterkopf«, brummte Solo, während er die Hände hob und sich langsam herumdrehte. »Du solltest die Straße beobachten.«

Der Wookiee zog die Schultern hoch.

Der lächelnde imperiale Soldat hielt seinen Blaster gelassen auf Han gerichtet. Er trug die schwarze Uniform eines Nachwuchsoffiziers, und seine Haltung kündete von der selbstgefälligen Überheblichkeit, die man bei diesen Rängen häufig fand.

»Du kannst deine Arbeit fortsetzen«, sagte der Mann, und einen kurzen Moment lang glaubte Han beinahe, man würde sie gehen lassen – bis er das Surren des Droiden hörte.

»Sir, wir waren nur ...«

»In einen Zwischenfall bei den Hangars verwickelt, nicht wahr?«, beendete der Offizier den Satz für ihn.

Han machte einen Schritt nach hinten und zur Seite. Falls der Imperiale seiner Bewegung folgte, würde er Chewbacca aus dem Blick verlieren. Doch der Kerl schüttelte nur den Kopf und trat nach hinten, sodass er sie beide weiterhin im Visier behielt.

»Keine weitere Bewegung«, wies er sie an. »Meine Männer sind bereits unterwegs, eine Flucht ist also sinnlos. Außerdem würde es sich in meinem Bericht besser machen, wenn ich Sie lebend gefangen nehme.«

Chewbacca brüllte, und der Offizier wirbelte zu ihm herum. Bevor er die Waffe wieder auf Solo richten konnte, rammte ihm der Corellianer den Stiefel mit einem heftigen Tritt in den Bauch. Der Imperiale stolperte nach hinten, aber es gelang ihm, Hans Fuß zu packen und ihn mit sich zu Boden zu reißen. Seine Gegenwehr war aber nur von kurzer Dauer, und ein paar Minuten, nachdem Chewbacca Solo geholfen hatte, den Bewusstlosen in eine Gasse zu ziehen, trat Han wieder aus den Schatten, gekleidet in eine schwarze imperiale Uniform.

Der Wookiee beäugte ihn kritisch und brummte.

»Ja, mach dich nur lustig«, knurrte Han, während er die Ärmel glatt strich und sich die Kappe des Imperialen auf den Kopf setzte. »Auf die Weise kann ich zumindest offen meinen Blaster tragen. Du gehst zum Schiff zurück.«

Chewie schnaubte.

»Ja, aber ich bezweifle, dass wir eine imperiale Uniform in deiner Größe finden, und außerdem suchen sie im Moment nach einem Menschen *und* einem Wookiee. Also geh zurück zum Schiff und mach alles startklar. Sobald ich Hark gefunden habe, werden wir schnellstmöglich von hier verschwinden.«

Chewbacca stieß ein fragendes Jaulen hervor.

»Ich habe eine bessere Idee«, entgegnete Solo, wobei er den Datenblock des Offiziers hochhielt. »Jede Wette, dass unser Freund Japet auf irgendeiner Verdächtigenliste des Imperiums steht. Sie wissen sicher, wer seine Kumpane sind und an welchen Orten er sich regelmäßig rumtreibt. Und jetzt, wo ich ein Imperialer bin, muss ich einfach nur seinen Namen eingeben, um an all diese Informationen zu gelangen.«

Der Wookiee gab ein weiteres bellendes Lachen von sich.

»Nun komm schon«, erwiderte Han. »Ich kann mich schließlich nicht *immer* irren.«

6. Kapitel

Kinnel Persi, Datentechniker vierter Klasse, seufzte, zog einen weiteren Eintrag auf seinen Monitor und schüttelte dann den Kopf. Rings um ihn erfüllte die rege Betriebsamkeit eines Bienenstocks das Datenkontrollzentrum. Miki, die an dem Schreibtisch ihm gegenüber saß, schüttelte voller Mitgefühl ebenfalls den Kopf und versuchte, ein Grinsen zu unterdrücken. Kinnel gab sich Mühe, es sich nicht anmerken zu lassen, aber insgeheim genoss er ihre Aufmerksamkeit.

»Meinen Sie vielleicht Japet *Saun*, Sir?«, fragte er in sein Mikrofon.

»Vielleicht«, erklang die Stimme von Lieutenant Hannu Sololo in seinem Ohrknopf. »Was haben Sie über ihn?«

»Seine polizeiliche Akte, Sir.«

»Gut. Lassen Sie mal hören.«

Kinnel tippte sich durch mehrere Textfenster. »Diebstahl. Hat zwei Jahre in einem Arbeitslager auf Mangan Drei abgeleistet. Derzeitige Adresse nicht bekannt.«

»Irgendwelche bekannten Kontakte, die mit der … *Rebellion* in Verbindung stehen?«

Kinnel schloss die Augen. »Möchten Sie, dass ich sein PF-

Profil ebenfalls überprüfe, Sir?« Miki kicherte und hielt sich den Handrücken vor den Mund.

»Ja, gute Idee. Tun Sie das«, sagte Sololo.

Persi berührte seinen Schirm. »Ihnen ist bewusst, dass Sie auch von Ihrem Datenblock Zugriff auf all diese Daten haben, Sir?«

»Äh, mein Datenblock hatte eine Fehlfunktion. Das Chiffrierungsprotokoll muss, ähm, korrigiert werden.«

»Kann ich Ihnen dabei vielleicht behilflich sein?«

»Nein, nein. Lesen Sie nur vor, was in seinem PF-Profil steht.«

»Ich soll es Ihnen *vorlesen*?«, wiederholte er, damit auch Miki die Bitte des Lieutenants hörte. »Natürlich, Sir. Einen Moment, bitte. So, da hätten wir es. Er hatte oberflächlichen Kontakt zu einer Widerstandszelle, die letztes Jahr in Port Chait gefangen genommen wurde. Bei dieser Gelegenheit verhörte man auch Japet, aber er wurde nicht verurteilt. Seitdem … keine weiteren Aufzeichnungen.«

»Na immerhin«, brummte Sololo. »Gibt es irgendwelche bekannten Kontakte, deren Adressen wir haben?«

Kinnel beugte sich vor, stützte die Ellenbogen auf der Tischfläche ab und vergrub das Gesicht in den Händen. Irgendwie schaffte er es aber, seine Stimme weiter höflich und fröhlich klingen zu lassen. »Dann werde ich sein RQ-Profil überprüfen, Sir.« Miki schlug sich auf den Schenkel, ihr Gesicht gerötet von einem unterdrückten Lachen. Kinnel summte vor sich hin, während er die Datei aufrief. »Sein engster uns bekannter Kontakt ist ein trandoshanischer Dockarbeiter namens Cyr Hassk, wohnhaft unter der Adresse 113–624-e45.«

»Sekunde, Sekunde. Sechs … Zwei … Vier … wie war der Rest?«

»E Vier Fünf, Sir.«

»Gut, ich hab's. Danke. Gute Arbeit.«

Die Verbindung wurde unterbrochen, und als Kinnel den Knopf aus seinem Ohr nahm, lachte Miki laut los. Er blickte zu ihr hinüber und sah Tränen über ihre Wangen rinnen.

»Wo rekrutieren sie solche Leute bloß?«, fragte er kopfschüttelnd, aber dann erschien auch schon die nächste Anfrage auf seinem Schirm.

Cyr Hassk betrachtete sich im Spiegel. Die Schnittwunde an seinem rechten Schädelkamm war beinahe völlig verheilt, aber die Schuppen dort zeigten noch immer das helle Grün eines Jünglings. Mit dem Daumen trug er an dieser Stelle eine Salbe auf, in der Hoffnung, die Schuppen würden so wieder das Grau annehmen, das einem Mann seines Alters entsprach. Eigentlich hatte er nicht vorgehabt, sich kosmetischer Hilfsmittel zu bedienen, aber wenn es nicht anders ging …

Jemand klopfte an der Tür seines Zimmers in den Arbeiterunterkünften am Raumhafen, ein dreifaches lautes Pochen. Cyr zuckte vor seinem Spiegel zusammen und stieß unwillkürlich ein warnendes Zischen aus. Das Zimmer war winzig, und er brauchte nur vier Schritte, um von der kleinen Waschecke zur Tür zu gelangen.

Der Mensch, der auf dem Gang stand, trug die Uniform eines imperialen Offiziers und das Grinsen eines Handelsvertreters. Hassk musste nur einen Blick auf ihn werfen, um zu wissen, dass er ihn nicht leiden konnte.

»Sind sie Cyr Hassk?«, wollte der Imperiale wissen.

»Vielleicht.«

»Japet sagte, dass ich Sie hier finden würde. Er meinte, Sie könnten mir vielleicht weiterhelfen.«

»Da hat er sich geirrt«, fauchte Cyr. Er versuchte, die Tür wieder zu schließen, aber der Offizier schob sich bereits an ihm vorbei in das Zimmer.

»Komisch. Er wirkte ziemlich sicher«, fuhr der Mensch währenddessen fort. Er nahm seine Kappe ab, und darunter kam zerzaustes braunes Haar zum Vorschein, viel länger und viel ungepflegter als der präzise, imperiale Schnitt. Cyrs Pupillen verengten sich, und er ballte die Hände zu Fäusten. »Vielleicht sollten wir ihn aufsuchen und ihn fragen.«

»Vielleicht sollten Sie sofort von hier verschwinden«, zischte der Trandoshaner. »Das hier ist meine Wohnung.«

Der Mensch deutete auf seine Uniform. »Glauben Sie, es kümmert mich, wem diese Bruchbude gehört?«

Cyr spannte die Brustmuskeln und fletschte die Zähne. Jetzt, wo er sich den Kerl genauer ansah, schien ihm nicht einmal diese Uniform richtig zu passen. Der Stoff spannte sich zu straff über den Schultern und saß viel zu locker um die Hüften. Und die Drohung, die in dem Lächeln des Mannes mitschwang, passte eher in eine dunkle Gasse hinter einer Bar als in ein imperiales Verhörzimmer.

»Genug mit diesen Spielchen«, knurrte Cyr. »Wer bist du, was willst du und warum bei den Sonnen glaubst du, dass ich dir helfen werde?«

Sein Gegenüber beendete die imperiale Scharade ohne jedes Anzeichen von Verärgerung. »Ich muss Japet finden«, erklärte er. »Du bist sein Freund; du kannst mir sagen, wo er sich rumtreibt.«

»Ich bin nicht sein Freund, und falls doch, würde ich dir erst recht nicht sagen, wo du ihn finden kannst. Jetzt verschwinde.«

»Unter anderen Umständen würde ich das tun«, entgegnete der Mensch. »Aber er hat einen Fehler gemacht, der große Auswirkungen auf mich und meinen Job hat. Deswegen muss er diesen Fehler jetzt wieder auswetzen.«

Cyr schwankte zwischen mehreren Erwiderungen, die ihm auf der Zunge lagen. *Japet ist ein Nichtsnutz, der in seinem ganzen Leben noch nicht einmal das Richtige getan hat.* Oder: *Du bist mir egal, deine Probleme sind mir egal, Japet ist mir egal, also mach, dass du hier rauskommst.* Oder: *Wie wäre es, wenn wir den Sicherheitsdienst rufen; mal sehen, ob der dir weiterhelfen kann.* Letztlich entschied er sich, dem Kerl einfach einen Hieb in den Unterleib zu verpassen. Seine Faust presste dem falschen Offizier mit einem Ächzen die Luft aus der Lunge, und sein Oberkörper knickte nach vorne. Cyr riss das Knie hoch, um sein Argument zu unterstreichen, indem er dem Menschen die Nase brach, aber dazu sollte es nicht kommen, denn der Fremde schlang die Arme um sein Bein und riss es nach oben. Cyrs Arme wirbelten kreisend durch die Luft, als er versuchte, das Gleichgewicht zu wahren, doch es war zu spät. Seine Krallen zogen Rillen über die Wand, als er nach hinten stürzte und mit einem lauten Knall auf den Boden prallte. Danach wurde die Welt mehrere Sekunden lang ein wenig leiser, und es war, als würde sich das Universum in seinem Körper zusammenballen, oder vielleicht auch ein paar Zentimeter hinter ihm. Bevor er die Benommenheit jedoch abschütteln konnte, stürzte sich der falsche Offizier auf ihn und presste Cyr mit dem Unterarm die Luftröhre zu.

»Okay«, knurrte der Mann. »Du kannst nicht behaupten, dass ich es nicht mit höflichem Fragen versucht hätte.«

»Hast du nicht«, krächzte der Trandoshaner, während er in dem Würgegriff nach Atem rang.

»Was?«

»Gefragt? Und höflich warst du auch nicht.«

»Oh. Wirklich? Na gut, dann: Würdest du mir bitte verraten, wo ich Japet finden kann?«

»Nein.«

»Was denn, nicht höflich genug?«, fragte der Mann, dann verpasste er ihm einen Schlag ins Gesicht – einen überraschend harten Schlag. Der metallische Geschmack von Blut breitete sich in Cyrs Mund aus. »Bitte?«

Der Trandoshaner krümmte sich und riss seine Arme nach oben, wobei er mit seinen Krallen auf das Gesicht des Menschen zielte. Doch kurz bevor er diesem falschen Imperialen die Haut vom Schädel reißen konnte, gab dieser seinen Würgegriff auf und stieß sich von ihm ab. Cyrs Hieb verfehlte ihn knapp, und bevor er noch einmal ausholen konnte, ließ der Fremde sich wieder nach vorne fallen, und sein Ellenbogen presste erneut mit ganzer Kraft gegen den Hals des Dockarbeiters.

»Bitte, bitte?«

Das Licht in dem Zimmer schien schwächer zu werden, und Cyrs Atem dröhnte laut und feucht in seinen Ohren. Er trat nach dem Mann, rollte sich auf den Bauch und stemmte sich dann auf Hände und Knie hoch. Der Fremde verpasste ihm einen zweiten Tritt, um ihn wieder zu Boden zu befördern, aber diesmal war Cyr vorbereitet. Er schlug zu, und es fehlten nur ein paar Zentimeter, dann hätte seine Faust eine Delle im Gesicht seines Gegners hinterlassen, und nicht nur im Metall der Wand. Der Trandoshaner riss den Arm herum und spreizte die Finger, um dem Kerl den Bauch so weit aufzuschlitzen, dass seine Eingeweide auf den Boden klatschen würden.

Bevor er die Bewegung zu Ende führen konnte, presste sich ihm die Mündung eines Blasters in den Nacken.

»Bitte, bitte, *bitte*?«

»Wenn du den Abzug drückst«, fauchte Cyr, »dann wird hier in zehn Sekunden der echte Sicherheitsdienst auftauchen und …«

»Ja, ich weiß schon. Aber wir könnten dem Sicherheitsdienst diese Unannehmlichkeit auch ersparen, wenn du mir einfach verrätst, wo Japet steckt.«

Der Trandoshaner fuhr sich mit der Zunge über die blutigen Lippen. Bereits jetzt konnte er spüren, wie sich unter seinen Schuppen eine Beule formte. Nun, zumindest würde jetzt niemand mehr auf die hellen Schuppen an seinem Schädelkamm schauen, wenn er morgen bei der Arbeit auftauchte. Cyr grinste.

Japet war ohnehin ein Idiot.

»Er ist bei Aminni. Das ist seine Freundin.«

»Großartig«, seufzte der Mensch. »Und wo finde ich Aminni?«

Als er in der Bar aufgetaucht war, hatte Aminni befürchtet, der imperiale Offizier würde Schwierigkeiten machen, aber jetzt, zwei Drinks später, fand sie ihn schon viel angenehmer – und gut aussehend war er eigentlich auch. Noch ein Ale, und dieser Abend könnte interessanter werden, als sie es vor ein paar Stunden noch für möglich gehalten hätte.

»Das kann nicht sein«, sagte er gerade mit einem schiefen, warmherzigen Grinsen. Es war, als hätte sie einen Witz gemacht. Hatte sie aber nicht. »Ein Mädchen wie *du* hat keinen Freund?«

Aminni fuhr mit der Fingerkuppe den Rand ihres Glases nach.

»Na ja«, erwiderte sie und biss sich auf die Unterlippe. Ihre Mitbewohnerin, Khyys, die am anderen Ende der Bar saß, machte eine obszöne, auffordernde Geste, aber Aminni tat so, als hätte sie nichts gesehen. »Ich hatte einen Freund. Aber er war ein Idiot. Ich habe schon vor einer ganzen Weile mit ihm Schluss gemacht.«

»Und weiß er auch, dass es vorbei ist?«, fragte der Offizier, wobei er ihr die Hand auf das Knie legte.

»Natürlich weiß er es. Schließlich habe ich ihn und all seinen Kram aus meiner Wohnung geworfen.«

»Ich verstehe«, murmelte er, aber es klang, als wären die Worte mehr an ihn selbst gerichtet.

»Er hat meine Sachen geklaut. Ich hatte es ihm gesagt: Noch einmal, und es ist aus. Und dann war es aus. Irgendwie vermisse ich ihn aber. Das heißt, nicht wirklich *ihn*. Ich mag es nur nicht ... Du weißt schon.« Sie blickte ihm direkt in die Augen. »Allein zu schlafen.«

Das Lächeln kehrte langsam auf sein Gesicht zurück, und als es in die Breite wuchs, errötete Aminni ein wenig. Sie versuchte, sich daran zu erinnern, wie viele Getränke sie schon gehabt hatte. Gut möglich, dass es schon mehr als nur drei waren. Aber was machte das schon. Man lebte schließlich nur einmal. Sie beugte sich auf ihrem Hocker nach vorne, verlor dabei ein wenig das Gleichgewicht und stützte sich an seinem Schenkel ab. Anschließend gab sie ihm einen Kuss auf die Wange und schlang ihren Arm um seine Hüfte, als würde er dorthin gehören. Mit einem vielsagenden Lächeln zog sie die Augenbrauen hoch.

»Vielleicht hätte ich ihn nicht rauswerfen sollen«, sagte sie, ihre Stimme ein wenig tiefer als sonst. »Vielleicht hätte ich einfach dich rufen sollen. Ihr kümmert euch doch um solche Dinge, oder?«

»Wenn jemand nicht alleine schlafen möchte?«

»Wenn jemand von seinem Freund bestohlen wird.«

»Oh, ja, auch das fällt in unseren Zuständigkeitsbereich«, nickte er.

»Wie lange machst du diesen Job schon?«, wollte sie wissen.

Er lachte. »Kommt drauf an, wie du diesen Job definierst.«

Sie entschuldigte sich und ging kurz auf die Toilette, um ihre Schminke zu überprüfen, aber als sie wieder an die Bar zurückkehrte, war der Offizier verschwunden. Den Rest des Abends verbrachte Aminni mit Khyys und ihren Freunden von der Ressourcenverwaltung, aber die meiste Zeit blickte sie nur verdrießlich in ihr Glas und ärgerte sich darüber, dass man sie abgewiesen hatte. Sie war sicher, dass diese Nacht nicht mehr schlimmer werden konnte – zumindest bis sie aufstand, um nach Hause zu gehen.

»Was ist los?«, fragte Khyys, als sie Aminnis Blick sah.

»Mein Datenblock«, erwiderte sie und tastete ihren Gürtel ab. »Ich dachte, ich hätte ihn mitgenommen, aber vielleicht habe ich ihn auch zu Hause …«

Obwohl nunmehr betrunken, erinnerte sie sich noch genau daran, wie der Mann die Hand um ihre Hüfte gelegt hatte, wie seine Finger gegen ihren Körper gedrückt hatten.

»Sohn eines *Bantha*«, schrie sie.

»Liebling?«, fragte Japet, als er in den dunklen Korridor trat. Er hatte sich ein paar Tropfen Rasierwasser auf die Wangen geklatscht und für einen halben Credit an einem Automaten ein paar Blumen gekauft. »Minni, Schätzchen? Ich hab deine Nachricht bekommen. Bist du da?«

Etwas bewegte sich in den Schatten, und Japet lächelte hoffnungsvoll.

»Ich kann dich sehen«, schnurrte er. »Ich wusste, du würdest dich melden. Ich hab's dir sogar gesagt, weißt du noch? Ich habe gesagt, du kannst ohne dein großes Japet-Bärchen nicht leben. Und ich hatte recht, oder? Ich hatte recht.«

»Du ahnst gar nicht, wie sehr«, erklärte eine Männerstimme hinter ihm.

Japet wirbelte herum. Der Mann in den Schatten trug eine imperiale Uniform, aber etwas stimmte nicht mit seinem Gesicht. Es war nicht deformiert oder so; es passte nur einfach nicht zur Kleidung eines Offiziers.

»Wo ist Aminni?«, schnappte Japet. »Wer sind Sie?«

Der Fremde lächelte. »Sieh noch mal genauer hin. Vielleicht kommst du dann drauf.«

Japet kniff die Augen zusammen. Ja, er kannte diesen Kerl. Er hatte ihn schon mal gesehen, und es war noch nicht allzu lange her. Einen Moment später traf ihn die Erkenntnis, und sein Blut verwandelte sich in Eis. Er fuhr herum in der Befürchtung, einen Wookiee hinter sich zu erblicken, und taumelte, von Panik übermannt, in den Flur zurück.

»Bitte, Captain Solo, töten Sie mich nicht«, wimmerte er. »Es tut mir leid. Es war Baasen. Er hat mich gezwungen.«

Solo breitete die Arme aus und lächelte, ohne dass das gefährliche Funkeln aber aus seinen Augen wich. »Den Satz kauft einem niemand ab, Junge. Aber ich nehm's dir nicht übel. Ich habe ihn auch ein paarmal benutzt. Darum weiß ich ja, dass er nie funktioniert.«

»Es tut mir leid. Bitte, erschießen Sie mich nicht«, flehte Japet. Er stolperte über die eigenen Füße und landete auf dem Hosenboden, während die Blumen sich über den polierten Boden des Korridors verteilten. Der Rebellenpilot beugte sich zu ihm hinab, den Blaster in der Hand.

»Die Sache ist folgende: Ich weiß, warum du es getan hast. Baasen hat versprochen, dass er dich gut bezahlen würde. Ich bin ein Geschäftsmann, ich verstehe deine Beweggründe. Aber ich bin hier, um jemanden abzuholen, und wegen dir konnte ich diese Person nicht abholen. Jetzt muss ich nach ihr suchen. Und du wirst mir helfen, sie zu finden.«

»Ich kann nicht«, entfuhr es Japet, und Tränen füllten seine Augen. Baasen hatte ihm versichert, dass er Solo sofort nach der Gefangennahme von Cioran fortbringen würde. Er wollte sich gar nicht vorstellen, was mit dem Mirialaner und seinen Leuten geschehen war.

»Das solltest du dir noch mal gut überlegen«, sagte Han, und seine Stimme wurde rauer.

»Ich würde Ihnen ja gerne helfen! Das müssen Sie mir glauben. Aber ich kann nicht. Ich weiß nicht, wo sie jetzt ist. Es ist schließlich nicht so, als hätte sie mir all ihre Pläne anvertraut.«

»Aber sie hat dir genug erzählt, damit ihr mir eine Falle stellen konntet.«

»Sie hat mir überhaupt nichts erzählt«, protestierte Japet. »Ich habe nur von dem Signal erfahren, weil sich zwei der Leute von der Rebellenallianz darüber unterhalten haben. Ich habe ein paarmal kleinere Aufträge für sie übernommen, weil die Bezahlung gut war. Aber das waren wirklich nur Kleinigkeiten. Schmiere stehen, während sie ein paar Datendisks von einem Ort zum anderen transportierten. Einem Imperialen, der zu neugierig wurde, ein paar krumme Dinger anhängen. Solche Dinge.«

»Aber offenbar hat sie geglaubt, dass du auf ihrer Seite stehst«, warf Solo ein.

»Ich bin Hark nur ein paarmal persönlich begegnet. Aber es gibt da diese Bar, unten auf Ebene Acht, wo diese Kerle sich öfter trafen. Ich war auch manchmal da, und eines Abends, als alle ein wenig angetrunken waren, meinte einer von ihnen, dass wir nicht mehr lange Botengänge für Hark machen müssten, weil sie den Planeten verlässt.«

»Das ist also die Art von Hilfe, auf die sie hier zurückgreifen muss«, brummte Solo kopfschüttelnd. »Kein Wunder, dass die Sache schiefgegangen ist.«

»Ja. Äh. Ja. Und dann erzählte der Kerl von dem Sender und dem Denkmal. Ich bin damit zu Baasen gegangen, weil er mit solchen Informationen manchmal etwas anfangen kann.«

»Du hattest also gar nichts gegen mich, du wolltest nur Harks Operation auffliegen lassen.«

»Baasen zahlt gutes Geld«, stammelte Japet reuevoll.

»Wenn du wüsstest, woher dieses Geld kommt, würdest du nicht mehr sagen, dass es gut ist. Also, wie kann ich Hark finden?«

»Ich weiß es nicht«, winselte der Kleinkriminelle.

»Es muss doch eine Möglichkeit geben, mit ihr in Verbindung zu treten«, drängte Solo weiter. Er blickte den Korridor hinab wie ein Jäger auf der Spur eines gefährlichen Raubtiers. »Würde sie dich erkennen, wenn sie dich sieht?«

»Keine Ahnung. Wie ich sagte, ich bin ihr nur ein paarmal begegnet. Aber es heißt, dass sie ein wirklich gutes Gedächtnis hat, was Gesichter angeht. Es könnte also sein. Weiß nicht.«

»Denkst du, die lokalen Nachrichten würden dein Gesicht zeigen, wenn man dich ermordet auffindet?«

»He, wissen Sie, was Sie versuchen könnten?« Japet schnippte mit den Fingern. »Sie könnten mit dem Kerl reden, der das mit dem Sender bei dem Denkmal ausgeplaudert hat. Er heißt Wirrit, und er lebt nicht weit von hier entfernt.«

»Vielleicht«, erwiderte Solo. »Dann hätte ich aber keinen Grund mehr, dich zu erschießen. Und im Moment habe ich wirklich Lust, das zu tun.«

Wirrit öffnete die Tür einen Spaltbreit. Er trug Unterwäsche, und seine Haare waren noch immer vom Kissen zerzaust, aber jeder Gedanke, ins Bett zurückzukehren, löste sich auf, als er den imperialen Offizier in der schwarzen Uniform sah, eine schwarz-graue Kappe auf dem Kopf und einen ungeduldigen Ausdruck im Gesicht. Wirrits Hände zitterten, als er die Mündung seines Blasters gegen die Innenseite der Tür drückte, ganz langsam, ganz vorsichtig. Falls der erste Schuss nicht saß, würde er keine Gelegenheit für einen zweiten bekommen. Er musste den Imperialen sofort erledigen.

»Ich gehöre zur Rebellenallianz«, erklärte der Uniformierte. »Harks Treffpunkt wurde kompromittiert, und ich muss herausfinden, wo sie sich aufhält.«

Wirrit hielt die Finger weiter am Abzug.

»Woher soll ich wissen, dass du die Wahrheit sagst?«

Der Imperiale zuckte mit den Schultern. »Erstens habe ich nicht fünfzig Sturmtruppler im Gepäck, sondern bin allein hier. Zweitens unterhalten wir uns hier und nicht in einer Gefängniszelle. Und drittens hat dir kein Verhördroide die halbe Fingerkuppe abgetrennt, weil du mir nicht sofort gesagt hast, was ich wissen will.«

Wirrit runzelte die Stirn.

»Oh«, murmelte er. »Das stimmt allerdings.«

Der Luftschacht, der sich unter Han erstreckte, schien einen halben Kilometer senkrecht in die Tiefe zu führen. Er hing am Sims des Fensters, und seine schmerzenden Finger fühlten sich an, als würden sie in Flammen stehen. Hätte er das Fenster auch nur ein paar Zentimeter weiter aufgeschoben, wäre die Granate losgegangen, die an dem primitiven Sicherungsmechanismus befestigt war.

An den Wänden ringsum prangten in regelmäßigen Abständen die Fenster der anderen Wohnungen. Der einzige Ausblick, den sie boten, bestand in dem gegenüberliegenden Fenster oder einfach nur nacktem Stein. Und hätte jemand ganz genau hingesehen, hätte er vielleicht auch Hans Kletterseil entdeckt, das sich, dünn wie ein Spinnenfaden, von dem verwaisten Laufsteg über dem Wohnkomplex hinab zu Harks Unterkunft spannte.

Eine geschlagene Stunde lang hatte er es an der Tür versucht, geplagt von dem Gedanken, dass Hark inzwischen schon tot, von Sturmtruppen verhaftet oder von Baasen entführt sein könnte. Es wäre natürlich auch möglich, dass sie einfach nur zu tief schlief, um ihn zu hören. Es über den Hintereingang zu versuchen war ihm in dieser Situation wie eine vernünftige Idee erschienen ...

Jetzt verlagerte er sein Gewicht unter dem Fenster und erkannte, dass er sich nicht mehr lange würde festhalten können. Direkt hinter der Scheibe verlief der Monofaserstrang, der am Sicherungsschalter der Protonengranate befestigt war, einem kleinen, kesselförmigen Sprengkörper, den man hinter einem billigen Frühstückstisch festgeklemmt hatte. Han konnte nicht sagen, ob die Granate wirklich scharf war, aber falls dem so wäre, würde sie hochgehen, sobald der Faden sich spannte, und die Explosion wäre stark genug, um ein Loch in eine Schiffshülle zu reißen. Ein Sensor- oder Zeitzünder erschien ihm unwahrscheinlich – in dem Fall wäre er inzwischen vermutlich schon längst tot.

Er zog sich hoch und presste seinen Mund vor den schmalen Fensterspalt. Die Luft im Innern der Wohnung roch nach gerösteter Paprika.

»Hallo?«, wisperte er mit drängender Stimme. »Ich könnte hier ein wenig Hilfe brauchen. Hallo?«

Keine Antwort. Der Schmerz in seinen Knöcheln wurde unerträglich.

Hark musste die Wohnung verlassen haben. Sie hatte sich ein neues Versteck gesucht und ihren alten Unterschlupf mit Sprengfallen versehen, um neugierigen Imperialen einen angemessenen Empfang zu bereiten. Die vernünftige Entscheidung wäre also, wieder nach oben auf den Laufsteg zu klettern, aber falls es hier Hinweise auf Harks gegenwärtigen Aufenthaltsort gab, dann würde er sie nicht auf irgendeinem Laufsteg finden, sondern auf der anderen Seite dieser Fensterscheibe. Und da er sonst keinerlei Anhaltspunkte hatte, denen er nachgehen könnte …

»Also gut«, flüsterte er sich selbst zu. »Das ist gar nicht so schwer. Ich krieg das schon hin.«

Er konnte sich nicht festhalten und gleichzeitig die Sprengfalle entschärfen, das war ihm klar, also verlagerte er zunächst das Gewicht auf seinen rechten Arm und schob den linken behutsam durch die winzige Lücke zwischen Wand und Fensterscheibe, bis seine Hand vollständig im Inneren der Wohnung verschwunden war. Anschließend ballte er die Linke zur Faust und löste seine Rechte von dem schmalen Sims. Die Faust war zu groß, um durch den Spalt zu passen, und das Kletterseil war stark genug, um einen Teil seines Gewichts zu tragen. Natürlich war es so schmerzhaft wie der Biss eines Momong-Affen, aber zumindest war seine rechte Hand nun frei. Mit ihr zog Han seinen Blaster, dann drückte er den Auswurfknopf für die Energiezelle. Als der kleine Quader sich aus der Waffe löste, hielt er ihn zwischen kleinem Finger und Handfläche fest, bevor er in den Abgrund unter ihm fallen konnte. Die Kontakte zu überladen wäre zwar deutlich einfacher gewesen, wenn er beide Hände zur Verfügung gehabt hätte, aber mit etwas Geduld gelang es ihm auch so, den Verschluss der Zelle zu öffnen und die Spulen umzupolen. Die kleine Energiepatrone begann, sich zu erwärmen, und nur ein paar Sekunden später war sie bereits unangenehm heiß.

Solo spannte die Schultermuskeln und zog sich ein Stück näher an das Fenster heran. Den Blick auf die Protonengranate hinter dem Esstisch fixiert, schob er anschließend die Finger durch den Spalt und hielt die kurzgeschlossene Energiezelle über die Stelle, wo der Faden mit dem Sprengkörper verbunden war. Blut rann an seinem linken Handgelenk herab. Irgendwo über ihm erklang das Echo von Stimmen: Jemand war oben auf dem Laufsteg, und er kam in seine Richtung. Han versuchte, die Zelle möglichst dicht über dem Faden zu halten, ohne ihn dabei zu berühren. Der Geruch erhitzten, schmelzenden Kunststoffs überlagerte den Geruch von Paprika.

Die Stimmen wurden lauter und deutlicher, und Solo erkannte, dass es die blechernen Stimmen von Sturmtrupplern waren.

»Komm schon«, flüsterte er. »Komm schon …«

Jenseits der Fensterscheibe gab der Faden nach und sank durchgeschmolzen aus Solos Blickfeld wie eine umgekehrte Rauchfahne. Sofort stieß der Corellianer das Fenster weiter auf, um sich auf den Fenstersims zu hieven, dann schnitt er hastig das Kletterseil durch und ließ sich nach innen fallen. Angespannt blieb er auf dem Boden der Wohnung liegen, den Körper um seine schmerzende Linke zusammengekrümmt. Er konnte noch immer die Stimmen der Sturmtruppler hören, aber sie wurden nicht lauter, gaben keinen Alarm. Nach ein paar Sekunden setzte er sich zitternd auf und betrachtete die Protonengranate. Die Anzeige verkündete, dass sie tatsächlich scharf war. Behutsam drückte Han den Knopf an der Oberseite, bis sich der Schriftzug auf dem kleinen Feld änderte und das Wort DEAKTIVIERT erschien.

Jenseits des Schachts spähte eine kleine Gestalt aus dem gegenüberliegenden Fenster, im Gegenlicht nur als Silhouette mit langem schwarzen Haar zu erkennen. Han winkte dem Kind zu und bedeutete ihm, das Fenster zu öffnen. Kurz zögerte das Mädchen, aber dann kam sie seiner Aufforderung nach, ihre Augen groß und rund.

»Hab meine Schlüsselkarte verloren«, rief er durch den Schacht.

»Oh«, machte sie.

Er grinste, nickte und ließ die Jalousien herunter.

Sämtliche Zimmer der Wohnung waren auf dieselbe Weise gesichert wie das Fenster, schlicht und auf die Schnelle, aber effektiv, wenn auch nicht narrensicher. Im Schlafzimmer hingen noch immer Kleider im Schrank, die Nahrungsmittel in der Kühleinheit waren noch nicht verschimmelt. Scarlet Hark war bis vor Kurzem hier gewesen, aber jetzt war sie fort, und leider gab es keine Nachricht, die verriet, wo sie hingegangen war.

Er untersuchte noch einmal das Schlafzimmer, das Bad, die Essnische, entdeckte zahllose winzige Anzeichen dafür, dass hier jemand gelebt hatte, doch nichts davon half ihm bei seinem gegenwärtigen Problem. Er stellte fest, dass Hark surianischen Tee trank, dass sie Rechenpuzzles löste, bevor sie sich schlafen legte, dass sie zum Frühstück Eier und gebratene Paprika aß, welche sie sich von einem nahe gelegenen Restaurant liefern ließ. Wären da nicht die Sprengfallen an den Fenstern und Türen, hätte sie eine ganz normale Bürgerin sein können.

Solo hatte sich die ganze Nacht um die Ohren geschlagen, und irgendwo hoch über ihm, dort, wo die Stadt den Himmel berührte, würde bald die Sonne aufgehen. Chewbacca marschierte vermutlich schon ungeduldig im *Falken* auf und ab und fragte sich, was mit ihm geschehen war. Han setzte sich an den Tisch. Seine Augen fühlten sich an, als hätte jemand Splitt hineingestreut, sein Handgelenk schmerzte noch immer höllisch, und die billige imperiale Uniform wurde immer unbequemer. Von Anfang bis Ende, dies war nicht sein bester Tag.

Irgendeine Möglichkeit musste es doch geben, dachte er, als er den Hals streckte und seine Wirbel knackten. Irgendeinen Hinweis, der ihn zu Hark führen oder ihm zumindest einen Anhaltspunkt liefern konnte. Er rieb sich die Augen mit den Handflächen, bis Farbflecken über seine Netzhaut tanzten. Es *musste* ganz einfach eine Möglichkeit geben.

Hans Magen knurrte; seit dem fehlgeschlagenen Treffen am Denkmal hatte er keinen Bissen mehr zu sich genommen. Da begann selbst der Geruch der gebratenen Paprika vom Vortag verlockend zu duften.

Er runzelte die Stirn und beugte sich vor. Der Wiederaufbereiter war halb voll mit alten Teebeuteln, Drähten und anderen metallischen Abfällen. Auf einer fettverschmierten Papiertüte stand eine gedruckte Bestellnummer – *#29 Paprika & Eier* – und darunter ein Kommcode, die Adresse von Harks Wohnung und ein winziges Logo, das eine weibliche Twi'lek mit einem Tablett voller Speisen zeigte. KAYIS GRILL! BEI UNS GIBT ES DIE BESTE SANNOS-PLATTE IM GESAMTEN IMPERIUM! Darunter befand sich eine zweite Tüte, diese vom Tag zuvor. Und noch eine. Das sah ganz so aus, als wäre sie eine Frau mit festen Gewohnheiten. Zunächst dachte er sich nichts weiter dabei, aber ein Teil von ihm lenkte seine Aufmerksamkeit immer wieder auf dieses Detail zurück.

Kurz legte er die Stirn in Falten. Die Adresse stand auf den Tüten, Hark hatte sich ihr Frühstück also liefern lassen. Und wenn sie sich ihre Eier und Paprika hierher liefern ließ, dann vielleicht auch zu ihrem neuen Versteck. Er lächelte und tippte mit dem Finger auf das Logo von Kayis Grill.

»Ich habe einmal Nummer neunundzwanzig bestellt«, sagte der müde aussehende Lieutenant und schlug mit dem Handrücken auf seine Handfläche. »Es sollte *geliefert* werden. Und jetzt muss ich den ganzen Weg hierherkommen.«

Kayi lehnte sich gegen die Theke. Sie hatte den Laden vor nicht mal zwei Stunden geöffnet, und trotzdem schmerzten ihre Füße bereits. Der Mann blickte sie finster an. Seine Uniform sah aus, als hätte er darin geschlafen, und den Stoppeln an seinem Kinn nach zu schließen hatte er sich seit einem Tag nicht mehr rasiert. Sie versuchte, Trost in dem Gedanken zu finden, dass sein Vorgesetzter ihn sicherlich gehörig zurechtweisen würde, noch ehe er sein Frühstück verdaut hätte.

Der morgendliche Andrang war genauso hektisch wie immer, und Vertreter von einem halben Dutzend Spezies drängten sich in der kleinen Grillstube. Keiner von ihnen war ein Beamter oder hochrangiger Angestellter, der, das Haar ordentlich gekämmt, hoch aufgerichtet ins Büro ging. Nein, dies waren Arbeiter mit müden Gesichtern, die einem weiteren langen Tag entgegenschlurften. Die Luft war erfüllt vom Geruch nach Fett und Schweiß und von den Stimmen dreier männlicher Twi'leks – ihrem Mann und ihren beiden Brüdern –, die in der Küche standen und immer wieder laut fluchten.

»Wann haben Sie die Bestellung denn aufgegeben?«, fragte Kayi.

»Heute Morgen«, erklärte der Mann mit einer vagen Handbewegung.

»Geht es vielleicht auch ein wenig genauer?« Die beiden

Lekku, die von ihrem Hinterkopf herabhingen, zuckten vor Verärgerung.

»Es war jedenfalls genug Zeit, um einmal Nummer neunundzwanzig zuzubereiten und es mir zu schicken«, schnappte er. »Mehr als genug Zeit sogar.«

»Lassen Sie mich mal nachsehen«, sagte sie, wobei sie sich um ein höfliches Lächeln bemühte, anschließend beugte sie sich nach hinten, in Richtung der Küche, und rief in ihrer Muttersprache: *»Tai'mer! Dieser Nerfhirte hier behauptet, er hätte eine Neunundzwanzig zur Auslieferung bestellt.«*

»Ist gleich fertig«, erwiderte ihr Bruder.

»Warum ist es nicht schon längst raus?«

Tai'mer streckte den Kopf aus der Küche und hielt die Papiertüte hoch. *»Ich habe die Bestellung erst vor fünfzehn Minuten ausgedruckt, und hier geht gerade alles drunter und drüber. Darum.«*

Ein bronzefarben und blau schimmernder Lieferdroide schwebte an ihm vorbei, zwei Sannos-Platten auf seinen spinnenartigen Silberarmen, und surrte über die Köpfe der Wartenden hinweg zu den Tischen am Eingang. Kayi seufzte und wandte sich wieder dem Lieutenant zu.

»Da muss es eine Verzögerung gegeben haben, Sir«, erklärte sie, nun wieder in Basic. »Wir haben die Bestellung erst vor ein paar Minuten erhalten. Sie ist aber gleich fertig. Ich entschuldige mich vielmals für die Unannehmlichkeiten.«

»Schon in Ordnung«, winkte der Imperiale ab. Sein Lächeln wirkte mit einem Mal viel sanfter, und wenn man ihn so sah, konnte man ihn beinahe für gut aussehend halten. »Packen Sie's einfach ein, wenn es fertig ist, dann nehme ich es gleich mit.«

»Natürlich, Sir.«

»Ich meine, ich möchte mich wegen so einer Kleinigkeit nicht aufführen wie ein Nerfhirte.«

Kayi errötete, aber das Grinsen des Mannes war so warmherzig und seine Augen so schelmisch, dass sie nicht anders konnte, als ebenfalls zu lächeln.

Es gab zwei Betten in der Wohnung, die Scarlet Hark gemietet hatte. In einem hatte sie geschlafen, auf dem anderen hatte sie in ordentlichen Reihen ihre Ausrüstung ausgebreitet. Der magnetische Enterhaken; drei Blaster, jeder von einem anderen Typ, aber alle aus Materialien, die ein imperialer Scanner nicht erfassen konnte; die gefälschte Ausweiskarte; ihre Werkzeuge aus schwarzem Stahl, die wie die Beine eines Tausendfüßlers aus ihrem Gürtel ragten; die Datendisks mit den Arbeitsplänen und den Grundrissen der Sicherheitszentrale sowie der Büros darüber und darunter. Alles, was sie brauchen würde, war hier – mit einer Ausnahme.

Es klingelte an der Tür, und als sie aufmachte, stand ein Mann vor ihr, die Tüte mit ihrem Frühstück in der Hand. Er wirkte zu gleichen Teilen erschöpft und erleichtert.

»Scarlet Hark«, sagte er, wobei er sich scherzhaft verbeugte und ihr die Tüte hinhielt, als wäre sie ein wertvoller Preis. Ihre Muskeln versteiften sich. Er trug eine imperiale Uniform ... aber irgendetwas stimmte nicht mit ihm.

»Sind Sie nicht ein wenig zu alt, um den Lieferjungen zu spielen?«

»Kommt auf die Lieferung an«, entgegnete er. »Leia sagte, Sie wollten von hier verschwinden.«

Mit einem Lächeln nahm sie ihr Frühstück entgegen. »Sie sind spät dran.«

7. Kapitel

Im wahren Leben wirkte Scarlet Hark noch gerissener als auf den Bildern in ihrer Akte. Sie saß im Schneidersitz auf ihrem ungemachten Bett, die Brauen leicht gewölbt, den Hauch eines Lächelns um die Mundwinkel, und durch ihre präzisen, sparsamen Bewegungen wirkte sogar die Art, wie sie ihr Frühstück auspackte, professionell und zielgerichtet. Der Geruch von gewürzten Eiern breitete sich in dem Raum aus und erinnerte Han daran, dass er noch immer nichts gegessen hatte. Doch er ignorierte den Hunger und trat vor das zweite Bett, um sich die Ausrüstung anzusehen, die darauf ausgebreitet war. Bei einigen dieser Gegenstände war er sich nicht einmal sicher, was sie überhaupt darstellten, aber da lagen definitiv genug illegale Gerätschaften, um Hark vor ein Erschießungskommando zu bringen. Und vermutlich würde man die anderen Bewohner dieses Mietkomplexes gleich mit exekutieren, nur um auf Nummer sicher zu gehen.

Die Spionin seufzte und strich mit der Fingerspitze über die Adresse auf der Papiertüte.

»Daran hätte ich denken müssen«, sagte sie. »Ich bin schon zu lange hier. Ich werde unvorsichtig.«

»Ich wollte es eigentlich nicht weiter zur Sprache bringen«, erwiderte Solo.

Ein Sekretärdroide mit blauem Metallgehäuse trat aus dem Wandschrank.

»CZ, das ist meine Fahrkarte in die Freiheit. Fahrkarte in die Freiheit, das ist CZ-Dreiunddreißig.«

»Das Vergnügen ist ganz meinerseits«, erklärte der Droide mit tiefer, melodischer Stimme.

»Zweifellos«, brummte Han, dann richtete er seine Aufmerksamkeit wieder auf Scarlet. »Mein Name ist übrigens Solo. Han Solo. Vielleicht haben Sie schon von mir gehört.«

»Vielleicht«, murmelte sie, und ihre Mundwinkel wanderten um einen weiteren Millimeter nach oben. »Aber in diesem Beruf ist es nicht unbedingt von Vorteil, einen weithin bekannten Namen zu tragen.«

»Nun, das sollte kein Problem mehr sein, wenn wir erst von hier fort sind. Warum packen Sie Ihre Spielsachen da drüben nicht wieder zusammen, und wir machen uns auf den Weg zum Raumhafen. Chewie wartet sicher schon auf uns.«

Scarlet seufzte und lehnte sich nach hinten gegen ihre Kissen. »Ich fürchte, da gibt es ein Problem. Ich muss erst noch etwas erledigen, bevor ich den Planeten verlassen kann.«

Han schüttelte den Kopf. »Schlagen Sie sich das aus dem Kopf. Sie haben uns gerufen, damit wir Sie hier rausholen. Jetzt sind wir hier. Zeit zu verschwinden.«

»Ich verstehe«, sagte sie zwischen zwei Bissen gebratener Paprika. »Aber dass Sie hier sind, bedeutet auch, dass ich jetzt tun kann, was vorher nicht möglich war, als ich noch keine Möglichkeit zur Flucht hatte. Möchten Sie etwas hiervon? Sie starren die ganze Zeit auf mein Frühstück.«

»Wenn Sie so fragen«, brummte Solo.

Scarlet schaufelte einen Teil ihrer Mahlzeit aus der Pappschale auf die Papiertüte und hielt sie anschließend ihrem Gast hin, wobei sie fortfuhr:

»Haben Sie schon einmal von Essio Galassian gehört?«

»Nein. Wieso? Ist er jemand Bedeutendes?«

Hark nickte ihrem Droiden zu. »CZ? Falls du so freundlich wärst.«

Der Droide fuhr einen Holoprojektor aus seinem linken Auge aus, und zwei winzige Gestalten erschienen in der Luft über dem Bett. Eine davon war ein Mann mit dem Körperbau eines Athleten und wogendem, schulterlangem Haar. Er schrie gerade einen älteren Mann an, der vor ihm kauerte, und als Han die Szene weiter betrachtete, tauchten auf die herrischen Gesten des Athleten hin mehrere Droiden von der Größe zweier geballter Menschenfäuste auf. Sie rasten auf die kniende Gestalt zu und prallten gegen ihre Rippen und ihren Kopf. Der ältere Mann kippte nach hinten, und seine Glieder und sein Gesicht erschlafften.

»Das ist Essio. Der mit den Sparringsdroiden«, informierte Scarlet Han.

»Scheint ein reizender Kerl zu sein«, meinte der Corellianer. »Wer ist er? Ihr Ex-Freund?«

»Er ist des Imperators liebster Astrokartograf. Übernimmt Aufträge von den ranghöchsten Mitgliedern des Imperiums, ist aber niemandem Rechenschaft schuldig. Hin und wieder gibt er Informationen an den Geheimdienst weiter. Außerdem ist er größenwahnsinnig. Und er ist ein Mörder.«

CZ deaktivierte den Holoprojektor, und das Abbild von Galassian löste sich auf. Jetzt nahm Han die Papiertüte mit dem Ei und der Paprika entgegen. Das Essen war noch immer warm, und bei dem Geruch fühlte sich sein Magen gleich viel leerer an, also schob er sich mit den Fingern einen Happen in den Mund. Die Paprika schmeckte besser, als er erwartet hatte.

»Ich verfolge seine Aktivitäten jetzt schon seit anderthalb Jahren«, berichtete die Spionin weiter. »Er hat an einer Art Forschungsmission teilgenommen. Sehr geheim das Ganze. Und als er wieder zurückkehrte, wirkte er noch selbstzufriedener als sonst. Gerüchten zufolge hat er auf dieser Reise etwas Interessantes entdeckt. Etwas, wofür ihn sein größter Gönner, der Imperator, großzügig belohnen würde. Nur hat jemand den Bericht und alle vorläufigen Daten aus seiner privaten Arbeitsstation auf Tyybann gestohlen und anschließend das gesamte System gelöscht.«

»Dieser Jemand waren Sie, oder?«, vermutete Han.

»Leider nein«, erwiderte Scarlet. »Es war ein Amateur, der Glück hatte. Der Diebstahl war nicht von langer Hand geplant, und Galassian vermutete sofort, dass jemand aus seinem Umfeld dahintersteckte. In einem Wutanfall ließ er daraufhin alle Bediensteten auf seinem Anwesen ermorden und seine Droiden neu programmieren.«

»Ziemlich extrem«, kommentierte Han, bevor er sich neben Hark auf die Bettkante setzte.

»Das kann ich bestätigen. CZ und ich arbeiteten damals nämlich auf seinem Anwesen«, erklärte Scarlet. »Es war äußerst unangenehm. Und ärgerlich. Noch drei Tage, und ich hätte seine gesamten Aufzeichnungen kopieren können, ohne dass er es überhaupt bemerkt hätte. Stattdessen mussten wir uns drei Wochen durch einen Eisdschungel schleppen, verbrauchte Luft aus rissigen Schläuchen atmen und wiederaufbereitetes Wasser trinken.«

»Ich frage besser nicht, woraus dieses Wasser aufbereitet wurde«, murmelte Han.

»Das wollen Sie nicht wissen, glauben Sie mir.«

»Ich bedaure diese Angelegenheit noch immer sehr, Ma'am«, warf der Droide ein.

»Aber immerhin blieben wir so lange genug unter dem Radar«, fügte die Spionin an. »Und als wir endlich einen halbwegs zivilisierten Raumhafen erreichten, war Galassian bereits zu der Überzeugung gelangt, dass wir gestorben wären. Er war jedenfalls bereits wieder mit seinem Sternzerstörer aufgebrochen ... wohin auch immer. Es gab eine groß angelegte Untersuchung, um zu ermitteln, was genau mit den gestohlenen Daten geschehen war.« Sie nahm einen letzten Bissen Ei, dann zerknüllte sie die Schale in ihrer Faust. »Der Geheimdienst ließ fast zwei Monate lang eine Sondereinheit an dem Fall arbeiten. Während dieser Zeit haben sie mehr als hundert Leute verhört, wenn man von ein paar Einzelteilen hie und da absieht.« Sie warf die Pappschale durch den Raum, und der Droide klaubte sie mit einer flinken Bewegung aus der Luft.

»Haben sie etwas herausgefunden?«, hakte Solo nach.

»Ja.«

»Und was?«

»Keine Ahnung«, antwortete Scarlet mit einem strahlenden Lächeln. »Aber was immer es ist, es muss wohl wichtig genug sein, um die Hälfte der imperialen Flotte von ihren gegenwärtigen Aufgaben abzuziehen und den Geheimdienst in ein wild gewordenes Kikka-Nest zu verwandeln.«

»Wenn ich das nehmen dürfte, Sir«, bat der Droide und streckte den Arm aus. Han legte die fettige Papiertüte in seine metallene Handfläche, während er weiter nachdenklich auf dem letzten Bissen herumkaute.

»Die große Frage lautet also: Was hat dieser Astrokartograf entdeckt?«

»So sieht es aus. Und ich war so dicht davor, es herauszufinden, wäre mir dieser Amateur nicht zuvorgekommen, der alles vermasselt hat.«

»Und diese Flottenbewegungen? Bedeutet das, die Imperialen haben es herausgefunden, oder heißt es, sie wissen, wer die Daten gestohlen hat?«

Scarlet hob hilflos die Hände. »Kann ich Ihnen nicht sagen.«

Han kratzte sich am Hals. »Das klingt nach einer kniffligen Angelegenheit.«

»Das ist noch untertrieben. Es gibt aber auch eine gute Nachricht: Ich weiß, wie ich an den vollständigen Bericht des Geheimdienstes herankommen kann. Das Terminal ist mit einem Gleiter in zehn Minuten von hier zu erreichen. Knapp eine Stunde, wenn wir zu Fuß gehen. Der Verlust von Galassians Daten hat den Sicherheitschef in helle Aufregung versetzt, und seitdem lässt er sich über jede Kleinigkeit auf dem Laufenden halten. Alle Informationen, an einem Ort gesammelt. Ich muss sie mir nur noch holen.«

Han schmunzelte. »Es sei denn, Ihnen kommt wieder ein Amateur zuvor.«

»Unwahrscheinlich. Wir reden hier von einem isolierten Terminal in der Zentrale des imperialen Geheimdienstes, gesichert mit Galassians persönlichem Code und so streng geschützt, dass sofort der Alarm losgeht, wenn jemand versucht, eine Kopie der Daten anzufertigen.«

»Tja, das tut mir wirklich leid für Sie, Kleines«, sagte Han, »aber das können Sie vergessen. Ich wurde nicht angeheuert, um mir von einem Sturmtruppler den Kopf wegblasen zu lassen. Ich bin hier, um sie abzuholen und wieder von Cioran zu verschwinden. Und genau das werde ich auch tun.«

»Wenn Sie mir nicht helfen wollen, *Kleines*, dann warten Sie wenigstens, bis ich fertig bin. Ich habe zu viel Zeit in diese Sache investiert, um jetzt einfach aufzugeben.«

»*Kleiner*. Ich nenne Sie *Kleines*, und Sie nennen mich *Kleiner*. Verstehen Sie, weil ...«

»CZ, zeig uns den Bauplan.«

»Gewiss, Ma'am«, ereiferte sich der Droide, und einen Moment später schwebte die schematische Darstellung eines fünfstöckigen Gebäudeabschnittes über den Laken. Die Linien glühten in hellem Blau, als Scarlet die Hand in das Hologramm streckte. »Die erste Hürde ist, überhaupt in den Komplex zu gelangen. Die Kommandozentrale des Geheimdienstes befindet sich im achtzigsten und einundachtzigsten Stockwerk, weitere Zugänge gibt es im siebzigsten und dreiundsiebzigsten. Aber egal, auf welcher Etage, niemand darf den Komplex ohne entsprechende Autorisierung betreten.«

»Und Sie haben keine Erlaubnis«, warf Han ein. Zur Antwort zog Hark eine Karte aus ihrer Tasche und warf sie ihm durch die Projektion zu. Der Ausweis zeigte ihr Gesicht, lautete aber auf den Namen Choya Sebastiao, Umwelttechnikerin dritter Klasse. »Ich dachte mir, Sie könnten als mein Lehrling durchgehen. Aber ein imperialer Offizier, der mich begleitet, um mir auf die Finger zu sehen, wird vermutlich noch überzeugender wirken. CZ? Können wir das einrichten?«

»Die Karte wird bereits programmiert, Ma'am. Ich habe mir erlaubt, Ihren Besucher zu fotografieren, als er hereinkam.«

»Wunderbar.«

»He!«, protestierte Han.

»Sobald wir drin sind, müssen wir hierhin«, fuhr Scarlet mit ihrer Missionsbeschreibung fort, und ihr Finger zeichnete den Verlauf eines schmalen Korridors nach, der daraufhin in einem sanften Grün zu leuchten begann. »Das ist der Nebenraum der Sonden- und Sensorregulationszentrale. Er gehört zum Komplex des Geheimdienstes, aber die Sicherheitsvorkehrungen dort sind weniger streng. Trotzdem müssen wir hier und hier nach Wachdroiden Ausschau halten.« Zwei glühende orangene Kreise erschienen auf dem Gebäudeplan. »Außerdem gibt es Patrouillen, die in regelmäßigen Abständen diesen Korridor passieren. In etwa so.« Links und rechts des grünen Ganges leuchteten zwei weitere Linien auf, und winzige orangene Punkte bewegten sich darauf hin und her, um die Wachen und ihre Laufwege anzuzeigen.

»Das ist ein grauenvoller Plan«, erklärte Han.

»Dort gibt es einen Zugang zu einem Kabelschacht.« Eine grüne Linie zog sich senkrecht durch das Hologramm. »Die Hauptkabel von den Übertragungstürmen auf dem Dach verlaufen durch diesen Schacht bis zum Datenzentrum im vierzigsten Stock. Sie sollten also versuchen, nicht den Halt zu verlieren, wenn wir zur Kommandozentrale des Geheimdienstes hinaufklettern. Aber erst müssen wir ein Loch in die Wartungsluke schneiden.«

»Ich bin sicher, das wird niemandem auffallen.«

»Ich habe alles, was wir brauchen, um die Luke hinter uns wieder zu verschließen, außerdem ein kräftiges Seil, um den senkrechten Schacht hochzuklettern. Bis hierhin.« Nun blinkte ein tiefroter Klecks in dem Hologramm auf, dicht unterhalb der Stelle, wo die senkrechte Linie endete.

»Und von da an ist natürlich alles ein Kinderspiel, und niemandem wird etwas geschehen«, kommentierte Han sarkastisch.

»Dort kann ich die Passwörter und Identitätscodes benutzen, die ich mir besorgt habe, als ich noch für Galassian arbeitete, und dann eine Kopie des Berichts auf einen Speicherchip herunterladen.« Scarlets Mund verzog sich zu einem schmalen Lächeln, das ebenso aus Bedauern geboren schien wie aus Belustigung. Han betrachtete den kleinen blutroten Punkt, aber er konnte nichts in dem Hologramm entdecken, das dieses rätselhafte Schmunzeln erklärt hätte.

»Also schön«, sagte er schließlich. »Und was dann?«

»Dann wird jeder Alarm auf dem gesamten Planeten losgehen, und wir verschwinden, so schnell wir nur können.«

»Erinnern Sie sich noch, wie ich meinte, das wäre ein ›grauenvoller Plan‹ und dass Sie das Ganze ›vergessen können‹?«

»Das ist der Teil des Plans, der ein wenig problematisch ist«, räumte Hark ein. »Meine Informationen über das Einbruchsprotokoll des Geheimdienstes sind nur lückenhaft, aber immerhin haben wir einen Vorteil. Jeder weiß, dass ein solches Eindringen einen Großalarm auslösen wird. Und genau deshalb wird niemand damit rechnen, dass jemand dieses Risiko eingeht …«

»Für mich sieht das nicht nach einem Risiko aus, sondern nach sicherem Selbstmord.«

»Jetzt verstehen Sie sicher, warum ich warten musste, bis ich eine Fluchtmöglichkeit hatte. Wir haben ein kleines Zeitfenster, solange alle noch verwirrt sind und sich gegenseitig auf den Zehen herumtreten. Aber falls wir nicht im Hyperraum sind, wenn die Zahnräder wieder ineinandergreifen, sind wir geliefert.«

Han winkte mit der Hand in Richtung Hologramm, und CZ ließ den Bauplan verschwinden.

»Wir sind hier im galaktischen Kern, und wir arbeiten für die Rebellion«, begann er. »Es würde also schon genügen, wenn wir in eine Routinekontrolle geraten; dann wären wir geliefert. Im Moment kann ich Sie noch von hier fortbringen, und auch das nur, weil ich der beste Pilot und Schmuggler im ganzen Sektor bin. Aber wenn wir das gesamte Imperium in Alarmbereitschaft versetzen, bevor wir auch nur das Schiff besteigen …«

»*So* gut sind Sie dann wohl doch nicht, oder?«, fragte Scarlet unschuldig.

»Niemand ist *so* gut.«

»Nicht einmal der Mann, der den Kessel-Flug in dreizehn Parsec geschafft hat?«

»Zwölf«, korrigierte Han mit einem Grinsen. »Ich hab ihn in zwölf geschafft. Sie haben also *doch* von mir gehört.«

Hark lächelte, wurde aber schnell wieder nüchtern. »Ich versuche schon zu lange herauszufinden, was Galassian entdeckt hat, und ich habe schon zu viele Menschen sterben sehen, die mir bei der Aufklärung dieses Rätsels helfen wollten. Ich muss diesen Bericht kopieren, bevor wir den Planeten verlassen. Falls Sie lieber im Hangar warten möchten, werde ich Sie nicht abhalten, aber ich glaube, meine Chancen stünden besser, wenn Sie mich begleiten.«

»Wissen Sie, das klingt jetzt fast schon, als würden Sie mich um Hilfe bitten.«

»Es klingt nicht nur so. Bitte, helfen Sie mir.«

Einen Moment lang herrschte Stille. Han tippte mit dem Finger gegen das Kunstleder seiner imperialen Stiefel.

»Und was springt dabei für mich raus?«, fragte er schließlich.

»Sie können damit angeben.«

»Das ist nicht gerade viel.«

»Sie können damit angeben, und die Allianz wird Ihnen für alle Zeit dankbar sein.«

»Wie wäre es damit: Ich kann damit angeben, ich habe die

ewige Dankbarkeit der Allianz, und ich bekomme dreitausend Credits als Bonus für meine Hilfe.«

»Abgemacht«, sagte sie ohne Zögern.

Han blinzelte. »Wirklich?«

»Ich hätte auch sechs gezahlt.«

»Jetzt, wo ich drüber nachdenke: Sechs wären wirklich besser als drei.«

»Wir haben uns aber schon auf drei geeinigt«, erklärte sie, dann stand sie auf und blickte zum Chrono hinüber. »Ich schlage vor, wir brechen innerhalb der nächsten Stunde auf. Wie lange braucht Ihr Freund, um das Schiff startbereit zu machen?«

»So, wie ich ihn kenne, ist der *Falke* bereits startbereit«, erwiderte Solo. »Was ist mit Ihrem Droiden? Was wird aus ihm?«

»Ma'am?«, fragte CZ. Ein bedeutungsschwangerer Ton schwang in seiner elektronischen Stimme mit, den Han nicht recht einordnen konnte, aber Scarlets Züge wurden weicher, als sie den Droiden musterte. Ein Gefühl des Unbehagens überkam Solo; es war, als würde er einem intimen Moment beiwohnen.

»Das ist alles«, sagte sie anschließend. »Diese eine Sache noch, dann sind wir quitt.«

»Ja, Ma'am«, erwiderte der Droide und neigte den Kopf. Die Spionin legte ihm die Hand auf die Schulter.

»Danke«, flüsterte sie.

Han räusperte sich. »Habe ich etwas verpasst?«

»Darüber müssen Sie sich keine Gedanken machen«, wiegelte Scarlet ab, ihre Stimme wieder klar und belustigt. »Gehen wir lieber den Plan durch.«

CZ aktivierte wieder den holografischen Gebäudeplan, und während der nächsten anderthalb Stunden wies Hark Solo in sämtliche Details ihres Planes ein. Sie erklärte ihm, wo sich die Eingänge des Gebäudes befanden, wann die Patrouillengänge und Schichtwechsel des Wachpersonals stattfanden, wo sich der Kabelschacht befand. Nur einmal wurde sie dabei von ihrem Droiden unterbrochen, als dieser eine gefälschte Ausweiskarte mit Hans Gesicht ausspuckte und sie dem Corellianer noch warm in die Hand drückte. Nachdem alles geklärt war, begann Scarlet mit eingeübter Effizienz, ihre Ausrüstung vom Bett in den sichtbaren und verborgenen Taschen ihrer Hose und Jacke zu verstauen.

Als auch das erledigt war, meldete sich Han über sein Kommlink bei Chewbacca. Das Gebrüll des Wookiees überforderte den winzigen Lautsprecher des Komms, sodass seine Worte nur als stotterndes Scheppern zu hören waren.

»Ich melde mich doch *jetzt*, oder etwa nicht?«, unterbrach Solo ihn schließlich. »Ich habe sie gefunden, aber es gibt noch etwas, was sie erledigen möchte, bevor wir gehen können.«

Chewies Grollen verwandelte sich in eine Warnung.

»Mir gefällt es auch nicht, aber es gibt einen Bonus, wenn ich ihr helfe. Ich konnte den Preis auf dreitausend Credits hochtreiben. Sorg du nur dafür, dass die Triebwerke vorgewärmt sind und wir eine Starterlaubnis haben. Wenn wir bei dir auftauchen, werden wir nämlich höchstwahrscheinlich sofort verschwinden müssen.«

Chewbacca heulte und knurrte. Scarlet zog lächelnd die Augenbraue hoch, und Han stellte fest, dass er dieses Lächeln erwiderte.

»Tja, aber wären wir vorsichtig, hätten wir diese Mission gar nicht erst übernehmen dürfen, oder?«, bemerkte er. Chewbaccas Entgegnung war noch vehementer und noch stärker von Verwünschungen durchsetzt als zuvor, und Han unterbrach die Verbindung. Mehrere Sekunden war nur Harks Lachen zu hören.

»Er scheint Sie ziemlich gut zu kennen«, kommentierte sie.

»Wir fliegen schon lange zusammen«, erklärte Solo. »Sind Sie jetzt bereit?«

Die Spionin runzelte die Stirn. »Sie sehen aus, als hätten Sie in diesen Kleidern geschlafen«, sagte sie. »So werden Sie nur unnötige Aufmerksamkeit erregen. CZ, darf ich dich um einen letzten Gefallen bitten?«

»Natürlich, Ma'am«, antwortete der Droide dienstbeflissen.

»Danke.«

»Weswegen?«, wollte Han wissen. »Wofür danken Sie ihm?«

Scarlet legte den Kopf schräg. »Wir müssen Ihre Uniform bügeln. Hätten wir ein wenig mehr Zeit, würde er Ihnen auch noch die Haare schneiden, aber so müssen wir uns wohl anderweitig behelfen.«

»Ich setze einfach wieder die Kappe auf«, schlug Solo vor.

»Gut. Jetzt ziehen Sie die Uniform aus. Wir haben nicht den ganzen Tag.«

Der Corellianer zögerte.

»Falls es hilft, verspreche ich auch, nicht hinzusehen«, erklärte Hark amüsiert.

»Das ist es nicht«, entgegnete Han, und um sich seine Verlegenheit nicht anmerken zu lassen, öffnete er energisch den Verschluss seines Gürtels. »Sie können hinsehen, solange sie wollen.« Scarlet wandte sich dennoch zur Tür des Schlafzimmers um, die schlanken Finger ihrer grazilen Hände hinter dem Rücken verschränkt. Solo streifte die Uniformjacke ab, dann schlüpfte er aus dem Hemd, und nachdem er die Stiefel ausgezogen hatte, stieg er aus der Hose. Anschließend legte er dem Droiden die Kleider auf die Arme.

»Ich sehe nicht hin«, erklärte Hark, ihre Stimme ein spöttischer Singsang.

»Es ist mir nicht peinlich«, beharrte Han, auch wenn er die Worte im Moment nur an ihren Hinterkopf richten konnte. »Ich bin ein äußerst gut aussehender Mann.«

»Das sind Sie in der Tat, Sir«, warf CZ ein. »Keine Sorge, ich bin gleich mit Ihrer Uniform fertig.«

8. Kapitel

»Ihr Droide sollte in einer Wäscherei arbeiten«, sagte Han, als er mit Scarlet den Lift zum Dach ihres Mietkomplexes nahm. Die Offiziersuniform war nicht nur sauber und gebügelt, sie passte ihm jetzt auch viel besser, und er konnte keine Nähte erkennen, wo CZ die Kleidung angepasst hatte.

»Er ist nicht mein Droide. Er ist sein eigener Herr«, erwiderte Scarlet; eine genauere Erklärung blieb sie ihm aber schuldig.

Auf dem Dach des Gebäudes gab es einen streng unterteilten Garten mit Pflanzentöpfen und kleinen Brunnen, und Han seufzte erleichtert, als er niemanden auf den Bänken sah. Ein Mann, der gekleidet war wie ein imperialer Offizier, und eine Frau in der Uniform einer Wartungsarbeiterin, die gemeinsam ein Lufttaxi bestiegen – diesen Anblick hätte sicher niemand so schnell vergessen. Das wäre ein gefundenes Fressen für die imperialen Sicherheitskräfte, die die gesamte Stadt nach Hinweisen durchkämmen würden, sobald Scarlet ihren Plan erst in die Tat umgesetzt hatte. Han hatte mit dem Zwischenfall am Raumhafen schon genug Aufsehen erregt, und er wollte nicht, dass jemand seine Spur bis zu Hark verfolgen konnte.

»Dort«, sagte die Spionin und deutete auf das Landefeld,

das seitlich aus dem Dach des Komplexes ragte, dann drückte sie auf ihren Schlüsselchip, um ein Taxi zu rufen. »Haben Sie Geld?«

»Ein paar Credits«, erwiderte er.

»Geben Sie her.«

»Ich bin nicht sicher …«, begann Han.

Ungeduldig streckte Scarlet ihm die Hand hin. »Glauben Sie, ein Offizier des Imperiums zahlt für *irgendetwas*, wenn er in Begleitung eines niederen Ranges reist?«

Solo gab ihr den bescheidenen Rest seines Geldes. »Ich wurde schon ein paarmal ausgeraubt, aber da durfte ich mich wenigstens wehren.«

»Wir können ja darum kämpfen, falls Sie sich dann besser fühlen«, schlug Scarlet mit hochgezogener Braue vor. Der Blick ihrer dunklen Augen verharrte auf seinem Gesicht, während sie ihr langes schwarzes Haar zu einem strengen Dutt hochband und zwei schmale Stäbchen hindurchschob.

Han verschränkte die Arme vor der Brust und zuckte mit den Schultern. »Wissen Sie, in meinem ganzen Leben bin ich noch nie so herumkommandiert worden wie in den paar Monaten, seit ich mich mit der Rebellion eingelassen habe. Da fragt man sich fast, ob ihr überhaupt wisst, was das Wort eigentlich bedeutet.«

»Welches Wort?«

»Rebellion?«

Scarlet überprüfte noch einmal ihren grauen Wartungsoverall und vergewisserte sich, dass ihre Werkzeuge und Waffen alle am richtigen Ort verborgen waren. Ihre methodische Vorgehensweise zehrte an Hans Nerven, obwohl er inzwischen eigentlich daran hätte gewöhnt sein müssen.

»Wir sind keine Anarchisten«, erklärte die Spionin und

rückte die Plakette an ihrem Ärmel gerade, die sie als Level-Drei-Technikerin auswies. »Wir haben Ziele. Wir wollen das Imperium stürzen.«

»Und es wodurch ersetzen?«

»Sie wissen, wodurch«, entgegnete Hark, dann verschränkte sie die Arme, wie um seine Haltung zu imitieren. »Wollen Sie mich zum Narren halten?«

»Es war eine rhetorische Frage. Ich habe die Ansprache schon oft genug gehört. ›Eine Rückkehr zu den glorreichen Tagen der Republik‹. Aber für jemanden wie mich ist ein neuer Boss trotzdem immer noch ein Boss.«

»Warum helfen Sie uns dann?«

»Die ehrliche Antwort? Ich habe nicht die geringste Ahnung.«

Falls sie eine spitze Entgegnung parat hatte, wurde sie durch das Brummen und den Luftwirbel des Lufttaxis unterbrochen, das aus dem Himmel zu ihnen herabsank. Scarlet stieg ein und gab dem Droiden am Steuer die Adresse, anschließend schob sie eine Handvoll Credit-Chips in das Taxameter. Nachdem auch Han an Bord geklettert war, schoss der Gleiter wieder in die Höhe, so steil, dass dem Corellianer der Magen bis in die Kniekehlen sackte.

Hark lehnte sich auf ihrem Sitz zurück und blickte aus dem Fenster, was wohl bedeutete, dass ihre Unterhaltung beendet war. Tatsächlich hatte Solo diese Diskussion schon etliche Male mit sich selbst geführt, seitdem die Rebellenflotte von Yavin aufgebrochen war. Nach der Zerstörung des Todessterns hatte man ihm seine Belohnung für die Befreiung von Leia ausgehändigt, doch Jabba war noch immer da draußen und hatte einen Preis auf Hans Kopf ausgesetzt. Daran würde sich nichts ändern, bis der Hutte sein Geld bekam oder man ihm Solos Leiche präsentierte. Und dennoch blieb der Schmuggler bei den Rebellen, bei Leia und Luke. Er erledigte Missionen für sie, ging Risiken ein, die der alte Han Solo niemals auf sich genommen hätte. Dreitausend Credits waren gut und schön, aber dieselbe Summe hätte er mit dem Transport von ein wenig Schmuggelware verdienen können – und dafür hätte er sich nicht einmal in die Nähe des Kerns wagen müssen. Es fiel ihm immer schwerer, sich einzureden, dass er all das nur wegen des Geldes tat.

Ein Stück weit hatte es sicher damit zu tun, dass er auf Luke aufpassen wollte; vermutlich gab es in der gesamten Galaxis niemanden, der sich so impulsiv in Dinge stürzte, von denen er keine Ahnung hatte. Und die Tatsache, dass er dem Imperium eine lange Nase drehen konnte, hatte sicherlich auch damit zu tun.

Doch er hörte immerzu diese Stimme in seinem Hinterkopf, die ihn warnte, dass er kaum noch etwas Rebellisches an sich hatte, seitdem er sich der Rebellion angeschlossen hatte, egal, zum wievielten Mal er aufbrach, um eine viel zu stark geschützte imperiale Basis anzugreifen. Das Ganze wurde allmählich zur Gewohnheit.

»Da drüben«, sagte Scarlet, aber die Worte galten dem Fahrerdroiden. Das Taxi sank zwischen den hoch aufragenden Gebäuden in die Tiefe und verharrte dicht über dem Boden.

Sie stiegen in einer stillen Seitenstraße aus, wo sich ein Fußgängerweg zwischen sorgsam gestutzten Bäumen und Sträuchern dahinschlängelte, gebadet in einen schmalen Streifen Tageslicht, der zwischen den umliegenden Türmen bis hierher herabdrang.

»Danke, dass Sie mit …«, begann der Droide, aber da drückte Han den Knopf, um die Tür zu schließen, und schnitt ihm damit das Wort ab.

»Wohin jetzt?«, fragte er.

»Noch drei Kreuzungen in diese Richtung.« Sie deutete mit dem Finger, ihre Stimme kühl und professionell. »Da ist ein imperialer Kontrollpunkt an der zweiten Kreuzung, um den kommen wir nicht herum. Aber die halten normalerweise nur nach Verkehrsvergehen und Verbrechen auf der Straße Ausschau, ich bezweifle also, dass sie einen Offizier und eine Technikerin aufhalten werden.«

»Und falls doch?«

»CZ hat Ihre Identifikationsmarke überarbeitet, sie sollte einer oberflächlichen Kontrolle also standhalten. Ich hatte mehr Zeit, an meinem Ausweis zu arbeiten, meine falsche Identität ist also überzeugender.«

»Großartig«, brummte Han, dann lockerte er den Blaster in dem Holster an seiner Seite. Verglichen mit seiner DL-44 wirkte die imperiale Pistole unhandlich, und die Verteilung des Gewichts fühlte sich falsch an. Er befürchtete, dass er einen Moment zu lange brauchen könnte, um mit der Waffe zu zielen, sollte er gezwungen sein, sie einzusetzen.

»Hören Sie auf, mit der Pistole herumzuspielen«, flüsterte Scarlet ihm zu, als sie sich in Bewegung setzten. Han schluckte die Entgegnung hinunter, die ihm auf der Zunge lag, und lächelte stattdessen nur. Seine Uniform hatte keine Taschen, also hakte er die Daumen unter dem Gürtel ein und versuchte, den steifen Gang der Imperialen nachzuahmen.

Die wenigen Fußgänger, denen sie begegneten, trugen größtenteils Geschäftsanzüge, und sie marschierten eilig und zielstrebig vorbei, ohne dem Lieutenant und der Technikerin mehr als einen flüchtigen Blick zu schenken. Zunächst glaubte Han, die Uniform würde sie einschüchtern, aber dann fiel ihm auf, dass sie auch einander nicht ansahen. Dies war das Herz des Imperiums. Hier brauchten die Leute keinen Grund, um Angst zu haben; hier gehörte Angst zum alltäglichen Leben. Vielleicht arbeitete er ja deswegen mit den Rebellen zusammen; weil er lieber kämpfte, als in Angst zu leben. Das wäre zumindest ein Grund, den er akzeptieren könnte.

Ein halbes Dutzend Sturmtruppler und ein junger Unteroffizier bemannten den Kontrollpunkt. Der Mann nickte Han zu, als sie vorbeigingen, anschließend wanderte sein Blick zu Scarlet, und ein fragender Ausdruck erschien auf seinem Gesicht. Solo zuckte mit den Schultern und verdrehte die Augen auf eine Weise, die sagte: *Was soll ich tun, ich befolge auch nur meine Befehle.* Der Unteroffizier lächelte und zog in einer Geste der Solidarität gleichsam die Schultern hoch. Eine ganz normale Interaktion zwischen zwei kleinen Zahnrädern im großen Uhrwerk, die ihren Beitrag zum Ruhm des Imperiums leisteten. Han fühlte sich schmutzig, als sie weitergingen.

Niemand hielt sie auf, bis sie den Eingang zur Zentrale des imperialen Geheimdienstes erreichten. Die massiven Metalltüren vor ihnen sahen aus, als könnten sie selbst einem direkten Treffer von einem Sternzerstörer standhalten. Nun, glücklicherweise standen sie offen. Unglücklicherweise wurden sie aber von einer ganzen Einheit Sturmtruppen und zwei Offizieren bewacht, von denen einer neben einem großen roten Knopf an der Wand stand. Han war sicher, dass dieser Knopf den Alarm auslösen würde, und wäre er erst einmal gedrückt, würden die Schutztüren sich gewiss so schnell schließen, dass sie dabei selbst ein Bantha in zwei Hälften schneiden könnten.

»Halt«, sagte der andere Offizier, die Hand in einer herrischen Bewegung erhoben. Den Sturmtrupplern hinter ihm war die Langeweile deutlich an ihrer Haltung anzusehen, auch wenn ihre Gesichter unter weißen Helmen verborgen waren. »Identifizieren Sie sich.«

»Lieutenant Sololo«, sagte Han, wobei er dem Imperialen seine neu programmierte Plakette reichte und versuchte, ebenso gelangweilt zu wirken wie die Wachen.

»Choya Sebastiao«, schob Scarlet nach, als der Imperiale von Hans Identifikationsmarke zu ihr hochblickte. »Umwelttechnikerin dritter Klasse, Sir.«

»Was wollen Sie hier?«

»Es gab eine Fehlfunktion im Belüftungssystem«, sagte Hark und tätschelte bedeutsam die Werkzeuge an ihrem Gürtel.

»Der Defekt trat in einem gesicherten Bereich auf«, fügte Solo hinzu. »Und jetzt raten Sie mal, wer seine Zeit damit vergeuden darf zuzusehen, wie sie Kabel kontrolliert und Löcher in den Schächten stopft?«

»Falls Sie möchten, kann auch einer unserer Leute die Technikerin begleiten«, bot der Offizier an. *Ups*, dachte Han, *da bist du vielleicht ein wenig übers Ziel hinausgeschossen.*

»Nein, nein, jetzt bin ich ja schon hier. Ich möchte Ihre Männer nicht von ihrer Arbeit abhalten. Sie wissen schon, die Sicherheit zu wahren ist ... wichtig.« Er bedachte den Mann mit einem Nicken und einem Lächeln.

»Sie können passieren«, erklärte der Imperiale nach einem Moment, und die Traube der Sturmtruppler teilte sich, um die beiden durchzulassen.

»Sehen Sie?«, wisperte Scarlet, als sie im Innern des Gebäudes waren und durch einen langen Korridor auf die Turbolifte zuschritten. »Kein Problem.«

»Wenn jemand ›kein Problem‹ sagt, ist das ein sicheres Zeichen, dass gleich alles schrecklich schiefgehen wird«, murmelte Han.

Er drückte den Liftknopf, und ein Mechanismus auf der anderen Seite der Türen erwachte zu surrendem Leben.

»Ich bin ja so froh, dass ich Sie mitgenommen habe. Was würde ich nur ohne Ihre weisen Bemerkungen tun?«, konterte Hark.

Ein Mann in ziviler Kleidung trat aus einem Seitengang und stellte sich neben sie. Er war klein, sein Bauch wölbte sich weit nach vorn, und der Haaransatz hatte sich weit über seine Stirn nach hinten zurückgezogen. Kurz lächelte er ihnen zu, ohne sie dabei aber wirklich anzusehen, dann wippte er auf den Fersen vor und zurück und begann, unmelodisch vor sich hinzupfeifen. Als die Türen sich öffneten, ließ Han Scarlet zuerst in die Kabine steigen, dann folgte er ihr und hielt dem Mann die Hand vor die Brust. »Nehmen Sie den nächsten.«

»Was? Ich …«, begann der Angestellte, dann glitten die Türen auch schon wieder zu, und was immer er sonst noch zu sagen hatte, wurde abgeschnitten.

»Was, wenn er sich beschwert?«, gab Hark zu bedenken, als sie nach oben fuhren.

»Nein, er ist ein guter Bürger des Imperiums. Würde er sich jedes Mal beschweren, wenn ein Offizier ihm gegenüber unhöflich ist, hätte er vermutlich kaum noch Zeit zu essen.«

»Oder man würde ihn erschießen lassen«, schob Scarlet nach.

»Oder das.«

Die Spionin begann, mehrere Werkzeuge aus ihrem Gürtel und aus ihren Ärmeln zu ziehen, um sich auf die anstehende Herausforderung vorzubereiten. Schneider, Sensoren, der zusammenklappbare Kletterhaken für den Aufstieg durch den Kabelschacht. Jeder Gegenstand eigens für die jeweilige Aufgabe ausgewählt, perfekt geölt, geschmiert und präpariert. Han musste an das schmutzige Durcheinander in den Werkzeugkästen an Bord des *Falken* denken, und er machte sich eine mentale Notiz: Bevor sie an Bord gingen, würde er sich bei Chewbacca melden und ihn anweisen, ein wenig sauber zu machen.

Die Lifttüren teilten sich, und jenseits davon wurde ein langer, imperial-grauer Gang sichtbar, auf beiden Seiten gesäumt von zahlreichen kleineren Türen. »Ein perfekter Ort für einen Hinterhalt«, brummte Han, während er die Hand auf den Griff seines Blasters legte.

»Es ist die elfte Tür rechts«, flüsterte Scarlet noch, dann durchmaß sie den Korridor mit raschen Schritten. Han folgte ihr, blickte dabei aber immer wieder über die Schulter.

»Was haben Sie auf diesem Stockwerk zu suchen?«, fragte da unvermittelt eine Stimme, und Solos Kopf ruckte wieder nach vorne. Ein hochrangiger imperialer Offizier stand vor Scarlet, einen Ausdruck offensichtlichen Missfallens auf dem Gesicht, die Hände hinter dem Rücken verschränkt und die Brust in einer Demonstration von Autorität nach vorne gereckt. Hark senkte den Blick und versuchte, sich an ihm vorbeizuschieben, aber er machte einen Schritt zur Seite und versperrte ihr mit seinem Körper den Weg. »Ich fragte, was Sie auf diesem Stockwerk zu suchen haben? Über dem zehnten Stock hat ziviles Personal keinen Zugang.«

»Nun, ich …«, setzte Scarlet an, aber da hatte der Offizier sich bereits zu Han umgewandt.

»Sie! Sie sollten die Vorschriften bezüglich ziviler Angestellter auf gesicherten Stockwerken doch eigentlich kennen. Wer ist Ihr Vorgesetzter?«

»Sir«, erwiderte Solo, wobei er sich um einen kleinlauten, reuigen Tonfall bemühte. »Sie sollte nur einen Defekt im Ventilationssystem beheben …«

»Captain!«, schnappte der Offizier. »Sie werden mich gefälligst als Captain ansprechen, *Lieutenant*!« Er schaffte es, das Wort *Lieutenant* mit mehr Abscheu und Verachtung zu füllen, als Han für möglich gehalten hätte.

»Jawohl, Captain, Sir. Was ich sagen wollte …«

»Sie«, fuhr der Offizier an Scarlet gewandt fort, als hätte er überhaupt nicht zugehört, »sind festgenommen. Man wird Sie unverzüglich in eine Arrestzelle bringen. Alles Weitere können Sie dann unseren Verhördroiden erzählen.«

»Ich glaube, Sie begehen einen Fehler«, sagte Han.

»Und *Sie*!«, donnerte der Captain. Sein Kopf ruckte herum, und er spießte den Corellianer mit seinem Blick auf, während er langsam auf ihn zuging. »Sie können von Glück reden, wenn Sie nicht wegen Pflichtversäumnis erschossen werden. Nennen Sie mir den Namen Ihres vorgesetzten Offiziers. Ich werde ihn sofort herbestellen, damit er sich persönlich Ihrer annehmen kann.«

Han schenkte dem Captain ein entwaffnendes Lächeln, dann zuckte seine Hand nach unten, um den Blaster aus seinem Halfter zu reißen. Zeit, sich diesen großmäuligen Idioten vom Hals zu schaffen. Das war der beste Gedanke, den er seit seiner Ankunft auf Cioran gehabt hatte.

Doch bevor er die Waffe auch nur ganz gezogen hatte, wurde der Offizier zur Seite gerissen und donnerte mit dem Kopf gegen die Wand. Scarlet stand hinter ihm, die Hände erhoben, die Knie gebeugt, und es dauerte ein paar Sekunden, bevor Solo erkannte, dass es sich bei dieser Haltung um eine Kampfstellung handelte.

Als der Captain nach hinten taumelte, benommen und auf wackeligen Beinen, riss Hark ihren rechten Fuß hoch, direkt in seine Magengrube, woraufhin er mit einem lauten Grunzen auf die Knie sank. Nun verpasste sie ihm noch einen zweiten Tritt, diesmal zwischen die Schulterblätter, und er kippte vornüber. Im selben Moment, als er auf dem Boden aufprallte, sprang sie auf seinen Rücken und legte beide Arme um seinen Hals. Ein paar Sekunden lang versuchte der Imperiale, sich kraftlos zu wehren, dann erschlafften seine Glieder.

Scarlet richtete sich wieder auf. Ihre Wangen waren gerötet, ansonsten war ihr die Anstrengung des Kampfes aber nicht anzusehen.

»Ist er tot?«, fragte Solo.

»Stecken Sie Ihren Blaster weg«, forderte die Spionin. »Wenn Sie den hier drinnen abfeuern, wird jeder Alarm im ganzen Gebäude losschrillen.«

»Oh. Ja.« Han schob die Pistole zurück ins Halfter. »Und? Ist er nun tot?«

»Nein. Können Sie diese Tür mit Ihrer Marke öffnen? Wir müssen ihn aus dem Korridor schaffen.«

Solo drückte den Knopf neben der nächstgelegenen Tür, und sie glitt mit einem Zischen auf. »Es funktioniert.«

Vor ihnen lag eine Art Konferenzraum mit einem kleinen Tisch und sechs Stühlen, der gegenwärtig aber verlassen war. Han schleifte den bewusstlosen Captain herein und schob ihn dann unsanft unter den Tisch. Als er wieder auf den Korridor hinaustrat, war Scarlet bereits zu der elften Tür auf der rechten Seite weitergegangen.

»Bereit?«, fragte sie, und Han nickte.

Sie gab den Code ein, und die Tür der kleinen Technikstation glitt auf. Die Wände waren mit Anzeigen und Bildschirmen bedeckt, sodass es nicht schwerfiel, sich vorzustellen, dass dahinter ein Kabelschacht verlief.

Alles war genau wie in Harks Hologramm, mit einer Ausnahme: Im hinteren Teil des Raumes, wo eigentlich die Wartungsluke hätte sein sollen, befand sich ein großes Kontrollpult – und davor saß ein imperialer Offizier.

»Ich sagte doch, das ist ein grauenvoller Plan.«

»Verzeihung?«, sagte der Offizier.

»Sind wir hier im richtigen Zimmer?«, fragte die Spionin, wobei Han nicht sagen konnte, ob die Worte ihm galten oder dem Imperialen.

»Ziviles Personal hat auf diesem …«, begann der Offizier.

»Stockwerk keinen Zugang«, beendete Solo den Satz für ihn. »Wir wissen Bescheid. Sagen Sie, befindet sich hier vielleicht eine Wartungsluke zu einem Kabelschacht?«

Der Imperiale nickte. »Ja, früher. Aber bei der letzten Sicherheitsprüfung wurde entschieden, dass dieser Zugang überflüssig ist und der Platz durch eine Kontrollstation besser genutzt wäre. Muss etwas im Schacht repariert werden?«

»Nicht unbedingt«, erwiderte Scarlet. Zum ersten Mal, seit Han ihre Bekanntschaft gemacht hatte, wirkte sie ein wenig unschlüssig.

»Sie arbeiten also für den Geheimdienst?«, fragte er.

»Sicher.« Der Offizier nickte erneut.

»Und mit Ihrem Ausweis könnten Sie sich auch auf den Etagen über dieser hier Zugang verschaffen?« Solo lächelte dem Mann aufmunternd zu.

»Ja, aber es ist absolut ausgeschlossen, dass ziviles Personal …« Han zog seinen Blaster und verpasste dem Imperialen mit dem Griff einen Schlag auf den Kopf, alles in einer einzigen fließenden Bewegung. Der Mann rutschte aus seinem Sessel, als hätten sich sämtliche Knochen in seinem Leib in Gummi verwandelt, dann sank er zu einem leblosen Haufen auf dem Boden zusammen.

Scarlet blinzelte Solo an und öffnete den Mund, als wollte sie etwas sagen, aber dann klappte sie ihn wortlos wieder zu.

»Wir haben es auf Ihre Art versucht«, erklärte der Corellianer, dann hielt er die Zugangskarte des Offiziers in die Höhe. »Aber von jetzt an machen wir das auf meine Weise.«

9. Kapitel

»So läuft das also auf Ihre Weise?«, fragte Scarlet mit gedämpfter Stimme.

»Ja«, flüsterte er zurück.

Die Zentrale des Geheimdienstes war wie eine Miniaturversion des gesamten Planeten gestaltet – oder vielleicht sogar des gesamten imperialen Kerns. Böden, Wände, Türen, alles war farblos, bestand nur aus Schattierungen von Grau und Schwarz; die Luft hatte einen klinischen, bitteren Geruch, bei dem Han an Droiden denken musste, die Blutflecken aufwischten. Der Gestank gründlich gereinigter Verhörzimmer.

»Einfach eine Schlüsselkarte stehlen und hineinspazieren«, wisperte Hark. »Warum bin ich nur nicht darauf gekommen? Ihnen ist hoffentlich klar, dass wir sterben werden.«

»Sie werden uns nicht kommen sehen«, entgegnete Han. »Und davon abgesehen muss jeder mal sterben.«

»Wie ermutigend.«

»Die Alternative bestünde darin, dass wir warten, bis Ihnen ein neuer Plan einfällt, der dann wieder nicht funktioniert. Da gefällt mir meine Methode deutlich besser: Wir bringen das Risiko so schnell wie möglich hinter uns und verschwinden.«

Die Wache an der Empfangstheke blickte auf, als sie näher kamen, neugierig, aber noch nicht alarmiert. »Ich fürchte, Sie sind auf der falschen Etage.«

Han grinste und hielt dem Mann die Schlüsselkarte hin, ohne auch nur mit der Wimper zu zucken. »Sondererlaubnis. Jemand hat ein paar Schaltkreise durcheinandergebracht, und jetzt läuft das Lüftungssystem direkt durch diese gesicherte Einrichtung. Wir müssen das schnellstmöglich korrigieren, bevor es zu einer Überladung kommt.«

Die Wache erhob sich und runzelte die Stirn. »Darüber wurde ich nicht informiert.«

»General Screal hat es nicht gern, wenn wir Sicherheitsmängel zur Sprache bringen, bevor sie behoben sind«, erwiderte Scarlet.

»Screal?« Die Augenbrauen des Imperialen berührten beinahe seinen Haaransatz.

»Es dauert auch nur eine Minute«, versicherte ihm Han, dann trat er vor die dicke Stahltür neben der Theke. Er zog seine Karte durch das Lesegerät, und das Farbfeld darüber wechselte mit einem lauten Piepsen von Rot zu Grün. Die Tür öffnete sich. »Wir sind gleich wieder weg.«

Als sie die Datenzentrale betraten, zog Scarlet eine Speicherdisk und einen Schnittstellenstecker aus ihrer Tasche. Ringsum glühten tausend Säulen aus schwarzem Kunststoff im blauen Licht der Deckenlampen. Abgesehen vom Zischen der Kühlsysteme und dem beinahe unhörbaren Ticken der Energieleitungen herrschte völlige Stille. Die Spionin ging zur nächsten Säule hinüber und fuhr mit den Fingern über ihre Oberfläche, anschließend klappte sie das Kontrollfeld auf und stöpselte den Stecker ein. Das Gerät quiekte kurz, und auf der Oberseite der Säule begann ein rotes Warnlicht zu blinken.

»Haben wir ein Problem?«, fragte Han.

»Mehr als nur eins«, presste Scarlet hervor. »Aber das hier gehört nicht dazu.«

Ihre Finger huschten grazil über die Kontrollen neben der Schnittstelle, und das rote Licht wich einem sanften blauen Schimmern. Nun nahm die Spionin einen Sicherheitsadapter aus ihrer Tasche, stülpte ihn über den Schlitz neben dem Stecker und schob anschließend die Disk in die dunkle Säule.

»Haben Sie die Daten?«

»Gleich«, sagte sie. »Wie sind Sie überhaupt zur Rebellion gekommen?«

»Was? Warum?«

»Ich betreibe nur ein wenig Konversation.«

»Nun, ein alter Mann und ein Junge brauchten eine Mitfluggelegenheit, und ich brauchte das Geld«, erzählte Solo. »Alles, was danach kam, war einfach nur Pech.«

Die Säule summte und Scarlet zog die Disk aus dem Adapter. Der Schirm über der Diagnoseschnittstelle flackerte daraufhin, und einen Moment später begann er sich mit den Zahlenreihen eines Systemneustarts zu füllen.

»Wir sollten jetzt besser gehen«, drängte Hark.

Als sie durch die Tür traten, tippte die Wache an der Theke gerade mit verkniffenem Gesicht auf ihrem Pult herum. Han spürte, wie sich sein Magen zusammenzog, und seine Finger wanderten wie aus eigener Kraft in Richtung seines Blasters.

»Also gut«, erklärte er. »Wir haben das Lüftungssystem umgeleitet und …«

Der Alarm plärrte los, und die riesige Stahltür schlug mit einem tiefen Dröhnen wie von einem Gong hinter ihnen zu. Der Imperiale sprang auf, den Blaster in der Hand, aber bevor er auch nur zielen konnte, hatte Solo seine eigene Waffe gezogen und abgefeuert. Während die Wache zusammenbrach, eilte Han hinter Scarlet her zum Ausgang. Im äußeren Korridor blinkten Notfallleuchten, und in ihrem blutigen Schein eilten Männer und Frauen in imperialen Uniformen mal mehr, mal weniger panisch durcheinander.

»Wir müssen zurück ins Erdgeschoss«, sagte Scarlet. »Es gibt dort einen Versorgungstunnel, der zu einer Verteilerstation in der Nähe des Raumhafens führt.« Sie blieb vor den Aufzügen stehen, aber alle Bedientafeln zeigten das schwarz-rote Symbol einer vollständigen Systemsperrung. Da zog Hark kurzerhand ein kleines Brecheisen hinter ihrem Gürtel hervor und brach die Abdeckung eines in die Wand eingelassenen Wartungskästchens auf. »Von dort müssen wir durch die Lagerhäuser weiter.«

»Da war ich schon«, warf Han ein.

Mit flinken Fingern zog die Spionin die Isolierung von drei Drähten ab, anschließend verband sie sie miteinander, ohne auf die Funken zu achten, die kurz aus der Öffnung stoben. Das Sperrsymbol verblasste, und der Lift erwachte stotternd wieder zum Leben. Einen Moment später öffneten sich die Türen – und zehn Sturmtruppler mit feuerbereiten Blastergewehren starrten sie an. Einen Moment lang bewegte sich niemand.

»Ah«, machte Han schließlich. »Gott sei Dank seid ihr endlich da, Jungs. Habt ihr ... äh ... mitbekommen, dass es einen Sicherheitsverstoß gab?«

»Keine Bewegung, im Namen des Imperiums!«, rief einer der Imperialen im selben Augenblick, als Scarlet die Drähte wieder aus der Wand riss. Die Lifttüren schnappten zu, bevor sich ein Kreuzfeuer aus Blasterschüssen in den Korridor ergießen konnte. Hark stieß einen unterdrückten Fluch aus und wandte sich dem nächsten Wartungskästchen zu.

»Dafür haben wir keine Zeit«, sagte Han. »In ein paar Minuten werden sie diese Tür aufgebrochen haben.«

»Ich schaffe das«, presste Scarlet zwischen zusammengebissenen Zähnen hervor. Die Lifttüren erzitterten, als etwas von innen dagegen gerammt wurde. Nervös verlagerte Han das Gewicht von einem Fuß auf den anderen, und dabei fiel sein Blick auf eine Tür neben den Aufzügen, die mit einem manuellen Öffnungsmechanismus versehen war. Das Treppenhaus. Jeder Muskel in seinem Körper war zum Zerreißen gespannt, sehnte sich danach, einfach nur davonzurennen. Scarlet neben ihm stieß einen Strom von Verwünschungen aus, und die Lifttüren hinter ihnen öffneten sich ein paar Zentimeter, woraufhin sich eine Blastermündung durch die Öffnung schob.

»Also gut. Wir haben lange genug gewartet.« Er griff nach Harks Schulter und drehte sie zu sich herum. »Versuchen wir's auf die altmodische Weise. Rennen Sie.«

Erhellt vom wütenden Rot der Warnlampen erstreckte sich das Treppenhaus vor ihnen; die Stufen führten knapp hundert Stockwerke in die Tiefe und ungefähr zwanzig in die Höhe, aber davon konnten sie sich jetzt nicht entmutigen lassen. Solo und Hark eilten los, nahmen bei jedem Schritt drei Stufen auf einmal, während hinter ihnen die Echos verwirrter und wütender Stimmen aus dem Korridor bis ins Treppenhaus drangen. Ein paar Etagen tiefer kam Hans Atem bereits schnell und keuchend, und seine Beine brannten ob der Anstrengung. Das Treppenhaus schien endlos in die Tiefe zu führen, und es sah aus, als wären sie kein Stück vorangekommen.

Er blieb stehen, bevor ihm wirklich klar wurde, warum. Scarlet rannte noch ein paar Meter weiter, dann hielt auch sie inne und starrte über die Schulter zu ihm hoch. Einen Moment spiegelten ihre schwarzen Augen Verwirrung wider, dann hörte sie es ebenfalls: das Klacken von Uniformstiefeln. Han beugte sich über das Geländer und blickte nach unten. Vielleicht zehn Stockwerke unter ihnen warf die Notfallbeleuchtung tanzende Schatten über die Stufen. Soldaten. Sie schnitten ihnen den Weg ab.

»Hier entlang«, keuchte Hark und eilte zurück zu der Tür am Treppenabsatz über ihnen, aber Solo legte ihr die Hand auf den Arm und hielt sie zurück.

»Das Dach«, sagte er. »Wir sollten auf das Dach.«

»Aber da ist nichts. Keine Landeplattform, keine Laufstege. Nur Übertragungstürme und ein vierhundert Meter tiefer Abgrund.«

Das Geräusch der Stiefel wurde lauter. Han wirbelte kurzentschlossen herum und begann, wieder nach oben zu steigen.

»Solo?«

»Kommen Sie«, rief er. »Ich habe eine Idee.«

Die Treppe hinabzuhasten war anstrengend gewesen; die Treppe hinaufzuhasten war noch tausendmal schlimmer. Jeder Treppenabschnitt fühlte sich länger und steiler an als der vorherige. Sie hielten nicht an, als sie wieder den Eingang der Sicherheitszentrale erreichten, sondern rannten weiter. Irgendwo unter ihnen wurde eine Tür aufgetreten, gefolgt vom Heulen eines Scannerdroiden, dann erklang eine Stimme, und einen Moment später zuckte ein roter Blasterstrahl durch den Treppenschacht. Han roch die verbrannte Luft, und er zwang sich weiterzuhasten, obwohl seine Muskeln inzwischen lichterloh in Flammen zu stehen schienen.

»Wir sollten uns beeilen«, ächzte Scarlet.

»Ich beeile mich schon.«

»Beeilen Sie sich schneller.«

Am nächsten Treppenabsatz blieb die Spionin stehen und

befestigte etwas an der Unterseite des Geländers. Han nutzte die Pause, um sich gegen die Wand zu lehnen.

»Ich war die ganze Nacht auf den Beinen«, erklärte er.

»In Ordnung.«

»Was ich damit sagen will: Normalerweise bin ich besser in Form.«

Hark zog einen haarfeinen Monofaserfaden vom Geländer zur Wand. Er befand sich auf Hüfthöhe, aber im roten Licht war er praktisch nicht zu erkennen. Das Trommeln der Schritte unter ihnen schwoll weiter an.

»Was …«, setzte Han an, dann schluckte er. »Was ist das?«

»Das sind ein paar zusätzliche Sekunden, bevor sie uns einholen«, antwortete sie. »Weiter jetzt.«

Solo drehte sich und quälte sich weiter. Sie hatten weitere zwei Stockwerke zurückgelegt und stützten sich inzwischen beide mit der Schulter an der Wand ab, als eine elektrische Entladung die Luft knistern ließ. Eine Männerstimme kreischte schrill und eine zweite bellte einen hektischen Befehl.

»Das waren Sie, richtig?«, fragte Han. »Ihre kleine Überraschung?«

»Wie gesagt, es wird uns nur ein paar Sekunden verschaffen«, erwiderte Scarlet. »Vielleicht auch ein paar mehr, wenn sie ab jetzt vorsichtiger sind. Ich hoffe nur, Ihre Idee funktioniert auch so gut.«

»Und ich erst.«

Es fühlte sich an wie eine Stunde oder ein Tag oder eine Ewigkeit, bis sie die Tür am oberen Ende der Treppe erreichten. Sie war mit einem Gitter aus poliertem Stahl gesichert, aber durch ein kleines Fenster konnte Han helles Tageslicht sehen. Hark zog einen elektronischen Dietrich aus ihrem Gürtel, aber bevor sie ihn benutzen konnte, schoss Solo kurzerhand auf das Schloss. Umgeben von einer Wolke aus Rauch und Tropfen geschmolzenen Metalls schwang das Gitter auf.

»So geht es natürlich auch«, kommentierte Scarlet und steckte den Dietrich wieder ein.

Sie stürmten auf das Dach hinaus, eine Landschaft aus Röhren und Leitungen, Laufstegen und gewaltigen Übertragungstürmen. Der größte dieser Türme ragte hundert Meter über ihren Köpfen auf, und seine Spitze schien beinahe die Wolken zu berühren. Han deutete auf die Gerüste und Leitern, die sich zwischen seinen vier Beinen nach oben schlängelten.

»Rauf da«, rief er. »Los!«

Nach einem kurzen Sprint über das unwegsame Dach erreichten sie die Leiter am Fuß des Turmes, aber kaum, dass Scarlet nach der ersten Sprosse gegriffen hatte, tauchten auch schon mehrere Sturmtruppen in der Tür hinter ihnen auf und hoben ihre Waffen. Han schob Hark nach oben, dann folgte er ihr, so schnell er konnte. Während er mit einer Hand kletterte, aktivierte er mit der anderen sein Kommlink. Blasterstrahlen surrten durch die Luft und verbrannten den Stahl unter und neben ihnen.

»Ich hoffe, das ist nicht Ihr ganzer Plan«, keuchte die Spionin, während sie höher kletterten.

»Ich arbeite daran«, versicherte er ihr, dann wurde endlich der Kommkanal geöffnet. »Chewie! Ich bin's. Bitte, sag mir, dass der *Falke* warmgelaufen und startbereit ist.«

Die Stimme des Wookiees ließ das Kommlink vibrieren.

»*Beinahe* ist nicht das Wort, das ich jetzt hören wollte«, rief Solo. »Du musst sofort herfliegen. Ich befinde mich auf einem Übertragungsturm über der Zentrale des imperialen Geheimdienstes, und da ist ein ganzer Schwarm von Sturmtruppen, die mich als Zielscheibe benutzen.«

Chewbaccas Heulen drohte den Lautsprecher des Kommlinks zu überfordern. Zwanzig weitere Soldaten waren inzwischen auf das Dach geströmt, und die scharfen Handbewegungen, mit denen ihr Kommandant ihnen ihre Positionen zuwies, erweckten fast den Eindruck, als würde er Han unbeholfen zuwinken. Scarlet erreichte die schmale Plattform am oberen Ende der Leiter und blieb stehen, um ihren Gürtel abzutasten.

»Ich habe eine bessere Idee«, sagte Solo derweil. »Warum startest du nicht erst und holst uns hier raus, und *danach* erzähle ich dir, wie wir in diese Situation geraten sind. Wenn niemand mehr auf uns *schießt*, verstehst du?«

Mit Daumen und Zeigefinger zog Hark einen schwarzen Zylinder aus einer Schlaufe, und ein zufriedenes Lächeln verzerrte ihr erschöpftes Gesicht. Han deutete fragend mit dem Kinn auf den Gegenstand, aber sie schüttelte den Kopf und formte lautlos die Worte: *Gehen Sie weiter*. Bevor er widersprechen konnte, wirbelte sie herum und bückte sich über den Rand der Leiter, die sie gerade emporgeklettert waren. Aus dem Kommlink erklang Chewbaccas Knurren, und unten auf dem Dach begannen die Sturmtruppen, systematisch in Richtung Turm vorzurücken.

»Nein, zumindest das Problem ist gelöst«, erklärte der Corellianer. »Sie ist hier bei mir. Wir sind beide auf dem Turm. Aber du musst uns hier rausholen.«

Er hatte den Fuß der nächsten Leiter erreicht und blickte über die Schulter zurück. Hark eilte geduckt über die Plattform auf ihn zu; hinter ihr markierte eine grell orangefarbene Leuchtfackel das Ende der ersten Leiter. Chewie knurrte erneut.

»Nun, dann musst du eben *ohne* Genehmigung starten. Du kannst mir die Strafgebühr auch von meinem Anteil abziehen, wenn du willst.«

Eine Salve von Blasterstrahlen brannte sich funkensprühend in die Plattform, und Han feuerte ein halbes Dutzend Schüsse in die Tiefe, ohne wirklich zu zielen. Chewbaccas Stimme heulte aus dem Kommlink, doch was er sagen wollte, war nicht mehr zu verstehen. Noch bevor Scarlet den Corellianer erreichte, brach die Verbindung ganz ab.

»Was haben Sie getan?«, fragte er und nickte in Richtung der ersten Leiter.

»Erinnern Sie sich noch an die Fackeln, die ich mitgenommen habe, um ein Loch in die Luke zu schneiden? Eine von ihnen schmilzt gerade die Leiter durch. Wir werden sie doch nicht mehr brauchen, oder?«

»Unwahrscheinlich«, sagte er, dann kletterten sie weiter.

Von Plattform zu Plattform arbeiteten sie sich nach oben, und die gewölbten Beine des Turmes schlossen sich immer enger um sie, während die Sturmtruppen die breite Basis der Übertragungsanlage umstellten und weiter auf die Fliehenden feuerten; ihre Schüsse brannten sich jedoch größtenteils in die Stahlträger und das Gewirr von Leitern und Leitungen. Noch machten sie keine Anstalten, den beiden Eindringlingen zu folgen, dennoch sabotierte Scarlet in regelmäßigen Abständen den Weg hinter ihnen. Für sie gab es jetzt ohnehin nur noch eine Richtung: nach oben. Schließlich erreichten sie die winzige Plattform, an der die Beine des Turms aufeinandertrafen, gut siebzig Meter über dem Dach. Die letzten dreißig Meter ließen sich nur mithilfe von metallenen Handgriffen zurücklegen, die an die Seite des Bauwerks geschweißt waren. In dieser Höhe bog sich selbst Stahl im Wind, außerdem fühlten sich Hans Beine an, als bestünden sie aus Molasse, und sein Rücken schmerzte höllisch. Scarlets Haar klebte schweißnass an ihrer Stirn und ihrem Nacken, außerdem zitterte sie am ganzen

Körper. Ihre Fackeln hatte sie inzwischen alle verbraucht, und nun hielt sie in jeder Hand einen Blaster. Die Sturmtruppen am Fuß des Turms wirkten aus dieser Höhe wie weiße Puppen. Der Turm neigte sich leicht hin und her, begleitet vom Ächzen des Metalls.

»Hm«, machte Hark.

»Was?«

»Da unten.«

Han beugte sich vor und spähte in die Tiefe. Vier Sturmtruppen bauten gerade eine kleine Plasmakanone auf, angetrieben vom Brüllen ihres kommandierenden Offiziers; was genau er sagte, ließ sich über die große Entfernung nicht mehr verstehen.

»Das können sie nicht machen. Der gesamte Turm würde einstürzen.«

Scarlet grinste, und einen Moment lang wirkte sie nicht mehr wie die rationale, berechnende Meisterin der Spionage, sondern wie eine Naturgewalt, die sich an dem Chaos erfreute, das sie ausgelöst hatte. »Bislang haben wir sie ziemlich schlecht aussehen lassen. Vielleicht verlieren sie die Geduld. Obwohl ich mich frage, warum sie nicht einfach ein paar Gleiter herschicken.«

»Gleiter?«

»So würde ich jedenfalls vorgehen. Ein paar Zwei-Personen-Gleiter mit einem Scharfschützen oder einem Kampfdroiden. Sie könnten uns erledigen, ohne ihren eigenen Übertragungsturm in Schutt und Asche zu legen.«

Han nickte, dann lehnte er den Kopf gegen das kalte Metall. Dreißig Meter waren eine lange Strecke für einen Aufstieg, und er war nicht sicher, ob sein Körper noch die nötige Kraft aufbringen konnte. Er schloss die Augen und lauschte und lauschte. Hatte er sich das nur eingebildet oder ... Ja. Da war das Heulen eines Triebwerks, gedämpft, aber unverkennbar. »Vielleicht sind ihre Gleiter anderweitig beschäftigt.«

»Und womit?«

»Kommen Sie«, sagte er. »Wir müssen uns beeilen.«

Die Stadt breitete sich in alle Richtungen unter ihnen aus, grau und dunstig auf der einen Seite, auf der anderen in hellen Sonnenschein getaucht. Vögelschwärme zogen in einiger Entfernung zwischen den Dächern der höchsten Gebäude dahin, und die Wolken am Himmel leuchteten in grellem Weiß. Sie waren noch nicht sehr weit gekommen, als Han den ersten Treffer der Plasmakanone wahrnahm. Er spürte die Explosion mehr in seinen Füßen und Händen, als dass er sie hörte, und sie trieb ihn an, schneller zu klettern. Scarlet war direkt hinter ihm und schloss die Finger ungeduldig um jeden Handgriff, sobald er den Fuß davongenommen hatte. Der Wind war kalt, die Luft dünn, aber mit jeder Sekunde wurde das glühende gelbe Navigationslicht an der Spitze des Turmes heller und größer. Eine zweite Explosion ließ das Metall vibrieren.

»Viel höher können wir nicht, Solo«, rief Hark, ihre Stimme schwach und ächzend.

»Oh, wir können noch viel höher«, sagte er. »Sehen Sie!«

Am Horizont, dicht über der Silhouette der höchsten Wolkenkratzer, schien etwas wie ein elektrischer Sturm am Himmel von Cioran zu wüten. Dunkle Flecken wirbelten durch die Luft und grelle Lichtblitze zuckten zwischen ihnen hin und her, aber sie waren zu gerade und zu zielgerichtet, um echte Blitze zu sein. In der Mitte dieses Sturms raste der wunderschöne graue Umriss des *Millennium Falken* dahin, verfolgt von den Gleitern und Droiden der imperialen Polizei und des Raumhafen-Sicherheitsdienstes. Wieder erbebte der Turm unter Han, und dann begann er, sich langsam zur Seite zu neigen. Solo feuerte dreimal mit seinem Blaster in die Luft, nach einer kurzen Pause noch ein viertes Mal, bis der *Falke* endlich seinen Kurs korrigierte und direkt auf sie zukam.

»Machen Sie sich bereit«, rief er. »Wir haben nur einen Versuch.«

Kurz geriet der Frachter ins Schwanken, als die Rampe ausgefahren wurde, aber Chewbacca tarierte ihn rasch wieder aus. Er flog noch immer mit hoher Geschwindigkeit, und er würde es sich nicht leisten können, allzu sehr abzubremsen; nicht, solange ihm die Hälfte von Ciorans Sicherheitskräften am Heck klebte. Han zog sich zur schmalen Spitze des Turms hinauf, ohne auf den gähnenden Abgrund unter sich zu achten, anschließend half er Scarlet, zu ihm hochzuklettern. Die Augen der Spionin leuchteten, und ein breites Grinsen lag auf ihren Lippen.

»Das ist ein erbärmlicher Plan«, erklärte sie. »Aber er hat Stil.«

Energieblitze regneten vom Bauch des *Falken* herab und trieben die Sturmtruppen unten auf dem Dach auseinander. Der YT-1300 war noch immer so schnell, dass sich hinter der offenen Einstiegsrampe Kondensstreifen bildeten. Solo atmete tief ein, beobachtete, wie sein Schiff immer größer wurde, immer näher kam.

»Jetzt!«, schrie er – und sprang.

Einen schrecklichen Moment lang befürchtete er, dass er sich verschätzt hatte. Er hatte eine Nacht ohne Schlaf hinter sich, war einen hundert Meter hohen Turm emporgeklettert, während er mit Blasterschüssen beharkt wurde. Und der Tag davor war auch nicht viel besser gewesen. Da konnte eigentlich niemand erwarten, dass er einen solch riskanten Sprung auf die Millisekunde genau hinkriegte. Er schien ewig im Nichts zu hängen, aber ein Blick zwischen seinen Beinen hindurch zeigte, wie ihm das Dach und der Tod entgegensprangen. Scarlet war ein Farbfleck zu seiner Rechten, ihre Arme wie im Triumph hochgerissen.

Die Rampe traf ihn an der Hüfte und wirbelte ihn um die eigene Achse. Ein paar Sekunden lang wurde die Welt klein und dunkel und leise, und als er wieder zu sich kam, erfüllte zunächst nur das Jaulen eines Triebwerks und das mechanische Surren, mit dem die Rampe wieder hochgefahren wurde, seine Ohren. Dann hörte er Hark lachen. Schwerfällig rollte er sich auf den Rücken und blickte zu ihr hinüber: Ihr Haar war völlig zerzaust, ihr Mund ein wildes Grinsen, und dort, wo sie sich beim Aufprall die Lippe aufgebissen hatte, glänzten ihre Zähne rot. Sie schüttelte den Kopf, vermutlich, um wieder klar denken zu können.

Anschließend hielt sie Solo die Hand hin und half ihm, sich in die Höhe zu stemmen. Nur zu deutlich war er sich der Nähe ihres Körpers bewusst; er war schließlich ein Mann und sie eine Frau, und sie waren gerade um Haaresbreite dem Tod entgangen.

»Nun«, sagte sie, während sie sich das Blut vom Mund wischte. »Damit wäre der leichte Teil erledigt.«

10. Kapitel

Der *Falke* hallte wider von dem dumpfen Donnern, mit dem sich Blasterfeuer in seine Schilde fraß, und kurz bäumte sich das Schiff auf, als Chewbacca wieder vollen Schub gab, um ihren Verfolgern zu entkommen. Das Heulen des Wookiees aus dem Cockpit klang, als wäre er mehrere Kilometer entfernt, wurde fast übertönt vom Knirschen und Ächzen des Metalls, als sich die Hülle des Frachters unter dem Druck zu verbiegen drohte.

»Tut mir leid, Schätzchen, ich weiß, das ist nicht leicht für dich«, sagte Han.

»Ich habe schon Schlimmeres durchgemacht«, erwiderte Scarlet mit zusammengezogenen Augenbrauen. »Und wer hat Ihnen eigentlich erlaubt, mich ›Schätzchen‹ zu nennen?«

»Ich habe mit dem Schiff geredet«, erklärte Han, bevor er humpelnd den Korridor zum Cockpit hinabrannte. »Dass der *Falke* diesen Beschuss einstecken muss, ist Ihre Schuld. Sie könnten also ruhig auch ein wenig Mitgefühl zeigen.«

Chewbacca saß festgeschnallt auf dem Sitz des Kopiloten und bediente mit hektischen Bewegungen die Kontrollen, während der Frachter steil in den Himmel über der Stadt hinaufstieg. Grüne Plasmastrahlen und Turbolaserfeuer zuckten am Aussichtsfenster vorbei und verrieten, dass die imperialen Gleiter die Verfolgung noch längst nicht aufgegeben hatten. Ein rotes Licht an der Instrumententafel hinter dem Wookiee warnte blinkend vor einer Überladung der Schilde.

Han warf sich in den Pilotensessel und deutete mit dem Kopf auf den dritten Sitz im Cockpit. Scarlet verstand den Wink und schnallte sich darin fest.

»He, Kumpel, danke für die Rettung«, wandte Solo sich an den Wookiee.

Chewie knurrte eine Entgegnung und deutete vielsagend auf die Schadensanzeigen.

»Glaub mir, Euer Hochwohlgeboren wird für jeden Kratzer zahlen, den wir hier abkriegen.«

»Euer Hochwohlgeboren?«, wiederholte Hark.

»Auch damit waren nicht Sie gemeint«, rief Han, dann riss er das Steuer zur Seite und verwandelte den Steigflug des *Falken* in eine scharfe Wende. Der Hagel aus heranzuckendem Feindfeuer zischte hinter ihnen vorbei, und als er das Schiff nach diesem waghalsigen Manöver wieder aufgerichtet hatte, warf Solo Scarlet einen Blick über die Schulter zu. »Es dreht sich nicht immer alles um Sie, auch wenn das für Sie schwer zu glauben sein mag.«

»Ich glaube *nicht*, dass sich alles …«

»Still jetzt«, unterbrach Han die Spionin, und sie sog verärgert den Atem ein. Er deutete nach vorne, wo das dunkle Blau des Himmels einem noch dunkleren Schwarz wich. »Wir sind jetzt außerhalb der Atmosphäre. Die Gleiter können uns nicht weiter verfolgen.«

Chewbacca löste seine Sicherheitsgurte und machte sich auf den Weg in den hinteren Teil des Schiffes.

»He! Wo willst du hin?«, schrie Solo ihm nach.

Der Wookiee knurrte, ohne seine Schritte zu verlangsamen.

»Ha!«, machte Scarlet. »Ich bin wohl nicht die Einzige, die glaubt, dass Ihr Plan eine Katastrophe war.«

Han schwenkte seinen Sessel zu ihr herum. »Verzeihung? Ich habe Sie doch von diesem Planeten fortgebracht, oder? Und ich habe Ihnen Ihre wertvollen Daten besorgt – aus einer der am besten gesicherten Einrichtungen des Imperiums. Also, wer ist jetzt der Beste?«

Sie verdrehte die Augen. Da fiel ihm etwas anderes auf. »He, soll das heißen, Sie sprechen Shyriiwook?«

»Niemand außer Wookiees spricht Shyriiwook«, entgegnete sie. »Aber ich verstehe ein paar Brocken. Und wenn ich mich anstrenge, könnte ich vielleicht einen Drink bestellen oder nach der Toilette fragen …«

Scarlet verstummte, die Augen weit aufgerissen, ihr Gesicht blass.

»Was …«, begann er.

Sie schüttelte den Kopf und deutete an ihm vorbei. Han drehte sich wieder nach vorne – und sah vier imperiale Sternzerstörer auf den *Falken* zusteuern.

»Tja«, murmelte er. »Vermutlich hätte ich mit so etwas rechnen sollen.«

»Beeilen Sie sich«, drängte Hark. »Bringen Sie uns von hier fort.«

»Ich beeile mich schon«, schnappte er, während er den Frachter herumriss und den Schubregler bis zum Anschlag nach vorne drückte.

»Dann beeilen Sie sich schneller«, erwiderte sie.

»Warum sagen Sie das nur immer? Es ist nicht so hilfreich, wie Sie vielleicht denken.« Han aktivierte die Bordsprechanlage. »He, Kumpel, du musst die Schilde schnellstmöglich stabilisieren.«

Ein lautes Wookiee-Brüllen hallte durch das Schiff.

»Nun, woher soll ich wissen, dass du bereits daran arbeitest, wenn du mir nicht sagst, dass du bereits daran arbeitest?«

Scarlet schälte sich aus ihren Sicherheitsgurten und setzte sich auf den Sessel des Kopiloten. »Sagen Sie mir, was ich tun soll.«

»Passen Sie auf, dass die hinteren Deflektoren in diesem Winkel geneigt bleiben, um das gegnerische Feuer abzulenken«, wies Solo sie an. »Wir werden ein wenig Zeit brauchen, um den Sprung in den Hyperraum zu berechnen.«

»Wie viel Zeit?«

Das Schiff erbebte, als einer der Sternzerstörer einen Glückstreffer landete. »So viel Zeit, bis ich sage, dass wir bereit sind«, presste Han hervor, während er begann, Zahlen in den Navigationscomputer einzutippen.

»Wie *alt* ist dieser Computer eigentlich? Er sieht aus, als würde er noch auf den Minashi-Ryu-Sprungprotokollen beruhen.« Scarlets Finger huschten über die Deflektorkontrollen. Sie war nicht ungeschickt, das musste Han ihr lassen. Er hoffte nur, dass ihr beider Geschick ausreichen würde, um vier imperiale Sternzerstörer auf Distanz zu halten.

»So alt nun auch wieder nicht«, brummte er abwehrend. »Ich wollte einen neuen einbauen, aber ich bin noch nicht dazu gekommen.«

»Was hat Sie denn davon abgehalten?«

»Der Kampf gegen das Imperium«, konterte er. Noch immer fütterte er den Computer mit Daten, so schnell, wie das System sie verarbeiten konnte. »Sie haben vielleicht schon davon gehört. Sturmtruppen, Todessterne, Darth Vader?«

Der *Falke* ruckte zur Seite, als der vorderste Sternzerstörer bis auf effektive Schussweite zu ihnen aufgeschlossen hatte und sein Feuer verstärkte.

»Sie sind schrecklich schnippisch«, merkte Scarlet an.

»Das wären Sie auch, wenn Sie es innerhalb des letzten Jahres mit diesen drei Dingen zu tun bekommen hätten«, entgegnete Solo und tippte sich mit der Hand gegen die Brust.

Hark grinste ihn an. »Die Hand sollten Sie vielleicht besser am Steuer lassen.« Wie um ihre Bemerkung zu unterstreichen, bäumte sich der Frachter unter einer weiteren Salve von Laserstrahlen auf.

»Wir sind in Schussreichweite«, stellte Han fest, dann zog er den *Falken* in einer abrupten Wende nach Steuerbord. Die Sternzerstörer waren viel schneller, als ihre Größe vermuten ließ, und sie besaßen eine gewaltige Feuerkraft, aber was ihre Wendigkeit betraf, glichen sie eher einem betrunkenen Bantha. Das wollte Solo ausnutzen. Wenn er ihnen noch ein paar Sekunden Zeit verschaffte, könnte der Navigationscomputer einen Sprung berechnen.

»Das ist nicht gut«, entfuhr es Scarlet, und kaum, dass sie die Worte ausgesprochen hatte, trommelte weiterer Feindbeschuss auf das Schiff ein.

»Was ist nicht gut?«

»Das«, sagte sie, als vier TIE-Jäger in Diamantformation vor dem Cockpitfenster vorbeisausten und dann nach Backbord wegkippten, um einen zweiten Angriff zu starten. »Können wir sie ausmanövrieren?«

»Wir können es versuchen.«

»Worauf warten wir dann noch?«

Der Deflektoralarm plärrte los und warnte sie, dass die hinteren Schilde kurz vor dem Zusammenbruch standen.

»Chewie!«, schrie Han in das Komm. »Wir brauchen diese Schilde!«

Eine langgezogene Folge von Schnaub- und Knurrlauten erfüllte das Cockpit.

»Flucht Ihr Freund immer so viel?«, wollte Hark wissen. »Wie weit ist der Navigationscomputer?«

»Gleich fertig«, rief Solo. Anschließend beugte er sich vor und flüsterte, so leise, dass die Spionin es nicht hören konnte: »Komm schon, Kleines, bitte mach schon.«

Die TIE-Jäger rasten erneut heran und beharkten den *Falken* mit blitzenden Laserstrahlen. Han lenkte den Frachter in eine enge Fassrolle, um die breite, aber dünne Hülle zumindest vor einem Teil des Beschusses zu bewahren. Jenseits des Aussichtsfensters wurde das Schwarz des Alls von mehreren weißen Energieexplosionen überlagert, als die Schilde Treffer um Treffer einsteckten, und kurz darauf informierte sie ein weiterer gellender Alarm, dass auch die vorderen Deflektoren kurz davorstanden, den Geist aufzugeben.

»Chewie!«, schrie Han erneut in das Komm.

»Können Sie nicht …«, begann Hark, während sie etwas in den Computer eingab. Doch bevor sie den Satz beenden konnte, wurden die Anzeigen dunkel und Funken stoben aus der Konsole. Hätte Scarlet nicht geistesgegenwärtig ihren Oberkörper abgeklopft, wäre ihr Hemd in Brand geraten.

»Was haben Sie jetzt schon wieder gemacht?«, fragte Solo ungläubig. »Was haben Sie *gemacht*?«

»Ich habe nichts gemacht«, schrie Hark zurück.

Han schlug mit der Faust auf die Konsole. »Komm schon, Schätzchen, wach auf! Wir stecken hier mitten im Dauerbeschuss.«

Die Anzeige der Konsole flackerte kurz auf, dann wurde sie

wieder dunkel. Vor dem Aussichtsfenster vollführten die TIE-Jäger eine weitere Kehrtwende und gingen in Position für ihren nächsten Angriff.

Irgendwo im hinteren Teil des Schiffes heulte Chewbacca, und dann erwachten die Instrumente plötzlich wieder zum Leben. Im selben Augenblick verstummte auch das Schrillen der Schildalarme.

»Sehen Sie?«, seufzte Scarlet. »Ich habe doch gesagt, dass ich das nicht war.«

»Gut gemacht, Kumpel«, rief Han in das Komm. »Wenn du jetzt noch den Navigationscomputer dazu bewegen könntest, sich ein wenig zu beeilen ...«

Chewbacca bekundete grollend sein Missfallen ob dieses spärlichen Lobes.

»Wäre es dir etwa lieber, wir lassen uns einfach so vom Himmel holen?«, fragte Han.

Der Wookiee knurrte.

»Er ist Ihr einziger Freund, nicht wahr?«, warf Scarlet ein. »Ich frage mich nur, warum?«

»Chewie ist nicht mein einziger ...«, setzte Solo an, aber dann brach er ab und konzentrierte sich voll und ganz darauf, den *Falken* in einer Reihe von waghalsigen Schraubenmanövern von den TIEs fortzulenken. Doch kaum, dass er etwas Distanz zwischen sich und die Sternjäger gebracht hatte, kreischte auch schon der nächste Alarm los: Die Sternzerstörer und ihre durchschlagskräftigen Turbolaser waren wieder näher herangerückt. Dem Beschuss der TIEs konnte der YT-1300 eine Weile standhalten, aber die großen imperialen Schiffe würden ihre Schilde innerhalb von Sekunden pulverisieren, wenn sie freie Schussbahn hatten.

Solo klopfte auf die Konsole des Navigationscomputers, um

ihn zu schnellerer Datenverarbeitung anzutreiben. »Luke Skywalker zum Beispiel«, sagte er.

»Wer?«, fragte Scarlet, bevor sie den Winkel der Deflektoren korrigierte, um sie auf die neue und tödliche Bedrohung durch die Sternzerstörer auszurichten.

»Ein Freund von mir«, informierte Han sie. »Ein guter Freund sogar. Der Held der Rebellion, falls Sie noch nicht von ihm gehört haben. Ein sehr, sehr guter Freund. Luke Skywalker.«

»Ich weiß, wer das ist.«

»Warum haben Sie dann gefragt, wer er ist?«

»Weil ich Ihnen nicht zugehört habe«, erwiderte die Spionin. »Können wir jetzt endlich den Sprung machen?«

Die TIE-Jäger hatten ihren Beschuss inzwischen eingestellt. Stattdessen versuchten sie, den *Falken* zum Wenden zu zwingen, genau, wie es in einer solchen Situation von ihnen erwartet wurde. So stand es im Handbuch: Treibe den Feind auf die größeren Schiffe zu und überlass den Rest den Kanonen der Sternzerstörer. Eine klassische imperiale Taktik. Han konnte nicht anders, als das Geschick der Piloten zu bewundern, während er gleichzeitig überlegte, wie er sie umbringen konnte.

»Bemannen Sie eins der Lasergeschütze«, sagte er schließlich.

Hark stieß ein humorloses Lachen aus. »Wir können uns den Weg nicht freischießen.«

»Aber wir können es zumindest versuchen, oder?«

»Wir brauchen ein Wunder.«

Wie zur Antwort auf diese Bemerkung drehte plötzlich einer der TIE-Jäger mit Höchstgeschwindigkeit ab, und dann noch einer und noch einer. Einen Moment später begannen auch die Sternzerstörer unbeholfen ihren Kurs zu wechseln und flogen zum Planeten zurück. Einer nach dem anderen verstummten die diversen Alarme an Bord des *Falken*.

Kurz hielt Han den Atem an, aber nichts geschah; die imperialen Schiffe entfernten sich weiter von ihnen.

»Sie … rücken ab«, stellte Scarlet ungläubig fest.

Solo lehnte sich auf seinem Sitz zurück und verschränkte die Hände hinter dem Kopf. »Habe ich schon erwähnt, dass ich der Beste bin?«

»Glauben Sie allen Ernstes, dass das Ihr Verdienst ist?« Hark schüttelte den Kopf.

»Nun«, fuhr Han fort, während er den Verschluss seines Gurtes öffnete und aufstand, um den Hauptnavigationscomputer zu überprüfen, »ich muss aber zugeben, dass es nicht meine beste Arbeit ist. Mein persönlicher Rekord liegt, glaube ich, bei fünf.«

»Fünf?«, echote Scarlet.

»Sternzerstörer. Einmal, als ich Gewürz nach Tatooine geschmuggelt habe, habe ich fünf Sternzerstörer hinter mir gelassen. Das ist meine bisherige Bestmarke. Aber vier sind auch nicht schlecht. Vier ist mehr, als jeder normale Pilot bewältigen könnte.«

»Ich fasse es nicht«, sagte Scarlet, noch immer kopfschüttelnd. »Sie glauben *wirklich*, es ist Ihr Verdienst. Sie haben sie nicht abgehängt. Sie sind *abgezogen*. Irgendetwas stimmt hier nicht. Warten Sie einen Moment.«

Sie hielt sich Chewbaccas Headset ans Ohr, obwohl der Bügel fast so lang war wie ihr ganzer Unterarm, und klickte sich durch die diversen Kommkanäle. »Ich weiß auch nicht. Da herrscht reger Funkverkehr auf den militärischen Frequenzen, aber alles chiffriert. Irgendetwas muss sie aufgeschreckt haben. Besorgt Sie das denn gar nicht?«

»Nicht im Geringsten«, sagte Han, dann schlug er mit den Knöcheln gegen den Navigationscomputer und setzte sich wieder auf seinen Sessel. »Der Computer muss erst wieder hochgefahren werden, nachdem die Energiezufuhr für ein paar Sekunden ausgefallen ist, aber in einer Minute können wir in den Hyperraum verschwinden. Bevor Sie sich versehen, sind Sie wieder bei Ihren Freunden von der Rebellion.«

»Sie«, erklärte Scarlet »sind wahnsinnig. Ich frage mich allmählich, wie viel ich meinen ›Freunden von der Rebellion‹ wohl wert bin, wenn man *Sie* schickt, um mich abzuholen.«

Grinsend lehnte sich Solo zurück, dann legte er in einer dramatischen Geste die Hand aufs Herz. »Das tut weh. Warum wollen Sie mich verletzen? Habe ich Sie nicht aus den Klauen des bösen Imperiums befreit?«

Chewbacca stapfte zurück ins Cockpit und brummte.

»Ja, das war gute Arbeit«, nickte Han. »Aber erwarte keine Dankbarkeit von unserem Gast hier. Für mich hatte sie nichts als Beleidigungen übrig.«

Der Wookiee knurrte eine komplexe Entgegnung.

»Nun, dann reparieren wir das besser, bevor unsere imperialen Freunde zurückkommen«, sagte Solo.

»Wie war das?«, wollte Scarlet wissen, als Chewie wieder im Verbindungskorridor verschwand. »Den letzten Teil habe ich nicht verstanden. Technische Ausdrücke in Shyriiwook sind nicht unbedingt meine Stärke.«

»Er sagt, dass der Systemneustart ein paar Schaltkreise im Navigationscomputer überladen hat. Nichts Schlimmes. Aber das imperiale Trommelfeuer hat deutliche Spuren hinterlassen. Dieser Ausflug wird die Rebellion einen ordentlichen Betrag kosten. Ich hoffe, Sie sind wirklich so wertvoll, wie die Prinzessin behauptet.«

Scarlet lachte ungläubig. »Vergessen Sie nicht, dass wir Ihretwegen in dieses Trommelfeuer geraten sind? Und wir wären darin umgekommen, wären die Imperialen nicht durch irgendetwas abgelenkt worden.«

»Was für eine negative Betrachtungsweise …«

»*Und* Sie stellen meinen Nutzen für die Rebellion infrage, nachdem ich monatelang auf einer der gefährlichsten Welten im galaktischen Kern ermittelt habe?«

»Schon gut, schon gut, ich entschuldige mich«, beschwichtigte Han sie mit einem Grinsen. »Ich hatte ja keine Ahnung, dass es Ihnen so wichtig ist, mich zu beeindrucken.«

Scarlets Lippen zuckten, aber was immer sie auch entgegnen wollte, es war vergessen, als unvermittelt der Annäherungsalarm losplärrte.

»Sind sie wieder zurück?«, fragte die Spionin angespannt.

»Nein«, Han betrachtete durch das Aussichtsfenster das näher kommende Schiff. »Das ist jemand anderes.«

Hark beugte sich vor, und ihre Finger tanzten über die Kopilotenkonsole. »Ein Bautyp der Sienar-Flottensysteme«, las sie von dem kleinen Schirm ab. »Aber stark modifiziert. Sieht aus wie ein Frachter der NM-Sechshunderter-Serie …«

»Moment mal. Ich kenne dieses Schiff …«

Das Komm erwachte knisternd zum Leben.

»Han Solo, mein alter Freund.«

Der Corellianer schüttelte bestürzt den Kopf. »Baasen? Habe ich dich nicht gewarnt, was passieren wird, wenn ich dir noch einmal begegne?«

Der mirialanische Schmuggler lachte. »Das hast du, Junge. Ich versuche es philosophisch zu sehen. Aber das ist nicht leicht. Du hast da einige äußerst verletzende Dinge gesagt. Es gab keinen Grund, so grausam zu sein.«

Scarlet blickte Han fragend an, und er schaltete das Komm ab. »Baasen Ray. Kopfgeldjäger. Er ist der Grund, warum es mir so schwerfiel, Sie zu finden. Hat mich abgefangen, als ich nach dem Ursprung Ihres Signals gesucht habe.«

»Ihnen sitzen Kopfgeldjäger im Nacken?«

»Hallo?«, ertönte Rays Stimme erneut. »Redest du jetzt etwa nicht mehr mit mir, alter Freund? Ich würde deinen geliebten Frachter nur ungern in seine Einzelteile zerlegen.«

Han schürzte die Lippen und aktivierte das Kommlink wieder. »Ja, ich bin hier. Also, Baasen, alter Freund, wir verschwinden jetzt, aber wenn du Jabba siehst, sag ihm, dass ich ihm sein Geld vorbeibringe, sobald ich kann.«

»Junge«, grollte der Mirialaner. Mit einem Mal war jegliche vorgetäuschte Heiterkeit aus seinem Tonfall verschwunden. »Ich dachte, ich hätte es dir erklärt. Ich kann nicht ohne dich bei Jabba auftauchen, andernfalls wird er meinen Kopf über seiner Rancor-Grube aufspießen lassen. Also sei vernünftig und geh längsseits, damit ich an Bord kommen kann.«

»Tja«, erwiderte Han, »ich fürchte, da muss ich ablehnen. Was jetzt?«

»Ich könnte dich zu Asche verbrennen und dich Jabba in einer Flasche präsentieren«, schlug Baasen vor, seine Stimme trügerisch ruhig.

Han schaltete erneut das Komm ab. »Chewie? Ist der Computer endlich hochgefahren?«

»Tu, was ich sage«, fuhr Ray derweil fort, »und vielleicht lasse ich den Wookiee und die Frau am Leben. Aber ich warne dich: Ein zweites Mal werde ich dir kein so großzügiges Angebot machen.«

»Baasen würde Sie nie ziehen lassen. Er würde Sie ans Imperium verkaufen«, wandte Solo sich an Scarlet.

»Daran zweifle ich nicht«, erwiderte sie.

Han öffnete die Verbindung wieder. »Ich weiß nicht, wie ich es ausdrücken soll, Baasen, aber niemand hier ist wirklich angetan von deinem Vorschlag. Hier ist mein Gegenangebot: Warum fliegst du nicht nach Tatooine und wartest dort, dann schicke ich dir das Geld und nicht dem Hutten. Du kannst Jabba anschließend seinen Anteil geben, dieses kleine Missverständnis aufklären, und alle gehen zufrieden nach Hause.«

Hinter ihm stieß der Navigationscomputer eine Reihe von Klicklauten aus, bevor die Anzeigen wieder aufleuchteten. Scarlet beugte sich zu dem kleinen Bildschirm hinüber, dann wisperte sie Han zu: »Wohin soll's gehen?«

Egal, Hauptsache schnell, formte er mit den Lippen.

»Solo, alter Freund«, begann Ray. »Es trifft mich wirklich tief, dass du glaubst, ich wäre ein solcher Trottel. Nicht einmal meine abgeschossene Hand schmerzt so sehr wie deine Verachtung. Falls du dich je gefragt hast, warum niemand dich ausstehen kann – hier ist die Antwort: Du glaubst, dass du was Besseres bist als alle anderen.«

»Ich *habe* Freunde«, protestierte Han. »Viele Freunde.«

»Nein, Junge, hast du nicht. Du hast lediglich Komplizen.«

Scarlet war bereits dabei, die Vorbereitungen für den Sprung zu treffen, und Chewbacca schien ebenfalls alles unter Kontrolle zu haben. Also lehnte Solo sich auf seinem Sessel zurück. Er bedauerte es, dass Baasen sein Grinsen nicht sehen konnte, als er sagte: »Ich gebe mich geschlagen. Wie immer hast du mich durchschaut.«

»Ich wette, du hast dir gerade selbst auf die Schulter geklopft, weil du diesen Sternzerstörern entkommen bist, hm?«

Hark warf ihm aus schmalen Augen einen *Ich-hab's-ja-gesagt*-Blick zu.

»Also«, erwiderte Han, »ich würde nicht so weit gehen zu sagen …«

»Dafür kannst du dich bei mir bedanken. Ich habe eine Nachricht auf dem imperialen Kanal gesendet und voller Panik vor einem Großangriff der Rebellenflotte gewarnt. Um sich einer solchen Bedrohung zu stellen, brauchen sie natürlich alle zur Verfügung stehenden Mittel. Musste das Signal natürlich über einen Horchposten am Rand des Systems laufen lassen, um es glaubhaft zu machen. Ich schätze, es wird mindestens eine Stunde dauern, bis ihnen klar wird, dass deine Glanznummer nicht nur ein Ablenkungsmanöver war.«

»*Das* hat funktioniert?«, stieß Solo hervor. Er fragte sich, warum er nicht selbst auf diesen Gedanken gekommen war.

»Wirst du mich nun zwingen, dich zu töten, oder wirst du brav die Triebwerke herunterfahren, damit wir die Sache wie alte Freunde regeln können? Man kann ja nie wissen, vielleicht wird Jabba dich nicht einmal foltern, bevor er dich tötet, wenn ich ein gutes Wort für dich einlege.«

Chewbacca streckte den Kopf ins Cockpit und knurrte eine Frage, woraufhin Han mit dem Finger nach oben zeigte. Der Wookiee schnaubte und trottete davon, dem oberen Lasergeschütz des *Falken* entgegen.

»Deine Sorge um mein Wohlergehen ist rührend. Vor allem, nachdem ich dir die Hand abgeschossen habe«, sagte Han ins Kommlink.

»Versuchst du jetzt etwa, mich zu provozieren?«, fragte Baasen. »Oder willst du nur Zeit schinden?«

»Weder noch«, log Solo. »Ich wollte nur sicherstellen, dass ich auch deine volle Aufmerksamkeit habe.«

»Nun, ich bin ganz Ohr …«, hörte er noch, dann unterbrach er die Kommverbindung.

»Gib's ihm«, rief er Chewbacca anschließend über die interne Sprechanlage zu.

Der obere Vierlingslaser spie eine Salve von grellen Energiestrahlen, die auf Baasens Schiff einhämmerten, und Han rammte den Schubregler in den roten Bereich.

Kurz blickte er zu Scarlet hinüber. »Alles bereit?«

»Beinahe. Dieser Kerl scheint Sie ja wirklich zu hassen.«

»Ich bin ihm auch nicht mehr sonderlich wohlgesonnen. Aber in einer Minute ist das alles egal. Chewie! Blende ihn weiter, bis wir den Sprung machen können.«

Der Wookiee antwortete mit einem Brüllen, und der Feuerstrom des oberen Vierlingslasers brandete weiter auf den anderen Frachter ein.

»In Ordnung«, keuchte Hark. »Gleich. Gleich.«

»Ich hoffe, Sie wissen, was Sie tun. Jetzt. Wird's.« Hans »Ernst« ging unter im Heulen des Annäherungsalarms, und dann bäumte sich der *Falke* auf, als Baasen mit seinen Kanonen das Feuer erwiderte. Die Geschosse zogen eine Spur dumpfer Donnerschläge über die Oberseite des YT-1300, und ein paar Laserstrahlen trafen sogar das Cockpit. Die Schildalarme stimmten schrill in den Chor der Warnsignale ein.

»Los, los, *los*!«, schrie Scarlet, aber ihre Worte galten dem Computer, nicht Han. Etwas donnerte von hinten gegen den *Falken*, heftig wie ein Hammerschlag; das andere Schiff hatte ihnen eine Rakete ins Heck gejagt. Es musste ein Blindgänger gewesen sein, denn der Schaden schien sich in Grenzen zu halten, aber es war nur eine Frage von Sekunden, bevor der nächste Sprengkörper sie traf – und zerstörte. Chewbacca stürmte ins Cockpit und brüllte vor Zorn.

»Schnall dich an«, wies Solo ihn an. »Wir verschwinden von hier. Jetzt sofort!«

»Moment mal«, rief Scarlet dazwischen. »Uns steckt eine *Rakete* im Heck! Wird sie nicht detonieren, wenn wir …«

Sie hatte keine Gelegenheit, den Satz zu Ende zu bringen, denn Han aktivierte das Hyperraum-Triebwerk, und die Sterne lösten sich in einem wirbelnden Tunnel aus Licht auf.

11. Kapitel

Die Sterne standen still. Ein halbes Dutzend Warnanzeigen und Fehlermeldungen blinkte, begleitet von quengelnden Alarmtönen auf der Armaturentafel, und ein Riss verlief quer über das von Brandspuren geschwärzte Cockpitfenster; sie konnten von Glück reden, dass die Scheibe während des Kampfes nicht geborsten war. Han lehnte sich in seinem Sessel zurück. Die Anspannung der letzten Stunden wich aus seinen Muskeln, und er fühlte sich erleichtert und ein wenig schwindelig. Chewbacca neben ihm knurrte gereizt.

»Was?«, entgegnete Solo. »Ist doch alles gut ausgegangen.«

»Ja, es war äußerst unterhaltsam«, warf Scarlet ein. »Sind wir wirklich sicher, oder könnte diese Rakete, die uns im Heck steckt, in die Luft gehen und uns alle töten?«

»Es gibt nur eine Möglichkeit, das herauszufinden«, sagte Han, dann stemmte er sich auf die Beine. »Ich werde mir das Ding mal ansehen. Wo sind wir, Chewie?«

Der Wookiee zog die mächtigen Schultern hoch.

»Nun, dann versuch doch bitte, es herauszufinden. Ein Sprung ist uns geglückt. Wenn wir noch einen machen können, sind wir in Sicherheit.«

»Ich brauche Zugang zu Ihrem Computer«, forderte Hark, wobei sie die Disk mit den gestohlenen Daten hochhielt. »Ich muss diese Chiffrierung knacken.«

»Tun Sie sich keinen Zwang an. Aber nur, solange Chewie das System nicht braucht«, erklärte Solo und ging zur Kabinentür. »Die Berechnungen für den Sprung haben Priorität.«

»Jawohl, Captain.« Scarlets Tonfall pendelte zwischen Belustigung und Sarkasmus.

»Ganz recht, ich bin der Captain«, schoss Han zurück, aber er war nicht wirklich wütend. Im Moment konnte nichts seiner guten Laune Abbruch tun. Es kam nicht oft vor, dass er sich nach einem Kampf so großartig fühlte. Vielleicht würde er zusammenbrechen, sobald sich das Adrenalin in seinem Blut verflüchtigt hatte und die Erschöpfung einsetzte, aber zumindest bis dahin würde er seinen Aufgaben mit einem Grinsen nachgehen. Und es gab einiges zu tun.

Er kletterte die Leiter zu dem oberen Vierlingslaser hoch, dann presste er seine Wange gegen die Transparistahlscheibe und blickte zu der Stelle hinüber, wo Baasens Rakete noch immer aus der Außenhaut des Falken hervorragte wie ein graugrüner Stachel. Je nachdem, ob sie die Bordhülle wirklich durchstoßen hatte oder nicht, könnte sie anderthalb bis drei Meter lang sein. Bei genauerer Betrachtung entdeckte Han außerdem ein Gewirr von Fäden, das den Flugkörper bedeckte. Er stieg die Leiter wieder hinab, aktivierte das Diagnoseprogramm und ließ den Bordcomputer eine Reihe von Tests durchführen. Die Rakete hatte einen Teil der Energieleitungen durchtrennt oder zermalmt, und sie verloren stetig Kühlflüssigkeit – das waren vermutlich diese Fäden, die er gesehen hatte: Kühlflüssigkeit, die beim Einschlag ausgetreten war. Die Sensoren konnten aber keine aktiven Zündmechanismen oder

Giftstoffe aufspüren, ebenso wenig infiltrierte der Flugkörper den Frachter mit winzigen Nano-Droiden, um ihn zu zerstören oder zu sabotieren. Falls die Rakete einen Sprengkopf hatte, war er deaktiviert. Vermutlich also wirklich ein Blindgänger. Dennoch würde er sich besser fühlen, wenn das Ding aus dem Heck seines Schiffes entfernt wäre.

Chewbacca zählte über das Bordkomm auf, welche Systeme in Mitleidenschaft gezogen worden waren: Das Signal der passiven Sensorantenne fiel immer wieder aus; eine der Frachtklammern hatte sich losgerissen und in ihrer Aufhängung verkeilt; eine Energieschwankung im Beschleunigungskompensator hatte zu einer Blockierung des Hyperraum-Antriebsaggregats geführt; und der backbordseitige Schildgenerator war aufgrund eines Kühllecks überhitzt.

Han ließ seine Knöchel knacksen.

»Sie war schon in schlimmerem Zustand«, sagte Solo.

Chewbacca heulte eine wenig schmeichelhafte Entgegnung, und tief im Bauch des Schiffes erklang das Lachen einer Frau.

Han konnte sich nicht erinnern, eingeschlafen zu sein. Das Letzte, was er noch wusste, war, dass er auf Ellenbogen und Knien durch den schmalen – beinahe zu schmalen – Zwischenraum gekrochen war, einen Hydroschraubenschlüssel zwischen den Zähnen und entschlossen, die Energiekupplung neu einzustellen. Und nun lag er in seiner Koje und wachte aus einem Schlaf auf, der so tief und dunkel gewesen war wie das Weltall. Der Corellianer rollte sich auf die Seite, gähnte und setzte sich dann langsam auf. Seine rechte Seite fühlte sich an wie ein riesiger blauer Fleck, und sein Rücken war steif. Er trug noch immer das Schwarz eines imperialen Offiziers, auch wenn der Stoff inzwischen nur noch aus Falten und Ölflecken zu bestehen schien. Er zog sich aus und warf die Kleidung in den Müll. Laut Schiffschrono hatte er knapp vierzehn Standardstunden geschlafen, und ein Blick auf die Statusanzeige verriet ihm, dass Chewie während dieser Zeit äußerst fleißig gewesen war. Abgesehen von dem Kühlleck und den gelegentlichen Ausfällen der Sensorantenne, war das Schiff bereit für die weitere Reise, wenn natürlich auch weiterhin eine Rakete in seinem Heck steckte.

Bevor er in seine eigenen Kleider schlüpfte, machte er Bestandsaufnahme seiner eigenen Verletzungen: schwarzer Schorf um sein Handgelenk von der Kletterpartie vor Harks alter Wohnung; purpur-schwarze Blutergüsse an seiner Hüfte und seiner Schulter von der Rampe des *Falken,* als Chewie sie mit dem Frachter bei ihrem Sprung vom Übertragungsturm aufgefangen hatte; und ein langer tiefer Kratzer quer über seiner Brust, an dessen Ursprung er sich schon nicht mehr erinnern konnte. Er war ebenso ramponiert wie sein Schiff. Sanft legte er die Hand gegen die Wand, sodass er die leichte Vibration des Triebwerks spüren konnte.

»Wir haben es wieder mal geschafft«, sagte er leise. »Aber diesmal war es wirklich eng.«

Er wartete noch einen Moment, als könnte das Schiff ihm antworten, dann drehte er sich um und zog sich an.

Im Hauptfrachtraum saßen Scarlet und Chewbacca an dem kleinen Tisch und aßen aus knochenfarbenen Schalen. Die Spionin blickt auf, als er hereinkam, und ihrem strahlenden Lächeln nach zu schließen, freute sie sich wirklich, ihn zu sehen. Sie trug eine dunkle Hose und ein helles Hemd mit offenem Kragen, das ihr ein paar Nummern zu groß war. Han fühlte sich noch immer, als wäre er gerade von einem Rancor in die Mangel genommen worden, aber sie sah aus, als wären die langen Monate der Verzweiflung, der Lügen, Geheimnisse und der Gewalt nur ein langer, erholsamer Urlaub gewesen.

»Guten Morgen, Captain Schlafmütze«, begrüßte sie ihn.

»Gleichfalls«, erwiderte er. »Sind das meine Sachen, die Sie da tragen?«

Sie zuckte mit den Schultern. »Meine erste Wahl war es auch nicht, aber ich reise mit leichtem Gepäck, wie Sie vielleicht noch wissen.«

Han blickte Chewbacca an. »Du hast ihr meine Sachen gegeben?«

Der Wookiee deutete auf sein Fell und zog mit einem Brummen die Brauen hoch.

»Gutes Argument«, musste selbst Solo zugeben.

»Falls Sie ein Problem damit haben ...«

»Nein«, winkte er ab. »Schon gut. Gewöhnen Sie sich nur nicht dran.«

Einen Moment tat Scarlet so, als würde sie schmollen, dann widmete sie sich wieder ihrem Essen. Tatsächlich fand Han sie nun, da sie ihr dunkles Haar offen trug und die Anspannung der Gefahr aus ihrem Gesicht gewichen war, deutlich attraktiver als noch auf Cioran. Ihr Lächeln hatte milder Belustigung Platz gemacht, und ihre Augenbrauen waren leicht nach oben gezogen – aber dieser Ausdruck einer spielerischen Herausforderung schien immer auf ihren Zügen zu liegen. Er gehörte einfach zur Architektur ihres Gesichts. Solo spürte, wie auch seine Lippen sich zu einem Schmunzeln verzogen, und er nickte in Richtung ihrer Schale.

»Ist noch was da?«

»Wir haben Ihnen eine Portion übrig gelassen«, erklärte sie und deutete auf die Anrichte hinter ihm. Han nahm sich die dritte Schale, die ungefähr zur Hälfte mit einer Mischung grüner Salatblätter und dunkler Fleischstücke gefüllt war. Scarlet spießte derweil die Reste ihrer eigenen Mahlzeit mit der Gabel auf.

»Sie haben Sahbiye gemacht?«

Die Spionin schüttelte den Kopf und deutete mit dem Kinn auf Chewbacca.

»Sie müssen es meinem Freund wirklich angetan haben«, kommentierte Solo. »Sonst macht er nie Sahbiye.«

Der Wookiee knurrte und schnaubte.

»Nein, nein, ich weiß es durchaus zu schätzen. Hier, schau, wie sehr ich es schätze.« Han schob sich einen großen Bissen in den Mund, anschließend richtete er seine Aufmerksamkeit wieder auf Hark. »Uns steckt zwar eine Rakete im Hintern, aber es hat nicht den Anschein, als würde sie noch explodieren. Davon abgesehen, gibt es keine größeren Schäden. Wir sollten also in der Lage sein, Sie auf direktem Wege zur Flotte zu bringen.«

Scarlet nickte, den Blick auf den Boden ihrer Schüssel gerichtet. »Was das angeht …«

»Nein.«

Sie hob den Kopf, einen Ausdruck vorgetäuschter Unschuld in den Augen. »Nein?«

»Was immer Sie sagen wollten, nein. Meine Aufgabe war es, ins Herz des Imperiums zu fliegen, Sie zu finden und zurückzubringen. Und ich habe mich schon dazu überreden lassen, Daten aus einer Hochsicherheitseinrichtung zu stehlen – was uns in eine ganze Reihe von brenzligen Situationen gebracht hat, aus denen wir nur durch Glück und mein Können wieder herausgekommen sind. Was immer Sie jetzt vorschlagen wollen, vergessen Sie's. Die Antwort ist Nein.«

»Ich habe die Datenchiffrierung entschlüsselt. Galassians Code hat mich nur ein Stück weit gebracht, aber ich kenne mich mit imperialen Sicherheitsprotokollen aus, und das hat mir die restlichen Türen geöffnet. Die Datei enthält sämtliche Informationen über die Ermittlungen, die der Geheimdienst wegen der gestohlenen Informationen angestellt hat, einschließlich einiger Hinweise darauf, worum es sich bei diesen Informationen handelte. Galassian hat etwas Großes gefunden. Etwas, das von großem strategischen Nutzen sein könnte. In jedem Fall scheint es gefährlich zu sein. Galassian ist bereits zu einer zweiten Expedition aufgebrochen, und das Imperium ist in heller Panik, dass jemand von der Sache erfahren könnte, bevor er dort fertig ist.«

»Falls es so wichtig ist, wollen die Generäle der Rebellenflotte sicher schnellstmöglich darüber informiert werden.«

»Der wirklich interessante Teil kommt aber erst noch: Die Imperialen haben herausgefunden, wer die Daten gestohlen hat.«

Han nahm einen weiteren Bissen Sahbiye, kaute und kratzte dann mit dem Fingernagel ein Stück Fleisch zwischen seinen Zähnen hervor. »Die Antwort lautet trotzdem Nein.«

»Der Dieb arbeitet für das Sendavé-Shared-Interessenkollektiv. Schon mal von denen gehört?«

»Sicher. Das sind kleine Waffenschmuggler, die von Elssasinn und Sunin aus operieren. Größtenteils K'rrandin, aber ein paar Menschen stehen auch auf ihrer Gehaltsliste. Früher waren sie mal eine große Nummer, bevor die Hutten beschlossen, ihnen ihre Spielzeuge wegzunehmen«, erklärte Han. »Aber die Imperialen müssen sich irren. Das Sendavé-Kollektiv hat keine Verwendung für heiße Daten, ganz gleich, wie gefährlich oder nützlich sie sein mögen. Das ist eine Nummer zu groß für sie. Wie gesagt, sie sind nur noch eine kleine Schmugglerbande.«

»Der Geheimdienst scheint das ein wenig anders zu sehen«, entgegnete Hark. »Laut diesem Bericht hat das Kollektiv seine Ziele wieder höher gesteckt. Der Dieb ist ein Mensch namens Hunter Maas, und offensichtlich will er seine Organisation wieder zu einer ›großen Nummer‹ machen. Mit den gestohlenen Daten will er dem Kollektiv eine bessere Position sichern, und sollte das nicht klappen, dann zumindest sich selbst. Unseren Freunden vom imperialen Geheimdienst gefällt dieser Plan verständlicherweise nicht. Möchten Sie wissen, was sie deswegen zu unternehmen gedenken?«

»Würde es etwas bringen, wenn ich sage, dass ich es nicht wissen will?«, seufzte Han.

»Sie schicken einen Kampfverband. Schocktruppen und reguläre Sturmtruppen, fünftausend Mann, vom Imperator persönlich autorisiert, Raumrouten zu blockieren, sich über lokale Gesetze und falls nötig sogar über das imperiale Protokoll hinwegzusetzen.«

Hans Augen weiteten sich, und er versuchte, seine Reaktion hinter einem Lachen zu verbergen. Chewbacca brummte etwas und nahm seine leere Schale vom Tisch.

»Schwester«, begann Solo, »falls Sie hoffen, mich so überreden zu können, sollten Sie ein wenig an Ihrer Technik feilen. Die Antwort war vorhin Nein, und jetzt ist sie erst recht Nein.«

»Diese Informationen sind dem Imperium enorm wichtig«, beharrte Scarlet. Sie beugte sich vor und stützte die Ellenbogen auf der Tischplatte ab. »Was immer Galassian gefunden hat, niemand soll davon erfahren. Sie sind sogar bereit, ihre Regeln zu übertreten, um das sicherzustellen. Und Sie wissen vermutlich, wie sehr das Imperium es hasst, seine Regeln zu übertreten.«

Han kaute langsam, und ein Schmunzeln zerrte an seinen

Mundwinkeln. Ihm gefiel der Gedanke, dass es ausnahmsweise mal das Imperium war, das voller Sorge über die Schulter blicken musste. Chewbacca brummte, schüttelte den Kopf und verschwand in Richtung Bordküche.

»Viele Leute werden sterben, nur damit niemand herausfindet, was Galassian vorhat«, sagte Scarlet leise.

»Aber ich werde keiner von ihnen sein. Und Sie ebenso wenig. Wenn wir wieder bei der Flotte sind, können Sie …«

»Wenn wir wieder bei der Flotte sind, wird es zu spät sein. Sie haben bereits vor einer Woche unter falschem Vorwand die Basis des Kollektivs auf Nummunr angegriffen. Hunter Maas konnte entkommen, aber inzwischen haben die Imperialen die Hälfte ihrer Langstrecken-Spähschiffe im Kern mobilisiert. Laut Bericht haben sie Befehl, Maas aufzuspüren und den Kampfverband zu rufen, der dann den Rest erledigt. Sie werden ihn töten. Ihn und jeden, der ebenfalls von den Daten wissen könnte. Falls nötig, werden sie ganze Planeten entvölkern.«

Han schaufelte sich den letzten Rest Sahbiye in den Mund, kaute und schluckte. Scarlet beobachtete ihn schweigend, während vorne im Cockpit kurz ein Alarm aufheulte, nur um dann sofort wieder zu verstummen.

»Also schön«, begann Solo. »Ich habe alles getan, was von mir verlangt wurde – sogar noch mehr, viel mehr. Aber das reicht Ihnen nicht. Nein, Sie wollen, dass ich mich in eine groß angelegte imperiale Menschenjagd einmische und den armen Teufel rette, den fünftausend Sturmtruppler in ein Häufchen Asche verwandeln wollen, von den Schocktruppen mal ganz zu schweigen. Und all das soll ich nur tun, weil Sie mich lieb darum bitten.«

»Ja.«

»Dann lassen Sie mich Ihnen jetzt mal erklären, warum das nicht passieren wird. Erstens, weil es nicht meine Aufgabe ist, jeden dahergelaufenen Narren zu retten, der größenwahnsinnig genug ist, sich mit dem Imperator anzulegen. Zweitens, weil uns eine nicht detonierte Rakete im Heck steckt und ich gerne ein freundlich gesonnenes Dock anfliegen möchte, wo ein Sprengkommando das gute Stück aus meinem Schiff ziehen kann. Und drittens, weil ich bereits vorhin klipp und klar gesagt habe, dass …«

»Das Imperium weiß nicht, wo Maas sich verstecken wird. Ich schon. Wir könnten noch vor ihm dort sein.«

»… meine Antwort *Nein* lautet«, beendete er seinen Satz – nur, um einen Moment später verwirrt die Brauen zusammenzuziehen. »Halt. Sie wissen, wohin der Kerl will – aber die Imperialen nicht? Woher haben Sie diese Information dann?«

»Chewbacca hat es mir verraten.«

»Chewie?«

»Nun, er hat mich auf den neuesten Stand gebracht, was die Entwicklungen der letzten Monate betrifft. Danach musste ich nur noch eins und eins zusammenzählen.«

»Ich weiß nicht, von welchen Einsen Sie reden«, entgegnete Solo, aber der Rest seiner Entgegnung blieb ihm in der Kehle stecken. Der kupfrige Geschmack der Furcht erfüllte seinen Mund, noch bevor er wirklich wusste, warum.

Eine kleine kriminelle Organisation, die gestohlene imperiale Daten als Trumpfkarte einsetzen wollte, um sich einen Platz an einem größeren Tisch zu sichern. An der Art von Tisch, wo über die Zukunft der Galaxis entschieden wurde. Wäre er in Hunters Position, an wen würde er sich da wohl wenden? Natürlich an die Allianz der Rebellen und Ausgestoßenen, der Kriminellen und Freiheitskämpfer. Ja, wäre er Hunter, würde er nach Kiamurr fliegen und sich zum neuen Partner der Rebellion machen.

Falls die imperialen Späher ihn entdeckten, würde der Kampfverband nicht nur die Überlebenden des Sendavé-Shared-Interessenkollektivs auslöschen, sondern auch jeden anderen potenziellen Verbündeten, den die Rebellen zu diesem Treffen hatten überreden können. Und auch jene, die im Moment noch zögerten, würden es nach einem solchen Schlag nicht mehr wagen, sich ihnen anzuschließen.

Ganz abgesehen davon, hielt sich Leia bei diesem Treffen auf.

»Chewie?«, rief Han, während er aufstand. »Wo steckst du?«

Er ging ins Cockpit und begann, mehrere Sternkarten aufzurufen, um mögliche Flugrouten von ihrem gegenwärtigen Aufenthaltsort mitten im galaktischen Nirgendwo nach Kiamurr zu berechnen. Einen direkten Weg gab es nicht, aber wenn er ein paar Abkürzungen nahm …

Der Wookiee tauchte hinter ihm auf, die Arme gespreizt, aber Solo hörte kaum auf sein Heulen und Grollen. Der Sprung würde alles andere als einfach werden. Und alles andere als angenehm. Aber es war machbar, und damit mussten sie sich im Augenblick wohl zufriedengeben.

»Ich bereite alles für den Sprung vor«, sagte er.

Chewbacca bleckte die Zähne und heulte ein zweites Mal.

»Beim letzten Mal ist sie doch auch nicht explodiert«, winkte Solo ab. »Warum also dieses Mal? Baasen hat schon immer nur das Billigste vom Billigen gekauft. Darum krebst er noch immer im Bodensatz herum und leiht sich Geld von Jabba, während wir die Helden der Galaxis sind.«

Chewie warf in einer verzweifelten Geste die Arme hoch, aber Han kannte ihn gut genug, um die Erleichterung unter all der Theatralik zu erkennen. Scarlet lehnte sich gegen den Durchgang, die Arme verschränkt, ihre Augen ein wenig schmaler als sonst, ihre Lippen ein wenig gerader. Sie sah aus wie eine Wissenschaftlerin, die gerade auf eine äußerst faszinierende und amüsante neue Spezies gestoßen war. Han beschloss, sie zu ignorieren.

»Wohin fliegen wir nun, Captain Solo? Zur Flotte?«

Er fuhr mit dem Finger über die Zahlenkolonnen auf dem Bildschirm. Das Leck in der Kühlflüssigkeitsleitung beeinflusste mehrere Systeme, aber nicht in solchem Maße, dass es einen Hyperraumsprung unmöglich gemacht hätte. Glaubte er zumindest. Hoffte er.

Hark ließ sich auf den Sitz des Kopiloten fallen. Sie wirkte geradezu winzig in dem Sessel, der für einen Wookiee ausgelegt war. »Werden Sie Kiamurr den Rücken zuwenden?«

»Sie wollen eine Antwort?«

»Ja.«

»Hier ist meine Antwort.« Er deutete mit dem Finger auf die Spionin und blickte sie unter zusammengezogenen Augenbrauen an. »Niemand mag Besserwisser.«

12. Kapitel

Hoch oben in der Atmosphäre von Kiamurr ließen sich Tausende Vogelarten von steten Aufwinden über den gewaltigen Gebirgszügen dahintragen. Lange Erfahrung hatte die Tiere gelehrt, den Schiffen auszuweichen, die in regelmäßigen Abständen durch die dünne Luft des Planeten sausten, und auch, als der *Millennium Falke* der Oberfläche entgegensank, stoben die gewaltigen Schwärme rings um den Frachter auseinander; ein Meer schwarzer Punkte vor den weißen Wolken, wie eine Negativaufnahme des Weltalls. Han beugte sich über die Kontrollen, in der festen Erwartung, dass die nächste Gruppe von Vögeln nicht rechtzeitig ausweichen würde. Vor seinem geistigen Auge sah er schon Hunderte kleiner Leiber, die durch das rissige Cockpitfenster barsten, die Ansaugstutzen verstopften, die Landevorrichtung blockierten, sein Schiff noch weiter beschädigten. Doch die Kreaturen waren schlauer, als er gedacht hätte, und flatterten rechtzeitig aus der Bahn.

Messerscharfe Gebirgsgrate aus bleichem Felsen stachen durch die Wolken, gemasert mit grünen Flecken, wo die örtliche Flora sich klettenartig an die Bergflanken klammerte. Die Eiskappen auf den Gipfeln hatten die gleiche Farbe wie die Wolken, und bis zu den Tälern zwischen ihnen fiel der Fels fünf, sechs, manchmal sogar zehn Kilometer fast senkrecht in die Tiefe ab. Die Seitenwinde erschwerten das Navigieren, und die Steilwände aus Eis und Gestein machten den Sinkflug noch gefährlicher.

»Bist du sicher, dass wir auf dem richtigen Vektor sind?«, fragte Han. »Ich kann nämlich nichts sehen.«

Chewbacca entblößte die Zähne und heulte.

»Ich weiß, dass *ich* der Pilot bin«, gab Solo zurück. »Aber du bist derjenige, der …«

»Dort«, sagte Scarlet. Sie beugte sich über Hans Schulter und deutete auf einen Fleck, der sich farblich von der Felswand ringsum abhob. Das Grau von Metall, daneben ein klobiger Umriss: Laserkanonen. Die erste Verteidigungslinie von Talastin City – sofern man den Wind, die Vögel und die Berge nicht mitzählte. Sie sausten an dem Geschütz vorbei, und die Mündung der Waffe folgte ihnen auf ihrem Weg nach unten. Einen Moment später piepte das Komm.

»Hallo, unidentifizierter Frachter. Werden Sie erwartet?«

»Nein«, antwortete Solo. »Wir hatten keine Zeit, unser Kommen anzukündigen.«

»Dann werden Sie einigen Ärger kriegen.«

»Wir sind von der … äh … Hilfsinitiative für die Überlebenden von Alderaan«, erklärte Han. »Wir gehören zur Delegation.«

»Oh. Sie sind von der Rebellenallianz? Das ist schön und gut, aber deswegen haben wir trotzdem keinen Platz für Ihr Schiff.«

Chewbacca brummte, als die Felswände zu beiden Seiten immer mehr zusammenrückten und ihnen immer weniger Spielraum zum Manövrieren blieb.

»Könnten Sie diesbezüglich vielleicht noch mal nachfragen?«, bat Han. »Denn falls ich wieder umkehren muss, würde ich das gern erledigen, bevor wir noch tiefer in die Berge fliegen.«

»Sicher. Warten Sie einen Moment.«

Vor ihnen klammerte sich eine schlangengleiche Kreatur, länger als selbst der *Falke*, an die Steilwand, und die goldenen Schuppen an ihren Seiten glänzten im Sonnenlicht. Han trommelte ungeduldig mit den Fingern auf die Konsole. Chewie neben ihm knurrte und nahm etwas Schub weg, während das Schlangenwesen sie aus gelassenen schwarzen Augen beobachtete und seinen gigantischen Rachen aufklappte.

»Wie viel Treibstoff haben wir noch?«, wollte Solo wissen.

Der Wookiee grollte eine Antwort.

»Das ist aber nicht gerade üppig.«

»Nun«, warf Scarlet ein, »zumindest ist ziemlich offensichtlich, dass die Imperialen noch nicht hier waren.«

»Ja«, stimmte der Corellianer ihr zu. »Inkompetenz und Korruption sind mir tausendmal lieber als perfekt regulierte Bösartigkeit.«

Ein Leitsignal erschien auf dem Schirm, und das Kommlink erwachte wieder zum Leben. »Also gut, unidentifizierter Frachter. Sie haben Landeerlaubnis für Dock Vier, Bucht Nummer Drei. Sie werden aber eine Strafgebühr zahlen müssen, weil Sie sich nicht angemeldet haben.«

»Wie bitte?«, platzte es aus Solo heraus.

»Ich mache die Regeln nicht, Kollege. Falls es Ihnen nicht passt, können Sie immer noch kehrtmachen.«

»Schon gut, schon gut. Und wie hoch ist diese Gebühr?«

»Normalerweise achthundert Credits, aber Sie scheinen ein netter Kerl zu sein. Also sagen wir vierhundert, und die Sache ist erledigt.«

»Ich dachte, Korruption ist Ihnen sympathisch«, gurrte Scarlet mit einem schneidenden Lächeln.

»Wir beginnen mit dem Landeanflug«, knurrte Han.

»Willkommen auf Kiamurr«, sagte die Stimme aus dem Komm fröhlich. »Genießen Sie Ihren Aufenthalt.«

Talastin City kauerte in den Tiefen eines schmalen Tales, seine Gebäude eng auf den wenigen Kilometern halbwegs ebenen Bodens zusammengedrängt. In den am dichtesten besiedelten Teilen der Stadt wuchsen die Häuser auch an den steilen Felswänden zu beiden Seiten nach oben. Die gewaltigen Berge, die ringsum aufragten, tauchten die Straßen fast rund um die Uhr in tiefe Schatten, mit Ausnahme der Mittagsstunden, wenn die Sonne direkt von oben herabschien. Han erinnerte das Ganze an eine Stadt auf dem Grund eines Brunnens.

Er folgte dem Leitsignal zu einem Tunnel, der in die Flanke eines Berges hineingesprengt worden war. An den umliegenden Felswänden fielen ihm noch mindestens ein Dutzend weiterer solcher Öffnungen im blassen Gestein auf, und in ihrem beleuchteten Inneren konnte er Transporter, Frachter und Sternjäger ausmachen. Nachdem sie in der Andockbucht gelandet waren, die man ihnen zugewiesen hatte, nahm sie ein veralteter Protokolldroide der LOM-Baureihe in Empfang. Seine Brustplatte war von Kratzern und pockennarbigen Dellen übersät, die nur halbherzig wieder ausgebeult worden waren, und seine ursprüngliche Farbe ließ sich unter einer glänzenden Patina nur noch erahnen. Han überließ es Chewie, mit der Maschine auszuhandeln, wie viel genau sie nun an Dockgebühren und Steuern zahlen sollten, während er selbst langsam um den *Falken* herumging, um die Schäden an seinem Schiff von außen zu begutachten. Die Luft von Kiamurr roch nach Feuchtigkeit und Holz, als wäre man in einem Regenwald, aber er empfand sie nicht als unangenehm. Im Gegensatz zu den Brandspuren, die die Seite des Frachters geschwärzt hatten, oder zu dem Geruch von verkohlten Schaltkreisen und geschmolzenen Stellmotoren, der ihm schon viel zu oft in die Nase gestiegen war. Die Jäger und Gleiter der Imperialen hatten wirklich ganze Arbeit geleistet.

Die Rakete – sofern es wirklich eine Rakete war – steckte tief im Heck des Schiffes, und wie Solo nun erkannte, handelte es sich bei den seilartigen Objekten, die davon herabhingen, nicht um erstarrte Kühlflüssigkeit, sondern um metallene Stränge, die aus kleinen Öffnungen an der Oberfläche des graugrünen Flugkörpers ragten. Ihre Spitzen waren durch die Außenhaut des *Falken* gedrungen, wie um die Rakete zu verankern. Scarlet trat neben Solo, die Arme auf dieselbe Weise vor der Brust verschränkt wie er.

»Ein Peilgerät?«, fragte sie.

»Ja.«

»Dann weiß Ihr Freund Baasen, wo wir sind?«

»Ja.«

»Das ist nicht gut.«

»Tja«, murmelte Han, »vielleicht haben wir ja Glück, und er kommt erst hier an, wenn das Imperium seinen Großangriff startet.«

Einen langen Moment standen sie schweigend nebeneinander.

»Nein, im Ernst, ich werde Chewie sagen, dass er das Ding so schnell wie möglich entfernen und deaktivieren soll«, schob der Corellianer schließlich nach.

»Guter Plan«, lobte Hark.

Nachdem die Zahlungsmodalitäten geklärt waren, humpelte der alte Droide zurück zum Büro der Dockbucht. Chewbacca holte einen Werkzeugkasten aus dem Frachter, und Han und Scarlet machten sich durch einen Tunnel aus glatt geschliffenem Stein nach unten in die Stadt auf. Schmale, wackelige Schweberikschas huschten auf den Straßen hin und her, gezogen von nervös aussehenden Echsenkreaturen, denen ein Reiter auf dem Rücken saß. Eine walrossgesichtige Aqualishanerin ging auf dem schattigen Bürgersteig auf und ab und pries Schiffsteile zum Sonderpreis an. Über ihrem Kopf summten Sicherheitsdroiden auf ihren Patrouillenflügen durch die Stadt, ohne dem Gewirr unter ihnen aber größere Aufmerksamkeit zu schenken. Und hoch oben verfärbte sich der schmale Streifen sichtbaren Himmels vom dunstigen Blau des späten Nachmittags zum matten Gold des Abends.

Han war schon an tausend Orten wie diesem gewesen; es gab sie in allen Ecken und Winkeln der Galaxis. Und auch wenn die Details sich natürlich unterschieden, waren sie im Grunde doch alle gleich, egal, ob sie nun so groß wie ein ganzes Sonnensystem oder so klein wie das Hinterzimmer einer Cantina waren. Sie waren so etwas wie die Nischen im Universum, wo Autorität nicht besonders großgeschrieben wurde, wo jeder sich ein paar Freiheiten nehmen durfte, wo Geschäfte auch mal damit endeten, dass man die Leiche eines Wesens verschwinden ließ, das bei den Verhandlungen etwas zu aggressiv geworden war. Wer hier Gerechtigkeit wollte, der konnte sich an den örtlichen Magistrat wenden – oder er konnte den Schankwirt dafür bezahlen, dass er kurz mal in die andere Richtung schaute und anschließend die Sauerei aufwischte. Es waren gewalttätige Orte, fröhliche Orte, ausgelassene Orte, schnelllebige Orte. Das Essen war hier meist schlechter als anderswo, die Musik dafür besser. Nur in einer Stadt wie dieser konnten die Vertreter von einem Dutzend illegaler Gruppen, Religionen und politischer

Bewegungen zusammenkommen, um zu verhandeln. Hätten die Rebellen einen besser kontrollierten Ort gewählt – egal, ob diese Kontrolle nun vom Imperium, den Hutten oder dem Verbrechersyndikat der Schwarzen Sonne ausgeübt wurde –, wäre kein einziger ihrer Verhandlungspartner aufgetaucht, weil es dort für sie zu gefährlich war. Han atmete tief ein, und er spürte, wie seine Anspannung, die er bislang gar nicht bewusst wahrgenommen hatte, etwas nachließ.

»Schön, wieder daheim zu sein«, brummte er.

»Sie stammen von Kiamurr?«, fragte Scarlet. Sie hatte bereits die Hand erhoben, um eine der Echsenrikschas herbeizuwinken.

»Nein, ich war in meinem ganzen Leben noch nicht hier, und ich habe auch nicht vor, lange zu bleiben. Aber das ist die Art Planet, an die ich gewöhnt bin. Im Gegensatz zum Kern.«

Der Rikschafahrer, ein Dressellianer mit einer dunkelgrünen Narbe über seinem linken Auge, nickte ihnen zu und schlug seiner Zugechse mit einer Gerte auf den ledrigen Kopf. »Wohin?«, fragte er.

»Dorthin, wo alle anderen Besucher auch hinwollten«, erklärte Han, nachdem er sich auf den Sitz der Rikscha gehievt hatte. Anschließend streckte er den Arm aus, um Scarlet hochzuhelfen, aber die Spionin war bereits um die Schwebekabine herumgegangen und kletterte auf der anderen Seite leichtfüßig nach oben.

»Der Konklavestock«, nickte der Fahrer. »Gehört ihr zum Arthos-Haus?«

»Wozu?«

»Das Arthos-Haus«, wiederholte der Dressellianer, wobei er auf dem dünnen, sich nervös hin und her windenden Hals der Echse nach hinten rutschte. »Seid ihr Missionare?«

»Nein«, antwortete Solo.

»Gut.« Der Fahrer spuckte aus. »Ich kann diese verfluchten religiösen Fanatiker nicht ausstehen.«

Die Echse setzte sich in Bewegung und wechselte ohne jede Zwischenstufe von völligem Stillstand zu Höchstgeschwindigkeit. Die Straßen der Stadt waren dunkel, schmal und dicht bevölkert von Passanten, Gleitern und zahllosen anderen Rikschas. Hie und da stapften gewaltige Transportdroiden auf Kreuzungen hinaus, ohne darauf zu achten, ob der Verkehr von links und rechts stehen blieb, um sie durchzulassen. Die Kissen auf der Sitzbank waren alt und fleckig und in der Mitte so durchgesessen, dass Han und Scarlet immer weiter aufeinander zurutschten. Der Blick der Spionin huschte über die Straßen, dann hoch zu den Terrassen aus Stein und Elfenbein, an denen sie vorbeikamen, aber ihre Aufmerksamkeit schien im Moment hauptsächlich nach innen gerichtet zu sein. Die Stimmen der Straßenhändler priesen in einem Dutzend verschiedener Sprachen ihre Waren an, wobei von frisch geernteten Früchten über Computerteile bis hin zu Waffen alles angeboten wurde, was man sich nur vorstellen konnte.

»Ich habe eine Frage«, sagte sie unvermittelt. »Auf Cioran meinten Sie, falls die Rebellen gewinnen, würden sie sich nur in etwas verwandeln, wogegen dann andere rebellieren. Haben Sie das ernst gemeint, oder wollten Sie einfach nur beeindruckend klingen?«

Han schmunzelte. »Ich kann sagen, was ich meine, und dabei trotzdem beeindruckend klingen.« Ihr Blick war nicht wütend, aber er war auch nicht belustigt. Eine Bettlerin rannte auf die Fahrbahn, und die Echse machte einen Bogen um sie. Solo zuckte mit den Schultern. »Also schön, ich habe es ernst gemeint.«

»Heißt das, sollten wir gewinnen, wenden Sie sich gegen uns?«

»Ich bin ein sehr beständiger Typ«, erwiderte der Corellianer. »Sollten wir uns auf verschiedenen Seiten wiederfinden, dann ganz sicher nicht, weil ich mich verändert habe.«

Scarlet dachte einen Moment über seine Worte nach. »Sie glauben, alle Regierungen sind im Grunde gleich.«

»Ich glaube, jeder, der mir vorschreiben will, was ich zu tun und zu lassen habe, steht im Grunde für das Gleiche. Sie scheinen das aber wohl anders zu sehen.«

»Ich glaube, man kann Wasser in der hohlen Hand halten, aber nicht in der Faust«, erklärte sie; dann, nach einer kurzen Pause, fügte sie hinzu: »Das ist eine Metapher.«

»Ich weiß, dass es eine Metapher ist.«

»Ich war mir nicht sicher, weil ...«

»Ich weiß, was eine Metapher ist.«

Der Fahrer drehte sich auf dem Hals der Echse um und blickte sie an. »Und ihr zwei seid sicher keine Missionare?«, fragte er.

»Ganz sicher«, antwortete Han.

Der Konklavestock war ein gewaltiger Kuppelbau, der sich über die gesamte Breite des Tales und der Stadt erstreckte, von einer Bergwand bis zur anderen. Er war von derselben Farbe wie der Fels ringsum und erhob sich Kolonnade um Kolonnade, bis nach mehreren Stockwerken die eigentliche Kuppel begann. Am Fuß des Bauwerks verstopften Dutzende von kleinen Gleitern, Rikschas, Transportern und anderen Fahrzeugen die Straßen und Gassen, und Han konnte Mitglieder von mindestens einem Dutzend verschiedener Spezies sehen, von denen die meisten in kleinen Gruppen beisammenstanden und die anderen argwöhnisch musterten. Zum Beispiel der Gran, der gegenüber den hoch aufragenden Metalltüren des Konklavestocks wartete und aus seinen Stielaugen die drei schwarzgewandeten Roonaner musterte, welche neben ihm standen und lebhaft miteinander diskutierten.

»Wir gehen von hier zu Fuß weiter«, sagte Hark.

»Allerdings«, brummte der alte Dressellianer. »Näher komme ich ohnehin nicht ran.«

Noch während Han den Mann bezahlte, sprang Scarlet auf die Straße und schob sich durch die Menge auf den Gran zu. Von seiner Position aus konnte Solo sehen, dass viele der Wesen vor der Kuppel den Kopf drehten und sie anstarrten. Eine weitere Partei war auf der Bildfläche erschienen, und alle waren neugierig, wer sie war, wen sie vertrat und wie sie zu den Fragen stand, die später in der Kuppel besprochen würden.

Als Solo zu ihr aufgeschlossen hatte, dankte sie gerade dem Gran und verbeugte sich zum Abschied förmlich vor den drei Roonanern. Bevor er etwas sagen konnte, nahm sie ihn beim Ellenbogen und führte ihn sanft, aber bestimmt von der kleinen Gruppe fort und auf die offenen Türen der Kuppel zu.

»Wir müssen zu den Arkaden auf der dritten Ebene«, informierte sie ihn. »Die Delegation der Allianz ist gerade mitten in einer Konferenz.«

»Gut, dann los.«

Das Innere des Konklavestocks war ebenso üppig verziert wie das Äußere, vielleicht sogar in noch höherem Maße. Mehrstufige Gärten wechselten sich mit Einrichtungen ab, die direkt aus dem Stein gewachsen zu sein schienen. Hoch über ihnen, wo sich die gewaltige Kuppel verjüngte, glühte ein Kreis aus zwölf gleißenden, langsam rotierenden Lichtern, die das Gebäudeinnere in ständige mittägliche Helligkeit tauchten. Überall standen Personen, die sich unterhielten, diskutierten, debattierten oder einander einfach nur mit grimmigem Zorn, verstohlener Neugier oder höflicher Zurückhaltung musterten. Han wusste, dass die Komplexität einer Verhandlungsrunde mit jeder neuen Partei am Tisch exponentiell anstieg. Während er den breiten Innenhof durchquerte, konnte er die Anspannung und die Aufmerksamkeit spüren wie die Hitze einer Schweißfackel. Es war die Art von Druck, die entstand, wenn zu viele Leute versuchten, einen Vorteil für sich herauszuschlagen. Angesichts dieser Stimmung verwunderte es ihn ein wenig, dass man ihn nicht gebeten hatte, seinen Blaster am Eingang abzulegen.

In der Mitte der Halle führte eine breite Treppe nach oben. Ihre Stufen wanden sich spiralförmig um eine gewaltige Steinsäule herum, die mit Darstellungen einer Han unbekannten, nicht-menschlichen Rasse verziert war. Dahinter erstreckte sich ein weiter Gartenbereich, wo zwei Reihen von Gamorreanern in vielfarbigen Uniformen standen und einander anschnaubten und angrunzten, während zwei Aufnahmedroiden zwischen ihnen hin und her flitzten und versuchten, alles zu erfassen, was gesagt und gerufen und gemurmelt wurde. Links von diesem Bereich schwang sich eine weitere Treppe zur nächsten Ebene empor.

»Sind Sie sicher, dass das der richtige Weg ist?«, fragte Han, als er seinen Fuß auf die unterste Stufe stellte.

»Nein.«

Sie stiegen hoch zu einer breiten Terrasse, die von einem Steingeländer eingefasst war und einen herrlichen Ausblick auf einen von Wänden umgebenen Garten bot. Zwei Männer in grellgelben Roben und kahlgeschorenen Schädeln standen vor dem Geländer, ihre Augen fest auf das Gesicht des jeweils anderen gerichtet, während die Implantate an ihrem Hinterkopf wild blinkten. Scarlet wollte Solo gerade um die beiden herumbugsieren, aber diesmal streifte er ihren Arm ab.

»Da unten«, flüsterte er und deutete über das Geländer.

In dem ummauerten Garten saßen sich drei Menschen und zwei Rodianer an einem Steintisch gegenüber. Zwei der Menschen waren Männer in den Uniformen des Allianzoberkommandos, und zwischen ihnen, gekleidet in ein weißes Kleid mit einer hellblauen Brosche, saß Leia. Sie hatte ihr Haar nach hinten gebunden und präsentierte eine amüsierte, großmütige Miene, die aber so falsch war wie ein merianischer Dreihornhuf – das erkannte Han selbst aus dieser Entfernung auf den ersten Blick.

»Hier entlang«, sagte Hark und trat in einen Bogengang am Rand der Terrasse, von dem aus eine schmalere Treppe nach unten führte. Solo nahm bei jedem Schritt drei Stufen auf einmal, und als sie die Mauernische in einer Ecke des Gartens erreichten, hatten die Rodianer sich bereits erhoben und verabschiedeten sich mit einer angedeuteten heuchlerischen Verbeugung von den Rebellen. Leias Lächeln war absolut undurchdringlich, als sie die Geste erwiderte, nur dass sie dabei so grazil wirkte wie eine Twi'lek-Tänzerin. Han blieb stehen; falls sie noch ein paar Sekunden warteten, würden die Rodianer verschwinden, und dann müsste er sich nicht vorhalten lassen, dass er ihr Gespräch gestört hätte.

Schließlich war der Verbeugungen Genüge getan, und die beiden Nichtmenschen stapften davon, wobei sie sich gedämpft in ihrer Muttersprache unterhielten. Jetzt trat Solo vor, Scarlet an seiner Seite. Einer der uniformierten Männer entdeckte sie, und seine Augenbrauen ruckten überrascht nach oben, als er Han erkannte.

Einen Moment später drehte sich auch Leia herum, ihr

Gesicht sanft und weich, ihre hellen Wangen nur von einem Hauch Rosa verdunkelt. Die falsche Höflichkeit verschwand aus ihren Zügen, und stattdessen presste sie die Lippen in einem sardonischen Lächeln zusammen, während ihr Blick von Solo zu Hark und wieder zurück wanderte.

»Ich schätze, Sie haben keine guten Neuigkeiten für mich, oder?«

13. Kapitel

»Wir müssen von hier verschwinden«, sagte Han. »Jetzt gleich.«

Leia starrte ihn an, als hätte er den Verstand verloren, und ihre Verärgerung war beinahe körperlich spürbar.

»Schön. Sagen Sie's ihr.« Solo nickte Scarlet zu, in der Hoffnung, dass die Prinzessin ihren vernichtenden Blick von ihm abwenden würde. Hark machte einen Schritt nach vorne und neigte respektvoll den Kopf.

»Hoheit, wir versuchen, einen Kriminellen namens Hunter Maas aufzuspüren. Er hat Informationen, die das Imperium unter allen Umständen geheim halten möchte.«

»Nein«, schnitt Han ihr das Wort ab. »Nein, deswegen sind wir nicht hier.«

»Der Name sagt mir nichts«, erwiderte Leia und tippte sich mit einem schlanken Finger gegen das Kinn. »Ist er hier bei der Konferenz? Fall ja, bin ich ihm noch nicht begegnet.«

»Ein imperialer Kampfverband sucht nach ihm, und er kann jede Minute in diesem System auftauchen«, erklärte Han.

»Ich glaube, er ist hier, ja«, sagte Scarlet, an Leia gewandt. »Aber nicht als eingeladener Abgesandter. Er hat etwas, das er verkaufen möchte, vermutlich wird er also private Treffen vereinbaren, in Bars oder zwischen den offiziellen Verhandlungsrunden nach einem Abnehmer suchen.«

»Außerdem«, fügte Han an, »hat ein Kopfgeldjäger einen Peilsender am *Falken* angebracht. Er ist vermutlich auch schon hierher unterwegs.«

»Also gut«, erwiderte die Prinzessin. »Ich werde Nachforschungen anstellen. Mal sehen, ob irgendjemand, den ich kenne, von diesem Maas angesprochen wurde. Was will er überhaupt verkaufen?«

»Vielleicht hat der Kopfgeldjäger unsere Position aber auch an das Imperium verraten, damit es ihm Immunität gewährt«, fuhr Han dazwischen. »Oder er hat Jabba davon berichtet. Er ist in einer ziemlich verzweifelten Lage, und da ist ihm so ziemlich alles zuzutrauen. Also wie wäre es, wenn Sie und Ihre Leute von hier verschwinden? So schnell wie möglich.«

»Er ist im Besitz eines Berichts über eine Expedition, die von Essio Galassian durchgeführt wurde«, erklärte Hark, als hätte Han überhaupt nichts gesagt.

»Diesen Namen habe ich allerdings schon gehört«, nickte Leia. »Er ist ein Astrokartograf, nicht wahr?«

»Und ein mordender Sadist, der nicht davor zurückschreckt, seine eigenen Angestellten von speziellen Droiden zu Tode foltern zu lassen. Ich habe in seiner Einrichtung gearbeitet, und ich muss sagen, er hat einen bleibenden Eindruck hinterlassen. Aber nicht im positiven Sinne.«

»Also gut.« Leia blickte auf. »Und dieser gestohlene Bericht könnte für uns von Nutzen sein, ja?«

»Nein«, stöhnte Solo. »Diesen Planeten zu verlassen könnte für uns von Nutzen sein.«

»Wir könnten ihn kaufen oder stehlen«, erklärte Scarlet.

»Aber das Imperium hat gewaltige Angst davor, dass diese Informationen bekannt werden könnten. Deshalb hat es die Hälfte seiner Flotte mobilisiert. So etwas habe ich noch nie erlebt.«

»Wirklich?« Leia legte die Stirn in Furchen. »Das ist interessant.«

»Ich weiß nicht, was in diesem Bericht steht«, fuhr Hark fort. »Aber ich weiß, dass ich es gern herausfinden würde.«

Die Prinzessin nickte nachdenklich. »Dann würde ich auch gerne einen Blick darauf werfen.«

»Chewie repariert gerade den *Falken*. In ein paar Stunden sind wir startbereit«, versuchte Han es erneut. »Wir sollten also alle auf direktem Weg zu den Docks zurückkehren.«

»Ich habe gleich ein Treffen, an dem ich unbedingt teilnehmen muss«, sagte Leia. »Danach werde ich entscheiden, wie wir weiter verfahren.«

»Nein, ich kann Ihnen jetzt schon sagen, wie wir weiter ...«, begann Han.

»Wir halten uns bereit«, versicherte Scarlet der Prinzessin, dann wandte sie sich um und ging davon, ohne auf Han zu warten.

Leia wollte ebenfalls aufbrechen, aber Solo griff nach ihrem Arm und zog sie näher zu sich heran. »Diese Sache ist ernst«, flüsterte er mit rauer Stimme. »Wenn die imperiale Flotte hier eintrifft, werden sie nicht nur diesen Maas töten, sondern jeden, der sich auf demselben Kontinent wie er aufhält.«

Organa schüttelte seine Hand ab. »Passen Sie auf, wo Sie Ihre Finger lassen.«

»Hören Sie mir überhaupt zu? Ich rede von einem imperialen Kampfverband.«

»Ich habe zugehört«, entgegnete sie und verschränkte die

Arme. »Aber Scarlet Harks Ruf als Spionin ist über jeden Zweifel erhaben. Sie hat jahrelang an diesem Fall gearbeitet. Falls sie denkt, dass Hunter Maas und seine Informationen das Risiko wert sind, dann ist es auch so.«

»Ist Ihnen denn nicht klar, dass die Imperialen uns alle ...«

»Außerdem«, legte Leia nach, ihre Stimme so schneidend, dass Han unwillkürlich verstummte, »nehmen zahlreiche potenzielle Verbündete der Rebellion an dieser Konferenz teil. Wir sind es ihnen schuldig, sie vor dieser Gefahr zu warnen. Doch wir müssen es richtig anstellen.«

»Ja, aber ...«

»Und davon abgesehen«, fuhr die Prinzessin fort, »bin ich hier noch nicht fertig. Ich muss noch eine Ansprache halten und mehrere persönliche Verhandlungsgespräche führen. Das ist wichtig, Han.«

»Erwarten Sie jetzt bitte nicht, dass ich vor Ihnen auf die Knie falle. Falls es Ihnen wichtiger ist, Ihre kleine Rede zu schwingen ...«

»Wenn ich mitten in dieser Konferenz verschwinde, ist das schlimmer, als wäre ich gar nicht erst gekommen. Diese Gruppen finanzieren die Allianz, Han. Woher, glauben Sie, haben wir unser Geld? Von Leuten wie diesen, die wir an Orten wie diesen für unsere Sache gewinnen. Leute, die ein Ende des Imperiums herbeisehnen, aber nicht den Willen oder die Waffen oder genügend Männer haben, um selbst aktiv zu werden. Sie geben uns Geld, damit wir für sie kämpfen. Falls wir verängstigt wirken, werden sie uns nicht unterstützen.«

»Das war mir nicht klar«, brummte Han. Tatsächlich hatte er noch nie darüber nachgedacht, woher die Rebellen ihre Credits bekamen; ihm war bislang wichtiger gewesen, sich einen Teil davon unter den Nagel zu reißen.

»Wir werden eine Lösung für diese Situation finden, ich werde ein paar wichtige Abkommen für die Allianz schließen, und dann werden wir die Leute, die es betrifft, leise und besonnen warnen, bevor dieser imperiale Kampfverband hier eintrifft. Überlassen Sie das nur mir. Das ist meine Spezialität.«

Han blickte ihr in die Augen; er hatte ganz vergessen, wie dunkel sie waren. *Ihre Spezialität ist es, uns in Schwierigkeiten zu bringen*, wollte er sagen, aber im Geiste hörte er schon ein halbes Dutzend möglicher Entgegnungen. Sie zog die Brauen hoch.

»Ja, ja«, brummte Solo. »In Ordnung, Prinzessin. Wir machen es auf Ihre Weise. Sie haben mich überredet.«

»Fein«, sagte Leia mit einem lieblichen Lächeln. »Aber es ist nicht so, als hätten Sie irgendein Mitspracherecht gehabt.«

Han saß in einem kleinen parkähnlichen Hof. Große Bäume warfen dunkle Schatten auf die kühlen Steinbänke und Brunnen, und der Boden zwischen den gewundenen Fußwegen war von sorgsam getrimmtem Gras und Blumen bedeckt. Niemand anders hielt sich hier auf, was der Hauptgrund gewesen war, warum Han sich auf einer der Bänke niedergelassen hatte. Nun saß er unter den Ästen eines Baumes, den Kopf zurückgelehnt, die Beine ausgestreckt, und betrachtete den schmalen Streifen Himmel zwischen den Berggraten, ein blassblaues Band, übersät mit bauschigen weißen Wolken. Kiamurr war ein wunderschöner Planet, das musste er schon zugeben. Wenn imperiale Erschütterungsbomben und Plasmablitze von diesem friedlichen Himmel herabregneten wie der Donner eines wütenden Gottes, würde all die Schönheit dieser Landschaft in einen Alptraum aus rauchenden Kratern verwandelt werden. Sicher, der Todesstern war zerstört, aber auch wenn das Imperium nicht länger ganze Welten mit einem Schlag vernichten konnte, waren seine Sternzerstörer sehr wohl in der Lage, die gesamte Oberfläche eines Planeten zu verbrennen, bis nur noch eine verkohlte, unbewohnbare Trümmerwüste übrig blieb.

Han blickte zum Himmel empor, und ein Teil von ihm erwartete fast, dass keilförmige Schiffe über ihm auftauchen und mit ihrem Bombardement beginnen würden.

Als mehrere Minuten nichts geschehen war, meldete er sich bei Chewbacca.

»He, Kumpel, wie sieht es aus?«

Der Wookiee zählte in einer langgezogenen Folge von Knurr- und Heullauten die beschädigten Systeme des *Falken* auf, dann erklärte er mit einem wütenden Brüllen, was er davon hielt, sich allein um all die Reparaturen kümmern zu müssen.

»Ja, ich weiß. Tut mir leid. Wir waren bei Leia, aber sie will nicht abfliegen, bevor sie nicht ihre große Ansprache gehalten hat, und Scarlet ist auf der Suche nach diesem Maas.«

Der Wookiee schnaubte und brummte.

»Natürlich habe ich ihr das gesagt. Sie scheint das Ganze aber nicht so dringlich zu finden wie wir. Du kennst Leia. Man kann einfach nicht mit ihr reden.«

Chewbacca stieß ein bellendes Wookiee-Lachen aus.

»Wo wir gerade davon reden, konntest du den Torpedo inzwischen aus dem Heck entfernen?«

Chewies Stimme grollte aus dem Komm.

»Ja, mir ist klar, dass es schneller gehen würde, wenn ich da wäre. Und ich werde dir auch helfen, sobald ich wieder zurück bin. Aber erst möchte ich mich hier noch ein wenig umsehen. Vielleicht finde ich ja etwas Nützliches heraus.«

Nach einem letzten anklagenden Heulen beendete Chewbacca das Gespräch, und Han sah noch einmal zum Himmel empor. Noch immer keine imperiale Flotte, die Tod und Verderben über sie alle brachte. Anstatt schreiend um ihr Leben zu rennen, schlenderten die Einwohner der Stadt gelassen durch die Straßen und plauderten miteinander, die Gebäude ringsum standen nicht in Flammen, sondern leuchteten im Schein der Sonne. Der Tod hatte es offenbar nicht eilig, Kiamurr heimzusuchen.

Was aber nicht bedeutete, dass sie sicher waren.

Die erste Bar, die er entdeckte, bestand ausschließlich aus blauem halb durchsichtigem Kristall und weichem, samtartigem Moos. Solo setzte sich zu einer Schiffsmannschaft graugesichtiger Neimoidianer mit auffälligen Hüten und verfluchte gemeinsam mit ihnen die imperialen Zollbeamten, weil es so verdammt teuer war, sie zu bestechen. Anschließend lenkte er die Unterhaltung in eine andere Richtung und ließ beifällig die Namen Hunter Maas und Essio Galassian fallen, aber die anderen starrten ihn nur ratlos an und zuckten mit den Schultern.

Als Nächstes versuchte er sein Glück in einer Cantina, die sich in einer schmalen Gasse direkt gegenüber dem Konklavestock befand. Der Türsteher, ein Barabel mit grünen Schuppen, sah aus, als wäre er nicht hier, um Streitereien zu schlichten, sondern um sie vom Zaun zu brechen, aber obwohl er Han mit finsterer Miene musterte, ließ er ihn wortlos passieren. Solo setzte sich an die Bar und versuchte, die schrille Alpif-Musik zu ignorieren, die von der Bühne herüberhallte und klang wie eine Mischung aus einem Erdrutsch und mehreren kämpfenden Katzen. Er kam mit einem Sullustaner ins Gespräch, dessen Wangenlappen und Ohren mit kunstvollen Tätowierungen verziert waren, und nachdem er ihm einen Drink ausgegeben hatte, erklärte der kleingewachsene Humanoide, dass er Essio Galassian persönlich kannte. Drei weitere Getränke später musste Solo aber erkennen, dass der Kerl nur ein Aufschneider war, der alles sagen würde, wenn man ihn dafür weiterhin kostenlos mit Alkohol versorgte.

Die dritte Bar, in die es ihn verschlug, war ein moderneres Etablissement in einem zweckentfremdeten Ballsaal, der gerade neu eingerichtet wurde. Droiden stellten Tische und Stühle für mehrere Hundert Besucher auf, und vor der hinteren Wand war eine kleine Bühne mit einem Podium errichtet worden. Doch der Saal war so groß, dass er selbst mit den Dutzenden Tischen und Stühlen noch leer wirkte. Zahlreiche Wandgemälde zeigten die Berge, die die Stadt umschlossen, was in Hans Augen ziemlich lächerlich war; wenn die Gäste die Berge sehen sollten, warum wurden dann nicht einfach ein paar Fenster eingesetzt, anstatt erst Wände hochzuziehen und sie dann zu bemalen?

Vor einem der Gemälde stand ein Droide hinter einer langen Bar und versorgte ein halbes Dutzend Gäste mit Getränken, unter ihnen auch zwei braun gekleidete Gestalten, die Han zuvor im Konklavestock gesehen hatte. Der Corellianer bestellte sich einen seikoshanischen Whiskey, und obwohl der scharfe Alkohol in seiner Speiseröhre brannte, half er ihm doch, ein wenig seinen Kopf zu klären. Da er wusste, dass er sich in ein paar Stunden wieder mit Leia treffen würde, trank er nur schlückchenweise von seinem Whiskey.

»Das stimmt«, sagte jemand links von ihm, ein Mann in schlichter grauer Kleidung, ohne Abzeichen, Schärpe oder sonst etwas, das auf eine hohe Position hingewiesen hätte. Er hielt ein Glas Brandy in die Höhe, als wollte er gleich einen Trinkspruch loswerden, und Han nickte ihm zu. Als der Mensch das sah, kippte er seinen Drink hinunter und drehte sich zu dem Neuankömmling herum. »Ein wenig flüssige Entspannung ist der einzige Weg, in Zeiten wie diesen zu überleben.«

Solo lächelte unverbindlich und nippte an seinem Whiskey.

»Ich bin von der Handelsallianz«, erklärte der Mann. »Aber ich gehöre zu keiner verfluchten Gilde.«

Ein Schmuggler, dachte Han. »Ich auch nicht.«

»Dann lass uns darauf trinken!«, rief der Kerl.

Du würdest im Moment vermutlich auf alles trinken. Solo lächelte und nahm einen weiteren, winzigen Schluck. »Sag mal, kennst du zufällig einen Mann namens Hunter Maas? Ein Mitglied des Sendavé-Kollektivs?«

»Das sind Waffenschieber«, entgegnete der Mensch. Er wusste also zumindest, worum es sich bei dem Kollektiv handelte. »Ich transportiere keine Waffen.«

»Weißt du, ich muss eine persönliche Angelegenheit mit diesem Maas regeln, und darum versuche ich, ihn zu finden. Man sagte mir, er wäre in Talastin City.«

»Worum geht's? Blutgeld oder Liebe?«

»Würdest du mir glauben, wenn ich sagte, weder noch?«, fragte Han.

»Nein!« Der Mann prustete los. »Nein, würde ich nicht. Aber das geht mich ohnehin nichts an. Ich kenne nur den Ruf des Kollektivs, und der erweckt nicht gerade den Wunsch in mir, die Gesellen persönlich kennenzulernen. Trotzdem tut's mir leid, dass ich dir nicht helfen kann.«

»Ich dachte mir, einen Versuch wäre es wert«, winkte Han ab. »Aber vielleicht kennst du ja diesen anderen Kerl: Essio Galassian?«

»Der Name sagt mir was. Ist das nicht ein Mensch? Ein Antiquitätenhändler oder etwas in der Art. Und ein Forscher. Aber das ist für ihn nicht nur ein Broterwerb, sondern eine Leidenschaft. Soweit ich weiß, arbeitet er für das Imperium.«

»Genau den meine ich.«

»Ich habe gehört, er wäre ein ziemlich sadistischer Mistkerl«, sagte der Mann mit einem Achselzucken.

»Das macht es nicht unbedingt leichter, ihn von all den anderen Imperialen zu unterscheiden«, bemerkte Han trocken, und der andere Bargast lachte schallend. »Wie wär's mit noch einem Drink? Ich zahle.« Er winkte den Droiden herbei und deutete auf das leere Glas des Schmugglers.

»Danke, Freund«, nickte der Mensch. »Eine großzügige Seele ist nie allein. Musst du mit diesem Galassian auch etwas klären?«

»Vielleicht. Das kann ich im Moment noch nicht sagen. Kommt ganz darauf an, was bei der Konferenz herauskommt«, erwiderte Han.

Der Schmuggler zog unter seinem weiten Hemd die Schultern hoch. »Na ja, dieses Treffen ist immerhin eine gute Gelegenheit, um mit Gleichgesinnten Geschäfte zu machen. Deshalb ist meine Gruppe auch hier. Ich bin sicher, die wenigsten sind nach Kiamurr gekommen, um mit den Rebellen Händchen zu halten und dem Imperium den Kampf anzusagen. Nur ein Narr würde sich der Allianz anschließen. Das Imperium lässt sich nicht so einfach stürzen, ganz gleich, wie viele Raumstationen die Rebellen auch in die Luft sprengen – sofern das nicht nur Märchen sind, um uns zu beeindrucken.«

»Oh, ich bin ziemlich sicher, dass es keine Märchen sind.«

»Wie auch immer. Ich habe jedenfalls in unserem Raumsektor noch keine großen Siege der Rebellenflotte miterlebt. Wir müssen uns noch immer an den Sternzerstörern und den imperialen Steuereintreibern in den Raumhäfen vorbeischleichen, wenn wir unseren Geschäften nachgehen. Sollten die Rebellen wirklich Boden gutmachen, dann kann ich jedenfalls nichts davon sehen.«

Es war, als würde Han mit einer älteren Version seiner selbst sprechen. Der Mann, der neben ihm saß ... das hätte in ein paar Jahren er selbst sein können, hätte er nicht Jabbas Fracht über Bord geworfen und Luke und Ben Kenobi auf ihrer Selbstmordmission begleitet, um seine Schulden zu begleichen. Ja, dachte er, wäre nichts davon geschehen, würde er jetzt noch in Cantinas herumsitzen und darüber reden, dass der Traum der Rebellion nichts gegen die Realität des Imperiums ausrichten konnte. Der Gedanke war unangenehm und befremdlich. Es fühlte sich an, als würde er der Unterhaltung aus großer Distanz beiwohnen.

»Aber diese alderaanische Prinzessin«, fuhr der Mann nach ein paar Sekunden fort. »Die hat schon was, oder?«

»Leia Organa?«

»Die meine ich. Wenn ich die so sehe, wünsche ich mir, ich wäre zehn Jahre jünger. Oder eine Million Credits reicher, ha.«

Solo verzog die Lippen zu einem falschen Lächeln, dahinter knirschte er aber mit den Zähnen. Der Droide erkundigte sich, ob er noch etwas trinken wolle, und der Corellianer winkte mit einem knappen Kopfschütteln ab. Die beiden braun gewandeten Abgesandten, die ihm beim Betreten des Ballsaals aufgefallen waren, hatten die Bar inzwischen verlassen, und an ihrem Platz saß nun eine Gruppe wispernder Lannik, die Köpfe zusammengesteckt, in eine drängende Diskussion vertieft, die aber zu leise ausgetragen wurde, als dass Han etwas hätte verstehen können. An den Tischen abseits der Theke hatten sich außerdem die ersten Gäste eingefunden. Han blickte auf das Chrono an der Wand; nicht mehr lange bis zu Leias Ansprache.

»Nun, eines muss man der Rebellion lassen«, sagte der Schmuggler. »Sie hat die Sympathien auf ihrer Seite. Im Grunde wünscht sich doch jeder hier die Freiheit der alten Republik zurück. Außerdem kann die Prinzessin Reden schwingen wie keine Zweite. Ich bin sicher, dass sie vielen hier Zusagen abgerungen hat, man werde die Rebellion unterstützen. Die Frage ist nur, wie viele werden diese Versprechen auch halten, wenn das Imperium am Horizont auftaucht. Nicht sehr viele. Nun, zumindest für uns war die Konferenz jetzt schon ein Erfolg. Wir haben sechs neue Aufträge erhalten, ich konnte während unseres Treffens ein wenig der Prinzessin hinterherschmachten ... und das Essen war auch nicht übel.«

»Ja«, brummte Solo. »Ich sehe die Sache genauso. Sie versprechen, die Freiheit der alten Republik wieder aufleben zu lassen. Aber letztlich würden sie die alten Steuereintreiber nur durch neue ersetzen.«

»Wahre Worte«, grinste der Schmuggler und hielt sein Glas in die Höhe. Nach einem Moment stieß Han mit ihm an.

14. Kapitel

Die Halle war so groß wie ein Hangar, und seine hohe gewölbte Decke bestand aus dem gleichen hellen Gestein wie die Berge ringsum. Die Hände einer außerirdischen Rasse hatten sie vor langer Zeit geformt und mit komplexen Mustern versehen, bei denen Han unwillkürlich an Vogelgerippe denken musste. Schmutzig gelbes Licht fiel von dort auf das Büfett herab, das an einer Wand des Raumes aufgebaut war und Speisen und Getränke für ein Dutzend verschiedener Spezies bot. Dementsprechend vielfältig war auch der überwältigende Geruch von Gewürzen, der in der Luft hing – ganz gleich, woher man stammte, es gab für jeden ein Aroma, an dem man Anstoß nehmen konnte. Auf der anderen Seite der Halle befand sich eine erhöhte Bühne, und alle Anwesenden warteten darauf, dass die Rednerin auftauchte. Dass Leia auftauchte. Han stellte vermutlich die einzige Ausnahme dar; er dachte lediglich daran, dass die Prinzessin dort oben völlig ungeschützt vor Blasterschüssen sein würde.

Solo hatte erwartet, dass die Sitze vor der Bühne in Reihen oder konzentrischen Kreisen angeordnet wären, schließlich ging es bei einer Ansprache ja darum, dass man den Redner sehen und hören konnte. Doch die große Halle des Konklavestocks war in kleine Sitzgruppen unterteilt, mit Stühlen, Tischen und kleinen Sofas oder Liegen für Wesen, deren Physis nicht für Stühle geeignet war. Das Ganze erinnerte mehr an einen vornehmen Nachtclub, und dieser Eindruck wurde noch verstärkt durch das Bith-Trio, das mit synkopischen, getragenen Rhythmen das Raunen der Gespräche übertönte. Ein alter bronzefarbener Servierdroide ging an Han vorbei, in der Hand ein Tablett mit Getreidesnacks, grünem, nach Algen riechendem Dip und einem halben Dutzend Flaschen ohne Etikett. Der Corellianer schüttelte ungläubig den Kopf, woraufhin die Einheit stehen blieb und sich zu ihm umdrehte.

»Nein, danke«, knurrte Solo.

Der Droide gab ein gekränktes Quieken von sich, und während er davonstakste, zupfte Han am Saum seiner Weste, um sie gerade zu rücken. Die Anwesenden setzten sich aus mindestens einem Dutzend verschiedener Spezies zusammen, und die meisten der Sitzgruppen schienen für Vertreter einer bestimmten Art reserviert. Alle trugen sie formelle Roben aus Seide und anderen edlen Stoffen, mit hohen Kragen und faltenlos glatt. Solo war zwar nicht der Einzige, der eine Waffe trug, aber irgendwie schafften die anderen es, ihre Blaster wie einen dekorativen Teil ihrer Kleidung wirken zu lassen. Die Abgesandten der Rebellenallianz hatten einen Tisch vor der kleinen Bühne, und neben den sechs Menschen und Mon Calamari saß dort auch Scarlet Hark. Die Spionin hatte ihr geliehenes Hemd und die Hose gegen ein Kleid in grellem Rot eingetauscht und ihr Haar mit glänzenden Stäbchen zu einem losen, eleganten Knoten hochgesteckt. Sie wirkte völlig gelassen, als wäre sie es gewohnt, an solchen Veranstaltungen teilzunehmen. Han entging auch nicht, dass man für ihn keinen Stuhl an diesem Tisch reserviert hatte. Vermutlich, weil er gesagt hatte, dass er nicht kommen würde. Trotzdem erschien es ihm ein wenig unhöflich, ihn so auszuschließen, nur wegen einer Bemerkung, die er gemacht hatte.

Ein Bothaner in einer hellbraunen Robe, die farblich genau zu seinem Fell passte, kam zu Han herüber und drückte ihm wortlos ein leeres Glas in die Hand. Seine tiefbraunen Augen waren von tiefer Dankbarkeit und einer Art mitfühlendem Bedauern erfüllt. Erst als er sich abwandte und weiterging, erkannte Han, was gerade geschehen war.

»He«, rief er dem Bothaner nach. »Ich bin kein Kellner. Ich arbeite nicht hier.«

»Danke, dass Sie alle gekommen sind«, ertönte Leias Stimme, und Hans Augen huschten sofort zur Bühne hinüber. Sie stand am vorderen Rand der kleinen Plattform, und anstelle des Kleides von vorhin trug sie nun eines mit einem dunklen Umhang und einer Schärpe, was ihrem Auftreten etwas Militärisches verlieh, ohne zu sehr an eine Uniform zu erinnern. Das unangenehme gelbe Licht, das von der Decke herabsickerte, wurde zu einem sanften Goldgelb gedämpft, und auch wenn die Bith-Musiker nicht verstummten, spielten sie nun doch leiser, sodass ihre Rhythmen in den Hintergrund rückten. Han machte einen Schritt nach hinten und lehnte sich gegen die Wand, dann, nach kurzem Zögern, stellte er das leere Glas des Bothaners neben sich auf den Boden. Ein kleiner Droide, kaum größer als ein erianisches Tischfrettchen, rollte vorbei und hob das Glas auf, ohne auch nur langsamer zu werden.

»Ich hoffe, die Speisen sagen Ihnen zu«, fuhr Leia fort.

»Denn jeden Moment könnte eine imperiale Flotte über den Planeten herfallen, und wenn Sie schon sterben müssen, sollte Ihnen wenigstens Ihre Henkersmahlzeit schmecken«, murmelte Han leise.

»Zunächst möchte ich die Gelegenheit nutzen, um mich bei Ihnen für Ihr Kommen zu bedanken«, sagte Leia. »Es bedarf großen Mutes, sich gegen das Imperium zu stellen, und das ist etwas, was alle, die hier heute anwesend sind, teilen. Jeder von uns hat für sich selbst entschieden, dass er der imperialen Unterdrückung nicht mehr tatenlos zusehen möchte.«

»Aber nur, weil Sie keine Steuern zahlen wollen«, brummte Solo. »Oder weil Sie ihren eigenen, kleinen, religiösen Kult betreiben. Oder einfach nur, weil es Sie wütend macht, dass Sie nicht selbst auf Palpatines Sessel sitzen. Aber was im Moment viel wichtiger ist: Eine imperiale Flotte ist auf dem Weg hierher, und eigentlich sollte ich Sie davor warnen. Aber bevor ich dazu komme, möchte ich Ihnen erst noch ein wenig mehr Honig um den Bart schmieren.«

»Wir haben unsere Differenzen«, setzte Leia ihre Ansprache fort, wobei sie ein Lächeln in den großen Saal hinausschickte. »Das will ich gar nicht abstreiten. Aber nach Alderaan können wir uns doch wohl alle darauf einigen, dass die imperiale Bedrohung zu groß ist, als dass wir sie noch länger ignorieren dürften. Als die Rebellenallianz den Todesstern angriff und zerstörte, da haben wir nicht aus Rache gehandelt, sondern um die Tyrannei und die Brutalität zu beenden, die diese Raumstation versinnbildlichte. Die Tyrannei und die Brutalität, die andernfalls gegen jedes einzelne Wesen in diesem Raum eingesetzt worden wären.«

Leias Lächeln war verblasst, und sie zog die Augenbrauen nach oben.

»Wir haben unsere zweite große Schlacht gewonnen, aber es werden noch viele weitere folgen, bevor die Macht des Imperiums gebrochen ist. Die Wahrheit ist: Wir können diesen Kampf nicht alleine gewinnen. Wir brauchen Freunde, die uns unterstützen, andernfalls wird die Rebellenallianz untergehen, und dann wird sich niemand mehr gegen das nächste Schreckensinstrument stellen, das das Imperium ersinnt. Dann werden alle, die heute hier sind – und auch alle, die es nicht sind –, Grund zur Trauer haben.«

»Oh, und übrigens«, flüsterte Han grimmig. »Nun komm schon, Durchlaucht. Spuck es aus. Erzähl ihnen von der imperialen Flotte. Von dem bevorstehenden Angriff. Du schaffst es.«

»Lassen Sie mich Ihnen darum noch einmal dafür danken, dass Sie hier erschienen sind, jeder Einzelne von Ihnen. Das zeugt von großem Mut. Ich weiß das zu schätzen, und ich freue mich darauf, Möglichkeiten für eine Zusammenarbeit zu erörtern, um die Galaxis zu einem besseren, sichereren, freieren Ort für uns alle zu machen.«

Es folgte höflicher Applaus, woraufhin Leia die Bühne verließ und sich zu den anderen Vertretern der Rebellion an den Tisch setzte. Das Licht wurde wieder heller und die Musik lauter. Han knirschte mit den Zähnen. Er wollte schon zum Ausgang hinübergehen, als plötzlich eine Person von einem der benachbarten Tische – ein Phindianer, dessen Haut die Farbe von altem Spinat hatte – von seinem Stuhl aufsprang und die Prinzessin anschrie. Solo konnte nicht verstehen, was er sagte, aber der verächtliche Ton in seiner Stimme war nicht zu überhören. Die Generäle und Diplomaten der Allianz starrten den Phindianer an, die einen mehr empört, die anderen eher betreten, während der Humanoide seine langen Arme hochriss und eine Kanonade von Schimpfwörtern ausstieß, bei denen wohl selbst ein Krayt-Drache rot geworden wäre.

Han stieß sich von der Wand ab und ging auf Leias Tisch zu, eine Hand fest auf dem Griff seines Blasters. Seine Fingerspitzen prickelten, und ein Gefühl der Wärme breitete sich in seiner Brust aus. Nach all der Frustration, die Kiamurr bislang für ihn bereitgehalten hatte, wirkte die Aussicht auf ein wenig gute altmodische Gewalt regelrecht verlockend. Dutzende der anderen Gäste hatten sich inzwischen ebenfalls dem Phindianer und der Prinzessin zugewandt, wobei einige die Szene mit Neugier betrachteten, andere mit offener Schadenfreude. Han spürte, wie seine Muskeln erwartungsvoll zuckten.

Er hatte nicht gesehen, wie Scarlet sich ihm genähert hatte, aber nun war sie plötzlich neben ihm und schlang ihren Arm um den seinen, sodass sie aussahen wie ein Pärchen auf einem romantischen Spaziergang. Sie lächelte zu ihm hoch, und ihre Augen funkelten. »Nanu, Captain Solo. Ich dachte, Sie wollten unserer kleinen Zusammenkunft fernbleiben.«

Leia verschränkte die Arme, die Lippen zu einer schmalen Linie zusammengepresst, das Kinn vorgereckt, dann sagte sie etwas, und an den umliegenden Tischen brach lautes Gelächter aus. Das Gesicht des Phindianers wurde bei dieser Bemerkung noch ein paar Nuancen dunkler.

»Vorsicht, Kleines«, wisperte Solo. »Das ist mein Blasterarm.«

»Ich weiß«, erwiderte die Spionin, anschließend beschleunigte sie ihre Schritte und ging nach links, fort vom Tisch der Allianz. Han zog sie dabei hinter sich her wie ein störrisches Tier. »Warum kommen Sie nicht mit, und wir unterhalten uns erst einmal, bevor Sie versuchen, den Helden zu spielen.«

»Was soll das …«

Der Phindianer richtete einen langen, anklagenden Finger auf Leia und zischte etwas, aber die Prinzessin winkte ab und nahm wieder auf ihrem Stuhl Platz. Das erzürnte den grünhäutigen Humanoiden noch mehr, und er ballte drohend die Faust.

Scarlet hatte Han derweil zu einem kleinen Tisch am Rand des Saales bugsiert, der von einer geschwungenen Sitzbank eingerahmt wurde. Ihre Hand lag noch immer auf seinem rechten Arm, aber inzwischen sah es nicht mehr aus, als würde sie ihn höflich eskortieren. So dicht, wie sie neben ihm stand, so fest, wie sie sich gegen ihn presste, musste es jedem, der zufällig zu ihnen hinüberblickte, wie etwas äußerst Intimes erscheinen.

»Möchten Sie mir vielleicht verraten, was hier vor sich geht?«, fragte er.

»Gerne«, erwiderte Scarlet. »Schön, dass Sie fragen. Der Phindianer ist Haverous Mok, das Oberhaupt eines Technologieunternehmens namens Sorintechnic. Er ist einer der größten Lieferanten von Schiffswaffen an die Allianz, was aber nicht jeder weiß, da diese Transaktionen verständlicherweise nicht in den Geschäftsbüchern erwähnt werden. So weit alles klar?«

»Ja, aber warum schreit er dann ...«

Scarlet schmiegte sich noch enger an ihn und blickte zu ihm hoch, als würde sie gerade leidenschaftlich mit ihm flirten. So konnte sie ihm direkt ins Ohr flüstern.

»Weil er glaubt, dass sie den jüngsten Auftrag für sein Unternehmen aufkündigen will, obwohl er schon so gut wie ausgeführt ist. Das ist natürlich ein Irrtum, aber es hat zahlreiche Personen harte Arbeit gekostet, um ihn zu dieser Schlussfolgerung zu bringen. Und wir sind alle heilfroh, dass es funktioniert hat.«

»Das ergibt keinen ...«

»Wenn Sie kurz fünfzehn Grad nach Backbord blicken würden, werden Sie dort einen Mann in einem blaugrauen Anzug und einem unvorteilhaften Schnurrbart entdecken, der ihn wie eine Wompratte aussehen lässt. Sehen Sie ihn?«

Der Mann saß mit acht anderen Personen – teils Menschen, teils Yaka – an einem der Tische, und er beobachtete Leia und den Phindianer aus schmalen, argwöhnischen Augen. Han überkam das ungute Gefühl, dass ihm dieser Kerl bereits früher hätte auffallen müssen.

»Syrynys Lamarkin«, fuhr Hark fort. »Er hat Druck auf die großen Bacta-Produzenten ausgeübt, bei ihren Geschäften mit der Rebellion höhere Preise zu fordern. Starren Sie nicht so finster in seine Richtung, sonst wird er noch auf Sie aufmerksam. Er erzählt jedem, der ihm zuhört, dass die Zerstörung Alderaans Leia Organa am Boden zerstört hat, dass sie seither labil ist und am Rande eines Zusammenbruchs steht. Ein Fall für die Nervenheilanstalt.«

Der Phindianer machte seiner Empörung erneut Luft, und diesmal konnte Han die Worte *verlogen* und *Vertrauensbruch* heraushören. Leia trat auf ihn zu und legte ihm die Hand auf den Arm, ihre Miene höflich, aber unversöhnlich. Drüben am anderen Tisch drehte sich der Kerl mit dem Rattengesicht zu einem der Cyborg-Yakas herum und sagte etwas.

»In diesem Moment kann ein Dutzend verschiedener Organisationen beobachten, wie Leia mit einem wütenden Partner umgeht, und sie sehen, dass sie dabei beherrscht bleibt, nicht nachgibt und die Kontrolle behält. Und dass sie nicht die Person ist, als die Lamarkin sie hinstellen möchte. Was der Grund ist, warum wir diesen kleinen Zwischenfall überhaupt inszeniert haben.«

Scarlet musste Han nicht extra mit der Nase darauf stoßen, dass er alles ruiniert hätte, wäre er mit grober Gewalt dazwischengegangen. Der Phindianer gestikulierte weiter anklagend, aber seine Bewegungen waren inzwischen nicht mehr so nachdrücklich. Leia nickte, führte ihn zu ihrem Tisch und bot ihm den Stuhl an, auf dem vorhin noch Scarlet gesessen hatte. Der rattengesichtige Mensch erhob sich derweil von seinem Platz und ging steifbeinig auf den Ausgang zu.

»Das ist alles bedeutungslos, wenn die imperiale Flotte auftaucht und sämtliche Anwesenden erschießt«, warf Solo ein.

Scarlet stieß ein leises Lachen aus, das beinahe natürlich klang, und schüttelte den Kopf, als hätte er etwas Komisches und Unanständiges gesagt. Leia drehte den Kopf und musterte die beiden, als hätte sie sie noch nie zuvor gesehen, anschließend nickte sie. Mit einem Mal wurde Han sich der Tatsache bewusst, dass er allein mit einer attraktiven Frau an einem kleinen Tisch saß, und er beschloss, der Prinzessin eine Lektion zu erteilen. Also lehnte er sich zurück und legte Scarlet den Arm um die Schulter.

»General Chith hat einen Evakuierungsplan ausgearbeitet«, flüsterte Hark, die wohl beschlossen hatte, ihn und Leia gleichermaßen zu ignorieren. »Ich werde ihn an alle Betroffenen weiterleiten, damit sie bereit sind, sollte das Imperium wirklich hier auftauchen. Und ich habe zwei Personen gefunden, mit denen Hunter Maas ein Treffen vereinbart hat; das erste ist für morgen Abend angesetzt. Sofern Sie nicht länger vorhaben, jemanden zu erschießen, mache ich mich jetzt wieder an die Arbeit.«

»Ich ... Wissen Sie ... Hätte es Sie umgebracht, mich vorher in den Plan einzuweihen?«

»Hätte ich gewusst, dass Sie hier sein würden, hätte ich es getan«, entgegnete sie. Ihre Stimme klang nun nicht mehr so kokett und anheimelnd. »Wir müssen uns hier um ein Dutzend Dinge gleichzeitig kümmern, die alle parallel ablaufen und einander alle beeinflussen. Ich dachte, Sie wären bei Chewbacca im Hangar.«

Han nahm den Arm von ihrer Schulter und beugte sich vor, um die Ellenbogen auf den Tisch zu stützen. Er fühlte sich verlegen und wütend, weil er verlegen war, und verlegen, weil er deswegen wütend war, aber er hatte nicht vor, sich das anmerken zu lassen. Als er den Kopf hob, sagte Leia gerade etwas zu dem Phindianer, und dieser lachte reuevoll. Ein Servierdroide rollte auf ihren Tisch zu, und Scarlet verscheuchte ihn mit einer Handbewegung.

»Dann werde ich mal lieber dahin zurückkehren, wo ich hingehöre«, brummte Solo.

»Ich weiß, dass die Bedrohung echt ist«, gab Hark sich versöhnlich. »Und mehr noch, *sie* weiß es ebenfalls. Ich weiß zu schätzen, dass Sie uns beide beschützen wollen, aber Sie müssen mir vertrauen. Und ihr. Wir haben keine andere Wahl, als dieses Risiko einzugehen.«

»Über Risiken müssen Sie mir nichts erzählen«, erwiderte Han, während er aufstand. »Das ist mein Fachgebiet.«

»Ich weiß«, flüsterte Scarlet. »Darum brauchen wir Männer wie Sie ja auf unserer Seite.«

»Das brauchen Sie allerdings«, nickte er, aber die Worte klangen nicht so nachdrücklich, wie er sich das vorgestellt hatte. Kurz blieb er noch vor ihr stehen. »Oder war das nur wieder ein Scherz?«

Ihre Augen glitzerten. »Absolut nicht. Und ich verspreche, sobald ich etwas Wichtiges höre, werde ich dafür sorgen, dass Sie davon erfahren. Seien Sie mir bitte nicht mehr böse.«

»Warum sollte ich Ihnen böse sein?«, fragte Han, wobei er am Saum seiner Weste zupfte. »Ich habe keine Ahnung, wovon Sie überhaupt reden.«

»Dann ist ja alles gut.« Auch Scarlet erhob sich nun von der Bank. »Ich muss wieder an die Arbeit.«

»Und ich muss zu meinem Schiff. Übrigens: Das Kleid steht Ihnen.«

»Ich sehe wirklich schick aus, nicht wahr?«, wisperte sie.

»In Ordnung, jetzt *weiß* ich, dass Sie mich nur wieder ärgern wollen.«

Sie lachte und verschwand zwischen all den anderen Wesen, die inzwischen aufgestanden waren und auf den Ausgang zuströmten. Han zögerte noch einen Moment und versuchte, Leias Blick auf sich zu ziehen, aber sie war tief in eine Unterhaltung mit dem Phindianer vertieft, und so verließ auch er die Halle und trat durch die Türen des Konklavestocks auf die Straße hinaus. Die Nachtluft war kühl, und der schmale Streifen Sternenhimmel über ihm tauchte die Stadt zumindest teilweise in ein natürliches Licht. Er sehnte sich danach, Talastin City zu verlassen. Und Kiamurr. Und dieses Sonnensystem. Und diesen Sektor. Er wollte so weit wie nur möglich von hier entfernt sein, wenn der Kampfverband des Imperiums hier auftauchte. Eine alte Frau am Steuer eines noch älteren Frachtladers winkte ihm auffordernd zu. Sie hatte die Maschine in eine Art Taxi umfunktioniert, indem sie ein zerschlissenes Sofa zwischen die Hebearme geklemmt hatte. Solo drückte ihr ein paar Credits in die Hand, und kaum, dass er sich auf die durchgesessenen, rissigen Polster gesetzt hatte, rollte der Lader schon auf die schwach erhellte Straße. Ein Schwarm Vögel flatterte vorbei, ihr Flügelschlag kaum mehr als ein Rascheln in der dunklen Luft. Han seufzte und stellte eine Verbindung zum *Millennium Falken* her. Chewbacca begrüßte ihn mit einem anklagenden Kommentar in Form eines langgezogenen, gutturalen Brüllens.

»Ich bin unterwegs«, versicherte der Corellianer ihm.

Der Wookiee knurrte.

»Versuchen alle Schiffe gleichzeitig, den Planeten zu verlassen? Nein. Sie hat es ihnen nicht gesagt.«

Das hatte ein tiefes Heulen zur Folge.

»Ja, es gibt ein Problem. Es gibt immer Probleme. Aber wir werden schon damit fertig«, erklärte Han, danach unterbrach er die Verbindung. »Zumindest hoffe ich das.«

15. Kapitel

»Nun«, sagte Han mit einem Seufzen, »da haben wir das Problem ja.«

Der Torpedo mit dem Peilsender hatte sich durch die Hülle des Falken gebohrt und erst die sekundäre Kühlpumpe hatte ihn aufgehalten, gerade noch rechtzeitig, bevor seine Spitze ein Energiekabel für den hinteren Schildgenerator in zwei Hälften teilen konnte. Dicke, tauartige Fäden von geronnener Kühlflüssigkeit hingen ringsum von den Wänden, und bei mehreren elektronischen Systemen war es zu einem Kurzschluss gekommen, als sie mit der Flüssigkeit in Berührung gekommen waren.

Chewbacca knurrte und deutete mit seiner fellbedeckten Pranke auf das Durcheinander.

»Ja, Kumpel, ich weiß«, nickte Han, während er einen Schweißbrenner aus dem Werkzeugkasten fischte und sich neben die Rakete kniete.

Der Wookiee schnaubte nur und schüttelte den Kopf.

»Ja«, räumte Han ein, »falls es einen Sprengkopf gibt, könnte er vielleicht hochgehen. Aber ich bin ziemlich sicher, dass es keinen gibt. Hätte Baasen uns umbringen wollen, warum hat er sich dann die Mühe mit dem Peilsender gemacht? Ich bin sicher, er will uns noch immer an Jabba ausliefern.«

Der Schweißbrenner erwachte funkensprühend zum Leben, und Solo begann, den vorderen Teil des Torpedos abzutrennen. Die Ränder des Schnitts glühten weiß vor Hitze, Tropfen flüssigen Metalls fielen auf das Deck hinab, wo sie zu roten Lachen abkühlten, und schließlich rollte die Spitze der Rakete über den Boden. Als sie nicht explodierte, hob der Corellianer die Hand und erklärte: »Siehst du? Ich hab's ja gesagt.«

Chewbacca, der sich aus dem kleinen Maschinenabteil zurückgezogen hatte und um den Rand der Luke spähte, brummte zustimmend und kam wieder herein, um die Torpedospitze aufzuheben.

Sie gingen langsam und methodisch vor, und nach ein paar Stunden hatten sie auch den Rest der Rakete aus dem Schiff geschnitten. Tief in seinen Eingeweiden entdeckte Han auch den Peilsender, ein kleines Gerät, kaum größer als zwei geballte Fäuste. Er zerschmetterte es mit einem Hammer, und Chewie trug die Einzelteile zur Rampe und warf sie nach draußen, wo ein vielarmiger Entsorgungsdroide sie aufsammelte und mit ihnen davonrollte.

Als das erledigt war, gingen sie daran, die Hülle zu reparieren. Leias Leute hatten ein paar Quadratmeter passender Metallplatten auftreiben können, und nachdem Chewbacca sie in die entsprechende Form geschnitten hatte, fixierte Han sie über den Löchern. Schweiß rann über seinen Rücken, bis ihm die Kleider am Leib klebten. Es war heiß und eng in dem kleinen Maschinenabteil, die Luft so sehr von Rauch und dem Gestank geschmolzener Legierungen erfüllt, dass man sie kaum noch atmen konnte, und dennoch fühlte er sich hier tausendmal wohler als vorhin im großen Saal des Konklavestocks.

Leia schien sich in beiden Welten heimisch zu fühlen, in der Uniform eines Soldaten ebenso wie in der formellen Kleidung einer Diplomatin. Sie konnte einen Blaster benutzen und taktvolle Reden schwingen. Wenn die letzten Wochen Solo etwas gelehrt hatten, dann, dass er nicht in diesen zivilisierten Teil ihrer Welt gehörte. Sein Platz war hier, in den Eingeweiden des *Falken* oder vorne auf dem Pilotensitz. Von all den Schmugglern, Piraten und anderen Kriminellen, die er während seiner Zeit auf der anderen Seite des Gesetzes kennengelernt hatte, hatten nur jene überlebt, die ihren Platz in der Welt kannten. Wer plötzlich ein angesehenes Mitglied der Gesellschaft sein wollte, wurde in der Regel von eben dieser Gesellschaft aufgefressen, weil er von vornherein nicht hineingepasst hatte.

Solo fuhr ein letztes Mal mit dem Schweißbrenner über die Metallplatte, dann trat er zurück und inspizierte sein Werk: Die Schweißnaht war gerade und glatt, das Leck in der Außenhaut des *Falken* luftdicht verschlossen. Es fühlte sich gut an, an einem Ort zu sein, wo er genau wusste, was er zu tun hatte.

»Ich bin bereit für das nächste Stück, Chewie«, rief er und hob den Arm. Als er keine Antwort erhielt, schob er die Schutzbrille auf seine Stirn hoch und drehte sich um, aber Chewbacca war nirgends zu sehen.

»Verflucht.« Er stemmte sich auf die Füße und stampfte in den Korridor hinaus. »Wo steckst du?«, schrie er. »Wir sind hier noch nicht fertig!«

Er umrundete die Ecke, die in den Hauptfrachtraum führte, und dort entdeckte er den Wookiee – und Scarlet. Die Spionin hatte ihr Kleid gegen eine eng anliegende Hose und ein dunkelgraues Oberteil eingetauscht, außerdem trug sie wieder den Gürtel mit all ihren Werkzeugen, die nun aber um einen handlichen Blaster in einem speziellen Holster für schnelles Ziehen ergänzt wurden. Ihr Haar war noch immer zu einem von Stäbchen fixierten Knoten hochgebunden, aber im Zusammenspiel mit dieser neuen Kleidung wirkte die Frisur eher funktional als elegant.

»Was ist hier los?«, fragte Solo.

Chewbacca setzte zu einer grollenden Erklärung an, aber Hark schnitt ihm das Wort ab. »Sie sind noch nicht fertig? Womit? Bitte sagen Sie mir, dass der *Falke* wieder flugtauglich ist.«

Han zog die Schultern hoch. »Wir haben ein zerquetschtes Energiekabel, aber das Kühlleck ist verschlossen, bis wir eine neue Pumpe einbauen können, und die Hülle ist abgedichtet. Wir können also fliegen. Sind Sie und die Prinzessin endlich zur Vernunft gekommen?« Ohne auf eine Antwort zu warten, drückte Solo dem Wookiee den Schweißbrenner und die Schutzbrille in die Hand. »Während wir darauf warten, dass sich Ihre Durchlaucht an Bord bemüht, kannst du ja mal nachsehen, ob sich das Kabel überbrücken lässt.«

Chewbacca nahm die Werkzeuge und brummte leise, während er davonging. Han war aber bereits damit beschäftigt, die verschiedenen Punkte für ein Rendezvous mit der Rebellenflotte durchzugehen.

»Hunter Maas ist im System eingetroffen«, erklärte Scarlet.

»Großartig. Und die imperiale Flotte?«

»Noch nicht.« Sie setzte sich an den Dejarik-Tisch, zog einen Datenblock hervor und rief das Hologramm eines Schiffes auf. »Damit fliegt er auf Kiamurr zu. Wir müssen ihn abfangen und ihn hierher eskortieren.«

Han nahm ihr gegenüber Platz und fuhr mit der Hand durch die Luft, um das Hologramm zu deaktivieren. »Warum braucht er eine Eskorte?«

»Weil«, erwiderte sie, »ich dafür sorgen möchte, dass er mit niemandem außer uns über die Daten redet, die er verkaufen will. Sie fliegen ihm entgegen, sorgen dafür, dass er dort landet, wo wir es gern möchten, und dann werden Leia und ich ihn in Empfang nehmen. Wir dürfen nicht zulassen, dass ein Bieterkrieg um diese Informationen ausbricht. Und je früher wir sie in die Finger bekommen, desto früher können wir mit der Evakuierung beginnen.«

»Nun, das macht zur Abwechslung ja beinahe Sinn. Haben wir auch Grund zu der Annahme, dass er tun wird, was ich ihm sage?«

»Sie müssen eben überzeugend sein«, entgegnete Scarlet mit dem Hauch eines Schmunzelns.

Han fuhr sich mit der Hand über den Mund, um nicht selbst zu lächeln. »Ist das Leias Idee? Will sie, dass es so abläuft?«

»Es gibt keine andere Möglichkeit«, erklärte Hark, und ihr Schmunzeln verschwand. »Also kümmern Sie sich darum.«

»He, ich habe nur *einen* Boss«, begann er und tippte sich an die Brust, »und das bin ...«

»Melden Sie sich, wenn Sie ihn herbringen«, wies Scarlet ihn an, während sie aufstand. »Ich werde Ihnen dann eine Landebucht zuweisen. Vermasseln Sie das nicht, Solo.«

»Was glauben Sie ...«, setzte er an, aber da war sie bereits im Korridor verschwunden.

Chewbacca trat wieder in den Hauptfrachtraum, den rauchenden Schweißbrenner in seiner mächtigen Pranke. Er legte den Kopf schräg und heulte eine Frage.

»Langsam habe ich es satt, mich so von den Rebellen herumkommandieren zu lassen«, brummte Han. »Und ich dachte, die Prinzessin wäre schlimm.«

Das Summen, mit dem der Reaktor des Falken hochgefahren wurde, war so hoch, dass man es kaum hören konnte, aber dann wurde es durch ein deutlich hörbares Knirschen wie von blockierten Zahnrädern unterbrochen, und das Triebwerk erstarb wieder.

Zum nunmehr dritten Mal.

Zu wissen, dass Scarlet am Eingang der Landebucht stand und beobachtete, wie er vergeblich versuchte, sein Schiff zu starten, machte jeden fehlgeschlagenen Versuch für Han noch ein wenig erniedrigender.

»Da muss es irgendwo einen Kurzschluss gegeben haben«, wandte er sich an Chewbacca. Ebenfalls zum dritten Mal. »Das ist die einzig sinnvolle Erklärung. Bist du sicher, dass du den ganzen Kühlschleim von den Kabeln gekratzt hast?«

Der Wookiee knurrte bedrohlich.

»Dann ist das Energiekabel nicht richtig überbrückt«, sagte er, was Chewie eine weitere grollende Entgegnung entlockte. »Ja, ich weiß, dass *ich* mich darum gekümmert habe. Sollen wir jetzt den ganzen Tag hier sitzen und uns in gegenseitigen Schuldzuweisungen ergehen, oder könnten wir das vielleicht wieder in Ordnung bringen?«

Chewbacca starrte ihn mehrere Sekunden an.

»Ich muss hier oben bleiben! Schließlich sollte jemand im Pilotensitz sitzen und überprüfen, ob es funktioniert.«

Der Wookiee stand auf und eilte ohne ein weiteres Wort in den hinteren Teil des Schiffes. Kurz darauf drang ein Knacken aus dem Komm, gefolgt von Scarlets Stimme. »Schmollen Sie gerade, oder kann Ihr Schiff nicht starten?«

»Ich schmolle nicht«, brummte Han, auch wenn die Tatsache, dass er das laut aussprechen musste, dies automatisch zur Lüge machte. »Wir müssen nur noch kurz etwas überprüfen, und dann fliegen wir los.« Er klappte den Mund zu, bevor ihm ein *Hören Sie auf, uns zu beobachten* herausschlüpfen konnte.

Irgendwo hinter ihm brüllte der Wookiee, und eine Anzeige auf Hans Armaturentafel wechselte von Gelb zu Weiß. Der Reaktor erwachte mit einem sanft ansteigenden Summen zum Leben, und diesmal starb er nicht wieder ab. Ein paar Sekunden später erhob sich der *Falke* von seiner Landebucht, und noch immer kein Warnlicht weit und breit.

Die Atmosphäre eines Planeten zu verlassen war, als würde man beobachten, wie das Universum entstand, und dieses Mal bildete da keine Ausnahme, als die Berggipfel unter ihnen zurückblieben, der Himmel schwarz wurde und die Sterne sich vor ihnen ausbreiteten. Der kleine, fleckige Mond hing tief über dem Horizont, dann verschwand er aus ihrem Blickfeld, nachdem Han die Nase des *Falken* nach oben zog und mehr Schub gab.

Er war gerade dabei, das All über Kiamurr nach Maas' Schiff abzusuchen, als Chewbacca ins Cockpit zurückkehrte und sich in seinen Sessel fallen ließ. Anschließend knurrte der Wookiee ihn eine Minute lang an und wedelte dabei wütend mit seinen Armen in der Luft herum.

»Ich weiß es nicht, Chewie«, erwiderte Han, während er die Scanner auf einen anderen Abschnitt einstellte und einen neuen Suchlauf startete. »Erst waren wir unser eigener Herr, und jetzt sagt uns plötzlich jeder, was wir zu tun haben. Was soll das? Diese Hark ist noch nicht mal eine Prinzessin. Bei einer Adeligen kann ich es noch verstehen, dass sie sich benimmt, als würde ihr das Universum gehören. Aber Scarlet ist nur eine Spionin. Wo soll das noch hinführen?«

Chewbacca gurrte eine Entgegnung und überprüfte gleichzeitig die Schadenskontrolle, um sicherzustellen, dass die Systeme, die sie repariert hatten, auch wirklich funktionierten.

»Merk dir meine Worte, Kumpel: Früher oder später wird es Ärger geben«, fuhr Solo fort. »Zwei so halsstarrige Frauen in der Nähe eines so gut aussehenden Kerls wie mir? Irgendwann werden sie sich an die Kehle gehen.«

Der Wookiee musterte ihn aus dem Augenwinkel, dann lachte er bellend.

»He, ich versuche nur, dich zu warnen. Du bist besser nicht in der Nähe, wenn *dieser* Reaktor die Kernschmelze erreicht.«

Chewie drehte seinen Sessel zu Han herum und öffnete den Mund, aber was immer er sagen wollte, wurde durch ein lautes Piepsen von der Konsole abgewürgt. Die Instrumente des *Falken* hatten einen leichten Frachter entdeckt, der sich mit hoher Geschwindigkeit in ihre Richtung bewegte. Der Wookiee wandte sich wieder nach vorne und führte einen Scan des neuen Radarkontakts durch, anschließend leitete er die Informationen auf dem Schirm knurrenderweise an Solo weiter.

»Der ist aber ziemlich schnell für einen YU-Vier-Zehn«, erwiderte dieser. »Für gewöhnlich sind das nur bessere Lastkähne.«

Ein paar Augenblicke später wurde der Grund offensichtlich: Während die meisten corellianischen Frachter vom Typ YU-410 wegen ihrer schweren Panzerung und Bewaffnung nur sehr gemächlich vorankamen, war dieses Schiff um allen Ballast erleichtert und mit einem modifizierten Triebwerk ausgestattet worden. Nun besaß es anstatt der sonst üblichen vier Laserkanonen nur noch eine am Bug. Schnell, wendig, die Waffen nach vorne ausgerichtet – jemand hatte den defensivstarken Frachter in ein Raubtier verwandelt. Solo hatte schon Tausende derart umgebauter Schiffe gesehen, und alle waren sie für Zwecke jenseits der Grenzen der Legalität eingesetzt worden.

»Das muss unser Freund sein«, sagte er. »Gehen wir längsseits und stellen wir uns vor.«

Chewbacca fütterte das Triebwerk mit mehr Energie, um die Entfernung zu dem YU-410 schnellstmöglich zu überbrücken. Solo machte derweil die Erschütterungsraketen des *Falken* feuerbereit, nur, um auf Nummer sicher zu gehen. Die meisten Kriminellen hatten leider die Angewohnheit, einem erst dann wirklich zuzuhören, wenn man die Schilde ihres Schiffes überlastet hatte.

Der große Frachter flog mit Höchstgeschwindigkeit auf Kiamurr zu – und auf den *Falken*. Chewbacca berechnete einen Kurs, um das Schiff in einem weiten Bogen zu wenden und sich dann neben Maas zu setzen, sobald dieser vorbeiflog. Solo rückte sein Headset zurecht und versuchte, den Frachter anzufunken, aber die Antwort bestand nur aus statischem Rauschen.

»Hm«, machte er. »Das klingt fast, als würde jemand das Komm blockieren …«

Ein gleißender Energieblitz traf das Heck des YU-410, sodass seine Schilde aufleuchteten und zuckende Energieentladungen über seine Hülle tanzten. Als das Farbspektakel verblasste, war der Frachter noch immer auf Kurs, aber es sah aus, als hätte die Außenhülle am Heck Schaden genommen.

»Chewie, bring uns da rüber, während ich versuche, diesen Kommblocker zu durchbrechen. Und finde raus, wer da auf unseren Freund schießt.«

Der Wookiee brüllte eine Entgegnung und brach sein Wendemanöver ab, um mit voller Geschwindigkeit auf den YU-410 zuzurasen. Solos Finger huschten unterdessen über die Kommunikationskontrollen und erhöhten die Signalstärke, um das Störfeld zu durchdringen. Nach ein paar Sekunden wurden seine Mühen mit einer instabilen Verbindung belohnt, und eine von Knistern überlagerte Stimme rief: »Hallo? Hier spricht Hunter Maas. Wer sind Sie?«

»Ich bin Han Solo, Captain des *Millennium Falken.* Man hat mich geschickt, um Sie sicher zu einem Landedock auf Kiamurr zu eskortieren.«

»Dann geben Sie sich mal mehr Mühe«, entgegnete die Stimme.

Solos Zähne klackten, als er den Mund zuklappte.

»Wir kümmern uns um Ihr Problem«, sagte er kurz angebunden und schaltete das Mikrofon an seinem Headset ab. »Chewie, ein wenig schneller, bevor ich es mir anders überlege und zusehe, wie dieser Kerl in die Luft gesprengt wird.«

Erneut erklang ein Piepsen von der Konsole, als der *Falke* die Verfolger des Frachters erfasste. »Großartig«, brummte Han. »Imperiale.« Wider alle Vernunft hatte er gehofft, dass es nur ein neidischer Rivale wäre, der auf Maas feuerte, oder vielleicht ein Pirat oder irgendetwas anderes, nur nicht die ersten Vorboten eines imperialen Kampfverbandes, der auf dem Weg hierher war.

Der Radarkontakt ließ einen TIE vermuten – das war schlecht. Han begann, den Raum vor ihnen nach einem größeren Schiff abzusuchen, von dem der Sternjäger gestartet sein konnte – dieses Schiff war die echte Bedrohung. Doch als der Scan nach einer Handvoll Sekunden beendet war, zeigten die Instrumente keine weiteren Kontakte an.

»Versuch, uns zwischen den Frachter und den TIE zu bringen«, wies er Chewbacca an, und der Wookiee heulte bestätigend. »Richte die hinteren Deflektoren dementsprechend aus. Wir werden das Schussfeld blockieren.«

Nun widmete Han sich wieder dem Scan des TIE-Jägers. Es

war ein ungewöhnlicher Bautyp, größer als die normalen Begleitschiffe, obendrein mit einer eigenartigen Ausbuchtung, als hätte jemand eine Kugel auf seine Hülle geschweißt. »Ich glaube, ich weiß, was das ist, Chewie. Ein SR, ein experimentelles TIE-Modell mit einem Hyperraum-Triebwerk für die Langstreckenaufklärung. Von der Sorte wurden nicht viele hergestellt. Vielleicht haben wir ja doch Glück. Könnte sein, dass er allein den Sprung gemacht hat und dort draußen keine Fregatte auf uns lauert.«

Jedenfalls noch nicht. Aber diesen Gedanken behielt er für sich.

Der Wookiee grollte und riss das Schiff hart herum. Einen Moment später füllte das Heck von Hunter Maas' Frachter die Cockpitscheibe aus, und der *Falke* begann, unter dem Feuer des TIE-Jägers zu erbeben. Es dauerte nicht lange, bis die Deflektoralarme losheulten.

»Sieh einer an«, rief Solo Chewbacca zu, während er nach dem Steuer griff. »Man hat uns gerade zum Tanz aufgefordert.«

16. Kapitel

Han ließ den *Falken* in einer scharfen Kehre nach Backbord wegkippen, und ein Strom von Laserfeuer zuckte an ihnen vorbei.

»Die hätten beinahe Hunter Maas' Schiff getroffen!«, dröhnte Maas' Stimme aus seinem Kopfhörer.

»Han Solos Schiff hätten die beinahe auch getroffen«, murmelte er leise, anschließend schaltete er das Mikrofon seines Headsets wieder an. »Wir kümmern uns darum; fliegen Sie einfach weiter mit Höchstgeschwindigkeit auf Kiamurr zu. Dieser Jäger wird Ihnen nicht mehr lange am Hintern kleben, versprochen.«

»Das will ich auch schwer hoffen!«

Chewbacca lachte grollend.

»Das kann er vergessen, Kumpel«, wandte Solo sich an Chewbacca, dann riss er das Steuer herum und lenkte den *Falken* erneut durch das Schussfeld des TIEs, um ihn von dem fliehenden YU-410 abzulenken. »Wir werden uns auf dieser Mission nicht auch noch von einem dritten Möchtegernboss herumkommandieren lassen. Sobald wir …«

Ihr Schiff bäumte sich auf, als eine weitere Salve von Laserstrahlen die hinteren Schilde traf, und am Instrumentenpult begann ein Warnlämpchen zu blinken.

»… diesen Spaßvogel hinter uns los sind, werden wir Maas mal über die Hackordnung hier aufklären.«

Das Blinken verwandelte sich in ein konstantes rotes Leuchten, und ein Alarm schrillte los: Der hintere Deflektor brach zusammen. Die Leitungen, mit denen sie die zerquetschte Leitung behelfsmäßig überbrückt hatten, waren durchgeschmort, und der Kurzschluss hatte den Notgenerator in die Knie gezwungen. Wie um das noch zu unterstreichen, breitete sich der Gestank von Rauch und geschmolzener Isolierung im Cockpit des *Falken* aus.

»Das haben wir doch *gerade erst* repariert«, stöhnte Han, dann knurrte Chewbacca, und er nickte. »Glaub mir, ich weiß, dass das frustrierend ist.«

Ein weiterer Schwall Laserfeuer schnitt durch die Schwärze zwischen den Schiffen, und obwohl es Solo gelang, dem Großteil durch einen abrupten Spiralflug nach Steuerbord zu entgehen, wurde das Heck des YT-1300 dennoch von mehreren Schüssen getroffen. Die Warnanzeigen wurden schwarz, und der Alarm quäkte ein letztes Mal, bevor er sich in ein monotones, unablässiges Quengeln verwandelte.

Der hintere Schild war zusammengebrochen.

Han zog das Steuer zu sich heran und drehte den *Falken* in eine enge Schleife, fort von dem TIE-Jäger, der daraufhin wieder Maas' Frachter unter Beschuss nahm und der Pirat seinem Unmut über das Kommlink lautstark Luft machte.

»Hunter Maas steht schon wieder unter Feuer! Sie sagten, Sie wären hier, um Hunter Maas zu helfen! Sie versagen auf ganzer Linie!«

Han setzte die Schleife fort, bis der YT-1300 hinter dem TIE war. »Ja, aber Sie haben noch Ihre Heckschilde«, erwiderte er. »Sie können dem Beschuss standhalten.«

Maas schien das anders zu sehen, aber Solo deaktivierte das Headset, bevor er mehr als nur ein paar Worte brüllen konnte. »Chewie, mach alles bereit, um einen Torpedo auf den Jäger abzufeuern. Falls er keine Schilde hat, so wie die normalen TIEs, sollte ein Treffer reichen, um ihn auszuschalten.«

Der Wookiee beugte sich über die Waffenkonsole, und Han drückte den Schubregler nach vorne, um den Abstand zu verringern. Der SR-TIE war schnell, und er schien mehr als genug zusätzliche Energie für seine Laserkanonen zu haben, jedenfalls feuerte er ohne Unterlass auf den fliehenden YU-410.

Die Angewohnheit des Imperiums, seine Sternjäger ohne Schilde zu bauen, war Han schon immer hochgradig verrückt erschienen, und es war einer der vielen Gründe, warum er nicht für diese Bande arbeitete. Jetzt, wo er zur Gegenseite gehörte, war er aber fast dankbar für diesen Mangel an Sicherheitsmaßnahmen, mit dem die imperialen Piloten leben – und sterben – mussten.

Chewbacca heulte triumphierend auf, als die Zielerfassung des Falken summte. Han ging noch ein wenig näher heran, bis er optimale Schussdistanz erreicht hatte, dann feuerte er zwei seiner acht ST2-Erschütterungsraketen ab. Jede von ihnen hatte fünfzehnhundert Credits gekostet, und er machte sich eine mentale Notiz, sie mit auf die Rechnung zu setzen.

Der TIE begann mit einem Ausweichmanöver, als die Raketen auf seinem Radar auftauchten. Der Pilot war gut, aber damit hatte Han gerechnet. Das Imperium besaß nicht viele Aufklärungsjäger der SR-Klasse; wer immer im Cockpit saß, musste also zur Elite gehören. Solo hielt den Finger über dem Feuerknopf, bereit, den ersten Raketen zwei weitere folgen zu lassen.

Doch das war nicht nötig.

Der TIE setzte zu einer harten Wende nach Backbord an, aber der YU-410, der in einem ungleichmäßigen Zickzack vor ihm herflog, blockierte ihm den Weg, sodass er in die andere Richtung umschwenken musste – direkt in die Flugbahn der heranrasenden Raketen. Beide Sprengkörper trafen ihr Ziel, und der Sternjäger verging in einer gewaltigen Explosion, die nur kieselsteingroße Trümmerstücke zurückließ. Die vorderen Schilde des *Falken* flackerten auf, als diese Überreste wie ein Hagelschauer auf das Schiff einprasselten.

Chewbacca stimmte ein Siegesgeheul an und schälte sich aus seinem Sessel.

»Ja«, nickte Han. »Sieh nach dem Generator. Vielleicht können wir ihn ja noch retten. Ich möchte jedenfalls nicht ohne hintere Schilde herumfliegen müssen, bis wir wieder bei der Flotte sind.«

Der Wookiee grollte zustimmend und verschwand im hinteren Teil des Schiffes.

»Hunter Maas«, sagte Solo, nachdem er sein Headset wieder eingeschaltet hatte. »Hier ist Captain Solo ...«

»Sie haben Torpedos auf Hunter Maas abgefeuert!«, brüllte der Schmuggler. »Die *Cosmodium* hätte zerstört werden können!«

»Die *Cosmodium*? Ist das Ihr Schiff?«

»Hunter Maas hat wertvolle Informationen auf empfindlichen Datenträgern an Bord! Der Impuls eines explodierenden Torpedos kann irreparable Schäden an diesen Datenträgern anrichten!«

»Das waren Erschütterungsraketen, da gibt es keinen elektromagnetischen ...«

»Und Teile des zerstörten Schiffes haben die Hülle der *Cos-*

modium durchschlagen! Hunter Maas wird langwierige Reparaturen durchführen müssen!«

»Hunter Maas?«, fragte Han höflich.

»Ja?«

»Halten Sie die Klappe.«

Mehrere Sekunden lang herrschte Stille, entweder weil Maas seiner Aufforderung tatsächlich Folge leistete, oder weil er sprachlos vor Empörung war.

»Danke«, sagte Solo jedenfalls. »Bitte folgen Sie mir auf meinem Kurs nach Kiamurr. Wir werden dafür sorgen, dass Sie den Planeten sicher erreichen. Wir haben schon ein Landedock für Sie vorbereitet.«

»Hunter Maas landet dort, wo Hunter Maas landen will«, entgegnete der Pirat. »Danke für das Angebot, aber Ihre Aufgabe hier ist erledigt. Überbringen Sie Ihrem Meister, wer immer er auch sein mag, den Dank und Grüße von Hunter Maas.«

»Einen Moment mal, Freundchen«, schnappte Han. Jetzt hatte der Kerl am anderen Ende der Verbindung es wirklich geschafft, ihn wütend zu machen. »Sie werden mir gefälligst zu *meinem* Landedock folgen. Ende der Geschichte.«

»Und warum sollte Hunter Maas dieser Forderung nachkommen?«

»Weil«, erklärte Solo mit einem Grinsen, das Maas hoffentlich aus seiner Stimme heraushören konnte, »ich Ihnen das Leben gerettet habe.« Maas versuchte, ihn zu unterbrechen, aber Han redete unbeeindruckt weiter. »*Und* weil ich mit sechs weiteren Erschütterungsraketen direkt hinter Ihnen herfliege. Sie können also meinen Anweisungen folgen, in meinem privaten Dock landen und meine Freunde kennenlernen – oder ich kann die verkohlten Überreste der *Cosmodium* in dieses Dock ziehen.«

Die folgende Pause war kürzer, als Han erwartet hatte.

»Hunter Maas wird Ihnen zu Ihrem privaten Landedock folgen! Fliegen Sie voran, mein Freund.«

Solo nickte und nahm das Headset ab.

»Wenn das mal nicht überzeugend war«, murmelte er in der Leere des Cockpits.

Scarlet hielt Wort und wies Ihnen einen Landeplatz vor einem kleinen Lagerhaus knapp außerhalb der Stadt zu. Das Gebäude war verschlossen, als der *Falke* aufsetzte, und rings um das Dock waren weder andere Schiffe noch Angestellte zu sehen. Da war nur Hark, die auf einer nahen Treppe saß und die Landung beobachtete.

Han trottete die Rampe hinab, eine Hand auf dem Griff seines Blasters. Sie wussten nicht, wie viele Personen sich an Bord von Maas' Schiff befanden, außerdem war es durchaus möglich, dass sie nicht allzu gut auf Solo zu sprechen sein würden, nachdem er sie hier zur Landung gezwungen hatte. Falls Scarlet besorgt war, ließ sie es sich jedenfalls nicht anmerken; sie blieb auf der Treppe sitzen, die Beine ausgestreckt, den Kopf zur Seite geneigt, sodass das schwarze Haar über ihre Stirn fiel, und grinste Han zu.

»Gute Arbeit, Captain.«

»Er wurde von einem imperialen Aufklärungsjäger verfolgt«, berichtete der Corellianer. »Die Zeit läuft. Nicht mehr lange, und die Invasionstruppen werden hier auftauchen.«

»Wir haben es gesehen«, erwiderte sie, anschließend schwang sie sich leichtfüßig von der Treppe und ging auf Maas' Frachter zu. »Danke, dass Sie sich darum gekümmert haben, Han. Aber es könnte sein, dass der Jäger auf eigene Faust die Verfolgung aufgenommen hat. Wir wissen nicht, ob er wirklich die Vorhut einer imperialen Flotte ist.«

»Sollen wir etwa hier warten und es rausfinden? Dieses Blatt ist mir zu riskant, um alle meine Chips darauf zu setzen.«

»Lassen Sie uns erst einmal mit Maas verhandeln«, sagte Scarlet. »Das hat im Moment Priorität. Anschließend entscheiden wir über unsere weitere Vorgehensweise.«

»Warum habe ich nur das Gefühl, dass ich in diesem ›Uns‹ nicht mit inbegriffen bin?«

»Vielleicht, weil Sie nicht mit inbegriffen sind.«

Bevor Han sich eine passende Entgegnung einfallen lassen konnte, begann die Rampe von Maas' Schiff aufzugleiten. Dichter Rauch und der Gestank von verbranntem Metall trieben ihnen entgegen. Kein Zweifel, die *Cosmodium* hatte wirklich einiges einstecken müssen.

»Chewie«, flüsterte Han in sein Headset, »schaff deinen haarigen Hintern hierher.« Der Wookiee knurrte. »Ja, ich habe gesagt, du sollst es reparieren, aber jetzt komm erst mal her. Und vergiss deinen Bogenspanner nicht.« Chewbacca schnaubte zustimmend und unterbrach die Verbindung.

Hunter Maas tauchte aus den Rauchschwaden am oberen Rand der Rampe auf wie ein Schauspieler, der die Bühne betritt. Rein körperlich war er eine recht kurzgewachsene Erscheinung, dennoch schaffte er es, den gesamten Raum in dem großen und größtenteils leeren Dock mit seiner Ausstrahlung zu füllen. Als er die Rampe herabkam, da ging er nicht, sondern er stolzierte; und er lächelte sie nicht an, nein, er grinste so breit, dass jeder einzelne seiner strahlend weißen Zähne zu sehen war. Er trug kein Hemd und schob seinen kleinen, alternden Fassbauch mit einem Stolz vor sich her, der eher unpassend wirkte. Seine Hose bestand aus engem schwarzen Leder, und über seinen Schultern wehte ein roter Umhang mit aufwändigen goldenen Verzierungen, der bis zum Boden hinabreichte. Ein R3-Droide folgte Maas wie ein demütiger Bittsteller, und auf Maas' linker Schulter saß ein kleiner, rattenartiger Vogel, der wahllos Worte aus einem Dutzend verschiedener Sprachen vor sich hinkrähte.

»Seid gegrüßt!«, rief der Pirat ihnen zu, wobei er bedeutsam den Umhang von seiner rechten Hüfte zurückschlug, sodass sie den Blaster an seinem Gürtel sehen konnten. Han musste sich zusammenreißen, um nicht zu grinsen. Die Pistole war ein uraltes Modell und so groß, dass er selbst vermutlich seine Waffe ziehen und drei Schüsse abfeuern könnte, bevor Maas diese Monstrosität auch nur aus dem Holster gehievt hätte. Falls der Gauner hoffte, sie mit dieser Geste einzuschüchtern, erwartete ihn eine schwere Enttäuschung.

»Hunter Maas«, sagte Scarlet mit einer angedeuteten Verbeugung. »Wir sind froh, dass Sie sich bereit erklärt haben hierherzukommen.«

»Bereit erklärt?«, echote der Pirat, und die Brauen kletterten auf seiner Stirn nach oben. »All die Drohungen, die dieser Rohling« – er deutete auf Han – »an Hunter Maas gerichtet hat, wären überflüssig gewesen, hätte er erwähnt, wie liebreizend Sie sind.«

Der Waffenschmuggler und Dieb schlenderte das letzte Stück der Rampe herunter, griff nach Scarlets Arm und drückte ihr in einer theatralischen Geste einen langen, feuchten Kuss auf den Handrücken. »Hunter Maas steht Ihnen zu Diensten, Mylady. Sagen Sie, was Sie wünschen, und es wird geschehen!«

Mit einem Lächeln gelang es Hark, ihre Hand aus seinem Griff zu befreien. »Ich möchte Sie nur um eine Unterhaltung bei einem Glas Wein bitten.«

»Ah, meine Verehrteste«, rief Maas aus. Erneut packte er die Hand der Spionin und schlang seinen Arm darum. »Es ist uns bestimmt, zusammen zu sein. Sie haben Hunter Maas' Gedanken gelesen und sein innigstes Begehr erkannt. Gehen wir. Wein und ein Gespräch, nur Sie und ich, so soll es sein.«

Scarlet versuchte nicht länger, ihre Hand unter seinem Arm herauszuwinden, stattdessen führte sie ihn von der Landestelle fort, gefolgt von dem R3, der hinter ihnen herrollte wie ein Hochzeitsgast hinter dem Brautpaar. Han hielt mit dem Droiden Schritt, nachdem Chewbacca aus dem *Falken* aufgetaucht war. Der Wookiee hielt seinen Bogenspanner in der Hand und blickte Solo mit fragend gerunzelter Stirn an, aber der Corellianer nickte nur in Maas' Richtung und zuckte mit den Schultern.

Der Pirat ignorierte sie völlig, als sie ihm und Scarlet zu dem Treffpunkt folgten, und Han konnte ihm deshalb nicht mal einen Vorwurf machen. Hark sah nicht nur gut aus, sondern auch wie jemand, der das Kommando hatte. Neben ihr wirkten er und Chewie vermutlich wie gedungene Schläger – sie waren die unausgesprochene Drohung, die den Gegenpol zu Scarlets einnehmender Höflichkeit darstellte. Er hatte die Rolle schon zuvor gespielt, aber es ärgerte ihn, wie oft er sich in dieser Position wiederfand, vor allem, seit er der Spionin begegnet war.

Hark führte sie zu einer kleinen Cantina am Rand der Dockanlage. Es war die Art zwielichtiger Kneipe, in der die Lagerhausarbeiter und Schiffsbesatzungen nach der Arbeit ihren Tageslohn verprassten und ein wenig Dampf abließen. Chewbacca warf sich den Bogenspanner über die Schulter und verschränkte die Arme, eine über zwei Meter große, Gestalt gewordene Drohung aus Muskeln und Fell. Jeder, der auf Streit aus war oder ein leichtes Opfer suchte, wusste nun, dass er besser einen großen Bogen um sie machte.

Das Innere der Cantina schien nur aus schwarzen Wänden

und blinkenden Lichtern zu bestehen. Wahllos über den Raum verstreut standen Glücksspielautomaten und -tische, als hätte ein gelangweilter Riese sie aus seiner Tasche fallen lassen, während er gerade vorbeikam. Angehörige eines Dutzend verschiedener Spezies tranken und spielten und stritten sich in dem beengten Schankraum.

Hunter Maas schien sich sofort heimisch zu fühlen. Er ließ seinen R3 bei den anderen zurück, schlenderte zur Bar und sprach ein paar Sekunden mit dem Wirt, aber bei dem nervigen Rattern der Glücksspielautomaten und der lauten Musik war es unmöglich zu verstehen, was genau er sagte. Schließlich drückte der Wirt ihm zwei Gläser in die Hand und Maas dem Wirt dafür eine Münze. Eines der Gläser gab der Pirat Scarlet, von dem anderen nahm er einen tiefen Schluck, danach öffnete er den Mund, aber auch diesmal konnte Han nichts verstehen. Hark antwortete und nickte mit dem Kopf in Richtung von Solo und Chewbacca.

Han konnte die näher rückende imperiale Flotte förmlich spüren, ein Jucken auf seiner Kopfhaut, das immer schlimmer wurde. Jede Sekunde, die sie hier vergeudeten, würde ihnen später bei der Flucht fehlen. Zwei dreiäugige, ziegengesichtige Gran in orange-schwarzen Fliegeroveralls schoben sich auf Scarlet und Maas zu, aber Chewbacca versperrte ihnen den Weg, und als er sie anknurrte, traten sie hastig den Rückzug an.

Solo trat an Scarlets Seite und flüsterte ihr zu: »Jeder kann sehen, dass wir nicht hierhergehören.«

Sie antwortete nicht, aber nachdem sie ihr Glas mit einem weiteren Schluck geleert hatte, sagte sie: »Captain Maas, würden Sie mich gern in unser privates Hinterzimmer begleiten?«

Der Pirat lächelte, kippte rasch seinen zweiten Drink hinunter und knallte das Glas auf die Theke. »Hunter Maas könnte sich nichts Schöneres vorstellen, als Sie in das private Hinterzimmer zu begleiten!«

Scarlet nahm seinen Arm und führte ihn zwischen den Cantina-Gästen hindurch; sie hatte keine Mühe, sich einen Weg zu bahnen, ein Lächeln und ein höfliches Nicken reichten, und jeder machte ihr bereitwillig Platz. Han hingegen musste sich in Chewbaccas Windschatten halten, um in den hinteren Teil des Schankraums vorzudringen, und dennoch wäre er beinahe in eine Schlägerei mit einem schweinegesichtigen Außerirdischen geraten, dessen Spezies ihm noch nie begegnet war. Bevor es jedoch zum Äußersten kommen konnte, packte der Wookiee das Wesen am Kragen und schüttelte es, bis es sich wieder beruhigt hatte. Nach dieser Demonstration traten die übrigen Gäste zurück und ließen sie ungehindert passieren. Als sie zu Scarlet und Maas aufschlossen, standen die beiden bereits vor einer kleinen Tür, die sich auf Harks Klopfen hin öffnete.

Das Hinterzimmer der Cantina bestand aus nacktem Stein, der grob mit Plasmabrennern geglättet worden war. In der Mitte des Raumes hing eine einzelne Lampe von der Decke, und darunter stand ein Tisch mit einer Flasche Alkohol und drei Gläsern. Entlang der Wände stapelten sich zahlreiche Vorratskisten – Notrationen, Getränke und andere Dinge, die Han nicht erkennen konnte.

Leia wartete neben dem Tisch, gehüllt in eine weite weiße Robe und eine sandfarbene Hose, aber sie sah noch immer viel zu elegant für eine Hafen-Cantina aus. Solo grinste sie an, und der Mundwinkel der Prinzessin zuckte.

»Danke, dass Sie gekommen sind, Captain Maas. Ich bin Leia Organa von Alderaan, und ich bin sehr an dem interessiert, was Sie verkaufen möchten.«

17. Kapitel

Hunter Maas blickte sich in dem Raum um, als würde er ihm gehören. Er verbeugte sich, erst vor Leia, dann vor Scarlet, und bedachte Han und Chewie mit einem Zwinkern, bevor er sich auf einen Stuhl setzte und die Füße auf den Tisch legte. Jetzt, wo er still hielt, konnte Solo sehen, dass seine schmutzigen Arbeitsstiefel mit kleinen Mosaik-Totenschädeln aus Kristallsplittern verziert waren.

Chewbacca wandte sich wortlos zu ihm um und zog eine Braue hoch. Han senkte den Kopf und biss sich auf die Lippe, um nicht laut loszulachen.

»Dann sind Sie also die Rebellenprinzessin? Diese liebreizende Dame hier sagte, Sie haben diese beiden Gestalten geschickt, um Hunter Maas bei der Flucht vor einem imperialen Schiff zu helfen«, sagte der Pirat. »Hunter Maas ist Ihnen etwas schuldig, und diese Schuld soll beglichen werden.«

Leia nahm ihm gegenüber Platz, und so, wie sie sich gebärdete, hätte man meinen können, sie würde an einem Treffen mit einem Präsidenten oder König teilnehmen. Scarlet lehnte sich gegen die hintere Wand, ihr Gesicht ausdruckslos, ihr Blick konzentriert und durchdringend. Han sah zu ihr hinüber und nickte dann in Maas' Richtung. *Dieser Kerl? Wirklich?* Eine kleine Falte bildete sich um Harks Mundwinkel, kein wirkliches Lächeln, mehr die Vorahnung eines Schmunzelns.

»Es freut mich, dass die Rebellion Ihnen zu Diensten sein konnte«, erklärte Leia. »Es scheint, dass wir einen gemeinsamen Feind haben.«

»Hunter Maas hat keine Feinde«, wiegelte der Pirat ab. »Nur Bewunderer und Neider.«

»Was ist mit dem Sternjäger, der versucht hat, Sie abzuschießen?«, fragte Leia.

»Ein Neider. Eingeschüchtert von meiner Männlichkeit.«

Solo kannte die Prinzessin schon lange genug, um ein paar ihrer kleinen, unbewussten Reaktionen deuten zu können. Das Blinzeln, das einen Sekundenbruchteil zu lange dauerte, das Lächeln, das in ihren Augen begann und endete, weil sie es sich antrainiert hatte. Maas nahm natürlich nichts davon wahr. Der Rattenvogel quiekte und hüpfte von der linken Schulter des Verbrechers auf seine rechte, wo er begann, am Ohrläppchen seines Herrchens zu knabbern.

»Ich hörte, dass sich Informationen in Ihrem Besitz befinden, die Sie bei der Konferenz verkaufen möchten«, fuhr Leia fort.

»Keine Informationen. Den Schlüssel zum Sieg. Hunter Maas hat den Schlüssel zum Sieg über das Imperium in der Hand! Selbst der verrückte Imperator schlottert vor Angst in seiner Robe wie ein kleines Mädchen.« Er nahm die Stiefel vom Tisch, und nachdem die Sohlen mit einem Klacken den Boden berührten, senkte er die Stimme zu einem Wispern. »Es geht um Macht. Unvorstellbare Macht. Hunter Maas ist nicht hier, um Informationen zu verkaufen. Nein, er ist hier, um Partner für seinen gottgleichen Aufstieg zu rekrutieren!«

Han gab vor, sich an der Nase zu kratzen; tatsächlich versuchte er nur, sein Grinsen zu verbergen. Scarlets Miene war hingegen wieder ernst geworden. Maas mochte ein Narr und ein Angeber sein, aber die Spionin schien seine hochtrabenden Worte sehr ernst zu nehmen.

»Sie haben die Aufzeichnungen über Essio Galassians Projekt«, meldete sie sich zu Wort. »Den Bericht, den er für den Imperator zusammengestellt hat.«

Hunter Maas grinste sie an und tat so, als würde er mit dem Zeigefinger auf sie schießen. »Diese wunderschöne Frau ist mehr, als sie zu sein scheint. Sie hat von Hunter Maas' Triumph gehört. Ja. Ja, es stimmt. Hunter Maas hat den Bericht des Unholds Galassian – das einzige Exemplar, das von diesem Bericht existiert. Es geht um eine Entdeckung, die die Galaxis für alle Zeit verändern wird. Und Hunter Maas hält sie Händen!«

»Galassian ist nicht tot«, warf Scarlet ein. »Er kann einen neuen Bericht schreiben. Was immer Sie haben, das Imperium hat es ebenfalls.«

»Ein Grund mehr, schnell zu handeln, finden Sie nicht?«

Maas breitete die Arme in einer Geste aus, die den Raum, die Stadt, die gesamte Welt einschloss, dann beugte er sich vor und streckte den Rücken. Was immer der Kerl sagen wollte, Han hatte das sichere Gefühl, dass er es schon oft vor dem Spiegel eingeübt hatte.

»Die Galaxis ist angefüllt mit Tausenden Spezies, werte Lady. Tausende verschiedene Formen, Tausende verschiedene Denkweisen. Zwischen den meisten von ihnen gibt es Schnittpunkte, aber die restlichen? Manche sind anders. Sie sehen Dinge, die kein anderer sehen kann. Die meisten von ihnen richten den Blick nach außen, zu den Sternen und der großen Gemeinschaft des Lebens, aber ein paar richten den Blick nach innen und sperren die Sterne aus. Um sich vor den anderen zu schützen. Vor Wesen wie Ihnen, Sie verstehen? Oder wie Hunter Maas.«

»Wer könnte sich so etwas entgehen lassen wollen«, kommentierte Han, was ihm einen stechenden Blick von Scarlet einhandelte. Der Pirat ließ sich von dem Kommentar jedoch nicht in seiner Ansprache beirren.

»Eine solche Spezies sind die K'kybak. Brillant, aber voller Angst. Ihre Rasse wuchs, erblühte und verwelkte, alles, ohne je ihren reichen kleinen Planeten zu verlassen. Doch die Mysterien, die sie aufdeckten, waren von enormer Bedeutung. Wäre ihre Mentalität eine andere gewesen, würden wir heute noch alle das Knie vor den K'Kybak beugen, denn sie wären die Herrscher der Galaxis. Ja, sogar Hunter Maas würde ihnen dienen. So groß war ihre Macht.

Sie waren noch eine junge Spezies, als ihr Planet das Ziel einer Invasion wurde. Das geschah lange vor dem Imperium, lange vor der Republik. So lange ist es her, dass der Himmel, unter dem sie litten, noch eine andere Farbe hatte. Nach langen, heftigen Kriegen konnten sie das Joch ihrer Unterdrücker abschütteln, und als sie wieder frei waren, konzentrierten sie ihren brillanten, fremdartigen Intellekt darauf, sich zu schützen, auf dass so etwas nie wieder geschehen möge. Sie nahmen die Schiffe ihrer einstigen Herren, ihre Waffen, all die Technologie, die sie in Ketten geschlagen hatte. Und was taten sie damit? Bauten sie eine Flotte, um jeden Feind zu zerstören? Nein. Sie tauchten tief, unsagbar tief in die Mysterien der Physik ein und erschufen ein Werkzeug, um ihrem Planeten für alle Zeit Sicherheit zu garantieren. Nicht einmal die größten Waffen der Galaxis konnten ihnen etwas anhaben, und so lebten sie ihr Leben und starben in Frieden, ungestört selbst von den größten und entschlossensten Eroberern des Universums.«

Leia nickte. »Das ist faszinierend«, sagte sie in einem Tonfall, der ihre Worte Lügen strafte. »Und ich nehme an, Sie sind hier, um diese Verteidigungstechnologie zu verkaufen, ja?«

»Leider nein. Aber Hunter Maas hat die Karte mit den geheimen Koordinaten, die zur toten Heimatwelt der K'kybak führen. Der Schlüssel zu dieser Technologie, mit der man sich die gesamte Galaxis untertan machen kann.«

»Würde dieser Schild auch etwas so Mächtigem wie dem Todesstern standhalten?«, fragte die Prinzessin.

Maas schnaubte. »Der Todesstern? Die K'Kybak hätten über den Todesstern gelacht. Ha!«

»Er hat meinen Heimatplaneten zerstört«, erklärte Leia, und nicht einmal dem Piraten entging der schneidende Ton ihrer Stimme.

»Hunter Maas trauert mit Ihnen, aber stellen Sie sich diese Frage, adelige Schönheit: Welchen Nutzen hätte der Todesstern, wenn er sich nicht bewegen könnte? Hätte er Ihre Welt vom anderen Ende der Galaxis aus vernichten können?«

Maas wackelte mit seinen Augenbrauen. Han und Chewie wechselten einen verwirrten Blick, dann durchschnitt Scarlets scharfes Atemholen die Stille.

»Wie sollte das ... Oh, der Hyperraum«, sagte sie. »Sie haben eine Möglichkeit gefunden, den Hyperraum zu kontrollieren.«

Solos Magen zog sich zusammen, und Maas' geckenhaftes Grinsen wirkte mit einem Mal deutlich freudloser.

»Die schlanke kleine Frau hat recht«, bestätigte der Pirat. »Sie hielten den Schlüssel zur Kontrolle des Raums in ihren Händen. Sie entschieden, wer von hier nach dort reisen *durfte*, sie entschieden, wer es *konnte*. Sagen wir, der Todesstern ist über einem Planeten stationiert und entfesselt sein Zerstörungspotenzial – der Mann, der ihn kontrolliert, würde zum Imperator einer Trümmerwüste werden. Aber wenn sie sich nur mit Sublichtgeschwindigkeit bewegen können, wären die Enkel der Enkel seiner Enkel schon alte Greise, bevor die Station den nächsten Planeten bedrohen könnte. Die imperiale Flotte mit all ihren Sternzerstörern ist machtlos, wenn sie nicht schnell von einem Punkt zum anderen reisen kann. Und der Imperator selbst: Was wäre er, falls er seine Lakaien nicht hierhin und dorthin schicken könnte, wie es ihm beliebt. Er wäre ein Nichts. Weniger als ein Nichts. Die größte Kanone der Galaxis ist wertlos, wenn es weit und breit niemanden gibt, auf den man sie richten kann.«

Leias Gesicht war blass geworden, ihre Lippen so schmal, dass sie nur noch als Linie erkennbar waren. Es kündete von großer innerer Stärke, dass ihre Stimme noch immer ebenso ruhig und freundlich wie zu Beginn der Unterhaltung klang.

»Das eröffnet in der Tat interessante Möglichkeiten. Wie viel verlangen Sie für diese Informationen?«

»Was immer der Meistbietende zu zahlen gewillt ist«, antwortete Hunter Maas. »Wer kann schon sagen, wie hoch der Preis steigen wird. Vielleicht geben die Hutten Hunter Maas seinen eigenen Planeten. Vielleicht gibt die Sonne ihm hundert Planeten.«

»Nun, vom Imperium wird er jedenfalls einen Blasterschuss direkt zwischen die Augen bekommen«, erklärte Scarlet. »Und die Imperialen wissen, wo Sie sind. Ihnen bleibt nicht viel Zeit, um dieses Geschäft abzuschließen. Wir haben Ihnen schon einmal das Leben gerettet. Falls Sie jetzt mit uns zusammenarbeiten, werden wir auch weiterhin Ihre Sicherheit garantieren.«

»Was bedeutet Sicherheit schon für einen Mann wie Hunter

Maas? Er lebt von der Größe seines Geistes und dem Edelmut seiner Seele. Außerdem hat er für die nächsten drei Tage schon Treffen mit Interessenten vereinbart. Wo bliebe denn Hunter Maas' Vorteil, wenn er seine Ware verkaufen würde, bevor diese Verhandlungen abgeschlossen sind?«

Leia rutschte an den Rand ihres Stuhls vor und legte dem Piraten die Hand auf den Arm. Han konnte die Anspannung in ihrer Stimme hören; sie vibrierte wie ein zu straff gespanntes Zugkabel.

»Der Mann, dem Sie diese Daten abgenommen haben: Galassian. Er weiß, wo er diese Technologie finden kann. Verstehen Sie denn nicht, dass das Imperium alle Hebel in Bewegung setzen wird, um diese Technologie für sich selbst zu sichern?«

»Das sind doch alles Bürokraten«, winkte Maas ab. »Sie würden Jahre brauchen, um einen Farbklecks aufzuwischen, wenn sie die entsprechenden Formulare verlegt hätten.«

»Aber sie sind auch eine totalitäre Diktatur, die bereit ist, jeden zu töten, der nicht schnell genug vor dem Imperator zu Kreuze kriecht. Falls das Imperium dieses Werkzeug in die Hand bekommen will – und das will es augenscheinlich –, dann müssen wir uns beeilen, andernfalls werden wir alle den Rest unseres Lebens in dem System festsitzen, in dem wir uns gerade befinden, wenn die Hyperraum-Triebwerke den Geist aufgeben.«

»Dann sollten Sie keine Zeit mehr verschwenden und Hunter Maas Ihr Angebot unterbreiten.«

»Ich gebe Ihnen fünfzig Millionen Credits, gleich jetzt und hier«, sagte Leia. Bei dem Gedanken an so viel Geld wurde Han einen Moment lang schwindelig. Das wäre mehr als genug, um seine Schulden bei Jabba zu bezahlen. Davon könnte er Jabba *kaufen*, sollte er je das Verlangen nach einer übergroßen, schleimigen Schnecke als Haustier verspüren. Nie hätte er gedacht, dass die Rebellion solch gewaltige Beträge aufbringen konnte.

Ein mitleidiger Ausdruck trat in die Augen des Piraten. »Hunter Maas möchte einen Planeten. Alles andere können Sie vergessen.«

Leias Lächeln flackerte. Sie rieb sich das Kinn wie ein Mann, der nach Stoppeln suchte.

»Einen Planeten?«, fragte sie.

»Wie nannten Sie es doch gerade? Eine totalitäre Diktatur. Hunter Maas wäre gerne der Imperator seiner eigenen kleinen Welt. Ist das denn zu viel verlangt? Der Imperator bestimmt in der halben Galaxis über Leben und Tod. Hunter Maas einen mickrigen Planeten zu geben würde zahllosen anderen Wesen die Freiheit schenken. Das ist doch ein gerechter Tausch, oder etwa nicht?«

»Einhundert Millionen Credits und ein beliebiges Schiff aus der Rebellenflotte. Aber Sie müssen das Angebot jetzt gleich annehmen. Bevor Sie diesen Raum verlassen.«

»Ein klitzekleiner Planet. Nun, nicht unbedingt klitzeklein. Sagen wir, von durchschnittlicher Größe. Mit jeder Menge hübscher Frauen.«

»Also gut«, nickte Leia, »Sie sollen Ihren Planeten bekommen.«

»Armes, armes adeliges Fräulein«, seufzte Maas, wobei er ihre Hand tätschelte. Der Rattenvogel hüpfte auf den Tisch hinab, zirpte und entleerte seinen Darm. »Sie lügen. Aber Hunter Maas versteht. Nehmen Sie sich Zeit. Hunter Maas wird seine Entscheidung erst in ein paar Tagen treffen. Mehr als genug Zeit für Sie, ihm ein echtes Angebot zu machen.«

»Das können Sie nicht tun«, murmelte Leia.

»Niemand kann Hunter Maas aufhalten«, entgegnete der Pirat beinahe sanftmütig.

»Oh, das bezweifle ich«, zischte Scarlet. »Captain Solo?«

Als Han seinen Blaster zog, fuhr der R3-Droide mit einem alarmierten Piepsen seinen kleinen elektronischen Werkzeugarm aus. Funken stoben von der Spitze. Chewbacca bleckte die Zähne und machte einen Schritt auf die Einheit zu, die daraufhin rasch zurückwich, ebenso wie der Rattenvogel, aber Hunter Maas verzog nur abfällig die Lippen.

»Ihr Wookiee kann Hunter Maas töten«, brummte er, »aber dann wird das Imperium gewinnen. Hunter Maas kann es dann egal sein, denn er wäre tot! Aber ist es wirklich das, was Sie wollen? Dass das Imperium gewinnt?«

»Falls ich vorher zusehen darf, wie Chewie ihm die Arme ausreißt, wäre es mir das beinahe wert«, warf Solo ein.

»Das reicht«, sagte Leia.

Niemand bewegte sich, mit Ausnahme des Rattenvogels, der unter Maas' rot-goldenen Umhang kroch und die anderen bösartig anblinzelte. Scarlets Augen waren schmale Schlitze, Chewbacca stieß ein tiefes Knurren aus.

»Ich sagte, das reicht«, wiederholte die Prinzessin. »Stecken Sie Ihre Waffe weg und lassen Sie den Mann gehen.«

Han presste die Kiefer zusammen, aber er kam der Aufforderung nach und schob den Blaster zurück ins Holster. Chewbacca brüllte und schlug so fest mit der Faust auf den Tisch, dass eine Delle im Metall zurückblieb, anschließend stapfte der Wookiee zurück in die Ecke und beobachtete mit funkelnden Augen, wie Maas aufstand, seine Glieder streckte und sich vor Leia verbeugte.

»Sie sind ebenso anmutig wie hübsch, meine adelige Dame. Denken Sie nicht, dass Hunter Maas Sie vergessen wird. Er weiß, wann er jemandem etwas schuldig ist, und er findet immer einen Weg, diese Schuld zu begleichen. Sobald die anderen ihre Angebote gemacht haben, wird Hunter Maas Ihnen Gelegenheit geben, sie alle zu übertrumpfen.«

»Vielen Dank«, sagte Leia. Ein feinsinnigerer Gesprächspartner wäre unter dem Sarkasmus ihrer Worte zusammengezuckt.

»Um ehrlich zu sein, wäre Hunter Maas enttäuscht gewesen, hätten Sie nicht versucht, ihn einzuschüchtern.«

Der kleine Mann wandte sich zu Scarlet um und schmatzte einen Kuss in die Luft, dann warf er seinen Umhang zurück und stolzierte aus dem Raum, den Rattenvogel nun wieder auf seiner Schulter. Der R3-Droide rollte hinter ihm her, als hätte er Angst, sein Besitzer könnte ihn zurücklassen. Einen langen Moment herrschte, abgesehen von der gedämpften Musik aus der Cantina, völlige Stille in dem Hinterzimmer.

Leia lehnte sich auf ihrem Stuhl zurück, verschränkte die Hände hinter ihrem Kopf und fluchte.

»Also«, brummte Han, an Hark gerichtet, »*das* war der Kerl, der Ihnen die Daten weggeschnappt hat?«

»Er hatte Glück.«

»Das sollte kein Vorwurf sein. Es ist keine Schande, sich einem solchen Genie geschlagen zu geben. Ich meine, haben Sie seine Stiefel gesehen? Da waren glänzende Totenschädel drauf. Es muss Ihnen peinlich sein. Wer hätte schon eine Chance gegen einen Kerl ohne Hemd, der Stiefel mit glänzenden Totenschädeln trägt?«

»Sie finden das wohl alles sehr witzig?«

»Nur den Teil, dass dieser Trottel Ihnen zuvorgekommen ist«, antwortete Solo. »Den Rest fand ich ehrlich gesagt ziemlich erschreckend.«

Leia stand auf und zog die Augenbraue hoch. »Also gut. Falls er den Hutten oder der Schwarzen Sonne sein Angebot unterbreitet, werden sie ihm alles geben, was er will. Sofern das Imperium nicht vorher hier auftaucht und uns alle in Asche verwandelt. Oder es sich diese Technologie selbst unter den Nagel reißt. In dem Fall wäre all das hier umsonst gewesen.«

»Was für großartige Alternativen«, kommentierte Scarlet.

»Also müssen wir ihm die Daten stehlen«, verkündete Leia.

»Geben Sie mir bis morgen früh«, sagte die Spionin. »Ich muss herausfinden, wo er sich während seines Aufenthalts einmietet oder ob er in seinem Schiff bleibt. Das würde die Sache für uns vermutlich sogar leichter machen. Falls er sich hingegen unter den Schutz des Konklavestocks stellt … nun, das wäre etwas komplizierter. Sie geben sich dort große Mühe, dafür zu sorgen, dass ihre Gäste unversehrt und ihre Besitztümer unangetastet bleiben. Aber machbar ist es natürlich trotzdem.«

»Also gut«, sagte die Prinzessin. »Ich werde in der Zwischenzeit die Allianz kontaktieren und fragen, wie viel Geld wir ihm bieten können.«

»Warum?«, wollte Han wissen.

»Damit er glaubt, dass wir weiter mit ihm verhandeln möchten«, erklärte sie. »Er ist überzeugt, dass er die Oberhand hat, und das soll auch so bleiben.«

»Und was sollen wir tun?«, fragte Solo mit einem Nicken in Chewbaccas Richtung.

»Sie passen auf ihn auf«, bestimmte Organa. »Sorgen Sie dafür, dass niemand ihn umbringt, bevor wir diese Informationen haben.«

Das wütende Heulen des Wookiees erfüllte den Raum.

»Mir gefällt es auch nicht«, erwiderte die Prinzessin, den

Kopf in den Nacken gelegt, damit sie Chewbacca ins Gesicht blicken konnte. »Aber ich habe keine Wahl. Hunter Maas ist ein unausstehliches, dummes, korruptes kleines Individuum, das keine Ahnung hat, was hier eigentlich auf dem Spiel steht. Früher oder später wird ihn irgendjemand einfach erschießen, aber im Moment hat er die Trümpfe in der Hand. Falls eine derartige Technologie dem Imperium in die Hände fällt – oder der Schwarzen Sonne oder den Hutten –, dann wäre dies das endgültige Ende der Freiheit in der Galaxis.«

Scarlet nickte mit grimmiger Miene.

»Schön«, brummte Han, »aber was bedeutet es, wenn *uns* dieses Spielzeug in die Hände fällt?«

18. Kapitel

Es gab vier Klassen von Unterkünften im und um den Konklavestock. Für die größten und mächtigsten Gesandtschaften, die für die Konferenz angereist waren, gab es sieben private Gebäude, wo die Gäste eine Schlüsselkarte erhielten und anschließend selbst die Kontrolle – und die Verantwortung – für ihre eigene Sicherheit hatten. Daneben befanden sich Hochsicherheitszellen, kaum besser als ein Gefängnis, mit Wachen, Kameras, Sensoren und kleinen, fliegenden Droiden, welche mit Blastern bestückt waren und unablässig um das Gelände patrouillierten. Hier gab es strikte Regeln, wer sich auf den Korridoren bewegen durfte und wer nicht. Dann waren da noch die privaten Gästezimmer im Innern des Stocks, hinter dem Versammlungszimmer und den Bars. Und schlussendlich die Schlafsäle, wo sich Dutzende Kojen aneinanderreihten. Hier übernachteten in der Regel nur Soldaten oder die Mitglieder eines Bewusstseinskollektivs, die nichts dagegen hatten, ohne jede Privatsphäre auf engstem Raum zusammengedrängt zu sein.

Es überraschte Han nicht wirklich, dass Hunter Maas sich für die zweite Art von Unterkunft entschieden hatte. Ein Mann, der einen Rattenvogel und einen Droiden als Gefolge brauchte, gab sich nicht mit dem einfachsten Schlafquartier zufrieden, konnte sich aber auch nicht die luxuriöseste Wohnung leisten. Solo kniete unter einem Baum mit dünnem Stamm und ausladenden Ästen, auf der anderen Seite eines offenen Hofs, und säuberte seine Fingernägel, während er Maas beobachtete. Der Pirat stand auf der anderen Seite der gewaltigen Glaswand und feilschte gerade mit dem Droiden, der für die Zimmerverteilung im Konklavestock zuständig war. Schwach und blechern drang Scarlets Stimme an Hans Ohr.

»Also gut«, sagte sie, »ich habe ihn. Sie können gehen.«

Der Corellianer antwortete nicht direkt, aber er wandte sich von dem Komplex ab und schlenderte auf einem Pfad um den Stock herum. Eine Gruppe schmalgesichtiger, gefährlich aussehender Menschen starrte ihn an, als er den kleinen Garten passierte, in dem sie sich versammelt hatten, und Solo hob in einem scherzhaften Salut Zeige- und Mittelfinger an die Stirn, ohne aber stehen zu bleiben.

Es war beinahe Mitternacht in Talastin City, und die Wesen, die zu dieser Stunde noch rund um den Konklavestock unterwegs waren, hatten allesamt etwas Verstohlenes, Geheimniskrämerisches an sich. Wesen, die von einem geheimen Treffen zum nächsten schlichen und einander argwöhnisch beäugten oder zu sehen versuchten, was ringsum geschah, ohne dabei selbst gesehen zu werden. Im Moment gab es nichts auf Kiamurr, was man nicht kaufen konnte, von Waffen und Drogen über Sklaven bis hin zu Treue und Verrat – und dank Hunter Maas auch die Zukunft der Galaxis. Der Nachteil an der Sache war, dass all diese Aktivitäten und all dieser Argwohn es schwerer machten, den Piraten zu beschatten. Das Gute an der Sache: Es hatte trotzdem funktioniert, auch weil Han und

Scarlet zusammengearbeitet und sich bei der Beobachtung ihrer Zielperson abgewechselt hatten. So hatten sie Maas und sich selbst geschützt, ohne zu viel Aufmerksamkeit auf sich zu ziehen.

»He«, wisperte eine Stimme, und Solo drehte den Kopf. Eine spindeldürre Noghri mit vorstehendem Stirnwulst und gebleckten Zähnen zischte ihn an. »Ich suche Transpondercodes. Verkaufst du Transpondercodes?«

»Ich verkaufe überhaupt nichts, Schwester. Ich bin nur ein friedliebender Bürger auf einem kleinen Mitternachtsspaziergang«, entgegnete Han. Die Noghri grinste und nickte. Sie logen beide, und beide wussten sie es, aber zumindest akzeptierten sie es mit einem Lächeln.

»Alles klar«, erklang Scarlets Stimme in seinem Ohr. »Er hat bezahlt, und sie haben ihm ein Zimmer zugewiesen. Kommen Sie zurück.«

»Was ist mit seinem Droiden?«

»Er hat ihn mit in sein Zimmer genommen«, erklärte Hark. »Der Eingangsbereich ist wieder leer.«

»Er hat den R3 nicht draußen stehen lassen, um Wache zu halten?«, wunderte sich Han. »Dieser Kerl ist wirklich ein Amateur.«

»Ich dachte, das hätte ich schon erwähnt.«

»Ich wundere mich nur, wie dieser Kerl einen Bilderbuchprofi wie Sie schlagen konnte.«

»Noch hat er mich nicht geschlagen. Das Spiel läuft noch.«

Han machte kehrt und ging zurück zu den Gästeunterkünften. Als er wieder an der Noghri vorbeischritt, fragte sie gerade jemand anderen nach Transpondercodes, die sie vermutlich überhaupt nicht brauchte. Schließlich erreichte er wieder seinen Spähposten unter dem Baum, und jenseits der Glaswand konnte er Scarlet sehen. Sie trug ihr Haar nun anders und hatte auch ihre Körperhaltung auf subtile, aber äußerst effektive Weise verändert. Obwohl sie noch immer dieselbe dunkle Hose und dieselbe graue Bluse trug, sah sie aus wie eine gänzlich andere Person. Verschwunden war die Söldnerin, abgelöst durch eine unscheinbare Touristin. Solo war nicht sicher, wie sie es anstellte, aber er hatte allmählich das Gefühl, dass sie gern unterschätzt wurde. Das war ihre mächtigste Waffe. Er hielt im Schatten des Baums inne, bis sie sich von dem Rezeptionsdroiden abwandte, lächelte und ihn zu sich herüberwinkte.

Ein Gefühl der Verwundbarkeit überkam den Corellianer, als er den weiten Hof überquerte. Es gab an diesem Ort zu viele Stellen, an denen sich jemand verstecken könnte, und der Umstand, dass er selbst versuchte, sich möglichst unbemerkt durch die Schatten zu schleichen, machte ihm diese Tatsache nur umso deutlicher.

»Das ist er«, erklärte Scarlet dem Droiden, als Han neben sie trat. »Er wollte doch tatsächlich an Bord des Schiffes schlafen, mit dem wir hergekommen sind. Während unseres ganzen Aufenthalts! Kannst du dir vorstellen, wie fürchterlich langweilig das gewesen wäre?«

»Ich bin sicher, der Herr hatte seine Gründe«, gab sich der Droide diplomatisch.

»Die hatte ich«, erklärte Han. »Und es waren gute Gründe. Sehr … vernünftige Gründe.«

Scarlet zog unmerklich die Augenbrauen zusammen, und er hob die Hände. *Was hätte ich denn sagen sollen?*

»Er meinte, dass es an Bord des Schiffes viel sicherer wäre«, fuhr Hark fort.

»Genau«, sagte Han. Jetzt begriff er, was sie vorhatte. »Ja, das sagte ich. Und um ehrlich zu sein, ich bin noch immer nicht von den Sicherheitsvorkehrungen hier überzeugt. Wir haben wichtige Dokumente bei uns. Geschäftliche Dokumente. Ich möchte nicht, dass sie verloren gehen, nur, weil meine Frau in einem größeren Bett schlafen will.«

»Kein Grund zur Sorge, Sir«, beschwichtigte ihn der Droide, wobei er seinen silbergrauen Kopf schüttelte. »Die Zimmer werden stets abgeriegelt, wenn unsere Gäste nicht hier sind. Falls Sie das wünschen, werden nicht einmal Servicedroiden Ihr Zimmer betreten. Obwohl das natürlich Einfluss auf die Wohnannehmlichkeiten hat.«

»Das reicht mir nicht«, schnaubte Solo. Allmählich begann er, in seiner Rolle aufzugehen. »Ich brauche absolute Gewissheit, dass niemand an meine Dokumente herankommt.«

»Für einen gewissen Aufpreis«, fuhr die Einheit fort, »können Sie auf den Zimmertresor zugreifen. Er ist mit einem Codeschloss gesichert, und sobald jemand versucht, ihn widerrechtlich zu öffnen, wird der gesamte Inhalt verbrannt, um Datendiebstahl zu verhindern.«

Han schürzte die Lippen, dann blickte er zu Scarlet hinüber und zog die Brauen nach oben. *Was möchten Sie sonst noch wissen?*

»Das ist perfekt«, sagte die Spionin und reichte dem Droiden einen Credit-Chip. »Wir nehmen ein Zimmer.«

»Vielen Dank, Madame«, erwiderte die Maschine. »Das wäre dann C-17. Bitte wenden Sie sich an mich, falls Sie noch weitere Fragen oder Bedenken haben.«

Hark schlang ihren Arm um Han, wie sie es schon im Ballsaal getan hatte, dann führte sie ihn mit sanfter Gewalt und einem zufriedenen Lächeln von dem Droiden fort, einen kurzen, breiten Gang aus lasergeschliffenem Stein hinab. Die Spionin tippte mit dem Daumen gegen ihren Zeigefinger, und ihre Augen musterten jede Tür, an der sie vorbeikamen, aber Solo fragte nicht, worüber sie gerade nachdachte. Siebzehn-C war ein großes Zimmer mit niedriger Decke und einem Bett, das zwar deutlich breiter war als die Kojen an Bord des *Falken*, aber nicht ganz dem entsprach, was Han sich vorgestellt hatte. Scarlet schritt den Raum kurz ab, dann öffnete sie den Kleiderschrank und beugte sich über den Zimmertresor. Ein Zirpen erklang, als sie einen Credit-Chip in den Schlitz steckte, und die Tür schwang auf.

»Wie sieht's aus?«, fragte Solo.

»Ich habe gute Neuigkeiten, und ich habe schlechte Neuigkeiten«, erwiderte sie. »Zuerst das Positive: Es handelt sich um ein magnetisches Schloss, nur einen Mechanismus, kein droidenkontrolliertes System, also muss ich mich nicht erst in die Programmierung des Tresors hacken. Aber ich brauche Informationen über die Codiereinheit.«

Ein strahlendes weißes Licht hüllte sie ein, und Funken stoben wie Sterne um sie herum. Han keuchte erschrocken und sprang auf sie zu, aber da drehte Scarlet sich um und musterte ihn besorgt.

»Alles in Ordnung?«, fragte er.

»Sicher. Ich versuche nur, an die Codiereinheit heranzukommen«, erklärte sie, dann hob sie einen kleinen mattschwarzen Zylinder in die Höhe. »Schweißbrenner.«

»Oh«, machte Han verlegen. »Natürlich. Machen Sie weiter.«

Das grelle Licht flammte wieder auf, und mit sich brachte es den Geruch nach verbranntem Metall. Während Scarlet weiter den Tresor bearbeitete, ließ Han sich auf das Bett fallen.

»So wie ich das sehe«, sagte Hark, »kann sie sich wirklich glücklich schätzen.«

»Wer?«

»Die Prinzessin.«

»Wirklich? Sie musste mit ansehen, wie Darth Vader ihre Heimatwelt zerstörte, und jetzt hat sich ihre Mission vom Betteln um Unterstützung in ein Gefährliche-Daten-schnappen-bevor-die-imperiale-Flotte-den-Planeten-zu-Schlacke-verbrennt-Szenario verwandelt. Ich glaube, weniger Glück kann man nicht haben, ohne sich alle Knochen zu brechen.«

»Hmm«, brummte Scarlet.

Han rollte sich auf dem Bett herum und blickte sie über die Schulter an. »Warum? Woran hatten Sie denn gedacht?«

»Nicht weiter wichtig. Halten Sie das mal.« Sie warf ihm den kleinen Schweißbrenner zu, dann beugte sie sich tiefer in den Kleiderschrank. Etwas ächzte, gefolgt von einem lauten *Pling*, anschließend richtete die Spionin sich mit einem triumphierenden Lächeln wieder auf und präsentierte Han den kleinen, grün leuchtenden Quader, der in ihrer Handfläche lag. »Ein Korrison-Mout, Modell Achtzig.«

»Ist das gut?«

»Besser als gut. Mit dieser Einheit werde ich fertig. Aber ich brauche noch die Protokolle für die Versiegelung der Räume. Warten Sie einen Moment.«

Sie setzte sich neben ihm auf das Bett und aktivierte den Zimmercomputer. Als sich ein simples Login-Fenster öffnete, zog sie einen kleinen grauen Chip aus ihrer Tasche und schob ihn in eine der Anschlussbuchsen auf dem Nachttisch, wo er mit einem deutlichen Klicken einrastete. Das Bild gefror, flackerte – und dann ergoss sich ein Strom komplexer Datenstränge über das Display, gefolgt von einem simplen Textfeld. Scarlet begann zu tippen.

»Er hatte Glück«, sagte sie nach einer Weile.

»Um wen geht es diesmal?«

»Hunter Maas. Er arbeitete als Gärtner auf Galassians Anwesen und überredete eine Frau vom Sicherheitsdienst, sich auf etwas Dummes einzulassen. Als es schiefging, floh er mit den Daten und überließ sie Galassians Zorn.«

»Klingt, als hätte sie sich den falschen Partner ausgesucht.«

»Sie war nicht so narzisstisch wie Maas, einfach nur übermütig. Ich verstehe nicht, warum es manchen Leuten so schwerfällt, ihre Grenzen zu erkennen.«

»Nun, intelligente Leute versuchen, nicht mit Narren zu arbeiten, und die Narren wissen es nicht besser«, kommentierte Solo. »Für mich ist das ziemlich offensichtlich.«

»Aber glauben Sie, jeder weiß, ob er zur intelligenten Sorte gehört oder zu den Narren?«

»Nein«, räumte Han ein. »Hunter Maas zum Beispiel sitzt gerade in seinem Zimmer und ist fest davon überzeugt, dass er die ganze Galaxis in der Hand hat. Die größten Idioten halten sich selbst immer für besonders intelligent.«

»Also könnten wir beide auch Narren sein, die sich nur einreden, sie wären kompetent, oder?«, fragte Hark, anschließend hob sie die Codiereinheit hoch und gab die Zahlenfolge, die seitlich auf den Quader gedruckt war, in den Computer ein.

»Wir wissen, dass die imperiale Flotte ein Schiff verloren hat, das gerade unseren Freund Hunter verfolgte. Und die Imperialen wissen, was er verkaufen will. Dass wir uns trotzdem noch immer im selben Sektor aufhalten wie dieser Trottel, beweist eindeutig, dass wir Narren sind.«

Scarlet drückte zweimal auf die Tastatur. »So, das wär's. Er ist in 24-D. Der Zugang ist durch Stimmcodierung gesichert.«

Han seufzte und setzte sich auf. »Dann pass ich mal besser auf, dass niemand ihn umbringt.«

»Keine Sorge, ich finde einen Weg, diese Daten zu stehlen.«

»Und können wir danach endlich von hier verschwinden?«

»Aber natürlich«, sagte sie.

»Hm, dann sind wir vielleicht doch nicht so dumm.«

Die Tür öffnete sich mit einem Zischen vor ihm und schloss sich mit einem Schnappen hinter ihm. Solo rieb sich die Hände und stapfte den Gang hinab, wobei er versuchte, möglichst unauffällig zu wirken. Die Türen der anderen Zimmer waren alle mit Nummern versehen, aber vielleicht musste man ein Droide sein, um die Logik hinter der Reihenfolge zu begreifen. Jedenfalls dauerte es sieben Minuten, bis Han 24-D fand. Der Raum befand sich in einem Seitengang, der ein wenig vernachlässigter wirkte als der 17er-Bereich; die Fliesen auf dem Boden waren ausgetreten, und über die weiße Wand zog sich ein langer Riss. Als er sich hier so umsah, überlegte Solo, ob der Rezeptionsdroide Hunter Maas vielleicht auch nicht ausstehen konnte.

Dort, wo die drei umliegenden Seitengänge in den Hauptkorridor mündeten, befand sich ein kleines Atrium mit zwei in die Wand eingelassenen Sofas. Hier nahm Han Platz, dann stellte er die Rückenlehne so ein, dass er gerade noch die Tür von 24-D erspähen konnte, ohne dass jemand sein Gesicht erkennen würde, wenn er das Zimmer verließ. Nachdem er seinen Blaster überprüft hatte – voll geladen –, lehnte er sich zurück und stellte sich auf lange, ereignislose Stunden des Wartens ein. Es war bereits nach Mitternacht, und selbst falls Scarlet einen Weg fand, in Hunters Unterkunft einzudringen, würden sie warten müssen, bis der Pirat zu seinem nächsten Treffen aufbrach. Kurz fragte Solo sich, wo der Kerl die Daten wohl während seines Gesprächs mit Leia versteckt hatte. Er war danach jedenfalls nicht zu seinem Schiff zurückgekehrt, sondern direkt hierhergekommen, und er erschien Han nicht wie die Art Person, die etwas so Wertvolles aus den Augen lassen würde. Vielleicht hatte er einen Datenchip in die Innenseite seines Umhangs genäht.

Ein Servicedroide stakste den Korridor entlang und nickte ihm zu, bevor er weiterging. Der Corellianer suchte nach Mustern in der Maserung der polierten Steinwände und zählte die Blätter an den Sträuchern und den Efeuranken, die diesen Wartebereich einladend und gemütlich wirken lassen sollten. Nach einer Weile schliefen seine Beine ein.

Als er das Geräusch zum ersten Mal hörte, war er nicht sicher, ob er es sich nicht nur eingebildet hatte. Ein sanftes Klicken, wie Kieselsteine, die gegen eine Fensterscheibe geworfen wurden. Beim zweiten Mal war jeder Zweifel ausgeräumt, und beim dritten Mal stand er mit gezogenem Blaster von seinem Platz auf. Das Geräusch kam nicht aus dem Gang, in dem Maas sein Zimmer hatte, sondern aus dem danebenliegenden, und Han spähte gerade noch rechtzeitig um die Ecke, um eine schattenhafte Gestalt am anderen Ende zu sehen. Doch bevor er Einzelheiten erkennen konnte, war die Gestalt außer Sicht verschwunden. Er war also nicht der Einzige, der sich auf den Korridoren herumtrieb, und wer immer dieses Wesen war, es wollte ebenso wenig gesehen werden wie er.

Solo aktivierte sein Kommlink.

»Scarlet?«

»Han?«

»Ist bei Ihnen alles in Ordnung?«

»Was ist los?«, fragte sie.

»Nichts. Hoffe ich jedenfalls. Aber bei Ihnen ist alles o.k., ja?«

»Ich mache allmählich Fortschritte«, antwortete sie. »Ich

denke, ich weiß, wie ich das System knacken kann, aber falls es bei Ihnen Probleme gibt …«

»Das habe ich nicht gesagt«, entgegnete er. »Ich werde mich mal ein wenig umsehen. Nur, damit Sie wissen, was los ist, falls Sie Schreie oder Blasterfeuer hören sollten.«

»Ich werde die Ohren spitzen.«

Han unterbrach die Verbindung, dann ging er zurück zu Korridor 24. Niemand zu sehen. Gut. Langsam schlich er zu der Kreuzung, wo er die Gestalt gesehen hatte, wobei er seine Füße bei jedem Schritt von der Ferse zum Ballen abrollte, um möglichst wenig Lärm zu verursachen. Der Blaster in seiner Hand fühlte sich leicht an, das Blut rauschte in seinen Adern. Hinter einer der Türen hörte er tiefes, glucksendes Gelächter.

Bei der Kreuzung angelangt, spähte er kurz um die Ecke und zog den Kopf dann rasch wieder zurück, nur für den Fall, dass jemand auf ihn schießen wollte. Vor ihm lag ein weiterer langer Korridor, und an seinem Ende hatte er eine kleine, zusammengekauerte Gestalt gesehen. Jemand – ein Humanoide oder vielleicht sogar ein Mensch – kniete dort, halb hinter einer ausladenden Zierpflanze verborgen, welche einen halben Meter in den Gang hinein- und zwei Meter in die Höhe ragte. Han hielt den Atem an und riskierte einen zweiten Blick. Wer immer diese Gestalt war, sie hatte ihm den Rücken zugekehrt, und so, wie ihre Schultern sich bewegten, war sie mit irgendetwas beschäftigt.

Kurz überlegte er, was er tun sollte. Es gab bestimmt eine Million Dinge, die gerade im Konklavestock vor sich gingen und rein gar nichts mit ihm oder Essio Galassians Daten zu tun hatten. Sicher war das hier eine davon. Er könnte sich also einfach zurückziehen, wieder auf dem Sofa Platz nehmen und weiter über Maas' Zimmer wachen. Oder er könnte sicherstellen, dass die Gestalt am Ende des Korridors keine Bombe zusammenbaute. Ja, das wäre vielleicht keine schlechte Idee.

Han trat hinter der Ecke hervor, und als das dunkel gekleidete, zusammengekauerte Wesen nicht reagierte, schob er sich Schritt für Schritt näher, den Blaster in der Hand. Vor dem üppigen Pflanzkübel angelangt, hob er die Waffe und richtete sie auf den kapuzenverhüllten Kopf des Fremden.

»Entschuldigen Sie, guter Mann«, sagte er. »Aber ich konnte nicht umhin, mich zu wundern, was Sie hier treiben.«

Das Wesen richtete den Oberkörper auf, dann streckte es die Hände über den Kopf und drehte sich langsam herum, bis Solo erkennen konnte, dass es ein Bothaner war. Der Corellianer runzelte die Stirn. Ein sehr vertraut wirkender Bothaner. Sein Magen zog sich zusammen, und er senkte den Blick zu der Zierpflanze, die neben dem Wesen aufragte.

Der Lauf eines Blasters schob sich zwischen den Blättern hervor und zielte auf sein linkes Auge.

»Mach dem armen Sunnim jetzt keine Vorwürfe«, sagte Baasen Ray. »Er ist nur ein armer Pilot, der sich mit den falschen Leuten eingelassen hat. Du weißt ja, wie das ist, oder? Also, versuchen wir es noch einmal, und diesmal keine Spielchen.«

»Weißt du«, murmelte Han, »das ist wirklich ein ganz schlechter Zeitpunkt.«

»Ist es das nicht immer, alter Freund?«

19. Kapitel

Han ging, so langsam er konnte, aber seine Gedanken rasten. Der Korridor war still und dunkel, und falls sich hier irgendwo Überwachungsdroiden oder -kameras verbargen, konnte er sie nicht sehen. Ein Alarm war nicht zu hören, was bedeutete, dass entweder niemand von seiner Entführung Notiz nahm, oder dass sie nach den Maßstäben von Kiamurr einfach nicht gewalttätig genug verlief, um Sicherheitskräfte auf den Plan zu rufen. Baasen beging jedenfalls nicht den Fehler, ihn mit vorgehaltenem Blaster durch den Komplex zu führen. Er schlenderte ruhig hinter ihm her, während Sunnim voranging, dicht genug vor Solo, um ihm bei einem Fluchtversuch den Weg zu blockieren, aber weit genug entfernt, dass der Corellianer ihn nicht packen und als Schutzschild benutzen konnte. Han überlegte, ob er nach Scarlet Hark rufen sollte, aber das könnte Maas zu einer extremen Reaktion hinreißen.

Alles in allem entwickelte sich diese Nacht nicht so, wie er sich das gewünscht hatte.

»Du solltest dich bei deinem Freund Chewbacca melden«, sagte Baasen. »Informier ihn über diese kleine Planänderung und sag ihm, dass er den *Falken* startbereit machen soll. Und richte ihm aus, dass ich wegen der Sache auf Cioran nicht nachtragend bin. Ich hätte in der Situation genauso reagiert wie er.«

»Du willst den *Falken* nehmen?«, fragte Han.

»Nun, es ist nicht meine erste Wahl«, erwiderte Baasen. »Aber wir müssen mit dem auskommen, was das Universum uns gibt, nicht wahr? Der *Falke* ist ein Schiff. Wir brauchen ein Schiff. Also …«

Vor ihnen befand sich eine weitere Kreuzung, und Sunnim bedeutete ihnen mit erhobener Hand stehen zu bleiben, anschließend trat er vor und blickte sich unschuldig in alle Richtungen um – das hieß, er versuchte zumindest, unschuldig zu wirken. Die Luft war rein, und er winkte ihnen zu weiterzugehen.

»Du hast kein Schiff?«, hakte Solo nach. »Wie bist du dann hierhergekommen? Zu Fuß?«

Baasens Lachen war leise und reuevoll. »Ich fürchte, mein alter Kahn hat seinen letzten Hyperraumsprung gemacht. Soll ich dir was sagen? Eigentlich tue ich dir hiermit einen Gefallen. Sicher, ich ziehe dich in den Regen, aber dafür hole ich dich aus der Traufe. Wir sind dir, so schnell wir konnten, gefolgt, und als wir aus dem Hyperraum zurückgesprungen sind, wären wir um ein Borrats-Haar mit einem imperialen Sternzerstörer zusammengeprallt. Zehn von der Sorte haben sich am Rand des Systems versammelt. Nun, wir haben natürlich alle Energie in die Schilde geleitet und Fersengeld gegeben – war doch so, Sunnim, oder? Trotzdem haben sie uns genug Plasma um die Ohren gehauen, um unsere Energiekupplungen zu schmelzen. Ein trauriges Ende für ein gutes Schiff. Ich würde ja gern hierbleiben und das arme Ding reparieren, aber ich habe das sichere Gefühl, dass morgen früh von diesem Planeten und allem, was darauf ist, nur noch Schlacke übrig sein wird.«

Hans Kehle schnürte sich zusammen. Die Flotte war also hier. Ihnen blieb keine Zeit mehr. Er musste Leia warnen. Und Scarlet. Und Chewbacca.

Am Ende des Korridors angelangt, öffnete Sunnim die Tür des Boteneingangs und spähte nach draußen, seine Ohren wachsam nach vorne geneigt. In einiger Entfernung staksten zwei Protokolldroiden mit durchsichtiger Außenhülle dahin, deren Schaltkreise in der Dunkelheit gelb und blau leuchteten. Der Bothaner wartete, bis sie verschwunden waren, dann brummte er und winkte Han nach vorne.

»Ein wenig schneller jetzt«, forderte Baasen den Corellianer auf, und seine Stimme klang mit einem Mal weit weniger freundlich. »Wir haben jetzt keine Zeit für deine cleveren Einfälle.«

»Baasen, du scheinst nicht zu verstehen«, sagte Han, ohne sich vom Fleck zu rühren. »Diese Sache mit Jabba? Das ist im Moment der kleinste Chipstapel auf dem Tisch.«

»Für dich vielleicht«, brummte der Mirialaner. »Für mich ist es der einzige Stapel auf dem Tisch. Und jetzt geh weiter.«

Vor ihnen lag der öffentliche Bereich des Konklavestocks, und die Nacht jenseits der Fenster war inzwischen mehr dunkelgrau als schwarz. Ein winziger Vogel, kaum größer als Solos Daumen, flatterte zu der gewaltigen Kuppel über ihren Köpfen hoch. Sunnim zog verärgert die Brauen zusammen und winkte noch einmal.

»Hör zu, Baasen. Ich verstehe deine Situation. Und ich nehme dir nichts davon übel, das ist mein Ernst. Aber bevor du etwas tust, was sich nicht mehr rückgängig machen lässt, würde ich dir gern erklären, was du dir entgehen lässt.«

»Selbst, wenn du mir den gesamten Honig der Galaxis um den Bart schmieren würdest, könnte ich dich nicht gehen lassen, alter Freund«, entgegnete der Mirialaner. »Und bilde dir nicht ein, dass ich dich nicht erschießen würde, falls es drauf ankäme. Beweg dich!«

»Du bist auf der Verliererstraße. Natürlich ist mir klar, dass du Angst vor Jabba hast. Mich hat er auch ein paarmal nervös gemacht, und ich bin nicht so leicht aus der Fassung zu bringen wie du.« Baasen lachte – ein gutes Zeichen. Han sprach schneller. »Aber was hier vor sich geht, ist größer als Jabba. Es ist so groß, dass es alle Hutten ihre Macht kosten könnte. Du und ich, wir befinden uns in diesem Moment vielleicht hundert Meter von Informationen entfernt, die darüber entscheiden könnten, wer die Galaxis beherrscht.«

»Du und deine alten Märchengeschichten«, brummte Ray.

Han hob seitlich die Arme, mit den Handflächen nach außen, und begann, sich langsam umzudrehen. Seine Haut prickelte an der Stelle, auf die die Mündung von Baasens Pistole zielte.

»Lass das besser bleiben, alter Freund, sonst beende ich dein erbärmliches Leben gleich jetzt und hier!«, zischte der Mirialaner, aber Solo drehte sich weiter zu ihm herum, und nicht einmal, als der Blaster sich auf seinen Kopf richtete, ließ er sich beirren. Baasen hatte seine abgetrennte Hand nicht ersetzt; eine Stahlkappe war über den Stumpf gestülpt, und die verbliebene Hand, die die Waffe hielt, zitterte, aber nicht vor Furcht, wie ein Blick in sein vor Wut verdunkeltes Gesicht zeigte.

Han setzte sein überzeugendstes Lächeln auf. »Du weißt, dass hier eine große Sache im Gange ist«, flüsterte er. »Ich verlange nicht, dass du mir vertraust. Du musst nur gehen und nachsehen. Scarlet Hark hat auf Cioran etwas Bedeutendes entdeckt, *deswegen* haben die Imperialen zehn Sternzerstörer hinter ihr hergeschickt. Und als ich auf Kiamurr gelandet bin, hat Leia Organa nicht einfach ihre Chips vom Tisch genommen und ist verschwunden. Nein, sie ist noch immer hier. Das zeigt doch, wie groß der Jackpot ist, um den es geht. Siehst du das nicht?«

»Hör auf, dich aus dieser Sache rausreden zu wollen«, knurrte Baasen, aber seine Stimme klang längst nicht mehr so entschlossen.

»Ein Gerät, mit dem man Hyperraumsprünge verhindern kann. Darauf haben es alle abgesehen«, fuhr Solo fort. »Wer diese Technologie besitzt, bestimmt, wer von einem System in ein anderes fliegen kann – und wer nicht.«

Der Mirialaner zuckte mit den Schultern, aber es war deutlich zu sehen, wie die Zahnräder hinter der Stirn des Schmugglers in Bewegung gerieten. Einen Moment trübten sich seine Augen, und sein Blick schien sich nach innen zu richten. Ein Teil von Han wollte diese Gelegenheit nutzen, um vorzuspringen und den Blaster zu packen, aber er hielt sich zurück.

»Jeder wäre in dem System gestrandet, in dem er sich gerade aufhält, es sei denn, *du* gestattest ihm, den Hyperraum zu benutzen. Jeder müsste *dich* um Erlaubnis bitten, bevor er eine andere Ecke der Galaxis besuchen kann. Und sie müssten jede Gebühr zahlen, die du verlangst, weil das die einzige Alternative dazu wäre, irgendwo zu verrotten.«

»Du willst mich auf den Arm nehmen.«

»Und die imperiale Flotte habe ich wohl herbeigerufen, damit meine Lüge überzeugender wirkt, oder wie?«

Baasen benetzte sich die Lippen mit der Zunge, dann hob er den Arm, um sich an der Nase zu kratzen. Zu spät bemerkte er, dass er keine Hand mehr hatte. Der Bothaner winselte. »Boss. Wir müssen weiter.«

»Geduld, Sunnim. Gewöhn dir ein wenig Geduld an, hm?«,

sagte der Mirialaner, bevor er sich wieder an Solo wandte. »Und dieses wundersame Gerät ist hier? Auf Kiamurr?«

»Nein, aber die Karte, die zu ihm führt. Darauf haben es die Imperialen abgesehen. Sie wissen schon seit Längerem, wo sich diese Technologie befindet, und sie wollen sicherstellen, dass niemand anderes dahinterkommt. Ein Kerl namens Hunter Maas besitzt eine Kopie dieser Daten. Hark und ich sind hier, um sie zu stehlen.«

»Zu schade, dass daraus nichts mehr wird«, kommentierte Ray.

»Wir sprechen hier über einen großen Jackpot, Baasen. Der größte, den du und ich je gesehen haben, und noch kannst du mit einsteigen. Dabei wird mehr für dich herausspringen, als Jabba je bieten könnte.«

»Hark ist hier? Auf diesem Planeten?«

»In einem Raum drei Korridore von hier entfernt. Ich kann dich sofort zu ihr bringen, falls du das möchtest.«

Baasen war noch immer unentschlossen. Das Dunkel jenseits der Fenster war inzwischen um eine weitere Nuance heller geworden, und der Bothaner verlagerte das Gewicht von einem Fuß auf den anderen, als müsste er dringend auf die Toilette. Dabei stieß er ein leises, drängendes Knurren aus. Han blieb schweigend stehen und wartete.

»Gut, unterhalten wir uns mit deiner Freundin«, entschied Ray schließlich. »Vielleicht gibt es tatsächlich noch ein wenig Verhandlungsspielraum.«

»Du bist schlauer, als du aussiehst, alter Freund«, sagte Solo.

Ein Hauch von Bedauern schwang in Baasens Lächeln mit. »Falls mir irgendetwas auch nur ein klein wenig verdächtig erscheint, werde ich dich erschießen, das ist dir hoffentlich klar.«

»Etwas anderes hätte ich auch nicht erwartet«, erwiderte Han.

Während sie zurück zu 17-C gingen, überlegte der Corellianer angestrengt, wie er Hark warnen könnte. Falls sie wüsste, was sie erwartete, wäre sie vielleicht in der Lage, Ray eine Falle zu stellen. Doch er hatte keine Zeit, er hatte keine Hilfsmittel, und er konnte nicht einmal Atem holen, ohne dass Baasen und Sunnim ihn argwöhnisch beobachteten. Ihm blieb nur, weiter einen Fuß vor den anderen zu setzen und auf das Beste zu hoffen.

Vor dem Zimmer angelangt, hielt er inne. Der Mirialaner stand links hinter ihm, der Bothaner auf der rechten Seite. Falls er schnell genug herumwirbelte und Rays Waffe zu fassen bekam ...

»Denk nicht mal dran«, warnte Baasen. Solo seufzte und öffnete die Tür.

Scarlet saß im Schneidersitz auf dem Bett, das Haar zurückgebunden, abgesehen von einer widerspenstigen Strähne, die ihr in die Stirn hing. Ihre ganze Aufmerksamkeit schien dem holografischen Computerschirm vor ihr zu gelten. Hinter ihrer Schulter war der weit offen stehende Zimmertresor zu sehen, eine Seitenwand in drei Platten aus schwarzem Metall und ein komplexes Gewirr von Schaltkreisen zerlegt. Der Geruch von Ozon und geschmolzenem Stahl biss in Solos Nase.

»Han, es gibt gute Neuigkeiten. Ich kann das Türschloss umgehen, und ich konnte mich tief genug in das System hacken, um Hunters Kommprotokoll einzusehen. Seit seiner Ankunft hat er ein halbes Dutzend Leute kontaktiert, und sie haben alle zurückgerufen. Sieht ganz so aus, als würde er noch weitere Treffen vereinbaren. Das letzte Gespräch liegt jetzt zwanzig Minuten zurück, er ist also entweder noch dümmer, als er aussieht, und hat sich schlafen gelegt. Oder er macht sich fertig, seinen ersten Termin wahrzunehmen. Sobald er das Zimmer verlässt, können wir rein.« Erst jetzt hob sie den Kopf. »He, wer sind Ihre Freunde, und warum haben sie Waffen auf Sie gerichtet? Haben Sie etwas Schlimmes angestellt?«

»Baasen Ray«, verkündete Solo, während er in die Mitte des Raumes trat. »Sunnim. Das ist Scarlet Hark. Scarlet? Sie erinnern sich vielleicht noch, dass ich Baasen Ray erwähnt habe.«

»War das nicht der, der unser Treffen auf Cioran sabotiert hat?«, fragte Hark und blickte dann den Mirialaner an. »Schön, Sie kennenzulernen.«

»Wir sind uns schon mal begegnet.«

»Hm?«, machte Scarlet, wobei sie fragend die Schultern hochzog.

»Sie verletzen meine Gefühle, junge Frau.«

»Nun, warum legen Sie nicht Ihre Waffen weg und verschwinden leise von hier?«, schlug die Spionin vor. Die Tastatur des Computers lag auf ihrem Schoß, und sie hielt immer noch den kompakten Schweißbrenner in der Hand. »Bevor mehr als nur Ihre Gefühle verletzt werden.«

»Das wird nicht nötig sein«, erwiderte Baasen. »Der gute Captain Solo hat uns angeboten, bei Ihrem Vorhaben einzusteigen. Ich bin nur hier, um über diese Möglichkeit zu reden.«

Die Tür schloss sich zischend hinter ihnen, und Sunnims Blick huschte nervös von Baasen zu Scarlet und dann wieder zum Eingang. Er wich zurück, als Hark sich auf dem Bett vorbeugte.

»Ich habe keine Zeit für Spielchen«, erklärte sie mit einem freundlichen Lächeln. »Also kommen wir doch direkt zu der

Frage, warum ich Sie nicht einfach beide töten und Ihre Leichen im Wiederaufbereiter verschwinden lassen sollte.«

»Wir haben unsere Waffen bereits gezogen. Selbst, wenn Sie die schnellste Schützin in diesem Sektor wären, Solo würde auf jeden Fall dran glauben.«

»Ach, so nahe stehen wir uns gar nicht.«

»He!«, protestierte Han.

»Wie auch immer«, beharrte Ray. »Ich glaube trotzdem nicht, dass Sie jetzt und hier ein Feuergefecht riskieren wollen. Denken Sie nur an all die Aufmerksamkeit, die das erregen würde. Es scheint, als wären wir genau im rechten Moment hier aufgetaucht. Und vergessen Sie nicht, wir sind hier, um zu helfen. Falls auch nur die Hälfte von dem stimmt, was dieses Schlitzohr Solo mir erzählt hat, stelle ich mich gern auf Ihre Seite. Zumindest fürs Erste.«

»Ich weiß nicht so recht, ob ich mir ein solches Szenario vorstellen könnte«, entgegnete Scarlet. Einen Moment später zirpte die Tastatur, und ein schmales, körniges Hologramm erschien in der Luft vor ihr. Hunter Maas stand auf dem Gang vor 24-D und rückte seinen Umhang gerade, wobei er den kleinen Koffer, den er bei sich trug, von einer Hand in die andere nahm. Anschließend setzte er ein breites Grinsen auf und begann, mit dem Türrahmen zu reden. Die Aufzeichnung verfügte leider nicht über Ton, aber seinen Gesten nach zu urteilen vermutete Han, dass der hemdlose kleine Kerl gerade seine Verkaufspräsentation übte. Kurz darauf verschwand er aus dem Bild, und die Tür zu 24-D glitt wieder zu.

»Sie haben eine Kamera vor seinem Zimmer angebracht?«, fragte Han.

»Ich konnte Sie nirgends finden, also musste ich zu Plan B übergehen«, erklärte sie.

»Von einer kleinen Kamera ersetzt«, warf Baasen ein. »Leute wie du haben wohl keinen Platz mehr im Universum, Solo.«

»Mach dich nur über mich lustig«, brummte der Corellianer, dann: »Wo ist er hin?«

»Ich weiß es nicht, und es ist mir auch egal«, erwiderte Scarlet. »Das ist unsere Gelegenheit. Die werde ich mir von Ihren … Anhängseln nicht vermasseln lassen.«

»Anhängsel?«, wiederholte Han. »Ich habe Anhängsel?«

»Keine Anhängsel«, korrigierte Ray. »Partner. Das sind wir jetzt doch, oder? Partner? Wir verlassen den Planeten gemeinsam und teilen den Profit, den diese Sache abwirft.«

»Abgemacht«, nickte Scarlet, nachdem sie den Computer deaktiviert hatte. »Willkommen im Team.«

»Ist mir ein Vergnügen dazuzugehören«, nickte der Mirialaner. »Ich hoffe, Sie haben nichts dagegen, wenn wir ein paar Vorsichtsmaßnahmen treffen. Sunnim, mein Junge, du wirst schon mal zum *Falken* gehen. Sorge dafür, dass wir gleich losfliegen können, ja? Und falls ich unseren Freund hier nicht begleite, und zwar mit einem breiten Grinsen, wenn wir dort auftauchen … nun, du weißt ja, was du dann zu tun hast.«

Der Bothaner zögerte. »Alle umbringen?«

»Siehst du?«, rief Baasen aus. »Du hast es doch gewusst. Guter Mann, und jetzt mach dich auf den Weg.« Sunnim nickte, öffnete die Tür und eilte auf den Korridor hinaus. Ray halfterte unterdessen seinen Blaster und zuckte entschuldigend mit den Schultern. »Es ist nicht leicht, in Zeiten wie diesen gute Leute zu finden.«

»Das stimmt allerdings«, pflichtete Scarlet ihm bei.

»Sobald wir fertig sind, müssen wir schnellstens den Planeten verlassen«, erklärte der Mirialaner. »Ein imperiales Gewitter ist auf dem Weg hierher.«

»Natürlich«, sagte sie. »Also gut. Geben wir Hunter Maas noch ein paar Minuten, um sich von seinem Zimmer zu entfernen. Ich möchte nicht, dass er zurückkommt, weil er irgendetwas vergessen hat, und uns bei der Arbeit überrascht.«

»Ähm, sollten wir Leia nicht wegen der Flotte warnen?«, fragte Han.

»Sie wird es früh genug erfahren, machen Sie sich darum mal keine Sorgen. Konzentrieren wir uns erst einmal darauf, in diesen Raum einzudringen, uns die Daten zu beschaffen und dann wieder von dort zu verschwinden.« Hark blickte von Baasen zu Solo und wieder zurück, die Augenbrauen hochgezogen, ein schelmisches Funkeln in den Augen.

Diese Frau ist verrückt, fuhr es Han durch den Kopf.

»Möchte noch jemand den Erfrischer benutzen?«, erkundigte die Spionin sich. »Denn sobald diese Operation anläuft, werden wir keine Zwischenstopps mehr einlegen.«

Ray starrte sie an, dann schlug er Solo auf die Schulter. »Du kanntest schon immer die außergewöhnlichsten Charaktere, alter Freund.«

»Aber sicher nicht, weil ich sie kennen möchte.«

Scarlet erhob sich von dem Bett, zog die Decke glatt und begann, ihre Werkzeuge darauf auszubreiten. Dabei summte sie leise vor sich hin, eine sanfte Melodie am Rande des Hörbaren. Baasen beobachtete sie, und Han beobachtete Baasen. Das Wissen um die nahende imperiale Flotte schien wie ein unsichtbares Gewicht auf ihnen zu lasten, und der Corellianer versuchte sich einzureden, dass Leia und die anderen Anführer der Rebellion sicher gerade irgendwo auf diesem Planeten zu ihren Schiffen eilten. Chewbacca war sicher schon dabei, den *Millennium Falken* startbereit zu machen. Scarlets Pläne begannen sich zu entfalten – nur leider hatte Solo keine Ahnung, was für Pläne das waren, und es missfiel ihm, ihr blind vertrauen zu müssen. Er musste sich zusammenreißen, um nicht nervös auf und ab zu gehen.

Baasen warf ihm einen Blick zu, sein Lächeln ebenso warm und väterlich wie falsch. »Genau wie in den alten Zeiten, nicht wahr?«

»Nicht die Zeiten, an die ich mich erinnere.«

»Falls du dich dann besser fühlst: Ich hoffe wirklich, dass diese Sache ein Erfolg wird. Ich hatte mich nicht darauf gefreut, dich an den Hutten ausliefern zu müssen.«

»Genug geplaudert«, fuhr Scarlet dazwischen. »Konzentrieren Sie sich lieber auf unser Vorhaben.«

Mit ruhiger, militärischer Effizienz verstaute sie die Werkzeuge in ihrem Gürtel und ihren Taschen, dann winkte sie Ray zu. »Wir gehen zu 24-D. Ich knacke das Schloss, Sie und Solo sorgen dafür, dass ich dabei nicht unterbrochen werde.«

»Sollte kein Problem sein«, nickte Baasen.

»Nicht, wenn Sie Ihre Aufgabe erfüllen.«

Der Mirialaner lächelte und deutete mit seinem Armstumpf. »Sie gefallen mir. Sind nicht der Typ, der auf Nummer sicher geht oder zu lange über Dinge nachdenkt. Gedankenschnell und einfallsreich. Sie passen sich der Situation an, ganz gleich, wie überraschend sie sich entwickelt.«

Hark machte einen angedeuteten, spöttischen Knicks. »Wissen Sie, würde ich dadurch nicht den Alarm ausgelöst haben, hätte ich Sie und Ihren kleinen Freund sofort erschossen.«

Baasen blickte Solo an. »Ich glaube, sie mag dich nicht, alter Freund. Verlierst wohl deinen Charme.«

Scarlet trat in den Korridor hinaus, einen rätselhaften Ausdruck auf dem Gesicht, und nachdem die beiden Männer ihr gefolgt waren, schloss sie die Tür hinter ihnen.

»Oh, ihm wäre nichts passiert. Ich bin eine ausgezeichnete Schützin. Kommen Sie, bringen wir es hinter uns.«

Mit weit ausholenden Schritten ging die Spionin los; sie rannte nicht wirklich, aber sie verlor definitiv keine Zeit. Han und Baasen mussten sich beeilen, um nicht hinter ihr zurückzufallen. Als sie die erste Ecke erreichten, drehte der Mirialaner sich zu Solo herum und nickte in Richtung der Frau.

»Sollte das eben ein Witz sein?«, fragte er.

»Das weiß ich selbst nicht genau«, gestand Han.

20. Kapitel

Der lange Korridor vor 24-D war leer, was Han einen erleichterten Seufzer entlockte. Baasen hielt den Blaster in seiner heilen Hand, und der Kopfgeldjäger war alles andere als zimperlich; er würde nicht zögern, einen vermeintlichen Zeugen zu töten, falls er das für nötig hielt. Scarlet kniete sich vor die Tür und rückte dem kleinen Feld unterhalb des Knaufs mit ihren Werkzeugen zu Leibe. Während sie arbeitete, wippte der Mirialaner hinter ihr ungeduldig auf seinen Fußballen auf und ab.

Nach mehreren endlos langen Sekunden sprang die Tür zu Hunter Maas' Zimmer auf. »Das war der leichte Teil«, flüsterte Hark, dann trat sie ein, dicht gefolgt von Baasen. Han blieb noch einen Moment auf dem Korridor stehen und blickte sich in beide Richtungen um, aber niemand beobachtete sie.

»Warum sagen Sie das nur immer wieder?«, fragte er. »Es klingt nicht so beruhigend, wie Sie vielleicht denken.«

Als niemand schreiend aus dem Zimmer stürmte und auch kein Alarm losging, folgte er Scarlet über die Schwelle und schloss die Tür hinter sich. Hunter Maas hatte keine zwei Stunden in dem Raum verbracht, aber das war offensichtlich lange genug gewesen, um ihn völlig zu verwüsten. Das Bett war nicht nur nicht gemacht, es war förmlich ausgeweidet; die Kissen waren in unnatürliche Formen geknetet, die Laken hingen halb auf den Boden herab, und die Decke lag in einem Knäuel in der Ecke. Nasse, zusammengeknüllte Handtücher zierten den Boden in der Erfrischerkabine, zudem waren Kleidungsstücke wahllos über das Zimmer verstreut. Der R3, den der Pirat mitgebracht hatte, stand neben dem Fenster, seine Kuppel bedeckt von einem zerknitterten Hemd, auf welchem Maas' Haustier mehrere grünweiße Flecken zurückgelassen hatte. Der Rattenvogel saß noch immer auf dem Kleidungsstück, und als er die Eindringlinge sah, kreischte er und hüpfte wütend auf dem Kopf des kleinen Droiden herum.

Scarlet hatte bereits den Kleiderschrank geöffnet und suchte nach dem Tresor, während Baasen mit der Stiefelspitze in dem Bettdeckenknäuel herumstocherte. Als der Rattenvogel ihn laut anfauchte, richtete der Mirialaner seinen Blaster auf die Kreatur.

»Nicht«, warnte Han. »Das könnte das Alarmsystem des Hotels auslösen.«

»Ich kann dieses hässliche Biest nicht ausstehen.« Baasen hielt seine Pistole weiter auf das Tier gerichtet, drückte aber zumindest nicht ab.

»Falls es dir Angst macht, dann stell dich hinter mich«, spöttelte Solo mit einem Schmunzeln.

»Provozier mich weiter, alter Freund«, entgegnete der Kopfgeldjäger, aber auch er lächelte. »Provozier mich nur weiter.«

Der Rattenvogel krächzte und verlagerte das Gewicht von einem Fuß auf den anderen, während er mit seinen Flügeln flatterte, als wollte er sie dadurch vertreiben. Anschließend entleerte er erneut geräuschvoll seinen Darm.

»Ich hoffe, Hunter wollte das nicht anziehen, wenn er heute Abend um die Häuser zieht«, kommentierte Solo.

»Widerliches Vieh«, knurrte Baasen. »Kannst du dir vorstellen, wie es erst im Schiff dieses Kerls aussehen muss?«

Han grinste. Er musste an eine Zeit denken, als er und Baasen keine Feinde gewesen waren, als sie in heruntergekommenen Cantinas in den abgelegensten Ecken der Galaxis beisammen gesessen waren und über solche Scherze gelacht hatten. Ihm war klar, dass er unter den gegebenen Umständen dieselben Entscheidungen getroffen hätte wie Ray; er hätte nur an den Punkt gelangen müssen, da die Schmuggelei allein nicht mehr reichte und die Aussicht, als Kopfgeldjäger das schnelle Geld zu machen, einfach zu verlockend wurde. Wäre er auch so weit gegangen, einem Freund einen Blaster an die Schläfe zu setzen, um seine Schulden zu begleichen?

Wäre er in einer Spelunke auf Tatooine nicht einem alten Mann und einem leichtsinnigen Jungen begegnet – vielleicht. Solo hatte nicht viel für Religionen oder Mystizismen wie die Macht übrig, aber manchmal konnte auch er sich des Eindrucks nicht erwehren, dass es da etwas hinter den Kulissen gab, das die Ereignisse in seinem Leben steuerte. Ein zufälliges Treffen, und jetzt war er hier und arbeitete für Leia und die Rebellen, anstatt für Geld Jagd auf alte Freunde zu machen.

»Ich hab ihn gefunden«, verkündete Scarlet, wobei sie mit dem Knöchel auf die Tür des Zimmertresors klopfte. Wie in ihrem Zimmer war er in die Rückwand des großen Kleiderschranks eingelassen. Die Spionin sank auf ein Knie hinab und begann, diverse Werkzeuge aus ihrem Gürtel zu ziehen. »Vermutlich ist nicht einmal Maas dumm genug, die Schlüsselkarte einfach herumliegen zu lassen, aber wir sollten auf Nummer sicher gehen. Sehen Sie sich mal danach um.«

Baasen reagierte darauf, indem er die Laken vollends vom Bett riss und die Matratze umdrehte. Anschließend begann er sie aufzuschneiden, nachdem er seinen Blaster weggesteckt und ein Messer gezückt hatte.

»Wann«, fragte Han, »hätte er denn etwas in die Matratze nähen sollen?«

Der Mirialaner brummte wütend, aber er steckte sein Messer ein und kippte stattdessen den Bettrahmen auf die Seite. Solo ging in die Erfrischerkabine und öffnete sämtliche Schubladen, deren Inhalt er kurzerhand in das Waschbecken leerte. Die meisten Fächer waren leer, aber in einigen befanden sich Körperpflegeprodukte und anderer Krimskrams, nur Schlüsselkarten waren leider nicht darunter.

Draußen im Schlafzimmer schlug Baasen gegen die Seite des R3-Droiden und forderte ihn auf, gefälligst zu sprechen. Die Einheit war so weit wie möglich in die Ecke zurückgewichen und versuchte, sich möglichst klein zu machen. Sie piepste gequält, als Ray ihr einen Tritt verpasste, und der Rattenvogel, der noch immer oben auf der Kuppel des Droiden kauerte, schnappte zischend nach Baasens heiler Hand.

»Falls du keinen Protokolldroiden in der Tasche hast, der den kleinen Kerl versteht, kann er uns ohnehin nichts sagen«, erklärte Solo. »Aber überprüf mal den Vogel.«

»Soll das ein Witz sein?«, schnappte der Kopfgeldjäger und warf ihm einen finsteren Blick zu. »Soll das Biest mir die paar Finger abbeißen, die mir noch geblieben sind?«

Han verdrehte die Augen, dann durchquerte er den Raum und wischte den Vogel mit einer schnellen Bewegung vom Kopf des Droiden. Das Tier landete mit einem wenig anmutigen Quäken auf dem Boden und begann, mit seinen ledrigen Flügeln zu schlagen. Nun packte der Corellianer die Kreatur am Nacken und hob sie hoch, ohne auf ihr Fauchen und ihr Spucken zu achten, oder darauf, dass sie auf den Boden kotete.

»Und, siehst du etwas?«, fragte er Baasen. Der Mirialaner hob vorsichtig einen der Flügel an und tippte mit der Fingerspitze gegen den drahtigen Körper des Vogels.

»Da ist so eine Art Kette«, murmelte Ray, und als er sie dem Tier vom Hals gerissen hatte, ließ Han die geflügelte Ratte los, die zurück auf die Kuppel des Droiden flatterte. Dort angekommen, bedachte der Vogel sie mit einem anschuldigenden Krächzen, anschließend breitete er die Schwingen über seinem zusammengekauerten Leib aus. Durch eine kleine Lücke zwischen seinen ledrigen Flügeln beobachtete er sie aber weiter mit einem schwarzen Auge.

Baasen hielt die Kette hoch, damit Solo einen Blick darauf werfen konnte. Ein grüner Edelstein in silberner Fassung baumelte langsam an ihrem Ende hin und her. »Scarlet, fällt dir hierzu etwas ein?«

Sie warf einen kurzen Blick über die Schulter, dann wandte sie sich wieder dem Tresor zu. »Ja. Sieht nach einer Fälschung aus. Billiges Glas. So sehr scheint Maas sein Haustier dann wohl doch nicht zu lieben.«

Ray hielt den grünen Stein hoch und musterte ihn im Licht der Deckenlampe genauer, dann schnaubte er und warf die Kette quer durch den Raum. »Was ist nur los mit den Verbrechern heutzutage? Sie haben keinen Stil, sie haben keinen Stolz.«

»Im Gegensatz zu uns, hm?«, warf Han ein.

»Reiß nur deine Witze, Solo, aber ganz gleich, wie die Sache im Moment steht, ich habe dich immer respektiert. Du bist wie ich. Du hattest einen persönlichen Kodex.«

»Ja, und eine Regel war: Falle niemals einem Freund in den Rücken.«

»Ich weiß. Aber da ich jetzt für den Hutten arbeite, können wir keine Freunde mehr sein«, erwiderte Baasen traurig. »Darum hast du mir ja die Hand abgeschossen.«

»Den Teil bedaure ich wirklich«, sagte Han, und der Mirialaner nickte, als würde er ihm glauben, dass er diese Worte ernst meinte.

»He, Jungs«, unterbrach Scarlet ihre Unterhaltung. »Ich möchte diesen romantischen Moment ja nicht stören, aber ich brauche hier ein wenig Hilfe. Baasen, ich bin sicher, Sie haben während Ihrer Karriere schon ein oder zwei magnetische Siegel kurzgeschlossen, oder?«

Der Kopfgeldjäger lachte. »Sie wollen, dass ich an dem Tresor herumbastle, den Rücken Solo zugewandt und mit nur einer Hand, sodass ich meinen Blaster nicht ziehen kann, falls er etwas Dummes versucht? Ich bitte Sie, meine Liebe. Ich mag ein Narr sein, aber ich bin kein Trottel.«

»Dann mach ich's eben«, erklärte Han. Er ging zu dem Kleiderschrank hinüber, und Hark deutete mit dem Kinn auf einen Draht, der aus einem aufgeschraubten Teil der Vertäfelung ragte. Ihre eigenen Hände steckten auf der anderen Seite in den elektronischen Eingeweiden des Tresors.

»Dieser Draht darf das Metall nicht berühren. Erst, wenn ich es sage, und dann muss es schnell gehen. Also halten Sie sich bereit.«

»Verstanden«, nickte Solo, während er nach dem Draht griff. Seine Finger streiften das freiliegende Ende, und ein schmerzhaftes Kribbeln schoss durch seinen Arm. Funken stoben aus dem offenen Fach, an dem Scarlet arbeitete, und sie stieß einen überraschten Schrei aus.

»Fassen Sie das Ende nicht an!«

»Ja«, brummte er. »Darauf bin ich auch schon gekommen.«

Sie brummte ihn an.

»Also …«, begann Baasen, der sich auf den Rand eines kleinen Tisches in der Ecke gesetzt hatte. Was immer er ihnen mitteilen wollte, er brach abrupt ab, als die Tür des Zimmers aufsprang und Hunter Maas hereinstürmte, in der einen Hand seinen Blaster, in der anderen den kleinen Plastoidkoffer.

»Diebe!«, schrie er und richtete die Waffe auf Han. »Betrüger! Hunter Maas machte euch ein faires Angebot, und ihr vergeltet es ihm, indem ihr ihn bestehlt?«

Solo hielt eine Linke weiter um den Draht geschlossen, die Rechte hob er über den Kopf und lächelte. Scarlet, die bis zu den Handgelenken im Innenleben des Tresors steckte, konnte nur die Augenbrauen hochziehen.

»He, beruhigen Sie sich«, entgegnete Han. »Das ist alles ein großes Missverständnis.«

Maas grunzte und fiel mit dem Gesicht voran zu Boden. Baasen stand hinter ihm, den Blaster erhoben.

»Bitte sagen Sie, dass Sie ihn nicht umgebracht haben«, seufzte Hark.

Der Mirialaner beugte sich über die Gestalt auf dem Boden und überprüfte ihren Puls. »Nein, ich habe ihm nur einen ordentlichen Schlag verpasst.« Maas ächzte, als wollte er das bestätigen.

»Hoch mit dir, Freundchen«, brummte Baasen, dann zerrte er den Menschen wieder auf die Beine. »So, und jetzt rüber in die Ecke mit dir. Halt den Mund, dann muss ich vielleicht nicht noch mal zuschlagen.«

»Hunter Maas ist *empört* über diese Behandlung«, rief der Pirat, woraufhin Ray ihm prompt einen zweiten Schlag mit dem Blastergriff verpasste. Maas kippte nach hinten gegen den Tisch und wäre um ein Haar erneut zu Boden gegangen.

»Still jetzt.«

»Ich hab's gleich«, flüsterte Scarlet Han zu. »Machen Sie sich bereit. Jetzt!«

Irgendetwas klickte zwischen ihren Händen, und Solo drückte den freiliegenden Draht gegen die Seite des Tresors. Licht gleißte aus dem Fach, begleitet vom Gestank verschmorter Elektronik, und ein winziger Blitz zuckte von dem Metall zu Hans Handgelenk hoch. Mit einem Keuchen sprang er nach hinten und schüttelte den Arm.

»He, warnen Sie mich das nächste Mal gefälligst, wenn so etwas passiert!«

Scarlet lächelte. »So viel zum ersten Sicherheitsmechanismus. Fehlen nur noch zwei weitere.«

»Wo wir gerade davon reden«, warf Baasen im Plauderton ein. »Warum spielen Sie überhaupt noch mit dem Tresor herum? Dieser Kerl hier hat doch den Schlüssel und den Code, oder?« Als niemand etwas darauf erwiderte, winkte Baasen Maas zu und forderte: »Gib mir den Schlüssel, Freund.«

»Hunter Maas wird niemals den ...«

»Oder«, fuhr der Mirialaner fort, sein Tonfall noch immer sanft, »ich schieße dir ins Bein. Ist es in dem Koffer da?«

»Nein«, knurrte Maas, anschließend zog er die Schlüsselkarte aus seiner Tasche und warf sie zu Han hinüber. »Aber ohne den Sicherheitscode ist sie nutzlos!«

»Stimmt das?«, fragte Solo Scarlet, während er sich vorbeugte, um die Karte aufzuheben.

Sie nickte und verband irgendwelche Kabel an der Seite des Tresors, woraufhin ein Funkenregen und der Gestank von verbranntem Metall aus der Öffnung stob.

»Tja, dann musst du uns den Code wohl nennen«, schlussfolgerte Baasen, an Maas gewandt.

»Hunter Maas wird nichts dergleichen tun!«, rief der Dieb, was ihm einen weiteren Schlag mit dem Blastergriff einbrachte, diesmal auf den Mund. Seine Lippe platzte auf, und Blut rann über sein Kinn.

»Glaub mir«, murmelte Ray, wobei er die Waffe erneut hob, »früher oder später wirst du es tun.«

»Aufhören«, befahl Hark. Ihre Worte waren nur undeutlich zu verstehen, da sie sich ein Werkzeug zwischen die Zähne geklemmt hatte. »Diese Tresore haben einen Selbstzerstörungsmechanismus. Falls ich auch nur eine falsche Zahl eingebe, verbrennt alles im Inneren zu Asche.«

»Du würdest uns doch nicht den falschen Code geben, oder?«, fragte Baasen, seine Stimme erfüllt von gespielter Besorgnis. »Wir sind doch Freunde. Nein, uns würdest du nicht belügen. Weil ich dich sonst umbringen müsste, und zwar langsam und schmerzhaft.«

»Vielleicht glaubt er, dass wir ihn so oder so töten werden«, gab Han zu bedenken.

»Du könntest ein sehr reicher Mann sein«, stieß Hunter Maas zwischen geschwollenen Lippen hervor. »Der reichste Mann in der Galaxis.«

»Du bist nicht der Erste, der mir Reichtum und Wohlstand verspricht«, meinte Baasen nur.

»Töte sie beide«, fuhr der Pirat fort. »Töte sie, und Hunter Maas wird sein Geld und seine Macht mit dir teilen. Wir könnten gemeinsam über die gesamte Galaxis herrschen.«

»Han«, sagte Scarlet. »Ich brauche hier Ihre Hilfe. Drücken Sie das nach unten, bis Sie einen Widerstand spüren, dann halten Sie es in der Position.«

Solo griff nach dem Kabel und tat wie geheißen, obwohl es ihm nicht wirklich behagte, Baasen den Rücken zuzukehren, während Maas diesem vorschlug, die Seiten zu wechseln. Die Stelle zwischen seinen Schulterblättern prickelte.

»Den Trick kenne ich schon, Freund Hunter«, erklärte der Mirialaner. »Wir sind die besten Freunde, bis der nächste Trottel daherkommt und du ihm das Universum auf einem Silbertablett anbietest, solange er mir nur einen Plasmastrahl durch den Kopf jagt.«

»Nein! Hunter Maas steht zu seinem Wort! Wir werden Partner sein und die Galaxis beherrschen!«

»Also, falls du darauf reinfällst«, sagte Han über die Schulter, um einen scherzhaften, spöttischen Tonfall bemüht, »dann hätte ich da ein großartiges Grundstück im Kern, das ich dir gern verkaufen würde.«

»Hast du ein Schiff?«, fragte Baasen den Piraten.

»Wir können *tausend* Schiffe kaufen! Unsere Armada wird den Himmel verdunkeln!«

»Nein«, seufzte Ray, als würde er mit einem kleinen Kind reden. »Hast du *hier* ein Schiff? *Jetzt*? Um diesen Planeten zu verlassen?«

»Hunter Maas' Schiff wurde beschädigt, aber falls nötig können wir sicher ein anderes ...«

»Zu dumm«, brummte der Kopfgeldjäger, dann gluckste er. »Vielleicht solltest du jetzt wirklich leise sein und die Dame arbeiten lassen.«

»Mit seinem ständigen Hunter Maas dies, Hunter Maas das kann er einem schon auf die Nerven gehen, nicht?«, warf Solo mit einem erzwungenen Lachen ein. Er hatte das ungute Gefühl, dass hinter seinem Rücken gerade über sein Leben verhandelt worden war und er nur aus dem einen Grund noch atmete, weil der *Falke* flugfähig war und die *Cosmodium* nicht.

»Jetzt«, wies Scarlet ihn an. »Lassen Sie los.«

Solo nahm die Finger von dem Draht, und die Tür des Tresors öffnete sich mit einem leisen Klacken.

»Bingo«, flüsterte Hark in leisem Triumph.

»Gute Arbeit«, lobte der Corellianer und klopfte ihr auf die Schulter. »Langsam verstehe ich, warum Leia Sie mag.«

Baasen machte ein paar Schritte auf sie zu und versuchte, über ihre Köpfe hinweg in den Kleiderschrank zu linsen. Maas enthielt sich überraschenderweise eines Kommentars und kauerte sich nur missmutig in die Ecke. Scarlet zog die Tür des Tresors auf und spähte ins Innere.

»Nanu«, entfuhr es ihr. »Er ist leer.«

Han griff in das Fach, klopfte alle Seiten mit der Hand ab, suchte nach einem doppelten Boden oder etwas, das an die Wände geklebt worden war. Doch alles, was er ertastete, war kaltes, nacktes Metall. Der Rattenvogel krächzte sie an, und beinahe klang es wie ein höhnisches Lachen.

»Hunter Maas hat es ja gesagt«, meldete sich der Pirat zu Wort. »Ohne ihn werdet ihr die Daten nie finden. Und nach all diesen Beleidigungen und Erniedrigungen wird der Preis noch mal ein ganzes Stück höher ausfallen!«

Solo runzelte die Stirn und warf Scarlet einen fragenden Blick zu, aber sie schüttelte den Kopf. Zum ersten Mal, seit er ihr begegnet war, wirkte sie wirklich ratlos.

»Also gut«, begann er, »ich schätze, wir …«

Hinter ihnen erklang das Zischen eines Blasterschusses, und Han wirbelte herum, seine eigene Waffe feuerbereit in der Hand. Hunter Maas stand in der Ecke und starrte mit einem fassungslosen Gesichtsausdruck auf das qualmende Loch in seinem Brustkorb hinab. Einen Moment später rutschte der Pirat langsam auf den Boden hinab.

21. Kapitel

»Ähm«, machte Scarlet. Hunter Maas lag zu Baasens Füßen, und nachdem er noch zweimal geblinzelt hatte, verfiel sein Körper in die Totenstarre. Han erkannte, dass er den Atem angehalten hatte, und ließ ihn mühsam wieder entweichen.

»Dieser hemdlose Herr begann allmählich, mir aufs Gemüt zu schlagen«, sagte der Mirialaner, nachdem er die Leiche auf dem Boden mit seinem Blaster angestupst hatte.

»Und darum hast du ihn *erschossen*?«, entfuhr es Han. »Jetzt werden wir nie herausfinden, wo er die Daten versteckt hat. Du hast den Verstand verloren, Baasen, und ich …«

»Wir brauchen ihn nicht, denn *ich* weiß, wo die Daten sind«, unterbrach ihn der Kopfgeldjäger, seine Stimme so ruhig, als würden sie gerade über das Wetter reden.

Scarlet nickte. »Gut.« Sie hatte inzwischen ebenfalls ihren Blaster in der Hand, und nun schob sie sich von Han fort, bis die drei ein Dreieck in der Mitte des Raumes bildeten. Und an jeder Ecke dieses Dreiecks war eine Waffe gezückt.

Baasen lächelte und schob den Stumpf seines verstümmelten Arms unter den Griffbügel des Plastoidkoffers, anschließend winkelte er den Arm an, sodass der Koffer zu seinem

Ellenbogen hinabrutschte und dort langsam vor sich hinbaumelte. »Und jetzt gehen wir zurück zum Schiff, ja? Wir haben, weswegen wir hergekommen sind.«

»Oder vielleicht lasse ich dich hier, damit du Maas Gesellschaft leisten kannst«, entgegnete Solo. »Und wir beide nehmen uns, weswegen wir hergekommen sind.«

Scarlet blieb stumm, aber sie schob sich weiter auf Baasens linke Seite zu. »Das reicht jetzt, meine Liebe«, knurrte der Mirialaner sie an. »Es macht mich ein wenig nervös, wie Sie sich so an mich ranschleichen. Was ist das nur für eine traurige Welt, in der man niemandem mehr vertrauen kann?«

»Also gut, was jetzt?«, fragte Hark. Han war nicht sicher, ob die Worte an ihn gerichtet waren oder an Baasen.

»Ich glaube, wir …«, begann er, aber dann wurde seine Stimme von einem rasch höher werdenden Jaulen übertönt, das aus allen Richtungen gleichzeitig zu erschallen schien.

»Wir haben keine Zeit mehr, alter Freund«, rief Ray ihm zu. »Setzen wir diese Unterhaltung an einem anderen Ort fort.«

Was sie hörten, war nicht der Hotelalarm, sondern die planetare Notfallsirene. Die Sternzerstörer hatten den Orbit erreicht. Die Imperialen brauchten die Daten nicht, die Maas gestohlen hatte; sie mussten nur dafür sorgen, dass niemand sonst sie benutzen konnte. Sie würden sich also nicht mit einem Bodeneinsatz aufhalten, sondern einfach den Planeten zu Staub zerbomben, bis nichts mehr lebte, was ihren Plänen in die Quere kommen könnte.

»Zum Falken«, rief Han Baasen zu, und der Kopfgeldjäger nickte mit einem Grinsen. Solo aktivierte sein Kommlink, um Leia zu kontaktieren, aber es konnte keine Verbindung hergestellt werden – die Kommunikationsrelais waren also bereits außer Gefecht gesetzt.

Scarlet eilte zur Tür und bedeutete ihnen mit einem ungeduldigen Winken, ihr zu folgen. Ray machte ein paar Schritte, blieb dann aber noch einmal stehen und drehte sich zu dem R3 und dem Rattenvogel um.

»Ihr beiden könnt mitkommen, wenn ihr wollt«, erklärte er.

Der Vogel hüpfte vom Kopf des Droiden und flatterte zu seinem toten Herrchen hinüber, während die Astromecheinheit einen Moment lang vor sich hinzirpte und dann ihre Räder ausfuhr, um dem Mirialaner zu folgen. Han sah noch einmal über die Schulter, nachdem sie den Raum verlassen hatten, und er sah, wie der Rattenvogel begann, an Maas' Bein zu knabbern. Es gab wohl wirklich keine Ehre unter Dieben.

Der Notfallalarm dröhnte weiter, aber inzwischen wurde er beinahe von einem anderen Geräusch übertönt: einem fernen, heftigen Grollen wie von Donner.

Das orbitale Bombardement hatte begonnen.

Aus mehreren Zimmern strömten Wesen in den Gang hinaus, wobei sie in ihre Kommlinks brüllten und ihre hastig gepackten Siebensachen hinter sich herzerrten. Solos Blick fiel auf einen kleinwüchsigen Ugnaught, der über seine eigenen Taschen stolperte und zu Boden fiel, woraufhin ein Mensch auf seinen Rücken trat.

Han packte Scarlet und Baasen beim Hemdkragen, damit sie in dem Gedränge nicht getrennt wurden, und zerrte sie hinter sich her zu dem Boteneingang, durch den er vorhin fast verschleppt worden wäre. Er konnte sehen, dass die Straße jenseits der Glaswand sich rasch mit Bodenfahrzeugen und dahinhastenden Gestalten füllte. Indem sie den Weg durch die Gärten nahmen und dann den Komplex mit den Konferenzhallen durchquerten, könnten sie den Raumhafen erreichen, ohne sich durch den Verkehr kämpfen zu müssen.

Scarlet schien zu verstehen, was er vorhatte, denn sie nickte und setzte sich vor ihn, aber erst, nachdem sie seine Hand fest in die ihre genommen hatte. So bahnten sie sich einen Weg durch die Menge, und Baasen, der sie bereitwillig vorangehen ließ, stolperte hinter ihnen her.

Ein stämmiger Nichtmensch mit graugrüner Haut und dolchlangen Hauern brüllte vor Zorn auf, als Han gegen ihn prallte, aber bevor der Corellianer sich auch nur entschuldigen konnte, wurde die Luft um sie von einer gewaltigen Druckwelle zusammengepresst, und sämtliche Wesen auf dem Korridor wurden von den Füßen gerissen. Was der Schockwelle folgte, war der lauteste Knall, den Han je gehört hatte. Risse zogen sich über die Steinmauern ringsum, als bestünden sie aus überlastetem Glas, und er war sicher, dass seine Zähne gerade in seinem Kiefer vibrierten.

Als es vorbei war, zog er Scarlet und Baasen rasch wieder auf die Beine und schrie: »Weiter!« Er konnte seine eigene Stimme kaum hören. Da war ein hohes Jaulen, das in seinem Schädel widerzuhallen schien.

»Du legst besser einen Zahn zu, sonst lassen wir dich zurück, Zwerg«, rief Baasen dem kleinen R3 zu. Das stabile Dreibein-Triebwerk des Droiden hatte verhindert, dass er nach der Explosion umgekippt war, aber dasselbe Dreibein-Triebwerk erschwerte ihm nun auch das Vorankommen in der Menge.

»Vergiss ihn«, brüllte Han.

Baasen folgte ihnen, ein Grinsen auf dem Gesicht, das wohl über seine angstgrün verfärbte Haut hinwegtäuschen sollte. »Das war ziemlich nah, hm?«, sagte er in einem vergeblichen Versuch, gelassen zu klingen.

Wie zur Antwort dröhnte eine weitere Serie von Einschlägen durch den Gang, aber sie schienen wieder etwas weiter entfernt. Ein paar Sekunden später erreichte Scarlet endlich den Boteneingang des Hotels und stürmte hinaus in den Gartenbereich vor dem Konferenzzentrum.

Alle drei legten sie den Kopf in den Nacken, während sie weiterrannten. Natürlich war selbst ein Sternzerstörer zu klein, als dass man ihn im Orbit hätte erkennen können, aber es war möglich, die Schiffe auszumachen, indem man die gewaltigen Laser- und Plasmastrahlen, die vom Himmel herabschossen, zu ihrem Ursprungspunkt zurückverfolgte. Eine ganze Salve von Schüssen traf gerade den Berg hinter dem Konklavestock, ein Dutzend und mehr Einschläge, die raumschiffgroße Felsbrocken aus den Steilwänden sprengten; eine alles zermalmende Lawine rauschte auf die Gebäude in der Tiefe hinab.

»Die sind ja wirklich richtig wütend«, stellte Baasen fest. Selbst er schien überrascht, welch gewaltige Zerstörung das Imperium auf Kiamurr niedergehen ließ. Ein paar der Laserbatterien entlang der Berggrate schossen in den Himmel hinauf, wobei ihr goldenes Plasmafeuer schwarze Rauchfahnen hinter sich herzog.

»Hier entlang!« Hark zerrte Han hinter sich her durch den Seiteneingang des Konferenzzentrums, und Baasen schob sich nach ihnen durch die Tür, den fassungslosen Blick noch immer nach oben in den Himmel gerichtet.

Solo erkannte den gewaltigen Versammlungssaal wieder, wo Leia ihre große Ansprache gehalten hatte, und leider war er beinahe ebenso voll wie an jenem Abend: Hunderte Konferenzbesucher schoben sich zwischen den Tischen hindurch. Han war augenscheinlich nicht der Einzige gewesen, der die Idee gehabt hatte, zum Raumhafen zu fliehen, ohne die Straßen zu benutzen. Er hoffte nur, dass Leia den Planeten bereits verlassen hatte.

Sie drängten sich durch den Saal und hatten gerade den Korridor erreicht, der zu den Landedocks führte, als mehrere Plasmastrahlen ganz in der Nähe einschlugen und den Boden erzittern ließen. Die Luft in der Stadt stank nach Rauch und Staub, und über dem Notfallalarm und dem Kreischen und Donnern des imperialen Bombardements waren nun immer wieder andere Geräusche zu vernehmen. Das Surren von Triebwerken und das Jaulen von Raumschiffen, die mit Überschallgeschwindigkeit durch die Luft schnitten.

»Alle fliehen«, stellte Solo fest.

»Gut«, erwiderte Scarlet, dann zog sie ihn in einen Seitenkorridor, der ihm fremd war. »Eine unterirdische Abkürzung zu den Docks.«

Sie eilten eine Treppe und einen weiteren Gang hinab, aber nach ungefähr hundert Metern blockierte eine massive Schutztür den Korridor.

»Tolle Abkürzung«, kommentierte Han, während er sich nach einem anderen Weg umsah. »Hatten Sie *damit* etwa nicht gerechnet?«

»Halten Sie mir einfach den Rücken frei«, schnappte Hark, dann zog sie ihren kompakten Schweißbrenner hervor und ging zu einer Tür an der Seite des Ganges hinüber.

Baasen drehte sich in die Richtung, aus der sie gekommen waren, und zog seinen Blaster, Maas' Koffer mit dem Stumpf seines Handgelenks eng an seine Brust gepresst. »Wir werden schon niemanden erschießen müssen«, sagte Han und drückte den Waffenarm des Mirialaners nach unten. »Jeder, der noch hier ist, versucht zu fliehen, genau wie wir. Falls du mit dem Ding also keinen Sternzerstörer vom Himmel holen kannst, steck es einfach wieder weg.«

»Hab's gleich geschafft«, rief Scarlet über die Schulter.

»Vielleicht sollten Sie …«, begann Han, und dann schien die Zeit plötzlich einen Sprung zu machen, denn als Nächstes nahm er bewusst wahr, dass er auf dem Rücken lag und halb unter kleinen Steintrümmern begraben war. Die Staubwolke, die den Gang erfüllte, stach in seine Augen, als er sie aufschlug, und ein paar Sekunden hustete er unkontrolliert, auch wenn er selbst das wegen des wiedererstarkten Klingelns in seinen Ohren kaum hören konnte.

»Sie kommen eindeutig näher«, schrie Baasen ihm zu. Es klang, als wäre er weit, weit entfernt, aber als er den Kopf drehte, sah er den Mirialaner keine zwei Meter von sich entfernt, wo er sich gerade auf die Beine hochstemmte und die Gesteinssplitter von seiner Kleidung wischte. Scarlet kroch auf allen vieren vor der Tür hin und her und tastete nach ihrem Schweißbrenner.

»Hab's gleich geschafft«, wiederholte sie, ihre Stimme zittrig, aber immerhin laut. Endlich hatte sie das Werkzeug gefunden und machte sich damit wieder an die Arbeit.

Ein schemenhafter Umriss bewegte sich durch den stauberfüllten Korridor auf sie zu, und Han griff nach seinem Blaster, aber seine Finger berührten nur das leere Halfter. Panisch suchte er den Boden nach der Waffe ab, und als er sie schließlich entdeckte, hatte die Gestalt sie bereits erreicht, und Baasen sagte: »Ich will verdammt sein. Der Zwerg hat es tatsächlich geschafft.«

Der kleine R3 blieb ein paar Schritte von ihnen entfernt stehen und stieß eine Reihe von tirilierenden Pieplauten aus.

»Großartig«, brummte Solo. »Dann müssen wir uns ja keine Sorgen mehr machen.«

»Solche Droiden sind nützlich«, entgegnete Ray, dann wandte er sich an die Maschine. »Hilf, diese Tür zu öffnen.«

Der R3 rollte neben Scarlet, und ein paar Sekunden später glühte ein zweites hellblaues Licht auf, als er sie dabei unterstützte, sich durch den Verriegelungsmechanismus zu brennen.

»Siehst du?«

»Ich nehme alles zurück«, seufzte Han.

Es dauerte nicht lange, dann erklang ein schnappendes, metallisches Geräusch, und als Han und Baasen nach der Tür griffen, konnten sie sie problemlos aufdrücken. Auf der anderen Seite erstreckte sich ein langer Wartungskorridor für die Systeme des Konferenzzentrums. Leitungen und dicke Kabelbündel, Schächte für die Heiz- und Lüftungssysteme und zahllose Röhren bedeckten die Wände.

Der nächste Treffer erschütterte den Gang, und Staub regnete von der Decke herab. Eine der Röhren knickte nach außen, und an einem Riss begann Dampf auszutreten.

»Zeit zu verschwinden«, meinte Scarlet und rannte los.

Han folgte ihr, wobei er sich weiterhin fragte, was wohl aus Leia geworden war. Bestimmt war sie eine der Ersten gewesen, die den Planeten verlassen hatten. Sie hatte gewusst, was kommen würde, und sicher entsprechende Vorkehrungen getroffen. Doch falls irgendetwas schiefgelaufen war, falls sie irgendwo dort oben in dem Bombardement festsaß ... Wie sollte er der Rebellenallianz – oder schlimmer noch, Luke – erklären, dass er sie zurückgelassen hatte? Wie sollte er erklären, dass sie auf Kiamurr gestorben war? Wie sollte er morgens noch in den Spiegel blicken, wenn er wusste, dass er davongerannt war, obwohl er etwas hätte unternehmen können? Er unterdrückte ein Schaudern und beschleunigte seine Schritte.

»Scarlet!«, rief er. »Leia ist bereits fort, oder? Sie hat den Planeten verlassen.«

»Hoffentlich nicht«, erwiderte die Spionin mit einem Blick über die Schulter.

»Was soll das heißen, hoffentlich nicht? Warum nicht?«

Hark eilte weiter, und er folgte ihr. Der Wartungskorridor endete an einer langen Treppe, die nach oben führte, und an deren Ende befand sich die Tür zu den Landedocks. Außerhalb der Felshöhle konnten sie einen ständigen Strom von Schiffen erkennen, die verzweifelt versuchten, von dem dem Untergang geweihten Planeten zu entkommen. Gerade, als sie die Tür aufstießen, löste sich ein schwerer Transporter aus seiner Landebucht und flog, allmählich schneller werdend, nach draußen. Ein Strahl aus einem Turbolaser schnitt das Schiff beinahe in zwei Hälften, noch ehe es die Höhle ganz verlassen hatte, und es kippte zur Seite. Rauch quoll aus der tödlichen Wunde, seine Triebwerke stießen einen jaulenden Todesschrei aus, und dann sackte der Transporter wieder nach unten und explodierte in einer Wolke aus Feuer und umherwirbelnden Trümmern.

»Mögen die Götter mit uns sein«, stieß Baasen hervor, sein Gesicht so blass, dass es beinahe gelb wirkte, während er die Explosion beobachtete.

Han sprintete zur Dockbucht des *Millennium Falken* hinüber, ohne eine weitere Sekunde zu verlieren, und obwohl sie ächzte und keuchte, hielt Scarlet mit ihm Schritt. Der Mirialaner blieb hustend hinter ihnen zurück, den Blick weiter nach oben gerichtet, den Mund weit aufgerissen angesichts der Zerstörung, die vom Himmel herabprasselte. Der R3-Droide stieß gegen sein Bein, machte einen Bogen um ihn und rollte hastig weiter, wobei er ängstlich vor sich hinpiepste.

Solo erreichte das Tor der Bucht, und als er hindurcheilte und den *Falken* an seinem Landeplatz erblickte, offenbar völlig unversehrt von dem imperialen Feuersturm, musste er wieder an mystische Energien und Mächte denken. Er wusste nicht, ob irgendeine Entität über sie wachte, aber er beschloss, dass es nicht schaden konnte, ihr im Stillen zu danken, nur für alle Fälle.

Einen Augenblick später entdeckte er Leia am Fuß der Einstiegsrampe. Sie hatte ihre Diplomatenkleidung gegen eine braune Hose und weiße Bluse ausgetauscht und schnallte sich gerade einen Gürtel mit einem schweren Blaster um die Hüfte.

»Oh, gut«, sagte sie. »Ich dachte schon, ich müsste losgehen und nach Ihnen suchen.«

»Nach uns suchen?«, schnappte Han. »Hören Sie mal zu, Prinzesschen. Ich habe die Daten, bin diesem imperialen Großangriff entgangen und habe Scarlet sicher zum Schiff zurückgebracht – ganz ohne Ihre Hilfe.«

»Oh«, säuselte Hark, »Sie sind mein Held. Können wir jetzt los?«

Eine weitere Explosion ließ die Höhle erbeben, und die Metallträger unter der Decke knirschten ob der Erschütterung.

»Ja«, nickte Han. »Das ist eine wirklich gute Idee.«

Die Spionin hastete die Rampe hinauf, und Baasen und sein Droide, die in diesem Moment aus den Rauchschwaden auftauchten, folgten ihr, ohne auch nur eine Sekunde innezuhalten. Leia sah ihnen kurz hinterher, dann legte sie Han die Hand auf den Arm und sagte: »Danke.«

Er suchte nach Spott in ihrer Stimme oder ihrem Blick, konnte aber keinen entdecken. »Gern geschehen. Jetzt lassen Sie uns von diesem Planeten verschwinden, bevor er auseinanderbricht.«

Er eilte die Rampe hoch – und direkt in eine Wookiee-Umarmung hinein. Chewbacca drückte ihn an sich, dann knurrte er verärgert.

»Ich habe dich auch vermisst, Kumpel. Machen wir, dass wir hier wegkommen.«

Chewie hatte bereits alles vorbereitet, und so war es nur eine Sache von Sekunden, bis sie auf ihren Sitzen im Cockpit festgeschnallt waren und durch die brennende Luft in den Himmel aufstiegen.

»Leg alle Energie auf die vorderen Deflektoren, bis wir die Atmosphäre hinter uns haben«, wies Han seinen Kopiloten an. »Anschließend passt du den Winkel der hinteren Deflektoren an, bis wir in den Hyperraum springen.«

Chewbacca heulte.

»Warum haben wir keine hinteren Deflektoren? Ich sagte doch, du sollst das reparieren!«

Der Wookiee knurrte eine Entgegnung.

»Ja, ich weiß, dass du nicht viel Zeit hattest. Aber du musst doch ...«

Chewie grollte ihn an.

»Schon gut, Kumpel, schon gut. Ich hab's verstanden. Jetzt müssen wir also diese imperiale Blockade durchbrechen, ohne uns dabei in den Hintern schießen zu lassen.«

Leia, die auf dem Sessel hinter ihm saß, beugte sich vor und rief: »Was? Keine Heckdeflektoren? Das hätten Sie wirklich reparieren sollen.«

»Keine Zeit«, schnappte Solo mit einem Blick an Chewbaccas Adresse. »Er war beschäftigt!«

»Was können wir tun, um zu helfen?«, fragte Baasen. Er und Sunnim, der ebenfalls im *Falken* gewartet hatte, klammerten sich am Eingang des Cockpits an der Wand fest.

»Nun«, begann Han, nachdem er die Nase des *Falken* ein Stück nach oben gezogen hatte, um eine Lücke in dem Laserteppich der Sternzerstörer auszunutzen, »den großen Kalibern sollte ich ausweichen können. Die konzentrieren sich vermutlich ohnehin auf den Planeten. Aber ich bin sicher, jenseits der Atmosphäre wartet ein ganzer Schwarm von TIE-Jägern auf die Schiffe, die von Kiamurr fliehen wollen.«

»Das sehe ich genauso«, warf Baasen ein. »Dass wir so viel Gesellschaft haben, könnte uns das Leben retten. Für die Imperialen sind wir nur ein Schiff unter vielen.«

»Richtig. Ihr müsst uns also nur die TIEs vom Leib halten, bis wir den Sprung machen können. Achtet besonders darauf, dass unser Heck aus ihrem Schussfeld bleibt.«

»Ach ja, der *Falke* hat diese Geschütze«, erinnerte sich der Mirialaner.

»Schon wieder richtig. Ich hoffe, ihr wisst, wie man sie benutzt.«

»Wir finden es schon raus«, versicherte Baasen ihm mit einem Grinsen.

»Großartig, worauf wartet ihr dann noch? Der Plan ist …«

»Alle zu töten?«, fragte Sunnim.

»Schlauer Junge. Gleich beim ersten Versuch richtig getippt.«

22. Kapitel

Energiestrahlen zuckten zwischen den Sternen dahin. Han spürte, wie sich das Schiff gegen seine Hand am Steuer sträubte, wie es sich aufbäumte und wieder nach unten sackte, wann immer die Schilde die Energie eines Treffers absorbierten, aber nicht seine Wucht. Die Frachter, Sternjäger und Schlepper, die von Kiamurrs Oberfläche emporstiegen, vermischten sich mit den imperialen TIEs zu einem wirbelnden, tanzenden Durcheinander, wie Schneeflocken in einem Sturm. Das Taktikdisplay flackerte und blinkte, überfordert von der Aufgabe, all den verschiedenen Kontakten bei ihrer ständigen Bewegung zu folgen.

»Da ist eine Welle von TIE-Jägern auf zwei Uhr«, warnte Leia.

Solo drehte den Kopf. Vier der kleinen Kampfschiffe stürzten von einem nahen Sternzerstörer in ihre Richtung, aber sie hatten es nicht auf sie abgesehen, sondern auf einen alten Kreuzer, der sich vor ihnen mühsam aus der brennenden Exosphäre des Planeten emporkämpfte. Han neigte den *Falken*, um den Bug des Schiffs vor den TIEs zu halten und so das ungeschützte Heck des YT-1300 abzuschirmen.

»Baasen?«

»Solo!«

»Warum versuchen wir nicht, diesem Kreuzer zu helfen?«

»Wie lange wird es dauern, bis wir den Sprung machen können?«, rief Scarlet aus dem Hauptfrachtraum.

»Im Moment haben wir nicht genügend Platz«, schrie der Corellianer zurück. »Ich werde versuchen, auf die andere Seite von Kiamurr zu gelangen. Hoffentlich haben wir dort genügend Ellenbogenfreiheit.« *Wir – und all die anderen Schiffe, die von diesem verfluchten Felsbrocken fliehen wollen.*

Der *Falke* heulte und erzitterte, und dann heulte auch Chewbacca, seine Stimme erfüllt von Anspannung und Zorn.

»Was hat er gesagt?«, fragte Baasen von seinem Platz an dem Vierlingslaser.

»Er sagte, ihr sollt sie erschießen, bevor sie *uns* erschießen!«, antwortete Han.

»Danke ihm für diesen weisen Rat.«

»Könnte jemand mal nachsehen, was mit Sunnim los ist?«, schnappte Solo.

»Ich mach schon«, erwiderte Scarlet, und es klang, als würde sie sich von ihrem Sitz losschnallen.

Die Schüsse der Vierlingslaser zuckten den angreifenden TIE-Jägern entgegen. Zwei von ihnen brachen seitlich aus der Formation aus und huschten kreischend wie Raubvögel am Cockpitfenster vorbei. Han riss den *Falken* nach unten, dann legte er ihn in eine Rolle, damit den Jagdmaschinen weiterhin die vorderen Schilde zugewandt blieben, während die Geschütze des Frachters einen weiteren Schwall Blasterfeuer entfesselten. Ein Schuss streifte den Solarflügel eines TIEs und verwandelte das Schiff in einen Kometen aus Feuer und verglühenden Ionen. Hoch über dem explodierenden Schiff prangte der dreieckige Umriss eines Sternzerstörers, aus dessen Bauch weiter mächtige Plasmastrahlen auf den Planeten herabprasselten, um Berge einzuebnen und Meere zu verdampfen.

»Hinter uns, Han«, rief Leia. »Han? Er setzt sich hinter uns. Han!«

Als er erkannte, welches der Schiffe ringsum die Prinzessin meinte, war es beinahe schon zu spät. Er riss das Steuer herum, um das schutzlose Heck des *Falken* aus der Schussbahn zu ziehen, und der Frachter ächzte unter der Belastung. Der untere Vierlingslaser spie Feuer, und der TIE-Jäger verging in einem Flammenball.

»Also gut. Alle Mann festhalten«, rief Solo über die Schulter. »Ich hole uns hier raus.«

Er schaltete das taktische Display ab – bei all den Radarkontakten um sie herum war es ohnehin nutzlos –, dann fuhr er die Triebwerke auf volle Leistung hoch und jagte den YT-1300 steil nach oben, mitten durch die Wolke umherrasender Schiffe hindurch. Sein Ziel waren die Sterne jenseits des Malstroms aus Schiffen und Zerstörung.

»Han, alter Freund?«, schrie Baasen, seine Stimme angespannt und nervös. »Was genau hast du vor?«

»Behalt du nur den Finger am Abzug«, stieß Solo zwischen zusammengebissenen Zähnen hervor. Der *Falke* raste knapp an einer Salve von Energiestrahlen vorbei und entging nur durch Glück einigen umhertreibenden Trümmern. Der Sternzerstörer über ihnen schwoll rasch an, bis er beinahe das gesamte Aussichtsfenster ausfüllte. Chewbacca knurrte.

»Ich weiß«, nickte Han. »Aber die Jäger sind im Moment die größere Gefahr für uns, und die werden es nicht riskieren, auf uns zu schießen, wenn jeder Schuss, der danebengeht, ihren eigenen Zerstörer beschädigt.«

Hoffe ich zumindest, dachte er, aber das fügte er sicherheitshalber nicht hinzu.

Die Defensivbatterien an der Unterseite des Sternzerstörers eröffneten das Feuer, und Solo riss den Frachter in eine Spirale, sodass sie um die Laserblitze herumtanzten. Er reagierte instinktiv, musste nicht mehr über seine Aktionen nachdenken. Der *Falke* war wie eine Erweiterung seines Körpers, und er bewegte sich durch die Schwärze des Alls wie jemand, der über ein Schlachtfeld rannte. Chewbacca brüllte kurz.

»Mach dich bereit«, wies der Corellianer ihn an.

Noch eintausend Kilometer. Bei ihrer Geschwindigkeit wären das nur ein paar Sekunden. Eine dicht zusammengedrängte Gruppe von Y-Flüglern sauste an ihm vorbei; sie gehörten weder zum Imperium noch zu den Rebellen, es handelte sich nur um eine Gruppe von armen Teufeln, die die falsche Konferenz besucht hatten. Solo knirschte mit den Zähnen. Und dann blieb das Chaos der Schlacht endlich hinter ihnen zurück. Die Sorge, dass ein Schuss ihr ungeschütztes Heck treffen und das Schiff in seine Moleküle zerlegen könnte, blieb leider noch.

Da schlug Han mit der flachen Hand auf die Kontrolltafel, und die Sterne vor ihnen verwandelten sich in Streifen. Die Todeszuckungen von Kiamurr verschwanden im Blau des Hyperraums, und der Corellianer sank erleichtert in seinem Sessel zurück. Scarlet, Baasen und sein bothanischer Pilot stießen laute Freudenschreie aus, als wäre diese Flucht ein großer Triumph. Als hätten sie irgendetwas gewonnen.

Nun, immerhin *waren* sie entkommen.

Als er über die Schulter blickte, starrte Leia an ihm vorbei aus dem Cockpitfenster. Das blaue Leuchten ließ ihr Gesicht glühen, aber ihre Augen waren dunkel, dunkler als sonst.

»Deshalb haben Sie nicht gleich allen Bescheid gegeben«, murmelte er. »Sie wussten, dass Hunter Maas die Konferenz besuchen würde, und Sie wussten, dass das Imperium ihm folgen würde. Hätten Sie die Leute gewarnt, bevor die Sternzerstörer auftauchten, wären alle schon längst verschwunden gewesen, bevor die Schlacht überhaupt begonnen hatte.«

Leia drehte den Kopf und blickte ihm direkt ins Gesicht. Sie versuchte zwar, es sich nicht anmerken zu lassen, aber er erkannte, dass die Worte sie getroffen hatten.

»Ich habe getan, was ich konnte. Hätte ich einen Großalarm ausgelöst, wäre Hunter Maas verschwunden, und das Imperium hätte eine weitere Gelegenheit gehabt, ihn sich zu schnappen. Wir hätten alles verloren. Für diese Tode sind nur die verantwortlich, die den Abzug gedrückt haben«, sagte sie in unversöhnlichem Tonfall, aber dann wurden ihre Züge weicher, und sie senkte den Blick. »Das ist ein Krieg, Han. Und ich bin diejenige, die versucht, ihn zu beenden.«

»Nein, der Imperator will ihn auch beenden«, entgegnete Solo. »Sie gehen nur auf verschiedene Weise an die Sache heran.«

Chewbacca schnaubte leise und versuchte, sich so unauffällig aus dem Cockpit zu schieben, wie das für einen Berg aus Muskeln und Fell eben möglich war. Leias Blick verharrte auf Han.

»Wollen Sie damit sagen, ich hätte Maas den Imperialen überlassen sollen, anstatt die Informationen in unseren Besitz zu bringen? Ich bin sicher, dass das noch viel mehr Leid und Tod bedeutet hätte.«

»Das wollte ich nicht sagen. Sie haben getan, was Sie tun mussten, um den Krieg nicht zu verlieren«, räumte der Corellianer ein.

»Aber?«

»Das haben schon viele als Ausrede benutzt, um zahllose Opfer zu rechtfertigen.«

»Das ist nicht fair ...«

»Was ist denn hier los?«, fragte Baasen und streckte seinen Kopf ins Cockpit. »Es ist Zeit zu feiern! Wir haben es geschafft. Wie kann man sich in so einem Moment streiten?«

Han stand auf und zwängte sich an dem Mirialaner vorbei. Für seinen Geschmack war es im Moment ein wenig zu eng an Bord des *Falken.* Baasen, Scarlet Hark, Sunnim, der R3-Droide, Leia, Chewbacca. Und er. Für seine Begriffe war das Schiff völlig überfüllt, und das gefiel ihm nicht. Im Hauptfrachtraum verband Scarlet gerade einen langen Schnitt am rechten Arm des Bothaners. Sunnim blinzelte, als Solo vorbeiging, hinter ihm erklangen die Stimmen von Organa und Ray – aber Han ignorierte das alles.

Leia hatte recht, und er hasste es, sich das eingestehen zu müssen. Das Imperium hatte mehr als einmal bewiesen, dass es bereit war, Planeten voller Unschuldiger zu zerstören, nur um ihre Ansichten durchzusetzen. Während er durch die Gänge des Frachters stapfte, musste er an all die Momente zurückdenken, als er nur durch einen Sprung in den Hyperraum dem sicheren Tod entgangen war. Wie viele Kämpfe, wie viele brenzlige Situationen hatte er auf diese Weise vermeiden können? Falls Scarlets Informationen zutrafen und das Imperium diese Technologie in die Hände bekam, dann wäre es damit vorbei, und nicht nur für ihn, sondern für alle. All die Schiffe, die in diesem Moment von Kiamurr flohen, alle, die versuchten, Haaridin oder Tatooine oder irgendeinen anderen Planeten zu verlassen – sie würden dort festsitzen, ohne Möglichkeit, dem Feind zu entkommen, und das Imperium konnte ihnen eine

Welle von Sternjägern nach der anderen entgegenschleudern, bis jeder, den der Imperator gerade zu seinem Feind auserkoren hatte, nur noch eine Wolke aus Asche, geschmolzenem Kohlenstoff und flüchtigen Chemikalien war.

Auf einer der Kojen entdeckte er den Plastoidkoffer; Baasen musste ihn dorthin gelegt haben. Er war nicht sonderlich groß und fühlte sich überraschend leicht an, als Han ihn in die Hand nahm und damit in den Hauptfrachtraum zurückkehrte, wo er ihn auf den Dejarik-Tisch legte. Die anderen waren alle in der Nähe: Leia und Scarlet standen am Durchgang zum Cockpit, Chewbacca im Hintergrund zwischen ihnen; Sunnim und Baasen saßen an dem kleinen Tisch, und das Lächeln, das die Lippen des Mirialaners umspielte, konnte alles Mögliche bedeuten.

»Wir haben unseren Teil getan«, erklärte Solo, während er nach den Verschlüssen des Koffers griff. »Mal sehen, ob es die Mühe wert war.«

Das Schloss klickte, und als der Deckel nach oben klappte, erfüllte der Geruch von Zucker und Zitronen die Luft. Han beugte sich vor und starrte den Kuchen an, beziehungsweise die gelben Krümel und Stücke der Glasur, die noch auf dem kleinen Präsentierteller aus Milchglas übrig waren.

»Baasen?«, fragte er gedehnt. »Was genau soll das sein?«

Leia trat neben ihn und blickte in den Koffer. Ein leises Keuchen drang aus ihrer Kehle. »Maas muss sich mit Eanis Malavoy getroffen haben. Er ist ein Mittelsmann für Bonadan Industries.«

»Und?«, fragte Han.

»Und er mag Zitronenkuchen«, schob die Prinzessin nach.

Han rieb sich die Augen mit den Fingerspitzen. »Baasen, was hast du getan?«

»Offensichtlich kam ich zu spät, um den Zitronenkuchen zu retten«, erwiderte der Kopfgeldjäger frohgemut.

»Die Daten sollten hier drin sein«, schnappte Solo. »Du hast es vermasselt. Du sagtest, du wüsstest, wo die Informationen sind, aber was haben wir? Nichts. Und dafür wurde eine Welt *zerstört.*«

»Nicht so hitzig, alter Freund. Und nicht so hastig. Ich habe nie gesagt, dass die Daten in dem Koffer wären, oder? Die Schlussfolgerung hast du ganz allein gezogen. Obwohl ich zugeben muss, dass ich dieses kleine Missverständnis beabsichtigt hatte.«

Scarlet stieß einen Laut aus, halb Lachen, halb Husten. Leia blickte zu ihr hinüber, und Sunnims Augen huschten von einer Frau zur anderen, seine Ohren in sichtlicher Verwirrung zur Seite geneigt.

»Dann trägt der R3 die Daten in sich«, rief Leia aus.

Baasen klatschte mit der verbliebenen Hand auf seinen Schenkel. »Sehr scharfsinnig, meine Dame. Von der kannst du noch was lernen, Solo. Sie hat die Sache durchschaut. Nur die wenigsten Leute wissen, wie leicht es ist, Daten in einer Astromecheinheit zu verbergen.«

»Ich weiß es«, erwiderte die Prinzessin.

»Nun«, fuhr der Mirialaner fort, »ich dachte mir, er …«

»Danke für die Lektion«, brummte Solo. »Chewbacca, würdest du unseren Freund bitte zur Luftschleuse begleiten. Er geht den Rest des Weges zu Fuß.«

»Ah!«, machte Baasen und hob abwehrend die Hand. »Wir hatten eine Abmachung, Junge. Und ich habe meinen Teil eingehalten.«

Han spürte Leias dunkle Augen auf sich. Es hatte wie ein Scherz geklungen, dass er Baasen ins All hinauswerfen wollte, aber die Prinzessin schien nicht sicher, ob es vielleicht doch ernst gemeint war. Und er ebenfalls nicht. Er war noch immer angespannt, nach der Schlacht völlig ausgelaugt. Nach einem Moment schmunzelte er, dann klopfte er Baasen auf die Schulter und beließ es dabei.

Leia kniete sich vor den kleinen roten Droiden. Staub und der Kot des Rattenvogels bedeckten seine Kuppel, und die kleine Einheit quiekte und pfiff, als sie die Hand nach ihm ausstreckte.

»Schon gut«, sagte Organa. »Ich habe so was schon mal gemacht. Es wird nicht wehtun.«

Ein Funkenregen stob von der Brustplatte der Einheit, dann verdunkelte sich kurz das Leuchten seines Fotorezeptors, und ein Lichtstrahl schoss daraus hervor, um das grobkörnige, zitternde Hologramm eines Mannes in die Luft vor dem Droiden zu projizieren. Er war jünger, als Han erwartet hatte, mit honigfarbenem, langem Haar, das ihm in sanften Wellen bis zu den Schultern reichte, und Augen, die eher zu einer Schlange gepasst hätten. Ein kriecherisches, gieriges Lächeln verzerrte sein Gesicht.

Noch einmal sprühten Funken, dann erwachte Galassians Hologramm zum Leben. Er strich sich das Haar aus der Stirn, sein Grinsen wuchs in die Breite, und seine Augen funkelten auf eine Weise, die Solos Abzugfinger zucken ließ. Zwei schwebende, kugelförmige Droiden schwebten hinter ihm, einer über seiner rechten Schulter, der andere über der linken.

»Meister«, erklärte er. »Nach vielen Wochen harter Arbeit und großer Mühen habe ich endlich gute Neuigkeiten für Euch. Erst war ich mir nicht sicher, aber jetzt kann ich voller Zuversicht sagen, dass unsere kühnsten Hoffnungen sich bewahrheitet haben. Mit diesem neuen Werkzeug, das ich entdeckt habe, wird Eure Herrschaft alle Zeiten überdauern und von niemandem – *niemandem*! – angefochten werden.«

Leia atmete tief ein, dann streckte sie trotzig das Kinn vor. Sie sah wirklich wunderhübsch aus, wenn sie wütend war.

Han streckte die Hand nach oben durch die Zugangsklappe. Das Relais unter seinen Fingern war kühl, die Energieanzeige daneben tot.

»Noch immer nichts«, rief er.

Chewbaccas Grollen drang durch das Deck zu ihm herauf.

»Ich habe nicht behauptet, dass es nicht funktioniert«, entgegnete er. »Ich sage nur, dass das System im Moment keine Energie hat.«

Das Grummeln des Wookiees wurde so leise, dass man es kaum noch verstehen konnte. Solo zog den Arm zurück und massierte seine Hand. Die hinteren Deflektorschilde zu reparieren erwies sich als unerwartet schwer, aber immerhin machten sie inzwischen Fortschritte. Falls er mehr Energie von der Lebenserhaltung abzweigen könnte, würde es sicher schneller gehen, aber es waren einfach zu viele Wesen an Bord. Was ihn wieder zu dem Gedanken zurückführte, Baasen durch die Luftschleuse ins All zu befördern.

Das wäre vermutlich das Schlaueste, was er tun konnte, denn er machte sich keine Illusionen, was die Verlässlichkeit ihres neu gewonnenen Verbündeten anging. Sobald sich eine Gelegenheit ergab, aus der der Schmuggler Profit schlagen konnte, würde Baasen ihm ein Loch durch die Brust brennen, ohne deswegen auch nur eine Träne zu vergießen. Und um die Wahrheit zu sagen: Solo hatte schon Personen getötet, die ihm weit sympathischer gewesen waren als der Mirialaner. Doch irgendwann während der vergangenen Monate musste ihm seine Kaltblütigkeit abhanden gekommen sein. Vielleicht, überlegte er, würde es ihm leichter fallen, hätte er Leia nicht eine Moralpredigt wegen ihres Vorgehens auf Kiamurr gehalten. Doch er bezweifelte es.

»Captain Solo?«, fragte Scarlet. »Darf ich einen Moment Ihrer Zeit in Anspruch nehmen?«

»Sicher«, erwiderte er. »Haben Sie die Daten inzwischen dechiffriert?«

Sie nickte. »Wie kommen die Reparaturarbeiten voran?«

»Wir schaffen das schon.«

Chewbacca heulte und knurrte, was Scarlet ein Lachen abrang.

»Es ist nicht so schlimm, wie er behauptet«, winkte Solo ab. »Vor dem nächsten Sprung werden wir wieder volle Energie auf den hinteren Deflektoren haben.«

Die Spionin führte ihn zu der Kabine, die sie sich mit Leia teilte. Sie bot zwar kaum genug Platz für drei Personen, aber zumindest würden Baasen und Sunnim nicht belauschen können, was dort gesprochen wurde, sobald sie die Türe schlossen.

»Was konnten Sie herausfinden?«, fragte Leia, als Han sich zwischen die Kojen kauerte und versuchte, eine mehr oder weniger bequeme Position zu finden. Es fühlte sich merkwürdig an, sich mit zwei attraktiven Frauen in seiner eigenen Kabine aufzuhalten. Unter anderen Umständen hätte er jetzt vermutlich das Licht gedimmt und ihnen corellianischen Brandy kredenzt, aber so war es nur unbehaglich und unbequem.

»Mehr, als ich gedacht hätte«, antwortete Scarlet. »Ich habe die Koordinaten des Systems und die Daten einer Sensorüberprüfung, aber Galassian hat auch einige Expeditionen auf die Oberfläche des Planeten unternommen. Seit dem Untergang der K'kybak scheint deren Heimatwelt verlassen zu sein; es gibt nur noch Ruinenstädte, von denen einige halb in Sümpfen oder Ozeanen versunken sind. In jedem Fall ist es kein sonderlich einladender Ort. Alles, was dort kreucht und fleucht, ist entweder auf Beute aus oder giftig.«

»Klingt idyllisch«, kommentierte Leia.

»Und es wird noch besser. Die K'kybak haben ein altes Verteidigungssystem zurückgelassen. Nach all der Zeit ohne Wartung ist es größtenteils ausgefallen, aber hin und wieder scheint ein Teil wieder zum Leben zu erwachen und verhindert Sprünge aus dem System. So ist Galassian überhaupt erst auf den Planeten gestoßen. Andernfalls hätte er ihn nur für eine weitere Sumpfwelt gehalten und wäre weitergeflogen. Die Kontrollstation für besagtes Verteidigungssystem befindet sich in einem verbarrikadierten Tempel. Galassian hat eine grobe Karte der Anlage angefertigt.«

»Gut«, sagte Leia. »Weiter.«

»Er hat begonnen, die Technologie in der Kontrollstation zu erforschen und die Bedienelemente zu übersetzen.«

»Er hat also schon eine Bedienungsanleitung für das Ding?«, fragte Han.

»Zumindest ansatzweise, ja«, bestätigte Scarlet. »Mit diesen Aufzeichnungen muss ich mich noch genauer beschäftigen. Es ist äußerst kompliziert, aber ich habe lange Zeit damit verbracht, Galassian zu studieren, darum kann ich zumindest ein paar Rückschlüsse ziehen.«

»Er scheint schon viel weiter zu sein, als ich befürchtet habe«, warf die Prinzessin ein.

»Ich weiß. Falls er recht hat, ist das Imperium nur noch ein paar Schritte davon entfernt, den Hyperraumverkehr zu kontrollieren, und zwar nicht nur in Bezug auf Schiffe, sondern auch auf Hyperwellenkommunikation. Einfach alles, was durch den Hyperraum geschickt wird.«

»Das ist übel«, brummte Han. »Wirklich übel.«

»Die gute Nachricht ist, dass die Technologie extrem komplex und fremdartig und obendrein ungemein gefährlich zu sein scheint. Galassian muss bei seiner Arbeit also größte Vorsicht walten lassen.«

»Und die schlechte Nachricht?«

»Die Technologie scheint extrem komplex zu sein. Und ungemein gefährlich.«

»Und ich vermute, dieser Planet befindet sich in einem völlig abgelegenen Teil der Galaxis, der sich nicht ohne Weiteres erreichen lässt, richtig?«, sagte Han.

»Dieser Teil sollte kein allzu großes Problem darstellen«, erwiderte Scarlet. »Das System befindet sich nicht weit von einigen größeren Hyperraumrouten entfernt. Dass sich niemand dort niedergelassen hat, liegt wohl daran, dass es dort nichts zu holen gibt. Und an den Schauermärchen, die man sich über diese Gegend erzählt. Offenbar verschwinden dort immer wieder Schiffe bei Hyperraumsprüngen.«

Han kniff die Augen zusammen. Ein unangenehmes Prickeln begann sich in seinem Nacken auszubreiten.

»Wir können wohl davon ausgehen, dass das Imperium bereits Forschungs- und Wissenschaftsteams vor Ort hat«, fuhr Hark fort. »Ich rechne außerdem mit einer Eskorte von Sternjägern, aber es könnte auch sein, dass sie keine Aufmerksamkeit erregen wollen, bis sie die Technologie in der Tasche haben, und deshalb ohne größeren militärischen Begleitschutz angerückt sind.«

»Wo liegt dieser Ort?«, wollte Leia wissen.

»Fünfter Planet des Seymarti-Systems.«

Die Prinzessin runzelte die Stirn.

»Seymarti?«, murmelte sie. »Der Name kommt mir bekannt vor.«

»Ja«, sagte Han. »Weil Sie Luke dorthin geschickt haben.«

23. Kapitel

Sie trieben durch das Trundalki-System, ein altes Schmugglerversteck, in dem Han schon in der Vergangenheit Zuflucht gefunden hatte. Der Corellianer hatte diesen Ort angesteuert, weil es nur einen kurzen Sprung von Kiamurr entfernt war, und weil er sicher sein konnte, dass dort keine Imperialen auf sie warten würden. Der einzige Planet in dem System, auf dem es Leben gab, trug den wenig einfallsreichen Namen Trundalki IV und beherbergte lediglich einen Schwarzmarktumschlagplatz, umgeben von mehreren Dutzend Bars und Glücksspielhöllen. Die Imperialen hatten sich nie die Mühe gemacht, hier für Ordnung zu sorgen, und zwar aus dem einfachen Grund, weil es hier nichts gab, was die Imperialen interessiert hätte. Darum hatten die Schmuggler Trundalki gewählt, und darum waren sie auch heute noch dort. Sie erregten keine Aufmerksamkeit, konnten im Notfall aber verschwinden, bevor jemand auftauchte, der einem ein Loch in den Kopf brennen wollte.

»Rote Welle, hier ist Zeiger«, sagte Leia zum hundertsten Mal, und die Worte hallten von ihrer Station im Cockpit durch den Korridor. *Rote Welle* war das Rufzeichen für die Sternjägerstaffel, die Wedge Antilles anführte, und noch hatte niemand auf den Ruf geantwortet. Das konnte mehrere Dinge bedeuten: Vielleicht waren sie einfach außer Reichweite des Hyperwellen-Relaissatelliten, vielleicht waren ihre Komms ausgefallen, vielleicht befanden sie sich auch in der Nähe eines imperialen Lauschpostens und hielten deshalb Funkstille. Vielleicht waren sie aber auch schon alle tot.

Oder sie waren ins Seymarti-System gesprungen und saßen dort nun fest, weil der Hyperraumblockierer der Imperialen ihnen den Fluchtweg abschnitt.

Han war in den Hauptfrachtraum gegangen, um Leias immer verzweifelter klingende Kommrufe nicht mehr mit anhören zu müssen, aber ihre Stimme folgte ihm wie das Stöhnen eines Geistes.

Scarlet und Chewbacca saßen mit Baasens einfältigem Bothaner-Piloten am Dejarik-Tisch, und die Spionin war gerade dabei, Sunnims Defensivaufstellung eine Figur nach der anderen auseinanderzunehmen. Der Wookiee verfolgte die Partie und lachte bei jeder Holo-Figur, die vom Spielfeld verschwand, während der Bothaner knurrend, aber erfolglos versuchte, sich durch Offensivzüge Luft zu verschaffen. Ein paar Minuten später war seine letzte Figur gefallen, und er stürmte schnaubend aus dem Raum.

»Spielen Sie mal gegen Chewie«, schlug Solo vor, nachdem er sich an den Tisch gesetzt hatte. »Er ist nicht übel.«

Scarlet lachte und schaltete das Spielbrett ab. »Vielen Dank, aber mir gefallen meine Arme dort, wo sie gerade sind.«

Der Wookiee neigte den Kopf und blinzelte sie an.

»Ich weiß, du würdest mir nicht wehtun, Schätzchen«, sagte sie und tätschelte einen seiner mächtigen Arme. »Ich necke Han nur. Was man eben so tut, wenn man mit einer Person nicht wie mit einem Erwachsenen reden kann.«

»He«, warf Solo ein. »Wollen Sie damit sagen, ich bin nicht erwachsen?«

»Das würde ich nie tun«, erwiderte sie. »Ich sage nur, dass Sie sich nicht so benehmen.« Sie stand auf, versetzte Chewbacca einen letzten Klaps auf die Schulter und ging pfeifend in Richtung der Mannschaftsquartiere davon.

Chewie kniff grollend die Augen zusammen.

»Ich habe sie nicht vertrieben«, konterte Han, wobei er sich zurücklehnte und die Hände hinter seinem Kopf faltete. »Ich glaube ja, sie hat Angst, dass Leia sie und mich zusammen erwischen könnte.«

Chewbacca bleckte die Zähne in einem Wookiee-Grinsen und brach in bellendes Gelächter aus.

»Mach dich nur lustig, aber ich kenne die Frauen. Du hast nicht gesehen, wie Scarlet sich auf Kiamurr an mich rangeschmissen hat. Es könnte wirklich ein Problem geben, wenn Leia das bemerkt. Eifersucht kann die wildesten Blüten treiben, und ich will nicht, dass die beiden um mich kämpfen. Übrigens, wie kommst du mit den Schildgeneratoren voran?«

Der Wookiee zuckte mit seinen breiten Schultern.

»Ja, ich verstehe, was du meinst. Hoffen wir, dass wir nicht allzu bald wieder unter Beschuss geraten und es auf die harte Tour herausfinden müssen. Der *Falke* hat in letzter Zeit mehr als genug eingesteckt. Wenn das so weitergeht, besteht er bald aus mehr Ersatzteilen als Originalkomponenten.«

Chewbacca blickte über Solos Schulter, und als der Corellianer sich umdrehte, sah er Baasen in den Hauptfrachtraum schlendern, in der Hand ein kleines Maschendrahtkörbchen mit einem Flachmann und vier Gläsern. Nachdem er dem Wookiee freundlich zugenickt hatte, setzte sich der Kopfgeldjäger zu ihnen an den Tisch und stellte den Korb ab.

»Sunnim ist wohl schon gegangen, hm?«

»Scarlet hat ihn beim Dejarik vernichtet, und er ist schmollend von dannen gezogen«, erzählte Solo, anschließend nahm er den Flachmann und drehte ihn zwischen seinen Händen, aber er konnte keinen Aufdruck oder eine Beschriftung erkennen. Das Metall unter seinen Fingern fühlte sich nicht kalt genug an, um gekühlt worden zu sein, dennoch hatten sich kleine Kondenstropfen darauf gebildet.

»Das«, erklärte Baasen, wobei er ihm die Flasche wieder aus der Hand nahm, »ist der letzte Rest einer Ladung wirklich fantastischen Brandys, die ich mal geschmuggelt habe. Seitdem trage ich den Flachmann mit mir herum und warte auf eine passende Gelegenheit. Jetzt scheint mir der richtige Zeitpunkt dafür, also lass uns trinken, Solo.«

»Moment mal, soll das heißen, du hattest dieses Fläschchen auch auf Kiamurr dabei? In deiner Hose versteckt?«

»Nun, das Universum ist ein verrückter Ort voller verrückter Leute. Es gibt vieles, was ich aufzugeben bereit bin, aber ein paar Dinge habe ich gerne immer zur Hand.«

Er nahm drei der Gläser, stellte sie auf das Spielfeld und füllte sie, nachdem er den Flachmann mit den Zähnen geöffnet hatte. Der Geruch von hochprozentigem Alkohol erfüllte die Luft, als der Mirialaner mit seinem metallverhüllten Armstumpf eines der Gläser zu Han hinüberschob, doch dieser winkte ab.

»Ich brauche gerade keinen Drink.«

»Und ob du einen brauchst, alter Freund«, beharrte Baasen. Er leerte sein eigenes Glas und grinste Solo an. Die Botschaft war unmissverständlich: *Es ist nicht vergiftet, falls du davor Angst hast.* Chewbacca nahm seinen Brandy und schnüffelte daran, anschließend zog er angewidert die Nase hoch.

Han seufzte und hob sein Glas. »Auf deine Gesundheit, Baasen.«

Der Mirialaner schenkte sich ein zweites Mal ein und stieß mit ihm an. »Und auf deine, Solo.«

Sie tranken beide, und Han stellte überrascht fest, dass der Brandy milde und leicht süß war, gleichzeitig aber stark genug, um ein wild gewordenes Bantha zu Fall zu bringen. Chewbacca stellte sein Glas wieder ab, ohne auch nur daran genippt zu haben, und rutschte mit seinem Stuhl nach hinten, um dem scharfen Geruch zu entgehen.

»Gar nicht übel«, gestand Solo, während Baasen ihm nachschenkte.

»Besser als nicht übel, würde ich mal sagen.« Der Kopfgeldjäger füllte sein eigenes Glas, aber anstatt es zu leeren, drehte er es zunächst langsam zwischen seinen Fingern, sodass ein kleiner Kreis aus Flüssigkeit auf den schwarzen Feldern des Spielbretts zurückblieb. »Wir müssen miteinander reden, alter Freund. Du und ich, von Mann zu Mann.«

»Ich höre.«

»Wir wissen, wie die Dinge auf dieser Seite des Gesetzes laufen, und wir wissen, dass ein Freund durch ein falsches Wort oder einen ausreichend hohen Preis zum Feind werden kann.«

Der Corellianer nickte, erwiderte aber nichts darauf. Chewbacca verengte die Augen zu Schlitzen, und seine Muskeln spannten sich sichtlich, während er Baasen beobachtete.

»Ich werde mich nicht dafür entschuldigen, dass ich versucht habe, dich an den Hutten auszuliefern«, fuhr der Mirialaner nach einer kurzen Pause fort. »Es ging ums Geschäft, und wären die Umstände dieselben, würde ich es wieder tun.«

»Baasen, gleich bringst du mich zum Weinen, so gerührt bin ich«, brummte Han. »*Warum* erzählst du mir das?«

»Nun«, antwortete Ray, dann hielt er inne, um sein Glas zu leeren. »Du sollst wissen, wo ich stehe. Ich habe mich bereit erklärt, dir bei der Suche nach deinem magischen Wasauchimmer zu helfen, und ich stehe zu meinem Wort. Wir sind jetzt Verbündete. Aber falls wir dort ankommen und sich das alles nur als Hirngespinst herausstellt, falls sich deine Versprechungen in Luft auflösen – dann habe ich keine andere Wahl, als auf meinen ursprünglichen Plan umzuschwenken und dich zu Jabba zu bringen.«

»Und ich habe in dem Fall keine andere Wahl, als dich vorher zu erschießen«, entgegnete Solo. Chewbacca stieß ein Knurren aus, so tief, dass man es eher als Vibration denn als Geräusch wahrnahm.

»Etwas anderes würde ich auch nicht erwarten«, nickte Baasen. »Aber mir war klar, dass wir uns in dem Punkt einig sind. Worum es mir eigentlich geht, ist der Teil, dass wir beide vorerst Verbündete sind. Du kannst auf meine Hilfe zählen – und auf Sunnims Hilfe. Er mag nicht der Schlauste sein, aber er tut, was ich ihm sage.«

Han kippte seinen Brandy hinunter und füllte sein Glas auf. »Wir sind also wieder Freunde, aber falls sich herausstellen sollte, dass dieses Ding, dem wir hinterherjagen, nicht wirklich existiert oder funktioniert, werden wir sofort wieder versuchen, einander umzubringen, richtig?«

»So ist es.«

»Nun, dann wird es immerhin nicht langweilig.«

»Definitiv nicht.«

»Han.« Leia stand am Eingang des Korridors. Er hatte nicht gehört, wie sie in den Frachtraum getreten war, aber ihr Tonfall – leise und ein wenig verängstigt – beunruhigte ihn.

»Was ist los?«, fragte er und winkte sie herüber. Doch nach

einem Blick Richtung Baasen deutete sie mit dem Kopf nach hinten. Seine Unruhe nahm noch zu, während er ihr ins Cockpit folgte.

»Niemand kann die Forschungsschiffe erreichen«, erklärte sie, als sie außer Hörweite der anderen waren.

»Dann sind sie vermutlich noch im Seymarti-System. Scarlet sagte doch, dass diese Technologie nicht nur Hyperraumsprünge unmöglich macht, sondern auch Hyperwellenkommunikation.«

»Und das würde bedeuten, dass Galassian herausgefunden hat, wie das System funktioniert.«

»Nein. Könnte er diese Technologie wirklich benutzen, wären wir nie hier angekommen.«

Sie wischte seine aufmunternde Bemerkung mit einer ungeduldigen Handbewegung beiseite. »Wir wissen, dass das Imperium die Koordinaten des Planeten kennt. Wir wissen, dass Galassian bereits wieder dort ist. Unsere Schiffe sind vielleicht mitten in seine Expedition hineingesprungen. Ziel dieser Mission war es lediglich, die Gegend auszuspähen. Die Jäger-Eskorte war nicht ausreichend bewaffnet, um in einer offenen Schlacht zu bestehen.«

»Also schön«, murmelte Solo. »Was sollen wir tun?«

Die Prinzessin setzte sich und rieb sich den Nasenrücken mit Daumen und Zeigefinger, während sie nachdachte. Han ließ sich neben ihr auf den Pilotensessel fallen und wartete, denn er wusste, wie viel nun von ihren Entscheidungen abhing. Hätte er *seine* letzte Entscheidung durchgesetzt und Scarlet von Cioran direkt zur Rebellenflotte zurückgeflogen, wäre Leia auf Kiamurr getötet worden. Allein der Gedanke, wie nahe er einem so fatalen Fehler gekommen war, genügte, um ihm Kopfschmerzen zu bereiten. Und nun war Luke ebenfalls in großer – vielleicht sogar noch größerer – Gefahr. Leia Organa musste sein Leben und die Leben seiner Begleiter gegen das Wohl der gesamten Rebellion abwägen. Han neidete ihr diese Aufgabe ganz sicher nicht.

»Ich habe mich mit der Allianz in Verbindung gesetzt. Sie teilen unsere Auffassung, dass die Gefahr zu groß wäre, würde diese Technologie dem Imperator in die Hände fallen. Während wir sprechen, sammelt sich eine große Angriffsflotte, um Seymarti direkt anzugreifen und das Relikt falls möglich zu sichern oder andernfalls zu zerstören.«

»Klingt, als würden sie die Sache ernst nehmen«, kommentierte Solo. »Falls Galassian sich geirrt hat und diese Technologie nur ein Hirngespinst ist, werden wir dastehen wie die letzten Trottel.«

»Bei dem, was hier auf dem Spiel steht, büße ich gern ein wenig Würde ein.«

Er zog die Schultern hoch. »Was ist mit Luke?«

»Da liegt das Problem. General Rieekan sagt, dass seine Kampftruppe erst in knapp einer Woche einsatzbereit sein wird. Bis dahin würden Luke und die anderen in dem System festsitzen – sofern ihnen nicht schon Schlimmeres widerfahren ist.«

»Dann fliegen wir los und holen ihn da raus, richtig?«

»Das würden Sie tun?«, fragte die Prinzessin mit einem Stirnrunzeln. »Sie würden den *Falken* auf Spiel setzen, um in ein System zu springen, aus dem Sie womöglich nicht wieder herauskönnen und in dem es wahrscheinlich vor imperialen Schiffen wimmelt? Entdecken Sie etwa gerade Ihre heroische Seite?«

Solo hob in scherzhafter Kapitulation die Hände und grinste sie an. »Ich glaube nicht an Helden. Aber Luke ist mein Freund,

und der Gedanke, ihn irgendwo zurückzulassen, bis irgendein General den richtigen Zeitpunkt für gekommen sieht – das gefällt mir nicht.«

Leia starrte ihn einen Moment lang an, als würde sie in seinem Gesicht nach etwas suchen, dann stand sie ruckartig auf. Am Zugang blieb sie kurz noch einmal stehen und sagte: »Ich werde es den anderen mitteilen.«

»Außerdem«, schob Han nach, während er sich seiner Konsole zuwandte und mit den Vorbereitungen für den Sprung ins Seymarti-System begann, »schuldet Luke mir noch ein paar Credits. Und wie soll ich die bitte zurückbekommen, wenn er tot ist?«

»Das ist der Han Solo, den ich kenne«, stöhnte sie hinter seinem Rücken, aber er konnte hören, dass sie diese Worte mit einem Lächeln aussprach.

Han saß schweigend in seinem Sessel, bis der Navigationscomputer die Berechnungen für den Hyperraumsprung abgeschlossen hatte. Hin und wieder konnte er sehen, wie ein Schmugglerschiff mit einem ebensolchen Sprung aus dem Trundalki-System verschwand oder mit einem abrupten Flackern von Licht und energetisierten Partikeln in den Normalraum zurückfiel. Orte wie dieser würden augenblicklich verwaisen, sollte das Imperium die Kontrolle über den Hyperraumverkehr erlangen. Diese Art einsamer Außenposten überlebte nur, weil es Personen gab, die einen Stützpunkt weit draußen in den entlegenen Winkeln der Galaxis brauchten. Personen wie er. Tausende solcher Planeten waren über den erforschten Raum verstreut, und alle warteten sie, ohne es auch nur zu ahnen, auf das Todesurteil, das Seymarti über sie verhängen könnte.

Stimmen drangen durch den Korridor an seine Ohren: Leia, die im Hauptfrachtraum zum Rest seiner Passagiere sprach. Sie lachten, sodass sich Chewbaccas dröhnendes Bellen mit dem Kichern des Bothaners und den diversen menschlichen Freudenlauten vermengte. Leia wusste, wie man solch eine Situation mit einem Scherz auflockerte und alle auf dieselbe Sache einschwor.

Ein weiteres Schiff verließ in einem Lichtblitz das System, und Solo wünschte ihm im Stillen viel Glück. Einen Moment später zuckte er in seinem Sessel hoch, als sich jemand direkt hinter ihm räusperte.

»Alles in Ordnung?«, fragte Organa, und Han erkannte, dass der Scherz, der eben das Lachen ausgelöst hatte, der Schlusspunkt unter ihrer Ansprache gewesen sein musste.

»Sicher, ich habe mich nur ein wenig gestreckt«, erklärte er, dann legte er hastig einige Schalter um, damit es aussah, als wäre er beschäftigt. Erst deaktivierte er das System zur Wasserwiederaufbereitung, dann fuhr er es wieder hoch. »So. Bald können wir losfliegen.«

»Der Computer ist mit den Berechnungen fertig?«

»Im Großen und Ganzen, ja.«

Sie legte ihm die Hand auf die Schulter und beugte sich zu ihm hinab. »Worauf warten Sie dann noch, Fliegerass?«

24. Kapitel

Das Seymarti-System lag unweit der Raumrouten, die vom Kern zum Inneren Rand führten. Seine Sonne war ein kleiner weißer Stern, der dazu neigte, gewaltige Eruptionen auszuspeien – so gewaltig, dass sie die drei nächstliegenden Planeten in nukleares Plasma badeten. Der vierte und fünfte Planet befanden sich außer Reichweite dieser zerstörerischen Energie, und hinter ihnen zog eine Gruppe von vier Gasriesen ihre Kreise, jeder mit einer eigenen kleinen Konstellation von Monden. Han hatte den Sprung so berechnet, dass sie hinter dem größten dieser Gasriesen aus dem Hyperraum zurückfallen würden, und als sie ihr Ziel erreichten, konnte er das weite Meer des Universums vor sich sehen: Milliarden Sterne, so weit entfernt, dass ihr Licht zu einem gewaltigen, fast lückenlosen Band verschmolz. Das taktische Display zeigte ihm die Planeten und deren Umlaufbahnen an, außerdem die Monde, die Asteroiden und sogar die Energietentakel der Sonneneruptionen. Abgesehen von dieser Anzeige und einer Handvoll anderer Systeme wie dem Lebenserhaltungssystem und dem Navigationscomputer, war der *Falke* dunkel und leblos. Falls Solo keinen Fehler gemacht hatte, würden sie für etwaige

Betrachter ebenso uninteressant sein wie ein Felsbrocken mit hoher Metallkonzentration.

»Hast dir einen netten Fleck ausgesucht, alter Freund«, bemerkte Baasen. »Der Schatten eines Planeten hat dir wohl nicht gereicht. Du landest im Schatten von *vier* Gasriesen.«

»In komplexen Systemen gibt es bessere Deckung«, erwiderte Han. »Und mehr Hindernisse, mit denen man zusammenstoßen kann.«

»So ist das eben«, meinte Baasen. »Alles hat Vor- und Nachteile.«

Chewbacca brummte und deutete auf das Taktikdisplay mit seinen glühenden Monden und Planeten.

»Ja, ich kann sie sehen«, nickte Solo.

Leia beugte sich über seine Schulter, ihr Gesicht im Licht des Displays eine Schattenlandschaft aus Rot und Schwarz. »Was können Sie sehen?«

»Die passiven Sensoren haben etwas im Orbit um den fünften Planeten entdeckt«, erklärte Han. »Noch ist die Auflösung nicht ausreichend, aber es hat die richtige Größe, um ein Sternzerstörer zu sein.«

Leias Miene wurde grimmig. »Nun, wir wussten ja, dass wir mit einer imperialen Präsenz rechnen müssen.«

»Bei allem Respekt«, warf Baasen ein, »ich hatte trotzdem auf etwas Kleineres gehofft.«

»Ich auch, aber ich hätte erwartet, mehr von ihnen hier zu sehen«, erwiderte die Prinzessin. »Was zeigen die aktiven Scanner an?«

»Sie zeigen kleine schwarze Kreise«, antwortete Solo. »Könnte daran liegen, dass ich sie nicht eingeschaltet habe. Uns durch ein aktives Signal zu verraten erschien mir keine sonderlich kluge Idee.«

»Du könntest versuchen, es zu tarnen«, schlug Ray vor. »Das Spektrum ändern, das Signal von der Atmosphäre des sechsten Planeten abprallen lassen, um es abzuschwächen. Etwas in der Art.«

Chewbacca knurrte und grummelte, beugte sich aber über die Konsole, um die nötigen Vorbereitungen zu treffen. Han lehnte sich ebenfalls nach vorne, die Finger verschränkt. Das Display verriet ihm, dass der Gasriese und einer seiner Monde sie noch mindestens ein paar Minuten vor den visuellen Sensoren des imperialen Schiffes verbergen würden. Er drückte den Knopf für das Hyperraum-Triebwerk, aber noch bevor er auf die Anzeigen blickte, hörte er an dem Summen und Surren, dass etwas nicht stimmte.

»Was tun Sie da?«, schnappte Leia, als er das Triebwerk wieder herunterfuhr.

»Ich wollte nur unsere Optionen überprüfen, Euer Hochwohlgeboren«, erwiderte Solo. »Und ein taktischer Rückzug gehört wohl nicht länger dazu. Was immer dieses Relikt ist, es beeinflusst unser Hyperraum-Triebwerk.«

»Das wäre dann der Beweis«, stieß Leia hervor. »Sie haben es gefunden. Und sie wissen, wie man es aktiviert.«

»Und wir werden dieses System nicht verlassen können, ehe wir nicht dort runtergehen und es wieder abschalten.«

»Ich muss sagen, ich bin ein wenig enttäuscht«, sagte Baasen. »Ich hatte mir das Ganze etwas spektakulärer vorgestellt. Aber immerhin bedeutet es, dass dein magischer Hyperraumblockierer existiert, alter Freund.«

Mit anderen Worten, noch muss ich mir keine Sorgen machen, dass du mir in den Rücken schießt, dachte Solo.

Das Kommunikationspult blinkte, um ein eingehendes Signal anzuzeigen. Es stammte von keinem Hyperwellen-Relaissatelliten – diese Kanäle waren ebenso instabil und unberechenbar wie das Hyperraum-Triebwerk selbst –, sondern von einem Standardkomm, und obwohl es ebenfalls sehr schwach schien, war es mit einem Chiffriercode der Rebellen gesichert. Die Anspannung in Solos Brust löste sich ruckartig, während er das Headset über seinen Kopf streifte und den Kanal öffnete.

»Hier spricht der *Millennium Falke*«, meldete er sich. »Wer ist da draußen?«

»Han!«, rief Luke, und die Erleichterung in seiner Stimme zauberte dem Corellianer ein Grinsen auf das Gesicht. »Was tust du denn hier?«

Solo lächelte zu Leia hoch, tippte an seinen Kopfhörer und formte den Namen *Luke* mit den Lippen. Organas Augen leuchteten, und ihre Haltung zeigte, wie sehr sie sich freute.

»Unter anderem suche ich nach dir. Wie ist euer Status?«

»Wir sitzen hier fest. Als wir im System ankamen, stießen wir auf eine Patrouille imperialer Sternjäger«, berichtete der junge Skywalker, dann hielt er inne. »Es wurde ein wenig brenzlig.«

»Wissen die Imperialen, wo ihr seid?«

»Nein«, antwortete Luke. »Wir sind mit unseren verbliebenen Schiffen möglichst dicht an einer Sonneneruption vorbeigeflogen und haben dann die Triebwerke heruntergefahren. Die TIEs haben noch eine Weile nach uns gesucht, aber dann zogen sie sich zurück. Sie werden wohl angenommen haben, dass wir alle tot sind.«

Leia deutete auf das Headset des Kopiloten, aber Chewbacca heulte und schüttelte widerwillig den Kopf.

»Du kriegst es auch wieder«, versprach die Prinzessin und streckte fordernd die Hand aus. Mit einem hustenden Knurren übergab der Wookiee ihr das Headset, woraufhin sie den Bügel an ihren ungleich kleineren Kopf anpasste und es sich überstülpte. »Luke. Hier ist Leia. Wie viele Verluste haben Sie hinnehmen müssen? Wo ist Wedge?«

»Sieben Sternjäger sind noch einsatzbereit«, meldete er. »Wir haben Burlis, Chrenn und eins der Aufklärungsschiffe beim ersten Angriff der TIEs verloren. Daawis ist noch bei uns, aber sein Höhenstabilisator ist durchgebrannt. Wedge ist gerade bei ihm, und sie versuchen, das System behelfsmäßig zu reparieren. Ich glaube, wir könnten den Jäger wieder flugfähig machen, falls wir die Teile hätten. Außerdem funktionieren die Hyperraum-Triebwerke nicht. Bei keinem von uns.«

»Das wissen wir, Junge«, sagte Han. »Deswegen sind wir ja hier.«

»Ist das eine neue Waffe des Imperiums?«, wollte Skywalker wissen.

»Nein«, antwortete Solo im selben Moment als Leia sagte: »Noch nicht.«

»Nun, was immer es ist, wir haben versucht, der Flotte eine Warnung zu schicken, dass sich alle von hier fernhalten sollen.«

Scarlet streckte ihren Kopf ins Cockpit, und Han hob in einer stummen Bitte, dass sie sich in Geduld üben möge, die Hand. Hinter ihr erklangen die blökende Stimme des Bothaners und das Zirpen der R3-Einheit, ein Chor von Fragen und Sorgen. Der *Falke* war nicht für so viele Personen konzipiert, und dementsprechend musste ein Teil von ihnen eben warten, bevor sie auf den neuesten Stand gebracht werden konnten.

»Wo seid ihr, Junge? Wir fliegen zu euch rüber, dann können wir uns von Angesicht zu Angesicht unterhalten.«

»Auf dem dritten Mond des zweiten Gasriesen gibt es eine Eishöhle«, erklärte Luke. »Wir haben hier sogar ein wenig Atmosphäre.«

»Klingt wundervoll«, erwiderte Solo. »In ein paar Minuten sind wir da.«

»Ich sage den anderen besser, dass sie euch nicht erschießen sollen«, meinte Luke, und Han konnte das Grinsen in der Stimme des Jungen förmlich hören. *War ich jemals so jung?*, fragte er sich, dann unterbrach er die Verbindung.

»Sie haben das Relikt also bereits«, schlussfolgerte Scarlet.

»Ich glaube nicht, dass es so einfach ist«, entgegnete Leia, während sie Chewbacca das Headset zurückgab. Han fiel auf, dass sie es nicht wieder an die Größe des Wookiee-Schädels angepasst hatte. »Würden sie diese Technologie wirklich kontrollieren können, wären schon längst mehr Sternzerstörer hier, um darüber zu wachen. Es stellt vemutlich noch immer ein Risiko dar, sich in der Nähe des Planeten aufzuhalten. Und da unsere Hyperwellenkommunikation ausgefallen ist, können wir wohl davon ausgehen, dass es bei ihnen nicht anders ist. Ich schätze, sie haben dieses Relikt gefunden, worum auch immer es sich handeln mag, und sie versuchen noch immer herauszufinden, wie man es benutzt.«

Baasen presste sich an die Wand, damit Scarlet in das Cockpit treten konnte. »Das wird noch ein interessanter Tag.«

»Die große Frage ist«, fuhr Leia fort, »ob sich das Relikt noch auf dem Planeten befindet, oder ob sie es auf den Sternzerstörer gebracht haben.«

»Ich weiß nicht«, murmelte Hark. »Galassian hat in seinem Bericht keine Angaben über die Größe dieses Dings gemacht. Aber falls es funktioniert ...«

Chewbacca gab ein Grollen Richtung Han von sich und nickte zum taktischen Display. Der Corellianer kniff die Augen zusammen, als ein blassblauer Bogen zwischen den Planeten erschien.

»… ist es sicher noch auf dem Planeten. Es braucht Energie, und seine Energiequelle befindet sich dort unten.«

»Nein«, brummte Solo, an Chewie gerichtet. »Dafür müssten wir das Triebwerk zu weit hochfahren. Wir müssen so unauffällig wie möglich bleiben. Gib ein Drittel Leistung, dann benutzen wir das Gravitationsfeld des großen Mondes dort als Katapult. So erreichen wir Luke schneller, und die Wahrscheinlichkeit, dass der Sternzerstörer uns sieht, ist geringer.«

»Dann glauben Sie also, dass die Imperialen Truppen auf dem Planeten haben?«, fragte Leia Scarlet.

»Zumindest ein Wissenschaftsteam«, erwiderte die Spionin. »Und eine Begleiteskorte natürlich. Galassians erster Scan der Oberfläche zeigt mehrere verschiedene Schichten von Ruinen, aber keinerlei Energiesignaturen. Darum vermute ich mal, dass das Relikt sich irgendwo *unter* der Oberfläche befindet.«

»Das ist keine schlechte Route«, sagte Baasen, beugte sich an Chewbacca vorbei und deutete auf das Display, »aber es ginge schneller, wenn du diesen Mond hier als Katapult benutzt. Die Distanz wäre länger, aber wir wären schneller, und durch dieses Asteroidenfeld in der Mitte befinden wir uns nicht so lange im Sichtfeld des Sternzerstörers.«

Chewbacca heulte und bellte.

»Was hat er gesagt?«, fragte der Mirialaner.

»Genug!«, schrie Han. Die Unterhaltungen ringsum verstummten, nur das Pfeifen des R3 draußen im Korridor war noch zu hören. »Außer mir und Chewie verlassen jetzt alle bitte das Cockpit. Und zwar sofort.«

Die anderen blickten ihn finster an oder lächelten entschuldigend, aber sie zogen sich zurück, und als sie verschwunden waren, fuhr Solo sich mit einem Seufzen durch die Haare.

»Wir haben eindeutig zu viele Leute an Bord.«

Der Wookiee zog die Schultern hoch, stellte den Bügel seines Headsets neu ein, schob es versuchsweise über seinen Schädel und passte es dann noch einmal an, wobei er im Plauderton vor sich hinbrummte.

»Nein«, erwiderte Han. »Hier hat nur eine Person das Kommando. Und das bin ich.«

Chewie zuckte noch einmal mit den Schultern. Diesmal passte das Headset wieder auf seinen Kopf.

Die Eishöhle war so breit und hoch wie ein Hangardeck und bot somit mehr als genug Platz für die acht X-Flügler und das Aufklärungsschiff, die sich dort zusammendrängten. Keines der Fahrzeuge war unversehrt geblieben; ihre Außenhüllen waren von langen Brandspuren überzogen, das Metall um ihre Landefüße verbrannt, und unter ein paar Flügeln hatten sich gefrorene Lachen von ausgelaufener grüner Kühlflüssigkeit ausgebreitet, glitzernd im Schein der Notbeleuchtung, die bunte Schatten über das Eis ringsum und die blassblaue Decke warf. Dennoch winkten die Piloten in ihren schmutzigen orangefarbenen Overalls alle erleichtert, als Han den *Falken* behutsam neben ihren Schiffen aufsetzte.

Er war kaum die Frachtrampe heruntergestiegen, als Luke auch schon gefolgt von R2-D2 zu ihm herübereilte. So fröhlich, wie der Junge grinste, hätte man fast meinen können, dass sie nicht in einem gefährlichen Sonnensystem festsaßen, sich einem zahlenmäßig überlegenen Feind gegenübersahen, nur über stark begrenzte Vorräte verfügten, keinerlei Möglichkeiten hatten, um Hilfe zu rufen, und nicht wussten, wann – und ob – Verstärkung eintreffen würde. Chewbaccas Brüllen zog in der dünnen Luft ein leises Echo nach sich, als er Luke von den

Füßen hob und ihn wie eine Puppe in die Höhe warf und wieder auffing. Hinter dem Wookiee traten Scarlet, Baasen, Leia und Sunnim aus dem *Falken*.

»Ich freue mich auch, dich zu sehen.«. Luke tätschelte Chewies Arm. »Was hat euch überhaupt hierher verschlagen? Ich dachte, ihr wärt im Kern, um einen Spion zur Flotte zurückzubringen?«

»Das waren wir auch«, bestätigte Han. »Scarlet Hark? Luke Skywalker. Luke, das ist der Spion.«

»Freut mich, Sie kennenzulernen«, sagte Skywalker.

»Gleichfalls.« Scarlet lächelte, dann nickte sie zu dem piepsenden R2-D2 hinab. »Das gilt natürlich auch für dich.«

»Das hier«, fuhr Solo fort, »ist Baasen Ray. Er ist ein Kopfgeldjäger, der Jabba versprochen hat, mich an ihn auszuliefern, und der Bothaner ist Sunnim, sein Pilot. Ich würde keinem von beiden trauen, wenn ich du wäre.«

»Oh«, machte Luke, die Stirn gefurcht.

»Jeder Freund von Solo …«, begann Baasen mit einem Nicken, aber er beendete den Satz nicht.

»Steht er auf unserer Seite?«, fragte Skywalker leise.

»Nicht wirklich«, erwiderte Han. »Und dieser R3 gehörte einem Kerl namens Hunter Maas, aber Baasen hat ihn erschossen, und jetzt … keine Ahnung. Jetzt rollt er auf meinem Schiff herum.«

»Ich habe wohl einiges verpasst.«

»Luke, ich muss mit Wedge sprechen«, erklärte Leia, während sie vortrat und den Jungen umarmte. Solo trat zur Seite und gab vor, die Energieleitungen des *Falken* zu überprüfen. Als er sah, dass Scarlet ihn abschätzend beobachtete, beschloss er, sie kurzerhand zu ignorieren.

»Ich bin hier, Hoheit.« Wedge Antilles löste sich von den

anderen Piloten. Er sah müde aus, und seine Fliegerkombi war mit Öl und Kühlflüssigkeit verschmiert.

»Commander Antilles, wir müssen zum fünften Planeten des Systems«, begann Leia ohne Umschweife. Sie löste sich von Luke, behielt aber weiter eine Hand auf seinem Unterarm. »Das Gerät, das unsere Hyperraum-Triebwerke und Kommrelais blockiert, befindet sich dort.«

»Das wird aber nicht leicht«, warf Solo ein.

»Es muss aber auch nicht unnötig schwer werden«, schob Baasen nach. »So, wie ich das sehe, brauchen wir nur ein gutes Ablenkungsmanöver. Und die da erscheinen mir perfekt für diese Aufgabe.« Er deutete auf die Sternjäger.

Leias Miene wurde völlig ruhig, geradezu emotionslos, und Han erkannte, dass sie gerade ihre Optionen abwog. Was war wichtiger: unversehrt die Oberfläche von Seymarti V zu erreichen oder die Sicherheit der X-Flügler-Staffel? Lukes Sicherheit?

»Kein Problem«, sagte Wedge. »Wir bilden zwei Flügel. Einer stößt von der Sonnenseite nach oben, der andere greift aus der Richtung der Gasriesen an. Falls wir den richtigen Moment abpassen, wird niemandem auffallen, dass ein einzelnes Schiff über der anderen Seite des Planeten niedergeht.«

»Und was dann?«

»Dann machen wir sie fertig«, erklärte Luke.

Solo musste lachen. »Du hast vielleicht eine Raumstation durch einen Glückstreffer zerstört, weil ich dir den Feind vom Hals gehalten habe«, erinnerte er ihn, »aber das ist kein Grund, übermütig zu werden.«

»Ich habe nicht behauptet, dass es ein Spaziergang werden würde«, grinste Skywalker.

Das war das Besondere an dem Jungen, dachte Han. Ganz

gleich, wie verrückt ein Plan erscheinen mochte, wenn Luke darüber sprach, erschien alles machbar.

»Also gut«, nickte Leia. »Wir müssen schnell handeln. Welches ist der Jäger mit dem beschädigten Höhenstabilisator?«

»Der da.« Wedge deutete mit dem Arm. »Ich habe mehrere Stunden an dem Stabilisator gearbeitet, aber uns fehlen einfach die nötigen Ersatzteile. Wir wären wirklich dankbar, falls jemand bereit wäre, uns zu helfen.«

»Han?«, fragte die Prinzessin. »Haben Sie irgendetwas an Bord, um diesen X-Flügler wieder flugfähig zu machen?«

Der Corellianer zuckte mit den Schultern. »Ich kann ja mal nachsehen. Vielleicht finde ich etwas Passendes.«

»Danke«, sagte sie, aber ihre Stimme klang ein wenig belegt. *Sie weiß, wie gefährlich das wird,* dachte er. *Sie weiß, dass Wedge und der Junge und die anderen ihr Leben riskieren. Und wieder mal alles für die gemeinsame Sache, fürs größere Wohl.* Eines musste er ihr immerhin lassen: Dies waren Leute, die sie kannte, die ihr etwas bedeuteten, aber sie akzeptierte die Bürde, sie in Gefahr zu bringen, ebenso, wie sie es bei den Teilnehmern der Konferenz auf Kiamurr getan hatte – bei Leuten, die sie nicht oder kaum kannte. Ein Teil von Han bewunderte sie dafür, aber ihr Plan gefiel ihm deswegen noch lange nicht.

»Komm schon«, winkte Baasen ihm zu. »Ich gehe dir auch zur Hand. Eine habe ich ja schließlich noch.«

»Gut. Danke«, sagte Luke. Anschließend drehte er sich zu Leia um und flüsterte: »Warum ist dieser Kerl eigentlich hier?«

Han, Baasen und Chewbacca schritten über das dicke blaue Eis der Höhle, und ihre Schatten krümmten und verformten sich, wann immer sie die Notbeleuchtung eines Sternjägers passierten. Die Miene des Mirialaners war unergründlich, und

Solo linste immer wieder aus den Augenwinkeln zu ihm hinüber. Als sie den X-Flügler schließlich erreichten, stellte sich heraus, dass der Schaden längst nicht so schlimm war, wie von Han befürchtet. Der Stabilisator war halb durchgebrannt, aber es war ein standardmäßiges Modell, und an Bord des *Falken* gab es Dutzende Systeme, die auf dieselben Komponenten zurückgriffen. Auf eine von ihnen könnte er sicher verzichten. Der Pilot des Jägers war ein junger Mann, der noch unerfahrener wirkte als Luke – etwas, was Solo eigentlich nicht für möglich gehalten hätte.

Chewbacca schwang sich auf den Flügel der Maschine hoch, während Han und Baasen Schweißbrenner, Lötmetall und das benötigte Ersatzteil holten. Leia ging von einem Mitglied der X-Flüglerstaffel zum nächsten, redete mit ihnen, stellte Fragen. Sie zwischen den Männern zu sehen erinnerte Han an die Hallen und Gärten von Kiamurr. Sie war wieder ganz in ihrem Element, tat, was sie besser konnte als jeder andere, und sie zog Energie daraus. Sollte sie eines Tages die Galaxis regieren, dann allein wegen Momenten wie diesem, in dem sie sich die Loyalität von Personen sicherte, die eigentlich keinen Grund hatten, für sie zu kämpfen.

Personen wie Luke. Oder wie Han selbst.

»Es ist ja doch noch ein ganz guter Tag geworden, findest du nicht, alter Freund?«, sagte Baasen.

»Wie kommst du denn darauf?«, fragte der Corellianer.

»Scarlets Hyperraum-Antriebsblockierer existiert, oder? Und die Wahrscheinlichkeit, dass wir beide einander über den Haufen schießen müssen, ist ein wenig gesunken. Jedenfalls, soweit es mich angeht.«

»Wir werden einem Sternzerstörer gleich acht X-Flügler zum Fraß vorwerfen, damit wir uns in die Ruinen einer xenophoben, ausgestorbenen Spezies schleichen können, um weiß der Sarlacc wie vielen imperialen Wissenschaftlern und Sturmtruppen eine gefährliche Technologie unter der Nase wegzuklauen. Und das nennst du einen guten Tag?«

Der Mirialaner schürzte die Lippen. »Nun, wenn man es so ausdrückt, klingt es nicht mehr so toll. Aber es könnte viel schlimmer sein.«

»Genau dieses Denken hat dir deine Probleme mit Jabba beschert.«

»Ja, aber falls unser Plan funktioniert, werden wir es sein, die in Zukunft *ihm* Probleme bescheren!«

Einer der Jägerpiloten jubelte, sprang auf das Cockpit seines X-Flüglers und warf die Arme in triumphierender Pose hoch, um seine Gefährten zum Lachen zu bringen. Solo wusste nicht, warum, aber aus irgendeinem Grund hinterließ dieser Anblick einen bitteren Nachgeschmack in seinem Mund.

»Komm schon«, sagte er. »Machen wir uns an die Arbeit.«

25. Kapitel

Der *Falke* glitt durch die gewaltige Leere, so schnell wie ein Komet, aber um ein Vielfaches kleiner. Han setzte die Steuerdüsen ein, um das Schiff hinter den Asteroiden zu verbergen und die Wölbung des Planeten zwischen sich und dem Sternzerstörer zu halten. Imperiale Langstreckenpatrouillen könnten den Frachter natürlich auch diesseits des Horizonts entdecken, aber mit dieser Möglichkeit musste er leben. Alles, was sie tun konnten, war, sich dem Planeten möglichst unauffällig zu nähern und so schnell wie möglich auf die Oberfläche hinabzustürzen, wenn der richtige Moment gekommen wäre.

»Galassians Notizen zufolge befinden sich die Koordinaten des Tempels südlich des Äquators«, sagte Scarlet.

»Ja, aber das wäre mitten im Ozean«, gab Solo zu bedenken. »Ich bin sicher, dass er die Koordinaten vertauscht hat.«

»Woher wollen Sie das wissen?«, fragte die Spionin.

»Weil die Koordinaten – andersherum gelesen – direkt unter dem Sternzerstörer liegen«, erklärte Han. »Und je gefährlicher oder unangenehmer eine Möglichkeit ist, desto größer ist die Wahrscheinlichkeit, dass sie zutrifft.«

»Was für eine zynische Weltanschauung«, meinte Hark.

»Ich bin nur realistisch.«

Die kleine weißblaue Sonne berührte den Rand des Planeten, und eine Woge von Licht brandete über den Horizont, widergespiegelt von den Milliarden Staubkörnchen, die die Sumpfwelt umgaben. Vielleicht handelte es sich dabei um die Überbleibsel eines zermalmten Mondes oder die noch immer frei umhertreibenden Überreste der Wolke, welche dieses Solarsystem hervorgebracht hatte; oder es waren die traurigen Reste der nach innen gerichteten Zivilisation der K'kybak. Solo wusste es nicht, aber in jedem Fall bot das Lichterspiel einen beeindruckenden Anblick. Kurz darauf tauchte inmitten dieses Funkelns ein schwarzer Fleck auf, und der Corellianer spannte die Muskeln an: Der imperiale Sternzerstörer war in Sicht.

Sein Instinkt drängte ihn, die Triebwerke auf volle Energie hochzufahren und scharf kehrtzumachen. Die Geschwindigkeit und Manövrierfähigkeit des *Falken* würden sie sicher vor dem Schlimmsten bewahren. Diesen Impuls zu unterdrücken war nicht leicht, aber er schaffte es und hielt den YT-1300 weiter auf seiner gegenwärtigen Flugbahn, die ihn wie einen ziellosen Asteroiden durch die Schwärze treiben ließ. Bislang waren noch keine Alarme losgeschrillt, nichts deutete darauf hin, dass man sie entdeckt hatte.

Chewbacca knurrte und stöhnte.

»Ich weiß«, erwiderte Solo. »Ich sehe es auch. Wir werden versuchen, das wieder hinzukriegen, sobald wir gelandet sind.«

»Was wieder hinkriegen?«, fragte Scarlet.

»Erinnern Sie sich noch an das Kühlleck, als Baasen uns die Rakete ins Heck gejagt hat?«, entgegnete er. »Es ist wieder aufgebrochen. Aber damit werden wir fertig. Kein Grund zur Sorge.«

Hark sog tief den Atem ein und ließ ihn dann langsam zwischen zusammengebissenen Zähnen entweichen.

»Wissen Sie«, sagte sie dann, »ich liebe diesen Teil.«

»Diesen Teil?«, wiederholte Solo. »Wirklich?«

»Wirklich«, nickte sie. »Sie sind genau vor uns, und sie haben keine Ahnung, was auf sie zukommt. Falls wir es richtig anstellen, werden sie es nie erfahren. Wir schleichen uns einfach vorbei, tun, weswegen wir hier sind, und wenn sie endlich begreifen, was passiert ist, wird es längst zu spät sein.«

»Vielleicht«, zügelte Han ihren Enthusiasmus. »Aber manchmal laufen die Dinge nicht so, wie man es sich vorstellt, und dann klettert man plötzlich auf irgendwelchen Übertragungstürmen herum, während die Hälfte aller Sturmtruppen im Kern auf einen schießt.«

»Oh, *den* Teil fand ich auch toll«, erwiderte sie beinahe melancholisch. »Darum will ich nie einen Schreibtischjob haben.«

Etwas funkelte vor dem Bug des Sternzerstörers: eine Schwadron TIE-Jäger startete zu einem Patrouillenflug oder kehrte von einem ebensolchen zurück.

»Was ist mit Ihnen?«, wollte Scarlet wissen. »Sie genießen es doch auch, hin und wieder ein wenig Angst zu haben, oder?«

»Ich genieße nicht die Angst«, verneinte er. »Ich genieße es, ein wenig schlauer als die anderen zu sein.«

»Und das ist alles?«

»Das ... und außerdem hasse ich es, Steuern zu zahlen.«

Das Kommlämpchen blinkte rot, dann ging ein Funkspruch ein. »Rote Welle Eins, hier ist Rote Welle Zwei«, meldete sich Luke. »Können Sie mich hören?«

»Rote Welle Zwei, hier Rote Welle Eins«, antwortete Wedge. »Ich verstehe laut und deutlich.«

»Wir sind in Position und beginnen mit dem Anflug, Rote Welle Eins. Sie sollten sich ebenfalls in Bewegung setzen, falls Sie bereit sind.«

»Verstanden, Rote Welle Zwei. Wir fliegen los.«

Der Sternzerstörer, ein schwarzer Keil vor dem grellen Licht der Sonne, begann sich zu drehen und seine gewaltige Masse neu auszurichten. Silbernes Schillern und schwarze Dunkelheit tanzten um ihn herum, und dann blitzten die winzigen roten und orangenen Strahlen von Laserfeuer auf. Die Schlacht hatte begonnen. Han zögerte keine Sekunde, sondern fuhr sofort das Triebwerk hoch.

»Festhalten da hinten«, rief er über die Schulter. »Das könnte ungemütlich werden.«

Der R3 quiekte erschrocken.

»Was ist los?«, schrie Solo.

»Der Droide ist gesichert, alter Freund«, antwortete Baasen, einen Moment später erklärte Leias Stimme: »Die Halteklammern hier hinten sind defekt.«

»Nun, dann schnallt ihn eben fest«, wies Han sie an. »Ich kann mich auch nicht um alles kümmern.«

»Ich mach schon«, sagte Scarlet, dann eilte sie nach hinten zum Hauptfrachtraum. An der Steuerbordseite des Sternzerstörers flackerte etwas auf – ein explodierendes Schiff. Solo, der nicht sagen konnte, ob es ein TIE-Jäger gewesen war oder eines der Rebellenschiffe, begann, nervös mit den Fingerspitzen auf die Konsole zu trommeln. Wieder zuckten grellgrüne Lichtblitze in rascher Folge durch die sternenbesprenkelte Schwärze.

»Sie schießen auf den Jungen, Chewie.«

Der Wookie heulte und fletschte die Zähne.

»Ich weiß, dass das der Plan war. Alles läuft genau so, wie es laufen soll, aber trotzdem … Sie versuchen dort oben, Luke zu töten, und wir kriechen hier unten herum. Weißt du, wozu ich Lust hätte, Chewie? Ich würde gerne zu ihnen hochfliegen, mich hinter eines der Geschütze klammern und ihnen helfen.«

Chewbaccas Seufzen ließ keinen Zweifel daran, dass er ähnlich empfand. Bevor einer von ihnen noch ein weiteres Wort aussprechen konnte, leuchteten allerdings schon die Sensoren des *Falkens* auf und warnten sie vor dem bevorstehenden Atmosphäreneintritt. Solo legte die Finger auf die Kontrollen für die vorderen Deflektorschilde, wartete aber bis zum letzten Augenblick, bevor er sie aktivierte. Je weniger Zeit sie mit hochgefahrener Energie dahinflogen, desto geringer die Wahrscheinlichkeit, dass die TIEs auf sie aufmerksam wurden. Nur noch ein paar Sekunden, und sie wären innerhalb der Atmosphärensuppe des Planeten und außerhalb der Reichweite der Jagdmaschinen. Dann würde sich außerdem zeigen, ob die Imperialen Luftabwehrgeschütze auf der Oberfläche aufgestellt hatten.

»Rote Welle Zwei, hier ist Rote Welle Sechs. Mir klebt einer an meinem Heck.«

»Ich sehe es, Sechs«, rief Luke. »Ich setze mich hinter ihn. Ich …«

Die Kommverbindung riss ab, als sie in die äußeren Schichten der Atmosphäre eindrangen. Solo aktivierte die Schilde und neigte den *Falken* steil nach unten. Der Frachter bäumte sich auf und wehrte sich so heftig gegen seine Manöver, dass dem Corellianer der Magen abwechselnd bis zum Kehlkopf hochhüpfte und bis zu den Kniekehlen hinabsank. Überhitzte Luft glühte entlang der Schilde wie der Schaum auf einer Welle.

»Gibt es ein Problem, alter Freund?«, hallte Baasens Stimme aus dem Hauptfrachtraum nach vorne.

»Kein Problem«, rief Han zurück. »Genau so hatte ich es geplant.«

Unter ihnen kam die Landmasse von Seymarti V in Sicht. Erst schwoll sie langsam, unendlich langsam an, und dann sprang sie ihnen plötzlich entgegen. Auf der rechten Seite der Cockpitscheibe glitzerte ein gewaltiger schlammfarbener Ozean im Sonnenlicht. Entlang der Küstenlinie schien das Wasser rot zu sein, bevor es auf offener See in ein schmutziges Braun überging. Jenseits der Küste wogte als passendes Gegenstück ein Meer von Blättern eines dichten Dschungels. Während der *Falke* tiefer ging, wurden gewaltige Säulen erkennbar, die aus dem Urwald emporragten, ihr matter Stein durch Jahrhunderte von Wind und Wetter abgeschliffen. Als sie direkt über eine dieser Steinnadeln hinwegflogen, sah Han einen schwarzen Schwarm von Insekten, der wie lebendig gewordener Rauch von der Spitze der Säule nach oben stob. Das grüne Dach des Waldes kam immer näher; jedes einzelne Blatt dort unten war breit genug, um das gesamte Schiff zu bedecken, und sie alle hoben und senkten sich in einer unsichtbaren Brise.

Kurz bevor sie in den Dschungel eintauchen konnten, erhob sich plötzlich eine monströse grünschwarze Gestalt vor ihnen. Solo bekam einen flüchtigen Eindruck von riesigen, stahlartigen Zähnen und einem Dutzend grellroter Augen, dann waren sie auch schon an der Kreatur vorbei, und die gewaltigen Blätter klatschten gegen die Außenhülle. Unter ihrem Gewicht kippte der *Falke* um beinahe dreißig Grad auf die Seite, was dem Bothaner im Hauptfrachtraum einen erschrockenen Schrei abrang.

»Ist das auch genau so, wie du es geplant hast?«, rief Baasen.

»Nicht ganz«, erwiderte Solo, anschließend zog er das Steuer hart nach hinten. Der Frachter erschauderte, wurde langsamer und sank dann weiter dem Boden entgegen. Die Blätter klatschten gegen das Aussichtsfenster, wieder und wieder, bis Han glaubte, die Scheibe bersten zu hören, dennoch setzte er seinen Sinkflug fort, bis das grüne Dach der Bäume über ihnen zurückblieb und ihre gewaltigen Stämme wie Gebäude rings um sie aufragten. Seine Augen fest auf den Kollisionssensor gerichtet, seine Hände in ständiger Bewegung auf dem Instrumentenpult, lenkte er den YT-1300 zwischen den schwarzen Säulen aus Holz und Borke dahin. Irgendetwas über seinem Kopf klickte, und dann regneten Funken auf ihn herab.

»Chewie! War das irgendetwas Wichtiges?«

Der Wookiee brüllte anklagend.

»Nun, könntest du es dann vielleicht herausfinden? Ich bin hier gerade beschäftigt, wie du vielleicht siehst.«

Er rief Galassians Karte auf und legte die Sensordaten darüber. Die Koordinaten, die der Astrokartograf markiert hatte, glühten in hellem Grün, ungefähr zwölf Kilometer von ihnen entfernt; ungefähr bei zwei Dritteln dieser Strecke entdeckte Han eine gezackte Lichtung, groß genug, dass er den *Falken* dort landen konnte.

»Das schaffe ich«, murmelte er leise vor sich hin. »Überhaupt. Kein. Problem.«

Der Kollisionsalarm schrillte los, und er riss den Frachter hart auf die Seite. Vor dem Cockpitfenster huschte ein Baumstamm vorbei, dicht genug, um ihn zu berühren. Chewbacca grollte.

»Danke für diesen hilfreichen Tipp«, fauchte Solo zurück. »Halt … dich einfach fest.«

Die vermeintliche Lichtung erwies sich als Stelle, an der die Bäume nicht ganz so dicht standen wie im Rest des Dschungels; immerhin konnte er den Boden unter ihnen sehen, ein

Gewirr von Wurzeln, das ihn an Tausende riesige, knorrige, ineinander verschlungene Finger erinnerte: der Urwald, der sich selbst in ewigem Würgegriff hielt. Han ging langsam tiefer, ein skeptisches Auge auf die Höhenanzeige gerichtet, und nach ein paar Sekunden wurde ihm bewusst, wie riesig das Wurzelgeflecht unter ihm eigentlich war.

»Alle heil und unversehrt da hinten?«

»Wo haben Sie gelernt, ein Schiff zu fliegen?«, rief Leia.

»Wovon redet sie eigentlich?«, brummte Solo mit einem Grinsen. »Ich bin ein Genie.«

Das Schiff setzte auf und kippte fünfzehn Grad nach rechts, bis die Landefüße auf dieser Seite festen Grund berührten. Han deaktivierte das Triebwerk mit einer lockeren Handbewegung und schnallte sich anschließend vom Pilotensitz los. Chewbacca erhob sich ebenfalls und widmete sich der noch immer qualmenden Tafel an der oberen Instrumentenkonsole. Der Corellianer blickte mit zusammengezogenen Brauen zu der kleinen Flamme hoch, die noch immer über das geschwärzte Metall tanzte.

»Das sollten wir besser wieder in Ordnung bringen«, kommentierte er.

Chewies Grollen war kurz und durchdringend.

Im Hauptfrachtraum waren ihre Passagiere gerade dabei, sich von der holprigen Landung zu erholen, wobei einige bereits größere Fortschritte gemacht hatten als andere. Baasen und Leia rangen auf dem geneigten Deck des *Falken* um einen sicheren Stand, Sunnim saß noch auf seinem Platz, die Hände um seine Sicherheitsgurte geklammert, die Augen weit aufgerissen. Han glaubte, den Bothaner zittern zu sehen. Allein Scarlet bewegte sich leichtfüßig durch den Raum, ihre Wangen gerötet, ihre Augen erhellt von einem vergnüglichen Funkeln.

»Die schlechte Nachricht zuerst«, verkündete Solo. »Wir haben einen kleinen Spaziergang vor uns, bevor wir unser Ziel erreichen. Die gute Nachricht: Niemand hat versucht, uns abzuschießen.«

»So fliegst du also, wenn du nicht beschossen wirst?«, fragte Baasen.

»Es ist gar nicht so leicht, unter dem Blätterdach zu navigieren«, verteidigte sich Han.

»Wir sind davon ausgegangen, Sie wüssten, dass sich unter dem Blätterdach die Baumstämme befinden«, stichelte Leia.

Der Bothaner trug ein leises Wimmern zur Unterhaltung bei.

»Es hat doch funktioniert, oder etwa nicht?«, sagte Solo. »Ein einfaches Danke hätte genügt.«

Scarlet zog ein kleines schwarzes Medipack aus dem Ausrüstungsschrank und hängte es sich an den Gürtel. Das Licht vom oberen Geschützturm fiel schräg durch den Leiterschacht auf ihr Gesicht, als sie sich zu Han umdrehte.

»Wer hat Lust, mich zu begleiten?«, fragte sie einladend.

»Ich werde jedenfalls bestimmt nicht hierbleiben«, erklärte Baasen. »Und wo ich hingehe, da geht auch Sunnim hin. Um mir den Rücken freizuhalten, nur für alle Fälle.«

»Und ich dachte schon, wir wären wieder Freunde«, warf Solo ein.

»Das sind wir auch«, versicherte ihm der Mirialaner mit einem Grinsen. Er sah noch immer ein wenig grüner als üblich aus.

Chewbaccas Heulen erklang aus dem Cockpit.

»Nein«, entgegnete Han. »Du bleibst hier.«

Eine Sekunde später walzte eine Wand aus Fell, Muskeln und Wut aus dem vorderen Teil des Schiffes in den Frachtraum, einen Schweißbrenner in einer wild gestikulierenden Hand, die Fänge gebleckt. Han stellte sich breitbeinig auf das schräge Deck und blickte nach oben in die zornigen Augen des Wookiees.

»Es wird uns nicht viel bringen, dieses Wasauchimmer in die Finger zu bekommen, wenn wir kein flugtaugliches Schiff haben, um damit wieder von hier zu verschwinden. Und noch viel weniger möchte ich hierher zurückkehren und mich einer Einheit Sturmtruppen gegenübersehen – oder metallfressenden Ameisen ... oder was sich sonst noch hier herumtreibt.«

Chewbacca verschränkte die Arme vor der Brust, die Augen zu trotzigen Schlitzen zusammengekniffen.

»Außerdem ist da draußen ein riesiger Sumpf«, versuchte Solo es mit einem anderen Argument. »Und ich weiß, wie sehr du es hasst, wenn dein Fell von Schlamm verklebt wird.«

Das Gesicht des Wookiees wirkte mit einem Mal nicht mehr ganz so entschlossen.

»Und Schlangen gibt es bestimmt auch«, fügte der Corellianer hinzu, seine Stimme sanft und mitfühlend. Chewbacca schwieg einen langen Moment, dann drehte er sich um und stapfte wortlos zurück ins Cockpit. Kurz darauf ertönte wieder das Zischen des Schweißbrenners.

»Damit wäre die Sache geklärt«, wandte Solo sich an Leia. »Chewie wird hierbleiben und Ihnen Gesellschaft leisten, Durchlauchtigste, während ich mit Scarlet, Baasen und Sunnim ...«

Scarlet und Leia begannen im selben Moment zu lachen. Han runzelte die Stirn und hob in einer Geste der Verwirrung die Hände.

»Ich glaube, Prinzessin Leia hat sich schon dafür entschieden, mit uns zu kommen«, sagte Baasen, der gerade seinen

Blaster überprüfte. Sunnim neben ihm begann mit einem Seufzen, sich aus seinem Gurtwerk zu schälen. Solo drehte sich zu Leia um, bereit, sich falls nötig mit ihr zu streiten – bis ihn der kalte, unversöhnliche Blick ihrer dunklen Augen traf.

»Na schön«, brummte er. »Na schön, wenn Sie wirklich mitten in feindliches Gebiet hineinstolzieren und sich erschießen lassen möchten, will ich Sie natürlich nicht aufhalten.«

»Aber Captain«, erwiderte Leia, ihre Stimme süß und unschuldig und durch und durch gekünstelt, »dachten Sie etwa, ich riskiere nur *anderer* Leute Leben?«

Richtig, dachte er, ein wenig gekränkt von dieser Bemerkung.

Unvermittelt erfüllte grelles Licht den Raum, und kurz glaubte er, Chewbaccas Schweißbrenner hätte eine Fehlfunktion gehabt, aber dann erkannte er, dass die Helligkeit von dem oberen Geschützturm herabstrahlte. Das kam von draußen. Er hastete ins Cockpit und kletterte halb auf die Konsole, um durch das Aussichtsfenster nach oben blicken zu können. Dort, hinter einer Lücke im Blätterdach, konnte er eine Spur schwarzen Rauchs und das Flackern von grünen Energieblitzen sehen. Noch während Solo hinaufstarrte, schien der Himmel ein zweites Mal Funken zu schlagen, sodass eine Handvoll kleiner Lichtflecke wie Sternschnuppen über das Firmament zog.

Das Funkgerät knisterte. »Hier spricht Rote Welle Eins. Hier spricht Rote Welle Eins. Sind alle in Ordnung?«

Han griff nach dem Headset. »Was ist da oben los?«

»Mission erfüllt«, meldete Wedge.

»Wir haben ihn«, fügte Luke hinzu.

»Was habt ihr?«

»Den Sternzerstörer. Wir haben ihn.«

Ein tiefes Grollen, lauter als jeder Donner, ließ die Luft vibrieren. Ringsum raschelten und zitterten die Blätter der Bäume. Ein gewaltiges Tier mit hellen Federn kroch zwischen den Wurzeln hervor und floh kreischend ins Zwielicht des Dschungels.

»Ähm«, machte Solo. »Gute Arbeit.«

»Noch ist es nicht vorbei. Hier schwirren noch immer jede Menge Sternjäger herum. Wir müssen uns zurückziehen«, erklärte Luke die Situation.

»Niemand macht euch deswegen Vorwürfe, Junge. Wir melden uns, sobald wir etwas gefunden haben.«

»In Ordnung, Han. Viel Glück.«

Kaum, dass er das Headset abgenommen hatte, schnaubte Chewbacca hinter ihm. »Er hat schon ganz recht«, sagte Han. Eine Sekunde lang musterte ihn der Wookiee noch schweigend, dann wandte er sich wieder seinen Schweißarbeiten zu. Es war schließlich nicht so, als gäbe es im Augenblick noch etwas zu sagen.

Die anderen hatten sich bei der Ausstiegsrampe versammelt, Baasen und Sunnim mit ihren Blastern in den Händen, Scarlet mit einem kleinen Kartengerät in der einen und einer langen schwarzen Machete in der anderen. Leia überprüfte gerade die Verschlüsse der schenkelhohen schwarzen Stiefel, die sie von einem der Reparaturanzüge entlehnt hatte. Der R3-Droide surrte und pfiff von seinem Platz an der Wand, wo er noch immer in den Halteklammern fixiert war. Han nickte ihm zu, als hätte er tatsächlich eine Ahnung, was die Maschine ihm sagen wollte.

»Also gut«, sagte er dann und ließ die Rampe herunter. »Gehen wir.«

26. Kapitel

Der Bothaner stolperte über eine dicke Wurzel und stürzte gegen den Stamm eines gewaltigen Baumes. Hastig stieß er sich ab und fluchte in drei verschiedenen Sprachen, als eine lange, schleimige Ranke sich um sein Gesicht und seinen Hals schlang. Weiterhin Verwünschungen zischend, versuchte er mehrere Sekunden lang, sich von der Pflanze zu befreien, bis Scarlet schließlich das Messer von ihrem Gürtel zog und die Ranke mit zwei raschen Schnitten durchtrennte.

»Ein traumhafter Planet«, kommentierte Baasen. Während er sprach, musste er mit der Hand vor seinem Gesicht herumwedeln, damit die Wolken winziger, beißender Insekten ihm nicht in den Mund flogen.

»Du hättest auf dem Schiff bleiben können«, erinnerte ihn Han.

»Du würdest mir deinen geliebten *Falken* anvertrauen?«

»Chewie wäre ja auch noch da.«

Leia wickelte sich einen dünnen weißen Schal um die untere Gesichtshälfte, um sich der Insekten zu erwehren. Dabei trat sie beständig von einem Bein aufs andere, damit ihre Füße nicht in dem schlammigen, klebrigen Dschungelboden versanken. Nachdem sie den Bothaner von der Ranke befreit hatte, übernahm Scarlet die Führung, und Han setzte sich ans Ende der Gruppe, die Hand auf dem Blaster, damit rechnend, dass sich jeden Moment etwas Größeres und Hungrigeres als die kleinen Stechmücken zeigen würde. Die Luft ringsum war erfüllt vom Surren winziger Flügel, den Rufen unsichtbarer Tiere und dem Gestank nach Fäulnis und Verwesung.

Hark bewegte sich geschickt durch das dichte Unterholz und fand mit scharfem Auge die Stellen, wo der Boden am solidesten zu sein schien, während sie gleichzeitig dem dichten Rankengewirr auswich, das von den Ästen hoch über ihnen herabhing. Hin und wieder rief sie zwar die Hologrammkarte dieser Region auf ihrem Datenblock auf, um ihre Position zu überprüfen, aber sie wirkte, als wüsste sie, was sie tat, und Han vertraute darauf, dass sie sich dem Tempel näherten. Etwas anderes blieb ihm auch gar nicht übrig. In welche Richtung er auch schaute, alles sah exakt gleich aus, und da das dichte Blätterdach den Himmel vollkommen aussperrte, konnte er sich auch nicht der üblichen Methoden zur Orientierungshilfe bedienen.

»Vorsicht«, warnte Scarlet, dann deutete sie nach links und machte einen Bogen nach rechts. »Tiefer Schlamm.«

Leia zog ihren Stiefel mit einem feuchten, schmatzenden Geräusch aus einem anderen Schlammloch. »Der Schlamm ist überall tief.«

Anstatt auf die Bemerkung einzugehen, stieß Hark einen erschrockenen Schrei aus und riss den Blaster aus ihrem Halfter, während sie hastig von einer großen Pfütze zurücktänzelte. Der Bothaner hinter ihr schrie ebenfalls und sprang nach hinten, direkt in Baasen hinein, der durch den Zusammenprall beinahe das Gleichgewicht verlor. Als Han nach vorne eilte, hatte Scarlet ihre Pistole bereits auf die große Kreatur gerichtet, die in der Mitte der Pfütze kauerte. Ihr Maul war groß genug, um einen Wookiee mit einem Bissen zu verschlingen, und oben auf dem breiten Schädel prangten zahlreiche Augen. Die bräunlich graue Farbe ihrer Haut ließ sie fast vollständig mit dem schlammigen Wasser ringsum verschmelzen, und als sie die Gruppe anquakte, konnte Solo sehen, dass ihr Rachen mit großen, flachen Zähnen gefüllt war.

»Nicht schießen«, rief er, noch ehe er Hark erreicht hatte.

Die Spionin runzelte die Stirn und legte den Kopf schräg. »Das Biest hätte mich beinahe gefressen.«

»Es wollte dich nicht fressen. Sieh es dir doch nur mal an. All die Augen auf dem Kopf, die Tarnung durch die Hautfarbe … das Ding verbringt die meiste Zeit damit, sich unter dem Schlamm zu verstecken. Und diese Zähne sind dazu da, um Pflanzen zu zermahlen. Erschießen Sie es nicht, nur weil es hässlich ist.«

»Na gut«, brummte Scarlet und steckte den Blaster zurück ins Holster. »Ich wusste ja nicht, dass Sie beide so gute Freunde sind.«

Han beugte sich vor und tätschelte die Schnauze der Kreatur. »Es ist nur neugierig. Hat garantiert noch nie in seinem Leben Menschen gesehen.«

»Was ist mit Bothanern?«, fragte Sunnim, der augenscheinlich noch nicht ganz von Solos Argumentation überzeugt war.

Der Corellianer ignorierte ihn. »Nimm dich lieber in Acht vor uns«, flüsterte er dem Monster zu. »Wir sind nicht sonderlich nett.«

Als hätte es ihn verstanden, sank das Wesen fast geräuschlos unter den Schlamm zurück. Scarlet rollte mit den Augen und setzte sich wieder in Bewegung. Diesmal blieb Han direkt hinter ihr, auch wenn es ihm nicht behagte, Sunnim direkt in seinem Rücken zu wissen.

»Ich wusste gar nicht, dass Sie so ein Tierfreund sind«, sagte Leia, als sie den Bothaner überholte und zu Solo aufschloss.

»Falls jeder gleich auf ein Wesen schießen würde, nur weil es groß und gefährlich aussieht, könnte Chewie den *Falken* überhaupt nicht mehr verlassen.«

Die Prinzessin lachte und hakte sich bei ihm ein, damit er ihr helfen konnte, ihre Stiefel aus dem Schlamm zu ziehen. »Komisch, ich habe Sie immer für die Sorte Mann gehalten, die zuerst schießt.«

»Glauben Sie mir«, brummte Han, »wenn jemand mit einem Blaster vor mir herumfuchtelt, bin ich das auch. Aber ich töte niemanden, nur weil er schleimig ist oder ein paar Augen zu viel hat.«

»Sehen Sie?«, erwiderte Leia. »Sie tun es schon wieder. Sie überraschen mich.«

»Ich bin ein komplexer Mensch mit einem vielschichtigen Charakter.«

Sie sprang über ein Knäuel knorriger Wurzeln und stützte sich bei Han ab, als sie auf der anderen Seite wieder auf dem matschigen Dschungelboden landete und auszurutschen drohte. Dort, wo ihr Fuß den Grund berührte, stob ein Schwarm winziger, stechender Insekten aus einem Loch zwischen den Schlammlachen hervor, und ein paar Sekunden lang sagte keiner von ihnen ein Wort, weil sie viel zu sehr damit beschäftigt waren, sich dieser kleinen Angreifer zu erwehren. Leia band sich wieder den Schal um das Gesicht, und Han wedelte energisch mit der Hand vor seinem Kopf. Schließlich schienen die Insekten zu dem Schluss zu gelangen, dass sie die Eindringlinge lange genug geplagt hatten, und zogen sich zurück.

»Wissen Sie, was ich darüber denke?«, fragte die Prinzessin.

»Worüber?«, fragte er.

»Über vielschichtige Charaktere. Nach meiner Erfahrung sind sie wie Zwiebeln. Wenn man eine Schicht abzieht, kommt darunter nur eine weitere, kleinere Schicht mit genau denselben Eigenschaften zum Vorschein.«

Beinahe gegen seinen Willen musste Solo lachen. »Wollen Sie mich jetzt schälen?«

Sie verpasste ihm einen Schlag auf den Arm, aber er konnte sehen, dass sie unter ihrem Schal lächelte. Wären da nicht der Schlamm, die stechwütigen Insekten, die kreuchenden und fleuchenden Kreaturen des Urwaldes und die uralte Technologie zur Blockierung des Hyperraums, die irgendwo vor ihnen in einem Tempel wartete und sich zumindest teilweise schon unter der Kontrolle des Imperiums befand, hätte es beinahe ein angenehmer Spaziergang sein können.

Etwas, das so groß war wie Hans Hand, flatterte aus dem Blätterdach herab und landete auf der Schulter des Bothaners. Das Wesen hatte breite, durchscheinende Flügel, die in Dutzenden verschiedener Farben schillerten; selbst im gedämpften Licht des Dschungels schienen sie Funken zu sprühen. Der Leib darunter war dünn und vielbeinig und endete auf einer Seite in einem kleinen keilförmigen Schädel mit großen schwarzen Augen, auf der anderen Seite in einem langen Stachel, der sich sanft auf und ab bewegte.

Solo erstarrte. »Sunnim«, sagte er laut, um einen beifälligen Tonfall bemüht, damit der Bothaner nicht in Panik geriet. »Tu mir einen Gefallen und bleib ganz ruhig stehen.«

Scarlet drehte sich um, und ihre Augen weiteten sich, als sie die zerbrechlich wirkende Kreatur erblickte. »Na schau sich einer das an!«

»Töten Sie es, sofort«, forderte Han sie auf, seine Stimme weiterhin ruhig und ebenmäßig.

Hark warf ihm einen ungehaltenen Blick zu, aber dann zog sie doch das Messer von ihrem Gürtel. »Sind Sie sicher? Es scheint nicht …«

Noch während sie sprach, hob Sunnim die Hand und berührte einen der zierlichen Flügel. »Hübsch«, war alles, was er sagen konnte, bevor der lange geschwungene Stachel nach oben zuckte und sich ihm in den Hals bohrte. Scarlet riss ihr Messer hoch, aber Solo hatte bereits seinen Blaster in der Hand, und der Schuss riss die Kreatur in einer Explosion brennender Insektenteile von der Schulter des Bothaners.

Sunnim stand reglos da, und die Haut rings um die blutige Wunde, die der Stachel zurückgelassen hatte, begann sich in Sekundenschnelle zu verdunkeln. Er öffnete den Mund, wie um etwas zu sagen, aber alles, was über seine Lippen kam, war ein stotterndes Keuchen, gefolgt von weißem Schaum. Scarlet und Baasen eilten an seine Seite und halfen ihm, sich auf den Boden zu legen, wobei der Bothaner weiterhin ächzte und würgte. Immer mehr Schaum trat ihm vor die Schnauze, und seine zitternden Glieder versteiften sich.

Hark nahm das Medipack von ihrer Hüfte, aber als sie es geöffnet hatte, war Sunnims Todeskampf bereits vorbei – steif lag er zwischen den Wurzeln und starrte durch blicklose Augen zum Himmel empor.

»Tut mir leid, Junge«, murmelte Baasen, eine Hand unter dem Schädel des Bothaners, den Armstumpf auf die Brust des Toten gelegt.

Scarlet schloss das Medipack langsam wieder und schüttelte den Kopf. »Großartig. Die Tiere, die wie Monster aussehen, sind keine, aber eines der schönsten Geschöpfe, das ich je gesehen habe, kann in Sekundenschnelle töten. Was für eine Welt ist das hier nur?«

»Wenn ein Tier an einem so gefährlichen Ort mit bunten, schillernden Farben herumflattert, dann kann man davon ausgehen, dass es die tödlichste Kreatur im Dschungel ist, denn es muss sich augenscheinlich vor niemandem verstecken. Die schillernden Flügel sind eine Warnung, keine Einladung zum Streicheln«, erklärte Solo.

Leia legte eine Hand auf Baasens Schulter. »Es tut mir leid um Ihren Freund.«

»Danke«, erwiderte der Mirialaner, anschließend stand er auf und wischte sich den Schlamm von den Knien. »Nicht, dass dieser kleine Trottel mein Freund war, aber ich weiß die Geste zu schätzen.«

»Vielleicht sollte ich ab jetzt vorangehen«, schlug Han vor, und als sie sich wieder in Bewegung setzten, übernahm er vor Scarlet die Spitze. Ihnen blieb nichts anderes übrig, als den Bothaner dort liegen zu lassen, und der süßliche Geruch, der die Leiche bereits jetzt umgab, blieb rasch hinter ihnen zurück, verdrängt vom sauren, allgegenwärtigen Gestank des Urwaldes.

»Seit wann sind Sie ein Experte für fremde Lebensformen?«, fragte Scarlet nach ein paar Minuten.

»Ich bin schon kreuz und quer durch die Galaxis gereist«, antwortete Solo, der inzwischen vor Anstrengung keuchte. »Da sieht man so einiges. Außerdem besitze ich jede Menge gesunden Menschenverstand.« Der Boden neigte sich inzwischen in einem immer steiler werdenden Winkel nach oben, und der Schlamm machte den Aufstieg nur umso tückischer.

»Sie sind also schon öfter tödlichen Schmetterlingen begegnet?«, hakte Scarlet halb spöttisch nach. Han fand es ungemein befriedigend, dass sie nun ebenfalls schwerer atmete.

»Es gibt ein paar universelle Grundmuster, die man überall sieht, nur eben in einer Unzahl von Variationen«, sagte er. »Die Augen befinden sich in der Nähe des Mundes, gefährliche Lebewesen haben eine Art Warnfarbe, und so weiter. Wir alle haben Augen und Beine, weil Augen und Beine nützlich sind, ganz egal, auf welchem Planeten sich unsere Vorfahren entwickelt haben.«

»Faszinierend.«

»Sie wollten es ja wissen, Schätzchen.«

Nachdem sie einige Minuten weitergeklettert waren, erreichten sie die Kuppe eines felsigen Hügels. Die Bäume standen hier etwas spärlicher, sodass sie wieder den Himmel über sich sehen konnten – ebenso wie die hellen, bunten Energieblitze, die noch immer darüber hinwegzuckten. Zudem zogen sich an mehreren Stellen dunkle Rauchsäulen durch das Blau, wo Teile des Sternzerstörers durch die Atmosphäre gestürzt waren.

In der Richtung, in die sie marschierten, konnte man in einiger Entfernung eine gewaltige Konstruktion aus geschliffenem Stein aus dem Blätterdach hervorragen sehen.

»Scheint, als hätten sie uns tatsächlich ans Ziel geführt«, murmelte Solo, dann winkte er Scarlet zu und deutete auf den mächtigen Tempel.

»Gut gemacht«, lobte Leia, als sie sich neben die beiden stellte. »Ich hätte mich hier nur ungern verlaufen.«

»Da sind Sie nicht allein«, warf Han ein.

»Wann werden wir dort sein? Vielleicht in einer Stunde?«, fragte Baasen, während er seinen Datenblock hervorzog und versuchte, den Entfernungsmesser auf die Spitze des Tempels auszurichten.

»Vermutlich«, antwortete Scarlet mit einem Schulterzucken. »Es sei denn, wir fallen vorher in ein Sumpfloch, werden von einem Schlammmonster gefressen oder von Insekten zu Tode gestochen; oder wir begegnen unliebsamen Kreaturen, vor denen wir bislang verschont geblieben sind. Vorhin sagte jemand etwas von Schlangen, wenn ich mich nicht irre.«

Baasen lachte und legte der Spionin kameradschaftlich den Arm um die Schulter. »Sie gefallen mir, Mädchen. Sie haben Mumm.«

Scarlet erwiderte das Lachen. »Sie gefallen mir aber nicht, und wenn Sie nicht aufpassen, verlieren Sie gleich auch Ihre andere Hand.«

Der Mirialaner lächelte weiterhin, aber er nahm augenblicklich seinen Arm von ihrer Schulter.

Eine halbe Stunde später stießen sie tatsächlich auf eine Schlange: eine riesige Kreatur, zweimal so dick wie Hans Hüfte, mit hellen Schuppen, die wie poliertes Messing und Kupfer schimmerten. Sie war so lang, dass man ihren Kopf und ihren Schwanz im Dickicht zu beiden Seiten des Pfades nicht sehen konnte; da war nur ihr massiger Leib, der so reglos wie ein gefällter Baum auf dem Boden lag – und ihnen den Weg versperrte.

»Sollen wir sie erschießen?«, fragte Baasen laut.

»Sie rührt sich nicht«, entgegnete Han. »Scheint gerade rundum glücklich zu sein.« Mit einem hohen Sprung katapultierte er sich über den gewaltigen Leib der Schlange hinweg. »Lassen wir sie einfach in Ruhe.«

Scarlet hüpfte als Nächste über den Rücken der dicken, schuppigen Kreatur, dann drehte sie sich um und hielt Leia die Hand hin. Die Prinzessin war kleiner als der Rest der Gruppe, darum war der Sprung für sie am schwersten, aber mit Harks Hilfe schaffte sie es. Baasen hatte derweil ein paar Schritte nach hinten gemacht, um Anlauf zu nehmen, und nachdem er Han einen skeptischen Blick zugeworfen hatte, rannte er auf das Tier zu. Doch gerade, als er sich vom Boden abstoßen wollte, glitt sein Fuß im Schlamm aus, und er prallte mit voller Geschwindigkeit gegen die Seite des Schlangenkörpers. Wenig anmutig rutschte er über ihren breiten Rücken, dann landete er auf der anderen Seite mit dem Kopf voraus auf dem feuchten Boden.

Fluchend sprang der Kopfgeldjäger auf die Beine und versuchte, sich den Schlamm von Gesicht und Kleidern zu wischen. Han hielt den Atem an und wartete auf die Reaktion der Schlange.

Zunächst konnte er nur ein leichtes Kräuseln der Muskeln unter der Schuppenhaut erkennen, dann machte sich die Schlange plötzlich und mit unglaublicher Geschwindigkeit ins Unterholz davon.

»Ich glaube, du hast sie erschreckt«, sagte Solo.

Baasen kratzte sich noch immer Schlamm aus den Ohren. »Hätte ich gewusst, dass das so einfach wäre, hätte ich dem Biest einfach einen Tritt in die Rippen verpasst und mir diese peinliche Einlage erspart.«

»Vielleicht sollten wir weitergehen, bevor die Schlange erkennt, dass wir viel mehr Angst vor ihr haben als sie vor uns«, schlug Scarlet vor, dann rannte sie, dem Pfad folgend, zum Fuß des Hügels hinab.

Nach einer Weile erreichten sie den Rand einer Lichtung, und durch das dichte, farnartige Gestrüpp am Fuß der Bäume konnten sie nur ein paar Hundert Meter entfernt die mächtigen Steinsäulen des Tempels sehen. Eine Öffnung, zweimal so hoch wie ein Mensch und knapp viermal so breit, prangte an der Seite des Bauwerks. Vermutlich, überlegte Solo, würden sogar zwei Landgleiter nebeneinander hindurchpassen. Der Eingang war nicht einmal durch eine Tür versperrt.

Doch zwischen dem Waldrand und der Öffnung zählte er mindestens einhundert Sturmtruppler, ein halbes Dutzend auf Gleitern angebrachter Schnellfeuer-Luftabwehrkanonen und fünf AT-ST-Kampfläufer.

»Verdammt«, flüsterte Scarlet.

»Allerdings. Für dieses Szenario haben wir keinen Plan, oder?«, erwiderte Solo. »Wir hätten uns wirklich etwas überlegen sollen.«

»Seit wann haben wir einen Plan?«, fragte Leia. »Wir improvisieren doch die ganze Zeit schon.«

»Glauben Sie, die Imperialen haben Angst vor Schlangen?«, schaltete sich Baasen in das Gespräch ein. »Vielleicht könnten wir das große Biest ins Lager scheuchen, um die Sturmtruppen abzulenken.«

»Nun«, sagte Han mit einem Seufzen, »anstelle von gar keinem Plan haben wir jetzt einen selten dämlichen Plan, aber ich weiß nicht, ob ich das als Fortschritt werten soll.«

»Rote Welle«, wisperte Leia. Sie hatte das Kommlink vor den Mund gehoben. »Rote Welle, können Sie mich hören? Hier ist Zeiger.«

»Rote Welle Zwei hier«, meldete sich Luke. »Alles in Ordnung?«

»Nein, Rote Welle. Ich fürchte, Sie müssen uns einen kleinen Gefallen tun.«

»Wie können wir behilflich sein?«

27. Kapitel

Ein halbes Dutzend X-Flügler raste jaulend und mit blitzenden Laserkanonen aus dem Himmel herab.

Han und Leia kauerten sich hinter den größten Felsen, den sie hatten finden können, und beobachteten, wie auf der Lichtung das Chaos um sich griff. Baasen und Scarlet waren ein paar Meter entfernt hinter einem umgestürzten, halb verrotteten Baumstamm in Deckung gegangen, dessen Durchmesser in etwa Chewbaccas Größe entsprach.

»Erst der Sternzerstörer und jetzt das. Hat unser Farmjunge etwa gelernt, sich nützlich zu machen?«, murmelte Han. »Wann ist das denn passiert?«

»Er hat größeres Talent, als sie ihm zugestehen«, erwiderte Leia, aber die Hälfte ihrer Worte wurde von Explosionen übertönt.

Die Sternjäger sausten mit hoher Geschwindigkeit über der Lichtung hinweg und feuerten dabei auf das Lager der Sturmtruppen. Ihr Ziel war es dabei weniger, den Feind auszulöschen, sondern vornehmlich, größtmögliche Verwirrung zu stiften. Dennoch waren von einem der AT-STs und zwei Luftabwehrkanonen nur noch rauchende Trümmer übrig, als die

X-Flügler ihren ersten Überflug beendeten und wieder in den Himmel emporstiegen. Der Qualm der zerstörten Maschinen vermischte sich mit dem Nebel, der aus dem Sumpf rings um den Tempel aufstieg.

Die Sturmtruppler waren auseinandergestoben, und während einige in den Tempel flohen, suchten andere unter dem Blätterdach des Dschungels Schutz. Ein paar besonders tapfere Soldaten hielten die Lichtung und feuerten mit ihren Blastergewehren in die Luft. Das Ergebnis war ein nettes Farbspektakel, mehr aber auch nicht; die Schüsse aus diesen Waffen konnten nicht einmal die Schilde eines T-65 durchdringen.

»Einmal lassen wir sie noch angreifen«, wisperte Han Leia ins Ohr, »dann gehen wir rein.« Er winkte, um Scarlets Aufmerksamkeit zu erregen, und als sie nickte, ahmte er mit Zeige- und Mittelfinger rennende Schritte nach und tippte sich dann an die Brust. Sie nickte erneut und richtete sich in eine gebückte Haltung auf, wie ein Sprinter an der Startlinie, bereit, ihm zu folgen, sobald der Moment gekommen wäre.

Das hohe, kehlige Röhren der X-Flügler-Triebwerke wurde wieder lauter, gefolgt von einer weiteren Serie von Laserblitzen. Diesmal hatten sich die Sternjäger aufgeteilt, und jede der beiden Gruppen konzentrierte ihr Feuer auf ein Prioritätsziel. Als sie über der Lichtung vorbeirasten, vergingen der letzte Läufer und die Gleiter mit den Geschützen in gewaltigen Feuerbällen, und ringsum stoben Geysire aus Schlamm und verdampftem Wasser in die Höhe. Jetzt suchten auch die letzten der verbliebenen Sturmtruppen hastig nach Deckung. Schwarzer Qualm brodelte aus brennenden Trümmern empor und legte sich wie eine Decke über das Feld.

»Jetzt!«, rief Han, anschließend sprang er hinter dem Felsen hervor und sprintete los. Leia rannte mit weit ausholenden

Schritten neben ihm her, den Kopf gesenkt, den Blaster in der Hand. Kurz riskierte Solo einen Blick über die Schulter, bis er sah, dass Scarlet und Baasen nur ein paar Meter hinter ihnen waren. Er wusste nicht, ob irgendjemand sie in dem Chaos und der Zerstörung bemerkte, aber zumindest hörte er keine alarmierten Rufe, und ein paar Sekunden später hatten sie bereits die dunkel klaffende Öffnung in der Tempelwand erreicht.

Vier Sturmtruppler hatten sich neben dem Eingang zusammengekauert, die Helme zum Himmel gerichtet, als würden sie auf den nächsten Angriff der tödlichen X-Flügler warten. Einer von ihnen senkte kurz den Blick, und als er Han erblickte, legte er verwirrt den Kopf schräg.

»He, Sie können nicht …«

Baasen erschoss erst ihn und dann zwei seiner Kameraden, während die Imperialen noch versuchten, ihre Waffen zu heben. Der vierte schaffte es, mit seinem Gewehr auf den Mirialaner anzulegen, aber da hechtete Scarlet vor. Sie rollte sich über die Schulter ab, riss aus der Rolle ihr Bein nach vorne und fegte den Sturmtruppler von den Beinen. Mit einem lauten Knacken landete er auf dem Steinboden, wo er reglos liegen blieb.

Han tippte Baasen auf die Brust. »Wir sollten nur im absoluten Notfall schießen, schließlich haben wir keine Ahnung, wie viele Sturmtruppler da drin noch auf uns lauern.«

»*Wo* drin?«, entgegnete der Kopfgeldjäger.

Eine gute Frage. Der Vorraum, den sie betreten hatten, war eine rechteckige Kammer, deren Wände ungefähr den Maßen des Eingangs entsprachen und aus demselben Stein bestanden wie das Äußere, wenngleich hier in der kühlen Dunkelheit schleimiges Moos und Pilze an dem Fels wucherten. Einige der Pflanzen waren von einer schwachen Biolumineszenz erfüllt, und ihr Schein erhellte ein Gewirr von Gängen, das in alle nur erdenklichen Richtungen aus der Kammer führte. Abgesehen von den vier Sturmtrupplern, die reglos neben dem Eingang lagen, war niemand zu sehen.

»Haben Sie eine Karte von der Anlage?«, fragte Solo.

»Noch nicht.« Während die anderen sich in eine dunkle Ecke zurückzogen, damit man sie von draußen nicht sehen konnte, kauerte sich Scarlet neben die toten Soldaten und förderte aus einer der vielen Taschen an ihrem Gürtel ein halbes Dutzend Metallbälle zutage, jeder ungefähr so groß wie ein menschlicher Augapfel. Nachdem die Spionin sie auf ihre Handfläche gelegt hatte, klappten die Kugeln auseinander und verwandelten sich in metallene Insekten mit durchscheinenden Flügeln und rot glühenden Sensoraugen. Hark warf sie in die Luft, und sie flatterten in verschiedene Gänge davon.

»Bezahlen die Rebellen für all diese schicken Spielzeuge?«, erkundigte sich Baasen.

Scarlet brummte nur. Han war ziemlich sicher, dass diese schicken Spielzeuge von den Personen bezahlt worden waren, denen Hark sie gestohlen hatte, aber diese Meinung behielt er lieber für sich. Nun zog die Spionin ihren Datenblock hervor und tippte darauf herum, bis eine glühende holografische Karte des Tempelinneren über dem Gerät Form anzunehmen begann, wobei die Korridore durch Linien gelben Lichts repräsentiert wurden, während orangefarbene Quader größere Räume darstellten. Davon abgesehen, waren mehrere rote Punkte über die Darstellung verstreut. Während draußen das Heulen der X-Flügler wieder an Lautstärke gewann, studierte Solo das Hologramm.

Für ihn war es ein undurchdringliches Labyrinth, aber Scarlet ließ die Karte mit zielgerichteten Handbewegungen erst in die eine Richtung rotieren, anschließend in die andere, und nachdem sie kurz nachdenklich vor sich hingemurmelt hatte, nickte sie. Die Spionin marschierte in einen der kleineren Gänge, dann winkte sie den anderen ungeduldig zu, und sie folgten ihr. Keine Sekunde zu spät, wie sich herausstellte, denn kaum dass der Letzte von ihnen den Korridor betreten hatte, tauchte eine weitere Einheit der Sturmtruppen in der Eingangskammer auf.

Sie wichen tiefer in den Gang zurück, aber die Imperialen waren zu sehr mit den Gefallenen beschäftigt und schienen sie nicht entdeckt zu haben. Damit das auch so blieb, führte Scarlet Han und die anderen in einen Seitengang, in dem es so dunkel war, dass das Moos an den Wänden und die Holo-Karte die einzigen Lichtquellen darstellten. Hark berührte die Kontrollen ihres Datenblocks mit dem Finger, und das Hologramm verdunkelte sich, bis man es kaum noch erkennen konnte und es lediglich einen schwachen Schein auf die Wände ringsum warf.

»Sieht aus, als wäre ein Alarm losgegangen«, wisperte sie. »In dem zentralen Gang wimmelt es nur so vor Soldaten.« Sie deutete auf eine dicke gelbe Linie der Karte, in der mehrere rote Punkte dahinglitten, und Han erkannte, dass es sich dabei um die Position der Personen handeln musste, die Scarlets Roboterinsekten aufgespürt hatten.

»Wissen Sie auch, wohin wir müssen?«, fragte er.

Sie deutete auf einen großen orange glühenden Raum im Herzen des Hologramms, hinter dem ein kurzer Korridor in einer Sackgasse endete. »Dorthin, vermute ich mal. Die meisten Imperialen sind dort, außerdem ist das die einzige Sackgasse in der gesamten Karte. Ich gehe jede Wette ein, dass sich dort eine Tür befindet. Und ich kann keinen anderen Ausgang aus dem Tempel entdecken.«

Leia gab ein leises, zustimmendes Geräusch von sich, dann flüsterte sie: »Aber der einzige Weg dorthin ist der Hauptkorridor. Und wie Sie schon sagten, dort wimmelt es vor Sturmtruppen.«

»Bei allem Respekt, Prinzessin, ich sehe mindestens zwei andere Routen dorthin, und eine davon führt durch den Gang, in dem wir uns gerade befinden«, warf Baasen ein. Er streckte seinen Finger in das Hologramm, und einen Moment später erkannte auch Han, was der Mirialaner meinte. Ein Pfad wand sich von ihrer gegenwärtigen Position durch die Anlage, und nach zahlreichen Windungen und Kurven endete er direkt neben der Sackgasse in der Mitte der Karte.

»Und in diesem Korridor treibt sich kein einziger Imperialer herum«, fügte er hinzu.

»Das ist es ja, was mir Sorgen macht«, erklärte Scarlet.

Solos Augen begannen sich inzwischen an die Dunkelheit zu gewöhnen, und das schwache Glühen des Mooses entlang der Wände vermittelte ihm einen groben Eindruck von dem Korridor ringsum.

»Gibt es einen besonderen Grund, warum wir hier warten sollten?«, fragte Baasen. Er wippte auf den Fußballen vor und zurück, sein Lächeln so schmal, dass Solo sich nicht sicher sein konnte, ob er es sich nicht vielleicht nur einbildete.

»Also schön, aber bleiben Sie hinter mir«, flüsterte Scarlet. »Sie alle.« Bei diesen Worten tippte sie dem Mirialaner bedeutsam gegen den Arm.

»Natürlich, meine Liebe.«

Hark deaktivierte die Karte und schlich den Gang entlang. Der Stein unter ihren Füßen fühlte sich kalt und schleimig an, aber bei dem gemäßigten Tempo, das die Spionin vorlegte, musste keiner fürchten, auf dem schlüpfrigen Grund das

Gleichgewicht zu verlieren. Die Luft stank nach Moder und Verfall, aber da war auch ein vager, metallischer Geruch. Nachdem sie ein paar Dutzend Meter zurückgelegt hatten, wagte Hark schließlich, eine kleine Taschenlampe von ihrem Gürtel zu nehmen und sie anzuschalten. Dennoch drehte sie sofort die Lichtstärke herunter, bis der helle Lichtfinger zu einem gedämpften Schimmer in der Düsternis geworden war.

Mehrere Schritte später erreichten sie eine Stelle, wo der Gang durch einen großen Steinwürfel blockiert war. Mit seinen anderthalb Metern Durchmesser füllte er die gesamte Breite des Korridors aus, aber zwischen seiner Oberseite und der Decke befand sich eine knapp einen Meter breite Lücke.

»Wir können darüber hinwegklettern«, begann Scarlet, aber bevor sie weitersprechen konnte, berührte Han sie am Arm und deutete zur Decke hoch. »Oh.« Der Steinblock schien von oben in den Gang herabgestürzt zu sein, denn über ihm befand sich eine Lücke von exakt denselben Ausmaßen.

»Der Tempel fällt wohl allmählich in sich zusammen«, mutmaßte Baasen.

»Nein«, entgegnete Leia. Sie deutete zum Boden hinab, wo etwas Weißes unter der Kante des Felsquaders hervorragte: ein Fuß in den Überresten eines Sturmtruppler-Stiefels. »Es war eine Falle.«

Scarlet drehte die Lichtstärke ihrer Taschenlampe ein wenig hoch, und als sich die Schatten in dem Gang verflüchtigten, erkannten sie, dass sich in dem Loch über dem Würfel ein komplexer Mechanismus befand, der ihn genau dann nach unten hatte fallen lassen, als der Imperiale diese Stelle passierte. An die Wand neben dem Felsen war ein Warnhinweis geklebt worden. ACHTUNG! KORRIDOR WURDE NOCH NICHT GESICHERT! NICHT BENUTZEN!

»Jetzt wird mir einiges klar«, sagte Baasen, dann stieß er den Fuß des unglücksseligen Sturmtrupplers mit dem Zeh an. »Nun, immerhin hat er die erste Falle für uns gesichert, hm?«

Han legte eine Hand auf den Steinblock und drückte. Der Quader rührte sich nicht; er musste Tausende Kilogramm wiegen. Zumindest war der Imperiale also schnell gestorben. Doch irgendetwas an der Sache wollte ihm keine Ruhe lassen.

»Sollen wir trotzdem weitergehen?«, fragte Scarlet. Sie versuchte, sich an Solo vorbeizuschieben, um über den Würfel hinwegzuklettern.

»Das ergibt keinen Sinn«, brummte Han. Seine Gedanken rasten, während er die Worte aussprach. »Wir sind hierhergekommen, um eine hochmoderne Technologie zu finden, die den Hyperraumverkehr unterbrechen kann, aber dieser Tempel besteht aus Fels, und die Fallen sind primitive Mechanismen. Sofern unser Hyperraumblockierer also nicht aus Granit besteht und mit einem Wasserrad betrieben wird, glaube ich nicht, dass er von denselben Leuten erschaffen wurde, die die Anlage errichtet haben.«

»Hast du schon mal eine Ternin-Baumschlinge gesehen?«, fragte Baasen. »Manchmal sind die primitivsten Lösungen die effektivsten.«

»Aber wir sprechen hier über ein Gerät, das den Hyperraum blockieren kann.«

»Die K'kybak sind vor Jahrtausenden ausgestorben«, gab Scarlet zu bedenken. »Es könnte sein, dass nach ihnen eine weniger fortschrittliche Spezies den Planeten bewohnt hat.«

»Ja«, fügte Leia hinzu, »sie könnten all dies erbaut haben, um die Götter zu ehren, die von ihrer Welt verschwunden waren.«

»Ich glaube nicht, dass es mir gefallen würde, einem Haufen

Wilder zum Opfer zu fallen«, warf Han ein, dann hielt er inne, um Hark auf den Würfel hochzuhieven.

Die Spionin legte sich flach auf die Oberseite des Quaders und streckte die Hand aus, um ihrerseits Leia zu helfen. Als Baasen einen Schritt nach vorn machte und die Hände nach Leias Hintern ausstreckte, schubste Solo ihn zurück. »Finger weg.«

Ray hatte die Unverfrorenheit, ihn gekränkt anzublicken. »Ich wollte die Prinzessin nur stützen.«

Leia schaffte es aber auch ohne seine Unterstützung, mühelos auf den Felsblock hochzuklettern. »Die Prinzessin kommt schon zurecht, vielen Dank. Gehen wir weiter.«

Nun, da sie die erste Todesfalle gesehen hatten, mit der die Erbauer ihren Tempel gesichert hatten, schob Scarlet sich sehr viel langsamer voran als noch zuvor, und sie beließ ihre Taschenlampe bei voller Helligkeit. Immer wieder wies sie die anderen an, bestimmte Steinplatten auf dem Boden zu umgehen.

»Auslöser für Fallen?«, hatte Han gefragt, als er über die erste dieser Stellen hinweggestiegen war.

»Sie sehen jedenfalls merkwürdig aus, und wir wollen das Schicksal doch nicht herausfordern, oder?«, erwiderte sie.

Solo hatte nichts an dieser Denkweise auszusetzen, und so machte er einen großen Bogen um all die Bodenplatten, vor denen Hark sie warnte. Gleichzeitig versuchte er, nicht mit dem Schleim und den Pilzen an den Wänden in Berührung zu kommen.

Kurz darauf erreichten sie eine Kreuzung, von der zwei weitere Korridore abzweigten. Hier bedeutete die Spionin ihnen stehen zu bleiben, während sie ihre Karte konsultierte. »Wir sind fast da«, erklärte sie anschließend und deutete auf den orangefarbenen Raum. Er war noch immer mit roten Punkten gefüllt. »Wir brauchen einen Plan, um an diesen Wachen vorbeizukommen.«

»Was schwebt Ihnen vor?«, fragte Han.

»Mein erster Gedanke war, Sie und Baasen vorzuschicken, und wenn die Sturmtruppen ihre Leichen untersuchen, schleichen Leia und ich uns an ihnen vorbei.«

»Sehen Sie«, entgegnete Solo. »Noch so ein schrecklicher Vorschlag. Sie sollten wirklich besser improvisieren. Ihre Pläne taugen nämlich überhaupt nichts.«

»Nun«, meinte Scarlet, nachdem sie die Karte deaktiviert hatte, »wir können uns ja überlegen, was wir tun, während wir weiter ...«

Ihr Fuß berührte eine Steinplatte am Schnittpunkt der drei Gänge, und dieses Stück des Bodens verschwand, als wäre es nur eine Illusion gewesen. An seiner Stelle klaffte nun ein tiefer Abgrund, der in tiefe, unergründliche Schwärze hinabreichte. Hark hing einen endlosen Herzschlag lang mit rudernden Armen am Rand der Grube und versuchte, das Gleichgewicht zu behalten, ein Bein auf festem Stein, das andere über leerer Luft – dann stürzte sie nach vorne.

Hans Arm zuckte mit der Geschwindigkeit eines erfahrenen Revolverhelden vor, und er schaffte es gerade so, den Saum ihrer Bluse mit zwei Fingern zu greifen. Das verzögerte ihren Fall lange genug, um Baasen und Leia Gelegenheit zum Handeln zu geben. Sie sprangen an seine Seite und packten die Arme der Spionin, dann rissen sie sie von dem Loch im Boden zurück, sodass Hark mit einem Ächzen auf dem Hintern landete.

»Danke«, keuchte sie, als sie wieder zu Atem gekommen war.

»Sie sollten besser aufpassen, wo Sie hintreten«, ermahnte

sie der Mirialaner mit einem schelmischen Lächeln. »Ich glaube nämlich fast, dass es hier Fallen gibt.«

Leia kniete sich neben Scarlet auf den Boden. »Ist alles in Ordnung?« Sie löste die Trinkflasche von ihrem Gürtel und hielt sie der anderen Frau hin, die dankbar nickte und einen Schluck Wasser nahm.

Als ihr Atem sich wieder beruhigt hatte, stand Hark auf und fuhr sich mit der Hand durch das dunkle Haar. »Versuchen wir, so etwas von jetzt an zu vermeiden.«

Ein paar Biegungen und Fallen später kauerten sie in der Dunkelheit eines Seitenganges und spähten in einen großen Raum hinaus. Was auf Scarlets Karte wie ein kurzer Korridor ausgesehen hatte, erwies sich nun als Rampe, die auf der gegenüberliegenden Seite der Halle steil nach unten führte. Allerdings konnten sie von ihrer Position aus nicht erkennen, was sich an deren Fuß befand. Ein Dutzend oder mehr Imperiale waren in dem Raum verteilt – knapp die Hälfte trug die weiße Rüstung von Sturmtruppen, die anderen die Uniformen von Technikern. Und sie alle starrten in Richtung Hauptkorridor, als würden sie einen Angriff von dort erwarten. Und bewaffnet waren sie auch alle.

»Knapp vier für jeden von uns«, wisperte Baasen. »Das können wir schaffen.«

Bevor Solo widersprechen konnte, drehte Scarlet den Kopf. »Ich werde uns ein wenig Hilfe besorgen.«

Der Corellianer zog seinen Blaster, und ihm fiel auf, dass Leia ebenfalls ihre Waffe gehoben hatte. Sie lächelte ihm zu, aber es war ein trauriges Lächeln. Er versuchte sich an einem sorglosen Grinsen und einem Zwinkern, aber es fühlte sich schrecklich falsch und lächerlich an, und er hoffte, dass es nicht auch so aussah.

Scarlet tippte auf einige Knöpfe ihres Datenblocks, woraufhin ein leises Summen an Hans Ohren drang, und dann flog eines der sechs Roboterinsekten an ihnen vorbei. Die fünf übrigen Maschinen huschten aus anderen Gängen in die große Halle, und jede von ihnen landete auf dem Helm eines Sturmtrupplers. Eine Sekunde verharrten sie dort reglos, dann explodierten sie und rissen die Soldaten zu Boden. Die restlichen Imperialen wirbelten herum und suchten nach den Angreifern, aber da eröffneten Han, Baasen und Leia auch schon das Feuer aus ihrer Deckung, und die Uniformierten sackten zusammen, bevor auch nur einer von ihnen einen Schuss abgeben konnte.

»Das war laut«, sagte Solo. »Wir sollten uns also besser beeilen.«

Er sprang in die Halle hinaus und rannte auf die Rampe zu, so schnell er konnte – so schnell, dass er nicht einmal über die Schulter zurückblicken konnte, um sich zu vergewissern, dass die anderen ihm auch folgten. Han verlangsamte seine Schritte auch dann nicht, als er die Schräge erreichte, woraufhin er auf dem schleimigen, feuchten Stein den Halt verlor und mit dem Gesicht voran gegen eine gewaltige Metalltür prallte.

»Fassen Sie sie nicht an«, schnappte Leia hinter ihm – sie *waren* ihm also gefolgt, dachte er.

»Zu spät.« Han betastete seine Nase vorsichtig mit dem Finger, aber sie schien nicht gebrochen zu sein.

Die Tür vor ihm bestand aus einer glänzenden Legierung, die geradezu von innen heraus zu leuchten schien, und in ihrer Mitte prangte ein komplex aussehender Verriegelungsmechanismus – oder besser: Er hatte dort geprangt. Die imperialen Techniker hatten ihn nämlich in seine Bestandteile zerlegt und über ein Kabel mit einem schlichten roten Knopf verbunden.

»Warten Sie«, flüsterte Leia, aber Baasen hatte bereits den Arm ausgestreckt. Er drückte den Knopf, die schimmernde Metalltür glitt auf, und dahinter wurde ein weiterer Korridor sichtbar, der tiefer ins Innere des Planeten hinabführte. Der Mirialaner drehte sich auf seinen Zehenspitzen herum und blickte zu Organa zurück.

»Tut mir leid, Prinzessin. Hatten Sie etwas gesagt?«

28. Kapitel

Jenseits der schimmernden Tür veränderte sich der Aufbau der Korridore grundlegend. Es war, als würde man von einer Welt in eine andere treten, ohne den Raum zwischen ihm passieren zu müssen. Eine weitere Rampe führte steil nach unten, aber hier bestand keine Gefahr auszurutschen, denn der Boden war mit kleinen silbernen zahnartigen Ausbuchtungen übersät, die sich unter ihren Füßen zu bewegen schienen, wie Han selbst durch die Sohlen seiner Stiefel spüren konnte. Dahinter verzweigte sich der Weg zu einem Netzwerk hoher, aber geradezu lächerlich schmaler Gänge. Die Geometrie dieser Korridore wirkte falsch, auf eine Weise, die Solo nicht wirklich in Worte fassen konnte. Der Boden schien sich gleichzeitig in mehrere Richtungen zu neigen, außerdem hatte er den Eindruck, als würden sich die Wände bewegen, wann immer er sie nicht direkt ansah, und dann war da noch dieses unheimliche und unerklärliche Gefühl, dass die Luft an ihnen schnüffelte.

Der Corellianer hatte die technischen Errungenschaften von Hunderten, vielleicht sogar Tausenden Spezies gesehen, und er wusste, dass jede Rasse ihre speziellen physischen und psychischen Eigenheiten hatte, die ihre Gebrauchsgegenstände und ihre Architektur einzigartig machten. Er hatte keine Ahnung, wie die K'kybak ausgesehen haben mochten, aber eines war ihm klar: Ihre Denkweise unterschied sich grundlegend von allem, was er je erlebt hatte. Die Wände, an denen sie vorbeigingen, bestanden aus gewölbtem, glänzendem Stahl und tiefblauen Legierungen, und manchmal sahen sie flackernde Lichter, begleitet von seltsamen Geräuschen, doch ob es sich dabei nun um die Warnungen eines uralten Computersystems oder Kunst oder zufällige Entladungen handelte, vermochte keiner von ihnen zu sagen. Die Winkel, in denen Boden, Decke und Wände ineinander übergingen, waren irritierend und die Texturen der Oberflächen wirkten abwechselnd unangenehm, aufdringlich und bedrohlich.

Alle hundert Meter hatte das imperiale Forschungsteam weiße Markierungen an den Wänden angebracht, und so folgten sie, langsam und vorsichtig dahinschleichend, dem Pfad, den ihr Feind durch das Labyrinth gebahnt hatte. Alles an der untergegangenen Zivilisation der K'kybak war gleichsam faszinierend und verstörend, und Han verspürte den immer stärker werdenden Drang, sich zu waschen. Ein Blick in die Gesichter der anderen verriet ihm, dass er mit diesem Gefühl nicht allein war.

»Unheimlich«, flüsterte Scarlet, als sie einen gewaltigen runden Raum von gut und gerne einem halben Kilometer Durchmesser betraten, in dem lange Stränge eines metallischen Materials wie Ketten von der Decke hingen. Die durchsichtige wässrige Flüssigkeit, die an diesen Strängen herabtropfte, verwandelte den Boden in eine rutschige, glänzende Fläche.

Ein Tropfen landete mit einem lauten Klatschen auf Baasens Schulter, und er wischte die Flüssigkeit mit mildem Ekel von seiner Kleidung. »Ich muss sagen, meine Trauer, dass diese K'kybak nicht mehr unter uns weilen, hält sich in Grenzen.«

»Wo wir gerade davon sprechen«, begann Leia. »Haben wir irgendeine Ahnung, wie weit dieser Komplex noch in die Tiefe reicht? Es fühlt sich an, als würden wir schon stundenlang nach unten gehen.«

»Hier entlang.« Han deutete mit seinem Blaster zur gegenüberliegenden Wand des Raumes, wo sich unter einer weiteren weißen Markierung ein rucksackgroßer Kasten mit einem kleinen roten Licht auf der Oberseite befand. Es war geradezu tröstlich, an diesem verwirrenden Ort etwas zu sehen, das auf einer vertrauten Bauweise beruhte, selbst wenn es sich dabei um eine imperiale Bauweise handelte. Aus dem Korridor neben dem Kasten hallten blecherne, verzerrte Stimmen hervor. Sturmtruppen. Bildete Solo sich das nur ein, oder klangen sie ... verängstigt? Als sie die erste Biegung des Ganges erreichten, bedeutete Han den anderen mit erhobenem Arm stehen zu bleiben, dann duckte er sich, streckte den Kopf hinter der Ecke hervor – und zog ihn sofort wieder zurück. Einen Augenblick später zischten mehrere Blasterstrahlen durch die Luft, so nahe, dass er die Hitze auf seiner Wange spürte.

»Wie viele?«, rief Scarlet über das Geräusch der Schüsse hinweg.

»Vielleicht ein Dutzend«, antwortete Solo. »Etwas in der Größenordnung. Sie stehen vor einer Art Maschine. Sieht aus, als würden sie sie bewachen.«

»Ist das unser Relikt?«

»Woher soll ich das wissen? Sie haben auf mich geschossen!«

Harks Blick huschte über die Wände und Gänge ringsum, und ihre zusammengekniffenen Augen leuchteten vor Aufregung und Vergnügen. Leia hingegen starrte konzentriert auf die Ecke, bereit, das Feuer zu erwidern, sobald sich der Feind zeigte. Ein paar Sekunden später ließ der Beschuss der Imperialen nach, und als sich feine Rauchschwaden in der Luft ausbreiteten, holte Scarlet ihren Datenblock hervor. Das Hologramm war jedoch so verschwommen und von statischem Rauschen überlagert, dass man kaum etwas erkennen konnte, und die Spionin klappte das Gerät wieder zu.

»Ich könnte mich irren, aber ich glaube, es gibt einen Weg auf die andere Seite des Raumes«, erklärte sie.

»Gut. Sie beide. Beschäftigen Sie die Sturmtruppen«, befahl Leia. »Scarlet! Sie kommen mit mir. Nehmen wir sie in die Zange.«

Han und Baasen hoben ihre Blaster, während die beiden Frauen sich in Richtung des großen Tropfraumes zurückfallen ließen. Ray feuerte einmal blind um die Ecke, was einen weiteren Hagel von Blasterblitzen auslöste, der dröhnend wie eine Lawine in dem Korridor widerhallte.

»Die scheinen ja ziemlich nervös zu sein«, kommentierte der Mirialaner.

»Wärst du das an ihrer Stelle denn nicht?«

»Oh, ich *bin* nervös, alter Freund«, erwiderte Baasen, bevor er einen weiteren Schuss abgab. »Nervöser, als du denkst.«

Die Minuten zogen sich dahin, während Han und der Kopfgeldjäger die imperialen Truppen beschäftigt hielten. Solo rechnete jeden Augenblick damit, dass die Sturmtruppen vorrücken würden, aber der Sturmangriff blieb aus. Was immer sie bewachten, sie hatten offenbar Befehl, es nicht aus den Augen zu lassen.

Plötzlich erklang ein lauter Knall jenseits der Biegung, und ein Chor von rufenden und schreienden Stimmen hallte durch den Korridor. Han und Baasen wechselten einen kurzen Blick, dann spähte der Corellianer noch einmal hinter der Ecke hervor. Zehn weiß gepanzerte Gestalten lagen vor einem breiten schwarzen Durchgang auf dem Gitterboden. Scarlet und Leia standen über den Toten, beide mit einem rauchenden Blaster in den Händen.

»Schön, Sie wiederzusehen«, grinste der Mirialaner. »Wir wollten schon losgehen, um nach Ihnen zu suchen.«

»Das ist es nicht«, erklärte Hark mit einem Blick in den Raum jenseits des Durchgangs. Seine hintere Wand fehlte, als hätte jemand dort ein Panoramafenster einsetzen wollen, aber die Scheibe vergessen, und diese Öffnung gab den Blick auf einen gewaltigen Schacht frei, gut und gerne so groß wie der Raum selbst, der sich leicht schräg in die Dunkelheit hinab erstreckte. Ein Sturmtruppler lag vor einer kompliziert aussehenden Kontrolltafel an der Wand, versehen mit mehreren rot, grün, gelb und blau leuchtenden Schaltern. Jemand hatte ein Stück Flimsiplast daran befestigt, auf dem stand: GRÜN GRÜN BLAU ROT – NACH UNTEN. ROT BLAU GRÜN GELB – NACH OBEN. KEINE ANDEREN SCHALTER BERÜHREN.

»Ich würde mal sagen, wir sind ›oben‹«, sagte Leia.

»Es gibt nur einen Weg, das herauszufinden«, erwiderte Scarlet.

»Sollten wir nicht vielleicht erst mal darüber reden? Unser weiteres Vorgehen besprechen?«, fragte Baasen, aber die Spionin legte bereits die obere Reihe von Schaltern um, wobei die Lichter unter ihren Fingerspitzen die Farbe wechselten. Schließlich erklang ein tiefes Donnern, als hätte jemand einen titanischen Kugelwerfer abgefeuert, und dann geriet der gesamte Raum in Bewegung. Er kippte zur Seite, in den geneigten Schacht hinaus. Der Korridor mit den toten Imperialen und der Durchgang blieben über ihnen zurück, während sie in die Dunkelheit hinabsanken und dabei schneller und schneller wurden. Der Luftzug zerrte an ihren Kleidern, und mit sich brachte er einen neuen Geruch, scharf und schneidend, der Solo an ein Erlebnis aus seiner Kindheit erinnerte, als er mit einem Schiff gereist war, dessen Triebwerke unerwartet den Geist aufgegeben hatten und geschmolzen waren. Die Erinnerung verstärkte das ungute Gefühl in seiner Magengrube noch.

»Wie lange befindet sich diese Anlage wohl schon hier?«, wunderte sich Leia, und Han war bereits im Begriff, eine Vermutung zu äußern, aber Scarlet kam ihm zuvor.

»Galassians Schätzungen zufolge mindestens ein paar Millionen Jahre.«

»Dafür funktioniert dieser Aufzug aber noch prima«, meinte Leia.

Fünfmal kamen sie an großen gewölbten Räumen wie dem über ihnen vorbei, aber sie bewegten sich inzwischen so schnell, dass Han nur einen flüchtigen Blick auf Metallgitter und Schatten und Lichtblitze erhaschen konnte, bevor der Schacht sie wieder verschluckte und die vier Gestalten noch tiefer in die Dunkelheit hinabtrug. Die Luft war hier wärmer und dichter, ohne sich aber wirklich schwerer anzufühlen. Solo ging zu Baasen hinüber, der am Rand der Kammer stand, die Arme vor der Brust verschränkt, und eine Weile starrten sie beide in den Abgrund. Sie bewegten sich so reibungslos, dass man beinahe den Eindruck gewinnen konnte, sie würden stillstehen, und es wären die Wände ringsum, die an ihnen vorbei nach oben glitten.

»Fast, als würde man verschluckt werden, oder?«, kommentierte der Mirialaner.

»Jetzt, wo du es sagst«, erwiderte Han. »Was denkst du, wie weit unter der Oberfläche sind wir?«

»Fünfzehn Kilometer, vielleicht zwanzig«, schätzte Baasen. »Nicht allzu weit, wenn man am Steuer eines Schiffs sitzt.«

»Aber ziemlich weit, wenn man die Treppen nehmen muss.«

»Das ist allerdings wahr.«

Der Boden unter ihnen neigte sich ein Stück zur Seite, und Solo brummte.

»Was ist?«, wollte Leia wissen.

»Wir werden langsamer«, erklärte der Corellianer. »Wo immer die Reise hingeht, wir müssen bald da sein.«

Tief unter ihnen wurde ein Lichtschimmer in dem krummen Schacht sichtbar, zunächst schwächer als ein weit entfernter Stern, aber dann wurde er stetig heller und größer. Die Kammer wurde langsamer, je näher sie diesem leuchtenden Fleck in der Dunkelheit kamen. Han kniete sich auf den Boden, und nun wünschte er, dass es mehr Deckung gäbe. Falls dort unten ein weiteres Dutzend Sturmtruppler auf sie wartete, könnte das ein äußerst unangenehmer Empfang werden. Die anderen schienen ähnlichen Gedanken nachzuhängen, denn als die Kammer langsam zum Stehen kam, zogen sie sich alle in die am besten geschützten Ecken zurück.

Mit einem sanften Scharren kam der Aufzug zum Stehen, und erneut erklang dieses tiefe, metallische Donnern. Vor ihnen befand sich ein schwarzer Durchgang, genau wie der am oberen Ende des Schachts, und Han trat vorsichtig hindurch und in den angrenzenden Korridor. Das Geräusch trippelnder Schritte hallte ihm entgegen, und er legte den Finger an den Abzug seines Blasters, während Baasen, Scarlet und Leia hinter ihm entlang der Wand in Position gingen. Die Echos machten es beinahe unmöglich zu erkennen, wie viele Personen auf sie zukamen oder um wen es sich dabei handelte, aber auf jeden Fall erzeugten die Schritte ein klares Klacken, nicht das dumpfe Trampeln von Kampfstiefeln. Zumindest hoffte Solo, dass es keine Kampfstiefel waren.

Schließlich tauchte ein Protokolldroide mit tiefblauer Außenhülle auf, einen ewiglich überraschten Ausdruck auf seinem von gelben Fotorezeptoren erhellten Gesicht, der unter den gegebenen Umständen sogar passend wirkte. Die Maschine hielt inne, als sie die Eindringlinge erblickte, und einen Moment lang sagte niemand ein Wort.

»Oh!«, machte der Droide dann und drehte sich um, um wieder davonzueilen, aber Han und Baasen setzten ihm pfeilschnell nach, während Scarlet und Leia ihnen den Rücken deckten. Hinter der Biegung des Korridors zeigte sich eine Gruppe von kreisrunden Metalltüren, und die Protokolleinheit hielt auf den linken Ausgang zu, bis Solo an ihm vorbeisprang und herumwirbelte, um ihm den Weg zu blockieren. Der Corellianer hob die Arme, die Handflächen nach außen gekehrt, aber diese Geste des guten Willens verlor vermutlich durch den Blaster an Wirkung, der noch immer an seinem Zeigefinger baumelte.

»Alles in Ordnung«, sagte er. »Wir werden dir nicht wehtun.«

»*Du* vielleicht nicht«, knurrte Baasen.

»Master Essio wird das nicht dulden! Sie dürfen ihn nicht stören! Ich würde eher bis zum Tod mit Ihnen kämpfen, als Sie durchzulassen!«

»Bei allem Respekt«, entgegnete Ray, wobei er einen drohenden Schritt nach vorne machte, »du bist ein *Protokolldroide*!«

Die Maschine quiekte erschrocken, und ein kurzer, funkensprühender Werkzeugarm zuckte aus seiner Brust hervor. Der Kopfgeldjäger krümmte sich, dann stolperte er nach hinten und zog einen winzigen Pfeil aus seinem Arm, an dessen Spitze Haut und ein großer Blutstropfen hingen.

»Mehr hast du nicht drauf?«, grollte der Mirialaner, und jeglicher Anschein falscher Höflichkeit verschwand aus seinen Zügen. »Siehst du, genau das wollte ich damit sagen.«

»Nein! Tun Sie mir nicht weh!«, flehte der Droide. »Master Essio! Hilfe! Zu Hilfe! Die Eindringlinge haben …«

»El-Drei?«

Die Einheit wirbelte herum, und ihr Kopf klickte, als sie ihn von einer Seite zur anderen drehte und nach dem Ursprung der Stimme suchte. Scarlet und Leia traten vor, kaum mehr als Silhouetten vor dem gedämpften Licht des Korridors.

»Wer ist da?«, rief der Droide. »Geben Sie sich zu erkennen!«

»Hast du mich etwa schon vergessen?«, fragte Scarlet.

»Die … die Kunstlehrerin? Aber Sie sind tot!«

»Ich bin nicht tot«, entgegnete Hark. »Und eine Kunstlehrerin bin ich auch nicht. Meine Damen und Herren, darf ich Ihnen El-3PO vorstellen, Essio Galassians Protokolldroide und Forschungsassistent.«

»Sie haben die Daten gestohlen!«, schrillte die Maschine.

»Um die Wahrheit zu sagen, war es eigentlich der Gärtner«, erwiderte die Spionin. »Aber das ist eine lange Geschichte. Warum erzählst du uns nicht, was wir wissen wollen? Dann muss mein Freund hier dich nicht in einen Haufen verbrannter Schaltkreise verwandeln.«

»Ich werde den Master nicht verraten!«

»Und ob du das tun wirst«, versicherte ihm Baasen, wobei er einen weiteren Schritt auf den Droiden zu machte.

El-Drei schob sich nervös von ihm fort.

»Nein! Aufhören! Mich zu beschädigen wird Ihnen nichts bringen! Das Gerät ist bereits aktiviert. Master Essio dekodiert gerade die Steuerschemata. Die Berechnungskontrollen basieren zwar auf einer fremdartigen Logik, weswegen er noch keine nennenswerten Fortschritte gemacht hat … Außerdem wurde das Gerät seit Äonen nicht mehr benutzt, und es ist nicht wirklich stabil. Aber trotzdem kann ich Ihnen nicht gestatten, ihn zu stören. Seine Arbeit ist zu wichtig!«

»Wo ist er, El-Drei?«

Die Servomotoren des Droiden surrten, als er über die Schulter zu den Türen blickte. Seine Hand zitterte, dann deutete er mit dem Finger. Scarlet nickte.

»El-Drei«, fuhr sie anschließend fort, »erinnerst du dich noch an das, was ich bei der Gartenparty zu dir sagte?« Die Protokolleinheit wandte sich zu ihr um, und plötzlich leuchteten ihre Fotorezeptoren viel heller. Sie schien entweder überrascht oder entsetzt zu sein. »Heute ist dieser Tag!«

Der Schuss aus ihrem Blaster brannte sich durch den Hals des Droiden und trennte den Kopf fein säuberlich von den blauen Schultern. Der Körper der Maschine erstarrte und kippte steif nach hinten, bevor er mit lautem Klappern auf dem Boden landete. Der Kopf rollte in die entgegengesetzte Richtung davon; die Fotorezeptoren waren noch nicht erloschen, aber sie wurden rasch dunkler.

»Sie waren eine *schreckliche* Künstlerin«, stieß El-Drei noch hervor, bevor er für immer verstummte.

»Gartenparty?«, wiederholte Solo.

»Lange Geschichte«, winkte die Spionin ab. »Gehen wir.«

Han und Leia gingen auf einer Seite der linken Tür in Position, während Baasen sich auf der anderen zusammenkauerte. Scarlet benötigte ein paar Sekunden, um den Öffnungsknopf zu finden, aber dann ging ein Ruck durch die kreisrunde Metalltür, und sie glitt wie eine Irisblende auseinander.

Hinter der Tür erstreckte sich ein Metallgitter über einer Höhle, so gewaltig, dass es selbst Solos Vorstellungsvermögen überstieg. Ein warmer Wind wehte ihnen wirbelnd entgegen, geschwängert vom Gestank überhitzten Eisens. In der Mitte der Gitterplattform stand etwas, das aussah wie ein langer Glastisch und davor stand, mit dem Rücken zu ihnen, ein Mann in einem dunklen Umhang. Über seinen Schultern schwebten zwei kugelförmige Droiden mit roten Sensorlämpchen, die langsam über ihre glatte Oberfläche wanderten. Han trat vor. So zerbrechlich das Metallgitter auch aussah, es hielt seinem Gewicht mühelos stand, federte nicht einmal unter seinen Schritten, und zwischen seinen Stäben konnte der Corellianer weit unten in den Tiefen der Höhle einen gewaltigen runden Umriss erkennen, der in einem dumpfen, traurigen Rot schimmerte. Er versuchte, einen Eindruck von der Größe dieses Gegenstands zu gewinnen, während der Wind ächzend wehte; es klang wie das Wispern eines unglaublich alten und unglaublich weisen Wesens. Befand sich die Plattform nun einhundert Meter über der glühenden Kugel – oder eintausend? Es wollte ihm nicht gelingen, die Entfernung abzuschätzen, bis er sich vorstellte, er würde die Höhle durch die Cockpitscheibe des *Falken* betrachten – da begann alles, in die richtige Perspektive zu rücken.

Dennoch raubte ihm die Erkenntnis einen Moment lang den Atem.

»Der Planet beherbergt eine riesige Höhle«, sagte er und deutete mit dem Blaster in die Tiefe. »Das da unten muss sein *Kern* sein.«

»Ich dachte, ich hätte dem Droiden gesagt, er soll niemanden hereinlassen!«, rief der Mann an dem Tisch. »Wisst ihr eigentlich, wie *kompliziert* meine Arbeit hier ist? Es darf keinen noch so kleinen Fehler geben. Eure ständigen Störungen werden noch unser aller Tod sein.«

»Sie müssen uns mit jemandem verwechseln«, erwiderte Scarlet. »Wir sind lediglich *Ihr* Tod.«

Der Mann richtete sich auf und wirbelte herum. Essio Galassian war jünger, als Han erwartet hatte, sein Gesicht faltenlos und beinahe gut aussehend, das schulterlange Haar, das vom Wind in der Höhle umspielt wurde, von derselben honigblonden Farbe wie auf dem Hologramm, das der R3 ihnen gezeigt hatte. Sein Lächeln war so schmal und so scharf wie ein Rasiermesser, und sein Blick wanderte über die Gruppe, wobei er aber die meiste Zeit auf Leia und Scarlet verharrte.

»Prinzessin Leia, wenn ich mich nicht irre«, sagte er. »Und meine ehemalige Kunstlehrerin. Ich muss also davon ausgehen, dass sie für Sie gearbeitet hat.«

»Essio Galassian«, erwiderte Organa kühl. »Schoßhund des Imperators und professioneller Grabräuber.«

»Zu Ihren Diensten«, nickte Galassian, aber er wirkte ein wenig pikiert.

»Wir sind wegen des Hyperraumblockierers hier«, erklärte Scarlet. »Falls Sie kooperieren, nehmen wir Sie vielleicht nur in Gewahrsam.«

»Anstatt mich zu töten?«

»Anstatt die Technologie gewaltsam an uns zu nehmen und Sie der Gnade Ihres enttäuschten Förderers zu überlassen«, korrigierte die Spionin, und Han sah, dass Galassian bei diesen Worten zusammenzuckte. Die Tür glitt hinter ihnen wieder zu, was ausreichte, um Baasen mit erhobenem Blaster herumwirbeln zu lassen. Das Gitter, auf dem sie standen, war Teil eines Netzwerks, das an der Innenwand der Höhle entlang verlief, und nun, da Solo verstand, wie groß dieser Hohlraum tatsächlich war, erkannte er, dass die Plattformen das gesamte Planeteninnere umringten. Der Astrokartograf lehnte sich gegen den Glastisch und verschränkte die Arme. Der geschmolzene Kern des Planeten drehte sich unter ihnen wie eine winzige Sonne, strahlte Wärme und Licht ab, die Galassians Haar wogen ließen und tiefe Schatten auf sein Gesicht warfen.

Einen langen Moment blickte er Leia an, und die beiden Droiden verlagerten ihre Position, schwebten in einer endlosen Folge von Achten hinter seinen Schultern nach unten und auf der anderen Seite wieder nach oben. Schließlich begannen diese Schultern zu beben, und dann brach der junge Mann in schallendes Gelächter aus. Er breitete die Arme aus.

»Sie wollen die Technologie der K'kybak? Bitte. Hier ist sie.« Seine Geste schloss den Tisch ein, die anderen Plattformen, den Kern, der unter ihnen rotierte – einfach alles. Die Belustigung wich aus seinen Augen, und mit einem Mal sah er aus wie eine Leiche. »Was haben Sie jetzt damit vor?«

Leia und Scarlet wechselten einen Blick, während der heiße Wind mit ihrem Haar spielte. Baasen hustete und spuckte durch das Metallgitter in die unglaubliche Leere unter ihren Füßen hinab.

»Irgendwie«, brummte Han, »hatte ich mit etwas Kleinerem gerechnet.«

29. Kapitel

Scarlet trat auf Galassian zu, ihren Blaster auf sein Herz gerichtet, und auch Han machte einen Schritt nach vorne, aber der Astrokartograf ignorierte diese stumme Drohung und wandte sich wieder dem Glastisch zu. Das Licht des Displays auf der Glasplatte ließ bunte Farbmuster über sein Gesicht tanzen.

»Weg von dem Tisch. Jetzt gleich«, befahl Leia.

»Und was, wenn nicht?«, fragte Essio.

»Mein Vorschlag wäre, wir bringen Sie um«, knurrte Baasen, der an der Tür zurückgeblieben war. »So läuft das meistens, wenn sich uns jemand widersetzt.«

Er hätte ebenso gut an einem anderen Ort sein können, so wenig Aufmerksamkeit schenkte Galassian ihm und seinen Worten.

»Sie haben meine Arbeit unterbrochen. Mich bedroht. Ich nehme an, Sie haben einen Teil meiner Soldaten getötet, richtig? Das war unhöflich, Prinzessin. Ich glaube nicht, dass ich mich mit so jemandem noch weiter unterhalten möchte.« Die umherwirbelnden Droiden bewegten sich plötzlich so schnell, dass Solos Augen ihnen nicht mehr folgen konnten und ihre geschwungenen Flugbahnen zu silbernen Achten verschwammen.

»Also gut«, sagte der Corellianer. »Wie lautet der Plan?«

»Bei unserem Plan ging es größtenteils darum, hierherzugelangen«, erinnerte ihn Scarlet. »Davon abgesehen, lautete er: Galassian töten, den Hyperraumblockierer schnappen und an die Oberfläche zurückkehren. Scheint, als hätten wir ein Problem mit dem zweiten Teil.«

»Vielleicht sollten wir uns dann einen neuen Plan einfallen lassen.«

»Ich arbeite schon dran.«

»Ich kann mich nur wiederholen«, flüsterte Han. »Pläne sind nicht Ihre Stärke.«

»Wir könnten ihn als Geisel nehmen«, schlug Baasen vor.

»Ich kann Ihnen sagen, was Sie tun werden«, meldete sich der Astrokartograf wieder zu Wort. »Sie werden Ihre Waffen niederlegen, sich mir ergeben und darauf hoffen, dass ich heute einen besonders nachsichtigen Tag habe. Sie haben Blaster? Ich habe den Finger am Abzug der größten Waffe, die die Galaxis je gesehen hat!«

Der Kopfgeldjäger hob seine Pistole. »Wollen wir wetten, dass ich meinen Abzug schneller drücken kann?«

Mit einem schneidenden Blick brachte Hark ihn zum Verstummen.

»Größere Waffen«, fuhr Galassian fort, den Blick wieder auf den Tisch gerichtet. »Stärkere Blaster. Geschütze. Raumstationen. Planetenkiller. Alles schön und gut. Aber zu bestimmen, wer je wieder mit seinen galaktischen Nachbarn in Kontakt treten darf, wer von einem System ins andere reisen kann – das ist *Macht*. Mit Gewalt lassen sich die Leute lediglich dazu zwingen zu tun, was man will. Aber wenn man die Macht hat, seinen Willen einfach so durchzusetzen, dann gibt es keinen Grund mehr für Kriege. Oder für Rebellionen. Der Imperator kann seine Flotte und seine Armee auflösen. Er wird sie nicht mehr brauchen. Sie und Ihresgleichen sind Vergangenheit. Ich werde Sie auslöschen.«

Han versuchte, sich unauffällig nach rechts zu schieben, aber schon bei der kleinsten Bewegung quietschte das Metallgitter unter seinen Füßen. Galassian blickte ihn an, dann schnaubte er abfällig und wandte den Kopf wieder ab. Der Wind zerrte an seiner Kleidung.

»Sie wissen, was der Imperator mit dieser Waffe vorhat«, sagte Leia. »Er wird alle Macht an sich reißen. Für Sie wird nichts übrig bleiben.«

»Meine Wünsche sind bescheiden. Ich möchte hingehen können, wohin immer ich möchte, und tun, wonach immer mir der Sinn steht. Ganze Völker werden sich vor mir verneigen, wenn ich ihren Planeten besuche«, schwärmte der Astrokartograf. »Verglichen mit dem Potenzial dieser Technologie mögen das nur ein paar kleine Krümel vom großen Kuchen sein, aber das reicht mir vollkommen. Trotzdem danke, dass Sie sich so um meinen Vorteil sorgen.«

»Genug davon«, schnappte Baasen. Er hob den Blaster, und zum ersten Mal seit langer Zeit war Han mit ihm einer Meinung. Sein Finger zuckte, aber im selben Moment, als er abdrücken wollte, hob Galassian die Hand. Einer seiner schwebenden Droiden schoss vor wie eine Verlängerung seines Fingers und stieß Solo nach hinten. Der Schuss aus seinem Blaster zuckte hoch über der Schulter des jungen Mannes hinweg, und während Han noch darum kämpfte, nicht das Gleichgewicht zu verlieren, prallte der zweite Droide gegen Baasens Brust. Der Mirialaner stürzte nach hinten und landete mit einem lauten Knall und einem Schwall atemloser Verwünschungen auf dem Boden. Da stieß die Maschine ein zweites Mal auf ihn herab und traf ihn hart an den Rippen. Der Mirialaner richtete sich auf, presste beide Hände gegen seine Seite und sank wieder auf das Metallgitter, sein Gesicht tiefgrün vor Schmerz und Zorn.

»Ergeben Sie sich«, forderte Leia, »dann werde ich dafür sorgen, dass Sie einen fairen Prozess bekommen.«

»Prinzessin, nehmen Sie Ihre Diener, legen Sie Ihre Waffen weg und hören Sie auf, meine Zeit zu verschwenden. Es gibt so vieles, worum ich mich kümmern muss, und alles ist interessanter, als mich weiter mit Ihnen herumzuärgern.«

Organa machte einen Schritt nach links, damit sie und die anderen nicht mehr so dicht beisammen standen. Das würde es für Galassians Droiden schwerer machen, ihren Herrn vor ihrem Angriff zu schützen, wenn sie alle gleichzeitig schossen. Han tat es ihr nach und zog sich auf die rechte Seite der Plattform zurück.

»Überschätzen Sie sich nicht«, warnte Leia. »Der Sternzerstörer, der Sie hergebracht hat, ist bereits zerstört, und ein Kampfverband der Rebellen hat bereits mit den Vorbereitungen für den Sprung in dieses System begonnen. Und ganz abgesehen davon, sind wir ihnen vier zu eins überlegen.«

»Drei zu eins«, entgegnete Essio, und bevor einer von ihnen reagieren konnte, hob er beide Hände in ihre Richtung und schrie. Die Prinzessin schrie ebenfalls, als die beiden Droiden in perfektem Einklang auf sie zurasten und mit solcher Wucht gegen ihre Brust und ihren Bauch stießen, dass sie von den Füßen gerissen wurde und nach hinten auf den Rand der Plattform zusegelte. Ein Vakuum entstand in Hans Magen, und im selben Moment, als Scarlet zu Leia hinübersprang, rannte er auf Galassian zu und hob den Blaster.

Der Mensch drehte sich zu ihm herum, seine Miene eine Maske unmenschlichen Zorns – bis Solo abdrückte.

Galassian taumelte nach hinten, als der Blasterstrahl seine Brust traf. Die Überraschung in seinem Gesicht wirkte aber wie die Reaktion auf einen persönlichen Affront. *Was denken Sie sich eigentlich, mir wehtun zu wollen*?

»Er trägt eine Rüstung!«, brüllte Han.

»Dann ziel auf seinen Kopf, alter Freund!«, rief Baasen. Leia kreischte, und als Han über Galassians Schulter hinwegblickte, sah er Scarlet flach am Rand der Plattform liegen, ihre Arme und Schultern über dem Abgrund, während sie Leia festhielt; die Prinzessin selbst war von diesem Blickwinkel aus nur als strampelnde Bewegung zwischen den Stäben des Metallgitters zu erkennen. Einen Moment später begannen Harks Beine über das Metallgitter zu rutschen, dem Abgrund entgegen.

Ein silberner Blitz zuckte an ihm vorbei, und Han feuerte instinktiv seinen Blaster ab. Jahre der Erfahrung hatten seine Reflexe geschärft, und der Schuss war so zielgenau, dass einer der Droiden zu Boden trudelte und über den Rand der Plattform rollte. Anschließend hatte Solo gerade noch Zeit, um der zweiten Maschine auszuweichen. Er konnte es nicht deutlich sehen, aber er hatte den Eindruck, als wären Klingen aus den Seiten der Kugel herausgeklappt. Hinter ihm keuchte Baasen.

Und dann schloss sich Galassians Hand wie ein Schraubstock um das Handgelenk des Corellianers. Die Knochen in seinem Unterarm knirschten, und ein stechender Schmerz schoss in seine Finger, als der Astrokartograf ihm den Blaster entriss, anschließend nahm er die Waffe gelassen in die Linke. Das Universum schien zusammenzuschmelzen, bis es nur noch Solo und seinen Gegner gab, und Han fragte sich, wie es wohl wäre, mit seiner eigenen Waffe getötet zu werden. Er wollte es lieber nicht herausfinden, und so rammte er die andere Faust nach oben, aber Galassian blockte den Hieb mit dem Arm ab. Es fühlte sich an, als wäre Solos Hand gegen Beton geprallt. Dennoch versuchte er es erneut, und diesmal schlug Essio zurück. Hans Nase explodierte vor Schmerz, und sein Mund begann sich mit Blut zu füllen; sein Schädel dröhnte wie ein Gong.

Scarlet rollte sich herum. Sie hielt Leia nur noch mit einer Hand, mit der anderen tastete sie verzweifelt ihren Gürtel nach einem bestimmten Werkzeug ab. Galassian folgte Solos Blick zu der Spionin, dann lächelte er grausam und schoss ihr ins Bein. Hark stieß einen gellenden Schrei aus, aber sie ließ die Prinzessin nicht los und hantierte weiterhin an ihrem Gürtel. Han riss seinen Ellenbogen nach oben gegen das Ohr seines Widersachers, und das zeigte selbst bei dem übermenschlich starken Astrokartografen Wirkung. Er stolperte zwei Schritte nach hinten und richtete die Pistole auf Solo.

Ein gleißender Laserstrahl zerschnitt die Luft, aber er stammte nicht aus Hans Blaster, sondern aus Baasens. Der alte Mirialaner hatte sich auf die Knie hochgekämpft und stützte die Blasterhand auf seinen Armstumpf. Galassian richtete den Finger auf ihn, und der verbliebene Droide raste auf das Gesicht des Kopfgeldjägers zu. Ray musste nach hinten gegen die Wand zurückweichen, und die Killermaschine beschrieb einen weiten Bogen, um einen zweiten Angriff folgen zu lassen. Doch dieser Moment der Ablenkung war alles, was Solo brauchte. Er packte seinen Blaster, den Galassian noch immer in der Hand hielt, und drehte ihn herum. Der Astrokartograf beugte die Knie und drehte sich zu ihm herum.

Er war ein starker, schneller, überlegener Gegner, und Zentimeter um Zentimeter drehte er den Lauf der Pistole wieder in Hans Richtung. Einen Moment später drückte er den Abzug und versengte das Ohr des Corellianers. Der Geruch von verbranntem Haar erfüllte die Luft. Hinter ihnen klickte etwas, und ein dünnes Kabel, so hell wie ein Spinnenfaden im Sonnenschein, schoss von der Stelle in die Höhe, wo Scarlet und Leia über dem Abgrund hingen. Harks Kletterhaken. Organa schrie erneut.

Han sammelte all seine Kraft und drückte den Blaster wieder von sich fort, aber immer wieder ruckte die Mündung in seine Richtung zurück. Galassians Grinsen war blutbefleckt, seine Zähne rot verfärbt, seine Augen weit aufgerissen und voller Vorfreude auf Solos gewaltsamen Tod.

Da stürmte Baasen auf die beiden zu und rammte sie mit der ganzen Wucht seines massigen Leibes. Han landete der Länge nach auf dem Boden, desorientiert und beinahe überzeugt, dass der Astrokartograf ihn erschossen hatte. Galassian selbst schaffte es, auf den Beinen zu bleiben, aber Baasen war bei ihm und hieb ihm Mal um Mal seine heile Hand gegen den Hals. Zwischen ihren Beinen hindurch konnte Solo sehen, dass Leia sich wieder mit ihren Armen auf dem Metallgitter festhalten konnte und gerade ein Knie über den Rand der Plattform zog. Das dünne Seil von Scarlets Kletterhaken war um ihre Mitte geschlungen. Als sie sich vergewissert hatte, dass die Prinzessin festen Halt hatte, rollte sich Hark auf den Rücken, den Blaster erhoben, und wartete auf eine Gelegenheit, um Galassian zu erledigen, aber noch versperrte Baasen ihr das Schussfeld.

Der Imperiale wich unter der Gewalt von Rays Attacke nach hinten zurück. Blut sickerte aus einem halben Dutzend Platzwunden, die Baasens Knöchel in seinem Gesicht zurückgelassen hatten. Einen Moment später blitzten in schneller Folge drei Blasterstrahlen auf, und im ersten Augenblick glaubte Solo, es wäre Scarlet gewesen, die geschossen hatte. Doch dann sackte der Mirialaner auf die Knie, einen fassungslosen Ausdruck im Gesicht. Rauch kräuselte sich aus seiner Brust. Er packte Galassians Robe mit der unversehrten Hand, und der Stumpf der anderen schabte über den Stoff, als versuchte er, mit Fingern, die es nicht mehr gab, dort Halt zu finden.

»Han!«, rief Leia.

Solo blickte zu ihr hinüber und sah, wie Scarlet einen Schuss aus ihrem Blaster abgab, aber er verfehlte sein Ziel, und bevor sie Gelegenheit zu einem zweiten Versuch bekam, winkte Galassian mit der Hand. Die beiden Frauen konnten gerade noch in entgegengesetzte Richtungen davonhechten, als der verbliebene Droide zum Sturzflug ansetzte. Han nutzte den Moment, um den Kopf zu senken und mit einem Brüllen auf den Astrokartografen zuzustürmen. Es fühlte sich an, als würde er gegen eine Wand rennen, aber Baasen hatte Galassians Fußknöchel umklammert, und er schaffte es, ihn festzuhalten, während Galassian zurücktaumelte. Der Astrokartograf verlor das Gleichgewicht und kippte wie ein gefällter Baum nach hinten. Han sah, wie die Verärgerung auf seinen Zügen sich in Verwirrung verwandelte, und dann wurde Verwirrung zu Entsetzen. Irgendwo hinter ihnen markierten eine Salve von Blasterschüssen und ein metallisches Kreischen das Ende des zweiten Kampfdroiden, aber Solo drehte sich nicht um.

Baasen ließ Galassians Knöchel los, und der Wahnsinnige verschwand mit einem Schrei hinter dem Rand der Plattform in der Tiefe. Dann folgte ein zweiter Schrei, und ein dritter, wobei jeder ein wenig leiser klang, während der Astrokartograf seine lange Reise zum glühenden Kern des Planeten Tausende Kilometer unter ihnen antrat.

Han kroch zu Baasen hinüber. Die Wunden in der Brust

des alten Kopfgeldjägers waren tief, und der Gestank von verbranntem Fleisch hing stechend in der Luft. Fast alle Farbe war aus Rays gelbgrünem Gesicht gewichen, sein Atem kam nur noch stoßweise, und er blinzelte kraftlos zur Decke hoch. Solo stellte überrascht fest, dass sich ihm die Kehle zuschnürte.

»Halte durch, alter Mann«, brachte er schließlich hervor. »Wir flicken dich schon wieder zusammen.«

»Han, alter Freund«, erwiderte Baasen. »Du warst schon immer ein drittklassiger Lügner.«

»Wovon redest du da? Ich bin ein Weltklasse-Flunkerer.«

»Heute nicht.«

Scarlet eilte humpelnd an die Seite des Mirialaners, das Medipack in der Hand, das angesichts von Rays Wunden aber schrecklich klein wirkte. Solo konnte an ihrer Miene ablesen, dass ihr die gleichen Gedanken durch den Kopf gingen wie ihm.

»Aber wir haben ihn erwischt«, flüsterte der Corellianer seinem einstigen Freund zu. »Genau wie in den guten, alten Zeiten.«

Baasen entblößte die Zähne zu einem kraftlosen Lächeln, dann drehte er den Kopf und blickte über die Schulter durch das Metallgitter. »So tief, wie sein Fall ist, fürchte ich, dass ich vor ihm sterbe«, keuchte er. »Um die Wahrheit zu sagen: Hätte ich auch nur eine Sekunde nachgedacht, hätte ich ihn nicht angegriffen.«

»Aber du hast es getan, und das zeigt, dass der Mann, der du früher warst, tief in dir noch immer lebt.«

Scarlet schob die Überreste von Baasens Hemd nach oben und benetzte die Wunden mit einem Betäubungsspray, woraufhin der Mirialaner seufzte und erleichtert schluckte.

»Falls es stimmt und es nach diesem Leben irgendwie weitergeht, werde ich mich mal ernsthaft mit diesem Mann unterhalten müssen, der ich früher war. Scheint mir ein echter Dummkopf zu sein.«

Nun trat auch Leia zu ihnen. Das Glühen des planetaren Kerns drang rings um Baasen durch die Stäbe des Gitterbodens, sodass er selbst in Schatten gehüllt war, während das Gesicht der Prinzessin rot leuchtete. Ihre Züge spiegelten Ruhe, Sanftheit und Stärke wider, als sie zu dem Sterbenden hinabblickte. Der Kopfgeldjäger hustete erneut, ein tiefer, ungesund klingender Laut.

»Weißt du, Han, alter Freund, hätte ich noch beide Hände, wäre ich, glaube ich, mit ihm fertiggeworden«, erklärte er mit einem Grinsen. »Auf gewisse Weise ist das also alles deine Schuld.«

»Falls du versuchst, mir ein schlechtes Gewissen einzureden, vergiss es«, erwiderte Solo, aber da sprach er bereits nur noch mit einer Leiche. Schweigend hob er Baasens Blaster auf und steckte ihn in sein Holster, dann stand er gemeinsam mit Scarlet und Leia mehrere Sekunden über dem Toten. Erinnerungen an all seine Begegnungen mit dem Mirialaner durchfluteten Han.

»Letztlich war er doch ein guter Mann«, sagte Hark leise.

»Nein, war er nicht«, entgegnete der Corellianer.

»Aber er war ein Freund«, warf Leia ein.

»Für eine kurze Zeitspanne vielleicht.«

Schließlich wandten sie sich ab und gingen zu dem Tisch hinüber, an dem Galassian gearbeitet hatte. Die helle Oberfläche war erfüllt von fremdartigen Buchstaben und ständig wechselnden Mustern. Nichts, was Han je gesehen hatte, ähnelte dieser Schrift auch nur im Entferntesten, und wenngleich einige Bilder – ein Kreis, der zur Hälfte rot gefärbt war, eine Reihe von Linien, die in unterschiedlichen Winkeln von Dreiecken berührt wurden – in ihrem funktionalen Aussehen zumindest vage an technische Anzeigen erinnerten, hatte er keine Ahnung, was sie bedeuten sollten.

»Ergibt das hier für irgendjemanden Sinn?«, fragte Leia, während sie mit zusammengezogenen Brauen auf die Darstellungen hinabstarrte, als könnte sie den geheimnisvollen Zeichen allein durch die Kraft ihres Willens eine Bedeutung abringen. Solo schüttelte den Kopf; er zitterte noch immer ein wenig von der Anstrengung des Kampfes, aber er versuchte, es sich nicht anmerken zu lassen.

»Vielleicht ein klein wenig«, sagte Scarlet. »Lassen Sie mich mal … einen genaueren Blick hierauf werfen.«

»Einen Moment lang hatte ich schon Angst, Sie wären in Schwierigkeiten, Euer Oberhoheit«, warf Han ein, aber was als Seitenhieb gedacht war, klang hohl und nur wenig überzeugend. Die Prinzessin sah zu ihm hoch, und die weichen Linien ihres Gesichts machten deutlich, dass ihr die Erleichterung in seiner Stimme nicht entgangen war. Ebenso gut hätte er sagen können: *Ich dachte schon, ich hätte Sie verloren.*

»Das hätten Sie wohl gern«, erwiderte sie milde, und plötzlich verspürte der Corellianer den Drang, sie in die Arme zu nehmen und zu küssen. Kurz huschte etwas über ihre Züge – Sorge oder Hoffnung oder eine Mischung aus beidem –, dann blinzelte sie und wandte wieder den Kopf ab. »Glauben Sie, sein Sturz ist inzwischen zu Ende?«

»Falls sie das Planeteninnere bis zum Kern ausgehöhlt haben, wird sein Fall erst in ein paar Stunden vorbei sein«, erklärte Scarlet, ohne dabei aber von der Tischplatte aufzublicken. »Die Hitze wird aber höchstwahrscheinlich schon lange vorher seine Lunge kochen und seine Haut zu Asche verwandeln.«

»Ich könnte mir keinen passenderen Kandidaten für ein solches Schicksal vorstellen«, brummte Han. »Wie sieht's nun aus? Können Sie das Ding bedienen oder nicht?«

»Eher nicht«, antwortete sie.

»Ich dachte, Sie hätten die Bedienungsanleitung.«

»Galassian hat diese ›Bedienungsanleitung‹ geschrieben, und auch er konnte das Relikt nicht kontrollieren. Zumindest nicht wirklich. Aber lassen Sie mich nachdenken. Vielleicht kann ich ja doch etwas tun.«

Solo nickte und trat von dem Tisch zurück, anschließend versuchte er, Chewbacca im *Falken* zu erreichen und sich ein Bild von den Geschehnissen auf der anderen Seite der Planetenkruste zu machen. Wider alle Logik war er davon überzeugt, dass in der Zwischenzeit die gesamte imperiale Flotte in das System gesprungen war, und dass sie bei ihrer Rückkehr an die Oberfläche mitten in eine gewaltige Schlacht hineinstolpern würden. Insofern war er nicht sicher, ob er erleichtert oder frustriert sein sollte, als sich keine Verbindung herstellen ließ.

Baasen Rays Leiche lag noch immer am Rand der Plattform, seine Augen geschlossen, sein Gesicht von dem tiefen Frieden erfüllt, der jeden im Tod zu überkommen schien. Einst war er ein guter Schmuggler gewesen, furchtlos, süchtig nach Abenteuern und Aufregung, wie alle Mitglieder dieser Zunft. Doch dann hatte das Universum ihn immer weiter zermürbt, bis von dem wagemutigen Haudegen nur noch ein drittklassiger Kopfgeldjäger übrig war, der vor horrenden Schulden und der eigenen Verzweiflung davonrannte. Vielleicht wäre Han eines Tages demselben Schicksal anheimgefallen. Ziemlich wahrscheinlich sogar. Dass er letztlich einen anderen Weg eingeschlagen hatte, war zu gleichen Teilen Glück und Zufall, und weder das eine noch das andere konnte er sich als sein eigenes Verdienst anrechnen.

Leia trat neben ihn; sie hielt noch immer ihren Blaster in der Hand.

»Denken Sie gerade an ihn?«, fragte sie.

»Mir ist nur eingefallen, dass er vermutlich die einzige Person in der Galaxis ist, die Jabba Geld gestohlen hat und nicht von der Hand des Hutten gestorben ist«, murmelte er. »Und ich musste mir eingestehen, dass er uns wirklich gerettet hat.«

»Komplexe Gedankengänge.«

»Das Universum ist nun mal ein komplexer Ort«, erwiderte Han. »Es sei denn, man ist Luke.«

»Sie glauben, dass er zu simpel gestrickt ist?«

»Nun, er kommt von einer Farm mitten im Nirgendwo und liebt schnelle Schiffe. Ich wünschte, für mich wäre alles so einfach.«

»Er wird nicht ewig so sorglos bleiben«, meinte sie, und er glaubte, Bedauern aus ihrer Stimme herauszuhören.

»Ich weiß. Diesen Luxus kann sich keiner von uns leisten.«

30. Kapitel

»Sieht kompliziert aus«, meinte Han, obwohl ihm klar war, dass dies die größte Untertreibung der Galaxis darstellte.

»Oh, eigentlich ist es ganz einfach – abgesehen davon, dass wir es mit einem planetengroßen Mechanismus zu tun haben, basierend auf einer Technologie, die wir nicht verstehen, und kontrolliert durch eine Sprache, die nicht nur fremdartig, sondern obendrein tot ist«, sagte Scarlet und deutete auf den leuchtenden Tisch. »Galassian scheint aber ein paar Fortschritte gemacht zu haben. Falls ich herausfinde, welche dieser Kontrollen den Hyperraumblockierer betreffen, sind wir vielleicht in der Lage – *He, fassen Sie das nicht an*!«

Solo zog rasch den Finger zurück. »Das Feld da? Wieso? Ist das etwas Gefährliches?«

»Hier könnte alles gefährlich sein«, erklärte Hark. »Eine unvorstellbare Energie strömt durch dieses System, und in Galassians Notizen war mehr als einmal von kleinen Eingriffen die Rede, die gewaltige Auswirkungen hatten. Vergessen Sie außerdem nicht das Kraftfeld, welches verhindert, dass die planetare Kruste einfach in sich zusammenbricht. Was, glauben Sie, würde wohl passieren, falls sie das zufällig deaktivieren?«

Scarlet tippte auf den Tisch, und als die Platte hell aufleuchtete, scrollte sie sich durch mehrere Seiten einer Übersetzungsliste für die Runen und Kontrolldiagramme, ohne aber länger bei einer Textstelle zu verharren.

»Können Sie herausfinden, woran er gerade gearbeitet hat?«, fragte Leia, die versuchte, zumindest einen Teil der vorbeihuschenden Informationen zu erfassen.

»Nicht wirklich, nein.«

»Also gut.« Die Prinzessin nahm Scarlets Hand und zog sie von dem Tisch zurück. »General Rieekan wird bald mit einem Kampfverband eintreffen. Warten wir mit der Suche nach dem Aus-Schalter, bis er hier ist. Danach können wir herausfinden, wie es sich verhindern lässt, dass imperiale Schiffe in das Seymarti-System ...«

Der erste Blasterschuss zischte so dicht an Leias Gesicht vorbei, dass Han die Reflexion des Lichtblitzes in ihren Augen sehen konnte. Einen Moment später prasselte eine ganze Salve von Energiestrahlen auf die Plattform ein, aber da hatte er Organa und Hark bereits gepackt und sie mit sich hinter dem Tisch zu Boden gerissen. Er versuchte, Leias Körper mit seinem eigenen abzuschirmen, obwohl er wusste, dass das ihren Tod höchstens um ein paar Sekunden hinauszögern würde. Die Schüsse würden erst den zerbrechlichen Kontrolltisch zerfetzen, dann seinen Körper, und dann stünde nichts mehr zwischen ihr und dem sicheren Ende.

Solo drehte den Kopf, um herauszufinden, wer sie unter Beschuss genommen hatte. Die runde Tür in der Wand hatte sich lautlos geöffnet, und ein ganzer Pulk von Sturmtrupplern war am Eingang der Plattform in Position gegangen. Mehrere von ihnen senkten bereits die Waffen, um die drei Eindringlinge auf dem Boden zu erschießen. *Das war's dann wohl,* konnte

Han gerade noch denken, bevor sie ein Inferno aus Licht und Energie entfesselten.

Nach mehreren Sekunden Dauerfeuer nahmen die imperialen Soldaten schließlich die Finger vom Abzug. Die dünne Glasscheibe des Kontrolltisches hatte dem Beschuss nicht nur standgehalten, sie wies nicht einmal Brandflecken auf.

»Häh?«, machte Scarlet.

»Ich schätze, die K'kybak haben wirklich für die Ewigkeit gebaut«, sagte Solo, während er sich von Leia löste und mit dem Rücken gegen die Glasplatte presste. Anschließend zog er Baasens Blaster und schoss mehrmals über die Tischkante hinweg. Es war wirklich praktisch, eine durchsichtige Deckung zu haben, denn so konnte er zielen, ohne seinen Kopf in die Schusslinie bringen zu müssen. Eine Sekunde später lagen zwei Sturmtruppler reglos auf dem Boden, und die anderen wichen hastig hinter den Eingang zurück. Natürlich streckten sie ihre Gewehre durch die Türöffnung und feuerten weiter auf die Plattform hinaus, aber ihre Schüsse waren ungezielt, und nur einer von ihnen traf den Kontrolltisch, ohne Wirkung zu zeigen.

»Es wird trotzdem schwer, diese Position zu halten«, erklärte Scarlet.

»Wir müssen die Hyperwellenkommunikation wiederherstellen«, rief Leia. »Falls wir General Rieekan erreichen, könnte er sofort mit dem Angriff beginnen …«

»Ich bin leider gerade ein wenig beschäftigt«, warf Scarlet ein.

»Wir dürfen nicht zulassen, dass sie die Kontrolle über das System behalten«, beharrte die Prinzessin. Auf Händen und Knien kroch sie zur anderen Seite des Tisches hinüber und begann, auf den Eingang zu feuern, um die Sturmtruppler weiter zurückzudrängen.

Während sie und Han den Schusswechsel mit den Imperialen weiterführten, ohne dass eine Seite einen Treffer landen konnte, studierte Scarlet die Kontrollen von unten durch die Tischplatte. »Ich glaube ... ich glaube, ich weiß jetzt, was die Hyperwellenkomms blockiert. Das heißt, ich hoffe, dass ich es weiß.«

»Worauf warten Sie dann noch?«, schrie Leia über das Heulen der Blasterschüsse hinweg, die in beide Richtungen über die Plattform zuckten. Han sah ein weiß gepanzertes Bein hinter der Tür und nutzte die Chance. Sein Schuss durchbohrte den Schenkel des Sturmtrupplers, der daraufhin zusammenbrach und rasch in die Deckung des Korridors davonkroch. Der Corellianer hatte zwar den Vorteil, dass er sah, wohin er schoss, aber er wäre sehr viel treffsicherer gewesen, wenn er aufstehen und mit seiner Pistole richtig hätte zielen können. Doch das war das Risiko nicht wert, wie er entschied, nachdem sich eine weitere Lasersalve in die Tischplatte über seinem Kopf brannte. Er musste diesen Kampf nicht gewinnen; er musste nur lange genug überleben.

Solo zog seine Blasterhand zurück, um der nächsten Salve von Energiestrahlen zu entgehen, aber Leia feuerte auf der anderen Seite des Tisches hartnäckig weiter und wurde für ihre Furchtlosigkeit belohnt, als ein weiterer Sturmtruppler zu Boden ging.

»Wie viele sind wohl noch da draußen?«, fragte Han.

»Keine Ahnung, aber bald wird jeder Imperiale auf dem gesamten Planeten hier auftauchen«, erwiderte sie. Scarlet stieß ein gepresstes Lachen aus, während sie den Arm über die Tischkante streckte und begann, einige Symbole zu drücken.

»Zumindest haben Wedge und Luke dafür gesorgt, dass der Sternzerstörer keine Verstärkung mehr absetzen kann«, meinte Han, bevor er ein paar weitere Schüsse abgab. Die Anzeige an seinem Blaster begann zu blinken, also nahm er ein neues Energiemagazin von seinem Gürtel und lud nach.

»Luke! Wir könnten Luke rufen!«, entfuhr es Leia, und sie griff hastig nach ihrem Kommlink. »Rote Welle, hier ist Zeiger, können Sie mich hören?«

»Oh, oh«, stöhnte Han. Irgendetwas tat sich auf der anderen Seite der Tür, und auch wenn er nur hin und wieder eine kurze Bewegung erkennen konnte, hatte er doch das ungute Gefühl, dass die Sturmtruppen draußen auf dem Korridor gerade eine schwere Repetierkanone auf einem Dreibein bereit machten.

»Rote Welle, hier ist Zeiger, bitte melden!«

»Vermutlich gibt es Interferenzen, weil wir hier so tief unter der Oberfläche sind«, überlegte Scarlet.

»Einer von uns sollte versuchen durchzubrechen«, schlug die Prinzessin vor, »und mit dem Aufzug nach oben fahren. Dann könnte er Luke bitten, General Rieekan zu kontaktieren, damit er mit dem Angriff beginnt und schnellstmöglich in die Anlage vordringt.«

»Von allen schlechten Plänen, die ich in letzter Zeit gehört habe, ist das der schlechteste«, murmelte Han.

Leia erwiderte noch etwas, aber die Worte wurden von einem gewaltigen Donnern übertönt, als die Imperialen ihre Kanone an den Eingang schoben und das Feuer eröffneten. Die ersten Schüsse waren schlecht gezielt und bohrten sich anderthalb Meter vor dem Kontrolltisch in den Boden, woraufhin sich das dünne Metallgitter dort vor Hitze weiß verfärbte.

»Ich hoffe, unsere Deckung kann auch diesem Kaliber standhalten«, murmelte Solo.

»Ich hoffe, der *Boden* hält stand«, erwiderte Organa.

Die Repetierkanone spie eine weitere Salve, und diesmal traf sie die zerbrechlich wirkenden Seitenteile des Tisches. Die Erschütterung des Aufpralls schleuderte Han auf den Rücken und presste ihm die Luft aus der Lunge; Leia und Scarlet wurden ebenfalls nach hinten geschleudert.

Die Schüsse hatten eine leichte Verfärbung auf dem Glas hinterlassen, einen gelblichen Fleck, der von winzigen Haarrissen durchzogen war. Solo knirschte mit den Zähnen. Sie durften den Imperialen keinen weiteren direkten Treffer gestatten, nicht mit der großen Kanone; andernfalls wären sie des einzigen Schutzes beraubt, den sie auf der Plattform hatten.

Hark und Organa krochen hastig zum Kontrolltisch zurück, während die Sturmtruppler hinter dem Repetierblaster den Lauf der Waffe für den nächsten Angriff ausrichteten. Ihnen schien nicht entgangen zu sein, dass die vorige Salve Wirkung gezeigt hatte, und sie versuchten, wieder auf dieselbe Stelle zu zielen.

»He!«, schrie Han. »Euch ist schon klar, dass ihr gerade auf die Fernbedienung für diesen gesamten Planeten schießt, oder? Wisst ihr, was passiert, wenn ihr den Tisch in die Luft jagt? Nein, wisst ihr nicht!«

Die Soldaten ignorierten ihn, also beschloss der Corellianer, Taten sprechen zu lassen. Er richtete sich auf und stützte die Arme auf die Tischkante, um einen gut gezielten Schuss anbringen zu können. Der Sturmtruppler hinter der Kanone war gerade im Begriff abzudrücken, als Solos Schuss eine Strebe des Dreibeins zerfetzte und der schwere Repetierblaster nach vorne kippte. Der Imperiale wurde mitgerissen, seine Finger bereits um den Abzug gekrümmt, und die Waffe ging los, als ihre Mündung das Metallgitter berührte, keinen Meter von den anderen Sturmtrupplern entfernt. Die Wucht der Entladung riss sie von den Beinen, und als das Donnergrollen des Schusses schließlich verhallte, lagen zwei Gestalten reglos auf dem Boden, während Rauch von ihren weißen Rüstungen aufstieg. Der Schütze war über den Rand der Plattform geschleudert worden und stürzte, sich überschlagend, dem geschmolzenen Kern des Planeten entgegen. Solo hoffte, dass die Explosion ihn getötet hatte und er nicht den stundenlangen Sturz durchleiden musste. Zwei weitere Soldaten streckten kurz die Köpfe durch die Tür und betrachteten die Verwüstung, bis Han sie mit ein paar Schüssen zurück in den Korridor zwang. Dort, wo er seinen Ellenbogen auf die Glasplatte gestützt hatte, begann ein Licht zu glühen.

Er zögerte einen Moment, dann zuckte er mit den Schultern, tippte das Feld an und duckte sich wieder hinter die Tischkante.

»Wie sieht es aus?«, fragte er.

»Alles in Ordnung«, antwortete Leia, die von der anderen Seite des Kontrolltisches zurückkroch, um in Deckung zu gehen, den Blaster mit beiden Händen umschlungen. Sie sah nicht aus, als wäre alles in Ordnung: Blut rann von ihrem Haaransatz auf ihre Wange, und sie hatte einen blauen Fleck auf der Stirn. Doch er wusste, dass es sie nur wütend machen würde, falls er sie jetzt darauf aufmerksam machte, also beließ Han es dabei. Scarlet, die zwischen ihnen kauerte, stöhnte.

»Und wie geht es Ihnen?«, erkundigte sich Han. Die Wunde an ihrem Bein sah übel aus.

»Ich komme schon zurecht«, erwiderte sie, aber sie wirkte ein wenig benommen. »Ich muss nur …«

Wankend erhob sie sich auf die Knie und betrachtete die Kontrolltafel auf der Oberseite des Tisches. Mehrere Sturmtruppler schoben sich durch den Eingang, um auf sie zu schießen – zu viele, als dass Han und Leia sie schnell genug hätten zurückdrängen können. Einen Moment später heulte die Spionin auf und ließ sich auf den Boden fallen, die Hand um ihren Arm geschlungen. Die Imperialen bezahlten einen ungleich höheren Preis, denn zwei von ihnen brachen zusammen, bevor sie wieder in Deckung gehen konnten.

»Das wird allmählich langweilig«, stöhnte Scarlet. Sie betrachtete ihren Oberarm, wo sich ein Blasterstrahl dicht oberhalb des Ellenbogens durch ihr Fleisch gebrannt hatte. Es war eine weitere hässliche Wunde, aber zumindest blutete sie nicht. »Ob Sie's glauben oder nicht, vor dem heutigen Tag wurde ich noch nie angeschossen. Etliche Jahre im Einsatz, ohne einen Kratzer. Und dann kriege ich gleich zwei Treffer an einem Tag ab.«

»Das glaube ich nicht«, entgegnete Han, »Jemand, der so leichtsinnig ist wie Sie, muss doch ständig unter Feuer geraten.«

»Ich war überzeugt, so etwas würde mir nie passieren«, fuhr Hark fort. Solo konnte nur hoffen, dass sie keinen Schock erlitten hatte.

Einer der Sturmtruppler beugte sich aus dem Korridoreingang und warf eine Granate. Der Sprengkörper landete mit einem Klacken und rollte dann über den Gitterboden auf den Tisch zu – bis Han auf das Ding schoss und es in die entgegengesetzte Richtung zurückkullern ließ. Der Imperiale, der beim Aufblitzen des Blasters den Kopf eingezogen hatte, spähte wieder um die Ecke, und er konnte gerade noch zur Seite springen, bevor die Granate direkt auf der Türschwelle detonierte.

»Aber ich glaube, es gibt da ein Muster«, murmelte Hark vor sich hin. Ihre Augenlider fielen zu, und sie sank langsam zu Boden. »Wir sollten ihn fragen …«

»Sicher, Schätzchen, ich werde ihn fragen, wer immer ›er‹

sein mag«, sagte der Corellianer. »Leia, nehmen Sie das Medipack und geben Sie ihr etwas, damit sie nicht vollständig zusammenklappt.«

Organa zog das Kästchen unter Scarlets Gürtel hervor und begann, darin herumzuwühlen.

»Haben Sie gehört, was sie vorhin sagte, von wegen Energiefeldern und kleinen Schwankungen, die verheerende Auswirkungen haben können?«, fragte Solo. »Das bedeutet doch, dass wir diesen Planeten in die Luft jagen könnten, oder?«

»Haben Sie den Verstand verloren?«, schnappte Leia. »Falls wir herausfinden, wie dieses System funktioniert, könnten wir morgen schon den Krieg beenden.«

»Falls ...«

»Der Krieg wäre *vorbei*«, beharrte die Prinzessin. Sie hob den Kopf und starrte ihn direkt an. Solo hätte nicht gedacht, dass Augen gleichzeitig so weich und so hart sein konnten. »Es würde kein zweites Alderaan geben. Kein zweites Kiamurr. Niemals. Das ist jedes Risiko wert, Han. Wir bleiben hier. Wir halten diese Position, bis General Rieekan eintrifft.«

Ein Sturmtruppler riskierte einen kurzen Blick auf die Plattform, aber Han brannte ein Loch in den Türrahmen neben seinem Kopf, und er zog sich eilends zurück.

»Das schaffen wir nicht«, rief der Corellianer, den Blaster weiter auf dieselbe Stelle gerichtet, während er darauf wartete, dass der Soldat sich noch einmal zeigte. »Und selbst wenn ... Sie sprechen davon, eine Regierung zu gründen, die absolute Macht über den galaktischen Verkehr hat. Die erste Regierung, deren Gesetzen sich niemand entziehen kann.«

Organa presste einen Injektor an Scarlets Hals, dann begann sie, einen Verband um ihren verletzten Arm zu wickeln. Die Spionin murmelte etwas Unverständliches.

»Das ist nicht der richtige Zeitpunkt für diese Unterhaltung«, rief die Prinzessin, aber ein paar Sekunden später war sie es, die eben diese Unterhaltung fortsetzte, indem sie sagte: »Sie tun so, als wäre Kontrolle etwas Schlechtes. Die Einzigen, die sich Sorgen machen müssten, wären die Kriminellen.«

Han lachte und feuerte, als ein Sturmtruppler an die Tür trat und versuchte, seinerseits ein paar Schüsse abzufeuern.

»Leia, ich nehme Ihnen ja nur ungern Ihre Illusionen, aber: *Wir* sind Kriminelle. Gerade jetzt in diesem Moment schieße ich auf die Vertreter der *Regierung*. Darum nennt man das, was wir tun, ja auch eine Rebellion!«

»Wir kämpfen für die Wiederherstellung …«

»Ja, ja, der glorreichen Republik, ich weiß«, schnaubte er. »Ich habe die Rede schon oft genug gehört. Aber sagen Sie mir eines: Hätte die Republik diese tolle Technologie kontrolliert, hätte das Palpatines Machtübernahme verhindert?«

Sie öffnete den Mund zu einer Entgegnung, aber dann klappte sie ihn wieder zu und runzelte die Stirn. Solo richtete sich derweil erneut hinter der Tischkante auf und feuerte weiter in Richtung Eingang. Dort war gerade niemand zu sehen, und er wollte, dass das auch so blieb. Scarlet blinzelte, dann rieb sie sich die Augen und stemmte sich auf die Ellenbogen hoch.

»Vermutlich nicht«, räumte die Prinzessin schließlich ein. »Als offensichtlich wurde, was er vorhatte, hatte er seine Macht bereits gefestigt.«

»Und gäbe es dann eine Rebellenallianz?«, fragte er weiter, bemühte sich aber um einen sanften Tonfall. Er wusste, dass sie der Wahrheit ins Auge blicken würde; es gab keinen Grund, sie ihr einzuhämmern.

»Nein«, murmelte Leia. Ihr Gesicht nahm einen beinahe verletzten Ausdruck an. »Ich würde diese Macht niemals missbrauchen, das wissen Sie. Und ich würde niemals zulassen, dass ein anderer es tut.«

Scarlet hustete und zog die Augenbrauen zusammen, während sie versuchte, sich zu konzentrieren. »Worum geht es gerade?«, wollte sie wissen, aber Solo und Organa ignorierten sie.

»Ich weiß«, erklärte er. »Ich vertraue Ihnen, Prinzessin. Aber was ist mit der Person, die nach Ihnen die Zügel übernimmt? Oder der, die darauf folgt? Können Sie auch für diese Leute garantieren?«

Leia wandte stirnrunzelnd den Blick ab, dann feuerte sie auf den Eingang, und was immer sich dort in den Schatten bewegt hatte, sackte reglos auf den Boden.

»Falls wir die Kontrolle über das hier übernehmen«, legte Solo nach, wobei er mit seinem Blaster einen Kreis beschrieb, um die gewaltige Maschine ringsum einzubeziehen, »dann wird das nächste böse galaktische Imperium niemals enden. Sie werden dann natürlich nicht mehr hier sein, um es mit anzusehen, aber das macht es nicht besser, und das wissen Sie.«

»Ja«, nickte die Prinzessin. »Ja. Sie haben recht. Jagen wir diesen Planeten in die Luft.«

Han stieß geräuschvoll den Atem aus. »Ich kann Ihnen gar nicht sagen, wie erleichtert ich bin, das zu hören«, erklärte er mit einem Grinsen. Verwirrt furchte Leia die Stirn, dann weiteten sich ihre Augen.

»Sie haben es bereits getan!«

»Ja, wissen Sie noch, dieses Symbol, von dem Scarlet meinte, ich dürfte es unter keinen Umständen berühren? Ich habe es vor ungefähr einer Minute gedrückt. Ich wusste nur nicht, wie ich es Ihnen beibringen soll.«

31. Kapitel

»Sie haben was getan?«, schrie Scarlet. Sie blickte zum Kern des Planeten hinab, der bereits begonnen hatte, sich von seinem dumpfen Rot zu einem helleren Orange zu verfärben. *»Sie haben was getan?«*

Die Plattform erbebte, und ein heißer Windhauch blies von unten durch das Metallgitter – ein sanfter Vorbote der bevorstehenden Katastrophe. Han stand auf, aber ein Trommelfeuer von Blasterstrahlen zwang ihn zurück in die Deckung des Tisches.

»Auf diesem Weg können wir jedenfalls nicht zurück«, erklärte er. »Oder glauben Sie, diese Kerle würden zuhören, wenn ich ihnen erkläre, dass wir hier alle verschwinden sollten?«

Leia antwortete nicht. »Dort.« Sie deutete auf die benachbarte Plattform, wo sich weitere Türen befanden, die genauso aussahen wie die beiden auf ihrer Seite. »Wir müssen dort rüber.«

»Können Sie denn so weit springen, Schätzchen?«, fragte er. Der Abgrund, der zwischen den beiden Plattformen klaffte, war mindestens fünfzehn Meter breit.

»Der Kletterhaken«, wandte Leia sich an Scarlet. »Ist das Seil lang genug?«

Die Spionin blickte von Organa zu Solo und wieder zurück.

Doch anstatt sich darüber zu ärgern, dass ihre eigene Frage ignoriert wurde, nickte sie schließlich.

»Ja«, erklärte sie und drehte den Kopf, eine schnelle, ruckhafte Bewegung. Die Medikamente, die Leia ihr verabreicht hatte, um den Schock zurückzudrängen, machten sie zittrig. »Aber auf dieser Seite gibt es nichts, woran wir das Seil festmachen könnten. Es gibt nur am Haken einen Magnet.«

Eine elektronische Stimme hallte vom Eingang herüber. »Los, los, los!«, und dann stürmten sieben Sturmtruppler wild um sich schießend auf die Plattform hinaus. Han und Leia erwiderten den Beschuss hinter dem Tisch hervor, aber Scarlet stand auf und feuerte in aufrechter Haltung, als wäre sie sich der Blasterstrahlen überhaupt nicht bewusst, die rings um sie durch die Luft zischten. Als die Soldaten ihren Sturmangriff abbrachen und sich zur Tür zurückzogen, blieben drei ihrer Kameraden leblos auf dem Boden zurück. Hark hatte mehr Glück als Verstand gehabt; Rauch stieg von ihrer Bluse und ihrem Haar auf, wo mehrere Laserblitze sie nur um wenige Millimeter verfehlt hatten.

»Tun Sie das bitte nie wieder«, sagte Leia. »Innerhalb eines Tages noch ein drittes Mal angeschossen zu werden wäre bestimmt nicht angenehmer als die beiden ersten Male.«

Der Kern unter ihnen glühte inzwischen in einem tiefen Goldgelb, und die Plattform begann noch stärker zu beben. Staub und Steinsplitter regneten von den Felsen irgendwo über ihren Köpfen herab.

»Wir sollten keine weitere Zeit verlieren«, rief Han.

»Wie wäre es damit?« Leia deutete auf eine der glänzenden Stützstreben, die unter der Plattform über ihnen aus der Wand ragte. »Wir werfen den Kletterhaken dort hinauf und schwingen uns dann über den Abgrund.«

»Schwingen?«, wiederholte Scarlet. »Das ist verrückt.«

»Es wird funktionieren«, versicherte Organa. »Vertrauen Sie mir.«

Hark zuckte mit den Schultern und drückte Han ihren Blaster in die Hand, dann zog sie erneut den Kletterhaken von ihrem Gürtel und programmierte die notwendige Seillänge ein.

»Ich werde ungeschützt sein, während ich den Haken werfe«, sagte sie. »Und während wir … hinüberschwingen, können wir uns nicht mal verteidigen.«

»Ich gebe Ihnen Deckung«, erklärte Solo. »Bringen wir es hinter uns.« Als Scarlet sich hinter dem Tisch hervorwagte, um das Kletterseil zu werfen, sprang Han ebenfalls aus seiner Deckung, stellte sich vor sie, sein Rücken gegen den ihren gepresst, und begann, mit beiden Waffen auf den Eingang zu feuern, so schnell und so oft, wie seine Finger den Abzug drücken konnten. Als wenige Sekunden später die Ladungsanzeige an einer der Waffen aufblinkte, rief er: »Muss nachladen!«, und Leia stand auf, um die Tür mit Laserblitzen einzudecken, während er ein neues Magazin einlegte.

Das Kletterseil zischte durch die Luft, und der magnetische Haken an seiner Spitze heftete sich mit einem dumpfen Knall an die Stützstrebe über ihnen. Aus welchem Material er auch immer bestand, es schien metallisch zu sein. Scarlet lehnte sich zurück und zog mit aller Kraft an dem Seil, aber der Haken hielt.

Eine Handvoll besonders mutiger Sturmtruppler schob die Köpfe um den Rand der Tür, um eine Gegenoffensive zu starten, aber Solos und Organas Dauerbeschuss trieb sie zurück in die Deckung des Korridors. Einer von ihnen war nicht schnell genug und kippte nach vorne auf die Plattform, ein rauchendes Loch in einem Auge seines Helms.

»Sollen wir das einer nach dem anderen durchziehen, oder alle auf einmal?«, fragte Hark.

»Oh, wir verschwinden gemeinsam von hier«, rief Han über die Schulter. »Leia, gehen Sie. Ich bin direkt hinter Ihnen.«

Die Prinzessin rannte an ihm vorbei, aber er war zu sehr damit beschäftigt, den Eingang mit Blasterstrahlen einzudecken, um zu beobachten, wie sie das Seil an ihrem Ausrüstungsgürtel festmachte. Er hörte sie nur »Han, jetzt!« schreien und sah, wie Laserzungen an ihm vorbeizischten, als sie wieder das Feuer eröffnete.

Der Corellianer wirbelte herum und eilte zum Rand des Metallgitters, wobei er blind über die Schulter schoss. Ein kurzer Blick reichte, um sich zu vergewissern, dass beide Frauen sich eingehakt hatten, und er stürmte, so schnell er konnte, auf sie zu, dann stieß er sie alle drei von der Plattform.

Scarlet kreischte, als er den Arm um sie schlang und dabei ihren verletzten Ellenbogen berührte, und Leia auf der anderen Seite keuchte, weil sein Griff ihr die Luft aus der Lunge presste. Solo sah nach unten, sich nur zu genau der Tatsache bewusst, dass sie lediglich ein mehrere Tausend Kilometer tiefer Abgrund vom inzwischen fast weißglühenden Kern des Planeten trennten. Irgendwo dort unten stürzte Galassian vermutlich noch immer seinem Ende entgegen, aber er war natürlich längst nicht mehr zu sehen. Eine Sekunde später schob sich der Gitterboden der benachbarten Plattform zwischen sie und das Nichts, und Scarlet löste das Seil. Ineinander verschlungen landeten die drei auf dem Metall, wobei Han als Erster aufkam, Leias Ellenbogen im einen Auge und Scarlets Knie in seinem Magen.

»Autsch«, stöhnte er und kämpfte sich unter den beiden hervor. Ihm blieb allerdings keine Zeit, sich noch weiter zu beklagen, denn da prallten bereits die ersten Blasterstrahlen von der Wand über ihren Köpfen ab.

Scarlet rannte auf die offene Tür der Plattform zu, und Leia hechtete hinter ihr durch den Ausgang, verfolgt vom Feuer der Imperialen. Solo blieb noch einen Moment stehen und gab ein paar Schüsse auf die Sturmtruppen ab, obwohl er wusste, dass ein Treffer auf diese Entfernung reine Glückssache wäre. Einer der Soldaten am Rand der anderen Plattform feuerte nicht auf ihn, sondern stand nur da, den Kopf zur Seite gelegt, als könnte er nicht fassen, dass die Eindringlinge ihnen gerade durch die Finger geschlüpft waren.

Han drückte ein letztes Mal den Abzug, dann folgte er den Frauen nach draußen, und Scarlet schloss die Tür hinter ihm. Das Geräusch der Blasterschüsse, die auf der anderen Seite in die Wand schlugen, verwandelte sich abrupt in ein schwaches Echo.

Sie befanden sich in einem kleinen Raum, von dem aus ein langer Schacht schräg nach oben führte, und an seinem Ende befand sich eine weitere Aufzugkammer wie die, mit der sie nach unten gefahren waren.

»Ich hoffe, das Ding hat noch Saft«, sagte Han.

Scarlet humpelte die Rampe hinauf. »Wie es aussieht, hat hier unten alles Saft.«

»Hoffen wir, dass das stimmt«, erwiderte er. »Denn es gibt keinen anderen Weg nach oben, und noch mal nach draußen auf die Plattform zurückzukehren, wäre Selbstmord. Erwähnte ich außerdem schon, dass der Planet implodieren wird?«

Hark begann, die Knöpfe an der Kontrolltafel zu drücken, wobei sie leise vor sich hinmurmelte. Erst als er das Wort »Blau« hörte, wurde Solo klar, dass sie gerade die Sequenz aus der Liste im anderen Aufzug wiederholte. Sein erster Gedanke war: *Hoffentlich bedeutet dieser Code wirklich »nach oben«.* Sein zweiter lautete: *Wie hat sie das nur die ganze Zeit im Kopf behalten?*

Als das laute, metallische Dröhnen erklang und der Aufzug sich in Bewegung setzte, sandte der Corellianer seinen lautlosen Dank an die Mächte des Universums, die über Helden und Narren wachten. Einen Moment später erbebte der Boden der Kammer mit solcher Vehemenz, dass Solo auf die Knie stürzte. Scarlet konnte sich an der Wandtafel festhalten, aber Leia landete unsanft auf dem Hintern. Heißer Wind brodelte von unten zu ihnen hoch und blies Scarlets Haare seitlich nach oben. Han konnte glühendes Metall und kochendes Schmiermittel riechen, und er betete, dass die K'kybak ihre Aufzüge ebenso widerstandsfähig gebaut hatten wie ihre Kontrollpulte.

Als die Erschütterungen nachließen, stemmte Leia sich wieder mit einem Stöhnen und einem schmerzerfüllten Gesichtsausdruck auf die Beine hoch. »Wenn dieser Ausflug vorbei ist, werde ich ein langes, langes Bad nehmen.«

»Wissen Sie«, meinte Scarlet, ihre zusammengekniffenen Augen auf Han gerichtet. »Ich habe zwei Jahre meines Lebens damit verbracht, nach diesem Planeten zu suchen. Zwei Jahre habe ich im Herzen des Imperiums verdeckt ermittelt. Und jetzt, wo ich diesen Ort endlich gefunden habe ... haben Sie nichts Besseres zu tun, als ihn einfach so in die Luft zu jagen.«

»Es war nicht *einfach so*«, entgegnete er. »Das war eine wohlüberlegte Entscheidung.«

»Sie brauchen sich nicht bei ihm zu entschuldigen«, warf Leia ein. »Bei Han ist es schwer zu entscheiden, was wohlüberlegt und was absolut gedankenlos ist. Die Unterschiede sind marginal.«

»So sehr ich Sie auch von Ihrem Irrtum überzeugen möchte, dafür ist jetzt keine Zeit.« Solo zog sein Kommlink hervor. »Chewie, Kumpel, kannst du mich hören?«

Nur Statik antwortete ihm.

»Chewie, ich hoffe, du machst kein Nickerchen, weil wir sonst alle sterben müssen.«

Diesmal drang ein lautes Brüllen aus dem Empfänger.

»Wir scheinen inzwischen wieder dicht genug an der Oberfläche zu sein, um ein Signal durchzubekommen. Falls Sie Luke also auf den neuesten Stand bringen wollen ...«, sagte Han zu Leia. Sie nickte und nahm ihr eigenes Kommlink vom Gürtel, während Solo sich wieder Chewbacca widmete. »Du musst den *Falken* sofort starten, hörst du? Flieg zum Tempel. Der Dschungel ringsum ist zu dicht, als dass man hier landen könnte; wir werden also auf das Dach klettern, damit du uns abholen kannst.«

Der Wookiee knurrte eine Antwort und unterbrach die Verbindung.

»Soll das heißen, wir müssen schon wieder klettern, um uns von Ihrem Freund auflesen zu lassen?«, fragte Scarlet mit einem Seufzen.

»Immerhin werden diesmal keine Sturmtruppen versuchen, uns zu erschießen«, erklärte er.

»Nein. Stattdessen droht der gesamte Planet unter unseren Füßen zu explodieren.«

»Ich meine ja nur, dass es nicht *genau* dieselbe Situation ist.«

»Heben Sie sich Ihre Spitzfindigkeiten für später auf«, sagte Organa. »Wir sind gleich oben.«

Der Raum, in dem sie sich wiederfanden, war durch eine große Tür mit dem verwirrenden Labyrinth gewundener Korridore verbunden, das sie bereits auf dem Weg nach unten durchquert hatten. Das seltsame Metall der Wände schien jetzt viel heller zu schimmern, als wüsste die gesamte Anlage, dass sie in großer Gefahr schwebte. Hark nahm ihren Datenblock zur Hand, aber die holografische Karte war so verschwommen und ungenau wie ein vager Traum, also deaktivierte sie das Gerät und schloss stattdessen die Augen, ihre Stirn vor Konzentration gefurcht. Eine Sekunde später hob sie die Lider wieder.

»Folgen Sie mir«, wies sie die anderen an, anschließend humpelte sie los, so schnell sie konnte. Han zuckte mit den Schultern und tat, wie ihm geheißen. Leia ließ sich ebenfalls nicht lange bitten.

Scarlet schien genau zu wissen, wohin sie ging, aber Solo begann, an ihrem Gedächtnis zu zweifeln, als sie an mehreren Kreuzungen vorbeikamen, die sie auf dem Hinweg nicht passiert hatten. Letztlich fanden sie sich aber doch wieder vor der leuchtenden Metalltür wieder. Der Planet gab sich kooperativ, indem er sein Beben auf ein erträgliches Maß beschränkte, während sie die Schräge zum oberen Tempel hinaufstiegen. Doch keine Minute nachdem sie den steinernen Boden erreicht hatten, brach rings um sie die Hölle los. Der Boden bäumte sich auf wie ein wild gewordenes Bantha, schüttelte und krümmte sich, als wollte er sie abwerfen. Nachdem sie mehrere Sekunden lang von einer Wand des Korridors zur anderen geschleudert worden waren, ließen die Erschütterungen nach und machten einem beständigen, tiefen Grummeln und Vibrieren Platz.

»Laufen Sie«, rief Hark. Han rannte bereits, eine Hand um Leias Arm geschlossen. Mit der anderen packte er Scarlets Handgelenk, als er sie überholte, und dann zog er sie beide hinter sich her. Wenn sie im Dunkel des Tempels getrennt würden, wäre nicht mehr genügend Zeit, um einander zu suchen.

Falls sich noch Sturmtruppen im Tempel aufhielten, versteckten sie sich wohl; wahrscheinlicher erschien Solo aber, dass sie in den Urwald geflüchtet waren. Es lag jedenfalls jede Menge imperialer Ausrüstung auf dem Boden verstreut, das meiste davon durch die Erdbeben durcheinandergewürfelt, einiges durch herabgefallene Steinblöcke zertrümmert. Und die Gefahr war noch nicht vorbei: Während sie weiterrannten, löste sich ein weiterer Felsquader von der Größe eines Landspeeders von der Decke und donnerte vor ihnen auf die Bodenplatten.

Ihr Weg war einmal mehr versperrt, aber Scarlet zögerte keinen Moment. Stattdessen wirbelte sie herum, rannte zur letzten Kreuzung zurück und führte sie in einen Nebengang, um den Felsblock zu umgehen. Staub rieselte beständig auf ihre Köpfe herab und trübte die Luft. Ein paar Meter entfernt brach unvermittelt der Boden ein, und Hark schrie: »Springen Sie!«

Ohne zu zögern stießen sie sich ab und segelten dicht nebeneinander über den Abgrund. Dann, zwei weitere, weit ausholende Schritte später waren sie plötzlich im Freien, unter dem blauen Himmel des sterbenden Planeten.

Ringsum hob und senkte sich der Dschungel wie die Oberfläche eines sturmgepeitschten Meeres. Die riesigen Bäume knackten und brachen entzwei, Äste so groß wie Raumschiffe stürzten auf die Erde und zermalmten alles unter sich. Die Energiefelder der K'kybak waren als regenbogenfarbenes Schillern am Horizont zu erkennen, wo die Schwerkraft solche Dimensionen angenommen hatte, dass sie das Licht brach. Der gewaltige, planetare Mechanismus versuchte, sein Gleichgewicht wiederzufinden – aber dafür war es längst zu spät.

Solo sprang hoch, griff nach einem Vorsprung an der Wand der untersten Tempelebene und zog sich nach oben, dann streckte er die Hand nach unten, um Scarlet hochzuhieven, und während die Spionin sich umdrehte, um ihrerseits Leia zu helfen, wandte er sich schon der nächsten Ebene des pyramidenförmigen Komplexes zu. Weit im Osten stieg eine riesige Staubwolke in den Himmel auf, die sich immer weiter über ihnen ausbreitete. Nach ungefähr zehn Ebenen wurden die einzelnen Stufen des Tempels kleiner, was den Aufstieg deutlich erleichterte, und nach einer Weile konnten sie praktisch an der Seite des Bauwerks hinaufrennen.

Während er hundert Meter über dem wogenden Dschungelboden von Felsblock zu Felsblock sprang, nahm Han das Kommlink von seinem Gürtel und rief: »Wo bei den Sonnen steckst du?«

Chewbaccas Antwort war ebenso aufgebracht.

»Was soll das heißen, es gibt immer wieder einen Kurzschluss beim Startzyklus? Du kriegst das besser wieder in Ordnung, Kumpel, sonst gehen wir hier alle drauf!«

Leia überholte ihn, und nachdem sie auf einen breiten, quadratischen Stein geklettert war, blieb sie stehen; sie hatten die Spitze des Tempels erreicht. Scarlet schloss zu ihnen auf und beugte sich schwer atmend vor, die Arme auf die Schenkel gestützt. Solo blickte sich um, konnte aber außer der Pyramide und dem bebenden Urwald ringsum nichts erkennen. Weit und breit kein Schiff in Sicht.

Hark sog scharf den Atem ein, und er folgte ihrem Blick mit den Augen. Im Osten, wo die titanische Staubwolke in die Höhe stieg, begann der Boden wegzubrechen. Inselgroße Brocken Urwald verschwanden, und an ihrer Stelle klaffte ein immer weiter um sich greifender Abgrund, der im weißgoldenen Licht des instabilen Kerns leuchtete. Welche Kräfte den hohlen Planeten bislang auch vor dem Kollaps bewahrt hatten, sie ließen nach, und nun fraß Seymarti V sich selbst auf.

»Wird er es schaffen?«, fragte Scarlet. Han glaubte, dass sie

Chewbacca meinte, und setzte schon zu einer Antwort an, aber Leia kam ihm zuvor.

»Er sollte jede Sekunde hier sein.«

Als hätte er nur auf diese Worte gewartet, schoss in diesem Moment ein X-Flügler vom Himmel herab. Ein paar Fuß von der Spitze des Tempels entfernt verharrte die Maschine schließlich in der Luft, und aus Leias Kommlink ertönte Lukes jungenhafte Stimme. »Springt auf!«

Ohne zu zögern kletterte Leia auf einen der Flügel, und Scarlet sprang hinterher.

»Das ist keine Dauerlösung«, rief Han. Sie konnten den Planeten wohl kaum auf den Tragflächen eines Sternjägers verlassen. Dennoch folgte er den beiden Frauen. Im Moment konnten sie nichts anderes tun, als sich ein paar Sekunden Aufschub zu verschaffen, also würde er sich vorerst damit begnügen müssen.

»Festhalten«, wies Luke sie an, und der X-Flügler stieg senkrecht über der Pyramide auf.

Unter ihnen ließ ein gewaltiges Beben die Oberfläche erzittern, so heftig, dass Bäume von der Größe eines Bürogebäudes in die Luft geschleudert wurden, während der Tempel in einer Wolke aus Staub und Stein und kochender Luft erst in sich zusammenbrach und dann ins Innere des Planeten stürzte.

Am zerfallenden Horizont tauchte ein dunkler Fleck auf, der rasch zu einer kleinen Scheibe heranwuchs und sich dann in den *Falken* verwandelte. Kurz verlor Solo den näher kommenden Frachter aus den Augen, als der heiße, nach Schwefel stinkende Wind eine Schwade aus blassgelbem Staub von den Überresten des Tempels nach oben peitschte. Die Staubkörner drangen in seine Nase und Augen, und er blinzelte durch den Dunst.

»Viel länger werde ich mich nicht mehr festhalten können«, sagte Scarlet, ihre Stimme so ruhig, als würde sie über das Mittagessen reden und nicht über einen Sturz in die Tiefen des auseinanderbrechenden Planeten.

»Müssen Sie auch nicht«, erwiderte Han, kurz bevor ein dunkler Schatten durch die Wolke unter ihnen emporstieg. Stück für Stück schob sich der *Falke* an den Sternjäger heran, bis er schließlich nahe genug war, dass die drei in die offene Einstiegsluke auf seiner Oberseite springen konnten.

»Volle Energie, Chewie«, brüllte Han, kaum dass er auf dem Deck gelandet war, und rannte in den vorderen Teil des Schiffes. Chewbacca zog die Nase des Frachters nach oben und raste mit Höchstgeschwindigkeit dem Himmel entgegen.

»Schnallen Sie sich fest!«, rief der Corellianer Scarlet und Leia noch zu, bevor er im Cockpit verschwand.

Dort warf er sich in den Pilotensessel und fragte, nun deutlich leiser: »Funktioniert das Hyperraum-Triebwerk?« Der Wookiee neben ihm knurrte bestätigend. »Dann berechne einen Sprung zur gegenwärtigen Position der Flotte. Wir müssen das System so schnell wie möglich verlassen.«

Während Chewie sich über den Computer beugte, scannte Han den Luftraum des Planeten. Acht X-Flügler folgten ihnen wie eine Ehrengarde, aber die Instrumente konnten keine imperialen Schiffe erfassen. Dafür zogen sich zahlreiche Rauchfahnen wie Kratzwunden über das Blau des Himmels. Ein Blau, das sich rasch verdunkelte, von Azur zu Indigo, und dann konnte Han auch schon die ersten Sterne ausmachen.

»Wir sind bereit für den Sprung«, erklärte Luke, seine Stimme durch das Headset komprimiert und verzerrt.

»Der Planet sieht ziemlich instabil aus«, fügte Wedge hinzu.

»Ist euch das auch schon aufgefallen?«, brummte Solo, wobei er den Schubregler ganz nach vorn drückte, um möglichst viel Raum zwischen den *Falken* und Seymarti V zu bringen. Chewbacca nahm unterdessen die letzten Feineinstellungen für den anstehenden Hyperraumsprung vor.

»Sei nicht so launisch«, beschwerte sich Skywalker. Der Himmel war jetzt fast völlig schwarz, und immer mehr Sterne leuchteten auf.

»Also gut«, rief Solo, die Worte an alle ihm folgenden Schiffe gerichtet. »Wir springen in fünf ... vier ... drei ... zwei ...«

In diesem Augenblick explodierte der Planet und schleuderte eine gewaltige Druckwelle aus Energie und verdampfender Materie hinter ihnen her.

»Eins.«

Die Sterne verschwanden in einem Wirbel aus Licht.

32. Kapitel

Wohin man auch blickte, schimmerte Licht in dem weiten, dunklen Ozean des Weltalls, und jeder Stern barg in sich die Möglichkeit eines bewohnbaren Planeten oder Mondes, einer unabhängigen Raumstation oder einer Asteroidenbasis. Das Licht lockte und tröstete, ein flackerndes Versprechen, dass es dort draußen Leben und Energie und Zivilisation gab. Dass die Leere überwunden werden konnte. Und wenn die Gewalt, die das Leben und die Sterne mit sich brachten, zu viel wurde, konnte auch die Leere selbst tröstlich und verlockend wirken.

Als der *Falke* zur Flotte zurückkehrte, war General Rieekan bereits mitten in den Vorbereitungen für die Schlacht. Die jungen Kampfpiloten waren enttäuscht, als sie hörten, dass es doch keinen Entscheidungskampf um Seymarti V geben würde, aber die Admiräle zeigten sich erleichtert. Zugegeben, sie hatten eine mächtige neue Waffe verloren, aber zumindest würde der Imperator sie auch nicht einsetzen können. Das machte die Mission zumindest teilweise zu einem Erfolg. Falls jemand Hans Meinung teilte und sich darüber freute, dass die Rebellion den Hyperraumblockierer nicht in die Hände bekommen hatte, behielt er diese Ansicht für sich.

Das bedeutete aber nicht, dass der Corellianer nach seiner Rückkehr nicht auch eine gewisse Genugtuung erfuhr.

»Ich habe die Berichte gelesen, Captain Solo«, sagte Colonel Harcen, wobei er unbehaglich mit den Fingern auf seinen Schreibtisch tippte. »Und es sieht ganz so aus, als hätten Sie unsere Erwartungen weit übertroffen.«

»Danke«, erwiderte Han, wobei er den kritischen Unterton in der Stimme seines Gegenübers geflissentlich ignorierte. »Dann sind Sie jetzt also bereit, mich zu entlohnen?«

Harcen presste die Kiefer zusammen und senkte den Kopf. »Genau darüber wollte ich mit Ihnen sprechen. Mir ist aufgefallen, dass der von Ihnen geforderte Betrag deutlich höher ausgefallen ist als die ursprünglich vereinbarte …«

»Ursprünglich ging es ja auch nur um einen Sprung nach Cioran«, unterbrach ihn Solo. »Aber dann sind wir von dort nach Kiamurr geflogen, und von Kiamurr nach Seymarti. Längere Reise, höhere Rechnung.«

»Aber wir hatten vereinbart …«

Chewbacca knurrte und beugte sich nach vorne, woraufhin Harcen zusammenzuckte und mit seinem Stuhl an die Wand zurückrutschte.

»Sehen Sie es von der Warte: Hätte ich mich auf die Vereinbarung beschränkt, hätte das Imperium jedes Wesen auf Kiamurr getötet und auf Seymarti die Kontrolle über die Waffe der K'kybak erlangt«, sagte Han. »Falls ich das nächste Mal erst meinen Vertrag neu aushandeln soll, bevor ich etwas unternehme, können wir das gerne so handhaben.«

»Natürlich nicht«, schnappte der Colonel. »Es könnte nur ein paar Tage länger dauern, um die neue Rechnungssumme zu überweisen, das ist alles. Das Ganze muss erst von meinen Vorgesetzten autorisiert werden.«

»Dann machen Sie sich lieber gleich an die Arbeit«, erwiderte der Corellianer.

Chewbacca heulte und hob seine mächtige Faust. Han fand, dass er es ein wenig übertrieb, aber er hielt ihn nicht zurück. Es waren schließlich die kleinen Freuden, die das Leben lebenswert machten. Er stand auf, hob Zeige- und Mittelfinger in einem spöttischen Salut an die Stirn und trat in den Korridor hinaus.

Anfangs hatte es ihn ein wenig nervös gemacht, wie sehr er sich darüber freute, wieder bei der Rebellenflotte mit ihren zusammengeflickten Schiffen und störanfälligen Luftaufbereitern zu sein. Die Vorstellung, dass er sich zu sehr daran gewöhnte, gefiel ihm nicht, aber bislang hatte er dieses Problem umgangen, indem er einfach nicht darüber nachdachte, und diese Strategie schien zu funktionieren. Gemeinsam mit Chewbacca stieg er die schmale Metalltreppe hinunter, dann wandte er sich nach achtern und schlenderte zum Hangar, wo der *Falke* weiterer Reparaturen harrte. Keiner von ihnen sagte etwas, aber der Wookiee schnaubte leise vor sich hin; das tat er meistens, wenn er besonders selbstzufrieden war. Und wenn man genau hinsah, wirkten sogar seine Schritte ein klein wenig beschwingt. Als sie in das Chaos von Sternjägern, Werkzeugkästen, Kühlleitern, Wartungsdroiden und Piloten in orangefarbenen Overalls hinaustraten, beugte Solo sich zu seinem fellbedeckten Freund hinüber.

»Weswegen bist du denn in so guter Stimmung?«

Chewie bellte zweimal und hob dann das Kinn in einer Geste, die den gesamten Kreuzer mit einschloss.

»*Natürlich* sind wir nicht gestorben«, entgegnete Solo. »Ich hatte die Lage jede Sekunde unter Kontrolle.«

Der Wookiee stieß ein abfälliges Heulen aus.

»Weil ich nun mal der Beste bin«, antwortete der Corellianer. »Ganz einfach.«

»Han!«

Er drehte sich um und sah Luke, der ihnen von der anderen Seite des Hangars zuwinkte. C-3PO stand neben ihm und imitierte die Geste, und rings um den Jungen hatte sich ein halbes Dutzend Jägerpiloten versammelt. Han glaubte, bei einigen von ihnen so etwas wie Heldenverehrung zu erkennen, so wie sie Skywalker anblickten. Er erwiderte die Geste, dann wandte er sich wieder dem *Millennium Falken* zu. Die Narbe, die Baasens Rakete mit dem Peilsender am Heck hinterlassen hatte, war noch immer deutlich zu erkennen, außerdem fehlten die Platten über dem hinteren Deflektorschild, sodass man darunter die bloß liegenden Schaltkreise und Energiekupplungen sehen konnte. Der Gedanke an die vielen Stunden harter Arbeit, die vor ihnen lagen, ließ Solos Schultern nach unten sacken. Doch ein paar Minuten konnten die Reparaturen sicher noch warten.

»Komm, Chewie«, sagte er, machte auf dem Absatz kehrt und ging zu der kleinen Gruppe hinüber. »Na, Junge. Was heckst du jetzt schon wieder aus?«

»Ich habe Gram und Ardana nur gerade von Seymarti erzählt«, winkte Skywalker ab.

Han nickte, ein wissendes Lächeln auf den Lippen, als er seinen Blick über die anderen Piloten wandern ließ. »Hat er euch erzählt, dass er ganz allein einen imperialen Sternzerstörer abgeschossen hat?«

»Ich habe nie behauptet, dass ich das ganz allein war«, warf Luke ein. »Wir waren zu acht, und Wedge hat den Angriff geleitet. Davon abgesehen, haben sie sich mehr dafür interessiert, wie du und Leia den gesamten Planeten in die Luft gejagt habt, um den Plan des Imperiums zu vereiteln.«

»Oh. Na dann, hört genau zu. Ist eine verdammt gute Geschichte.«

»Sind Sie wirklich auf der Tragfläche eines X-Flüglers von dem Planeten entkommen?«, fragte eine Pilotin, die noch jünger aussah als Luke. Wenn das so weiterging, würde die Rebellion ihre Kämpfer bald direkt aus dem Kindergarten rekrutieren, dachte Han, aber dann zuckte er mit den Schultern.

»Es war nicht so beeindruckend, wie es klingt«, erklärte er. »Chewie war da, um uns aufzufangen.«

Die Piloten sahen zu dem Wookiee hinüber, der plötzlich noch ein Stück höher über ihnen aufragte und stolz die Brust vorreckte.

»Was habt ihr jetzt vor?«, wollte Luke wissen.

»Falls es keinen weiteren Notfall gibt, werden wir wohl das Schiff reparieren«, antwortete Solo.

»Vielleicht möchten Sie danach ja etwas mit uns trinken«, warf ein anderer Pilot ein.

»Würden wir gerne tun, aber ich bin sicher, bis dahin wird es einen weiteren Notfall geben«, erwiderte Han, und die Rebellen lachten, als wäre es ein Witz. Es war aber nur teilweise so gemeint.

»Ich wollte Leia besuchen«, sagte Luke, während er sich den Helm unter den Arm klemmte. »Kommst du mit?«

»Soll ich denn?«, erkundigte sich der Corellianer, aber als er sah, dass Skywalker tatsächlich über die Frage nachzudenken schien, schob er hastig nach: »Sicher, warum nicht? Ihre Durchlauchteste kann vielleicht dafür sorgen, dass die Generäle mein Honorar schneller herausrücken.«

Während sie durch das Schiff gingen, lauschte Solo den Unterhaltungen der Mannschaft. Kiamurr und Seymarti waren noch immer ein beliebtes Gesprächsthema, aber er schnappte auch einige Neuigkeiten und Gerüchte auf: Eine Flotte nicht identifizierter schwarzer Schiffe war nahe Thedavio VII gesichtet worden, und niemand wusste, ob es sich dabei um Imperiale oder eine andere Organisation handelte; der Onkel eines Freundes auf Dantooine war gerade in einer Cantina gewesen, als eine Gruppe von Sturmtrupplern hereinmarschiert war und den Wirt mitgenommen hatte; die Spähschiffe, die Cerroban angeflogen hatten, waren dort auf imperiale Sonden gestoßen, womit dieser Planet von der Liste möglicher Standorte für die neue Basis gestrichen werden konnte.

Die Rebellion stützte sich ebenso auf Geschichten wie auf Stahl oder Hyperraum-Triebwerke. Die Geschehnisse von Kiamurr und Seymarti waren momentan in aller Munde, aber bald schon würden sie durch neue Ereignisse weggespült werden. Niemand würde sich noch daran erinnern, dass Solo den Krieg hätte beenden können, sich dann aber dagegen entschieden hatte, oder dass das Imperium für alle Zeit absolute Kontrolle über die Galaxis hätte ausüben können, hätte er es nicht verhindert. Das waren nur Momentaufnahmen, und sie würden im steten Strom der Geschichten untergehen, welche die Rebellion über sich selbst verbreitete.

Sie trafen Leia in einem Versammlungsraum der Kommandozentrale an. Die Bildschirme entlang der Wände zeigten Darstellungen der einzelnen Schiffe in der Flotte, eine Karte der Galaxis, auf der ein halbes Dutzend winziger Sektoren blau markiert war, und die Ergebnisse des letzten Sensorscans. Die kleine rote R3-Einheit, die einst Hunter Maas gehört hatte, stand gemeinsam mit R2-D2 in einer Ecke, und die beiden Astromecheinheiten zwitscherten leise vor sich hin, während C-3PO von einem zum anderen blickte und versuchte, bei ihrer Unterhaltung in der Maschinensprache mitzuhalten.

Leia trug einen schlichten grauen Overall, ihr Haar hatte sie zurückgebunden. Scarlet Hark, die ihr gegenübersaß, wirkte tausendmal auffälliger in ihrem langen, fließenden Kleid aus smaragdgrünem und karmesinrotem Stoff, ihr Haar zu Zöpfen gebunden und so hochgesteckt, dass sie aussah wie eine menschliche Blume, die gerade erblüht war.

»Solo!«, rief die Spionin aus. »Ich hatte gehofft, Ihnen noch einmal über den Weg zu laufen, bevor ich die Flotte verlasse.«

»Tja, und da bin ich«, erwiderte er. »Sie ... äh, Sie sehen ...«

»Lächerlich, nicht wahr?«, meinte sie mit einem schelmischen Funkeln in den Augen. »Ich bin jetzt übrigens Feyyata Baskalada, die Königin der emurrianischen Oper, und befinde mich gerade auf Tournee mit meiner Truppe. Und wie der Zufall es will, werden wir auf dem Weg zu unserer nächsten Vorstellung einen Abstecher zur Surdapan-Station machen.«

»Ein äußerst gefährliches Ort«, warf C-3PO ein, wobei er mit seinem goldenen Arm winkte. »Ich habe versucht, Sie zu warnen, aber auf mich hört ja niemand.«

»M-hm. Was ist denn auf der Surdapan?«, fragte Luke, der sichtlich Mühe hatte, Scarlet nicht anzustarren.

»Gerüchten zufolge hat ein Ingenieur dort einen Blaster entwickelt, der Deflektorschilde durchdringt«, erklärte Hark. »Vermutlich ist die Geschichte nur Bantha-Poodoo, aber falls nicht, werde ich dafür sorgen, dass wir diese Technologie in die Hände bekommen und sonst niemand.«

Leia runzelte die Stirn. »Können Sie denn singen?«

»Nein«, antwortete Scarlet. »Ich kann nicht mal richtig summen. Das dürfte wirklich *aufregend* werden.«

Drüben in der Ecke piepste Hunter Maas' R3, und die Spionin erhob sich, wobei ihr Kleid klirrte wie ein Kristallkronleuchter im Wind.

»Danke, Er-Drei«, sagte sie. »Ich weiß, dass wir gleich losmüssen.«

»Moment mal«, meldete sich Han zu Wort. »Sie verstehen, was er sagt?«

»Nein, aber ich bin gut im Raten«, erwiderte sie, dann streckte sie die Hand aus. »Danke für ein paar interessante Tage, Captain. Ich hoffe, wir werden eines Tages wieder zusammenarbeiten.«

»Das nächste Mal verlange ich aber das Doppelte«, grinste er und schüttelte die dargereichte Hand. »Sie sind ein wandelnder Herzinfarkt.«

»Das Gleiche könnte ich auch von Ihnen behaupten.«

Chewbacca brummte und knurrte und verschränkte die Arme vor der Brust, woraufhin Hark vor ihm stehen blieb und ihm die Hand auf die Pranke legte.

»Ich auch, Schätzchen«, sagte sie. »Aber ich melde mich bei dir. Sobald ich Gelegenheit habe.«

Der Wookie hob sie in einer erdrückenden Umarmung vom Boden hoch, und sie schlang ihm die Arme um den Hals. Einen Moment lang verharrten sie in dieser Position, und Han wandte unbehaglich den Blick ab. Als Chewie sie schließlich wieder absetzte, winkte die Spionin der R3-Einheit zu, und die beiden verschwanden durch die Tür.

»Fängst du jetzt etwa an zu weinen?«, stichelte Solo.

Chewbacca grollte eine humorlose Entgegnung.

»Schon gut, schon gut«, lachte Solo. »War ja nur eine Frage. Kein Grund, gleich so gereizt zu sein.«

»Wir wollten nur mal vorbeischauen und nachsehen, ob alles in Ordnung ist«, wandte Luke sich an Leia. »Nach Ihrer Rückkehr wirkten Sie ein wenig … niedergeschlagen.«

Han blickte zu Chewie hoch und formte lautlos die Worte:

Stimmt das? Der Wookiee verdrehte die Augen, nickte aber. Organa tätschelte unterdessen Lukes Hand und setzte sich wieder an den Tisch.

»Es geht mir gut, aber Kiamurr hat mir sehr zu schaffen gemacht. Wir haben dort viele Leute verloren«, sagte die Prinzessin, und ihrer Stimme wohnte eine Härte inne, von der Han glaubte, dass er sie verstand. »Aber die Überlebenden hassen das Imperium jetzt umso mehr, und jetzt wollen Personen und Gruppen, von denen ich es nie erwartet hätte, die Rebellion unterstützen. Wir werden aus dieser Katastrophe stärker hervorgehen, als wir es zuvor waren.«

»Das ist äußerst erfreulich«, meldete sich C-3PO zu Wort.

»Nur falls wir gewinnen, Dreipeo«, erwiderte Leia. *Denn falls wir verlieren, bedeutet es noch mehr Gräber und noch mehr Tote.* Sie sprach die Worte nicht laut aus, aber Han konnte sie an ihrem humorlosen Lächeln ablesen. Seine Gedanken wanderten wieder zu Baasen zurück, dem wohl unwahrscheinlichsten Märtyrer der Rebellion. Das Universum war groß, und in seinen Weiten geschahen die merkwürdigsten Dinge.

Commander Ackbars Bariton dröhnte aus der Kommandozentrale, laut und durchdringend, aber die Stimmen, die ihm antworteten, waren Solo fremd.

»Haben Sie ein schlechtes Gewissen?«, wollte Skywalker wissen. Bei jedem anderen hätten die Worte nach einem Vorwurf geklungen, aber der Junge war zu offenherzig und zu aufrichtig, als dass man ihm diese Frage übelnehmen könnte. Leia zuckte mit den Schultern. »Ich weiß nicht«, gestand sie. »Ich wüsste nicht, was ich hätte anders machen können. Aber ich bedaure, dass ich keinen besseren Weg gefunden habe. Zählt das?«

»Was ist mit dir?«, fragte Luke, und es dauerte ein paar Sekunden, bis Han erkannte, dass der Junge mit ihm sprach. Er öffnete den Mund, um zu erklären, dass er nichts bereute, aber dann hielt er inne und legte den Kopf schräg.

»Weißt du«, begann er. »Da waren Tiere auf Seymarti, die einfach nur in ihrem hässlichen kleinen Sumpf überleben wollten. Sie haben nicht verdient, was mit ihnen geschehen ist.«

Leias Augenbrauen schossen nach oben.

»Das ist alles, was Sie bedauern?«, schnappte sie.

»Warum nicht? Haben Sie was dagegen?«

»Wie wäre es damit, dass Sie den Schlüssel, um diesen Krieg zu beenden, weggeworfen haben?«, entgegnete sie mit harter Stimme. Sie klang aber eher betroffen als wütend, und kurz konnte Solo einen Blick hinter ihre Fassade erhaschen. Von diesem Tag an würde sie sich ein klein wenig mehr verantwortlich fühlen, wann immer der Krieg ein neues Opfer forderte – jeder jungenhafte Kampfpilot, der von einem TIE-Jäger abgeschossen wurde, jeder Spion, der enttarnt und in einem imperialen Gefängnis hingerichtet wurde, jeder Soldat, der unter dem Blasterfeuer der Sturmtruppen zu Boden ging –, weil sie die Chance gehabt hatte, die Macht der K'kybak auf Seymarti V an sich zu reißen ... und es nicht getan hatte.

Nur zu leicht konnte man vergessen, dass sie das Ende von Alderaan mit angesehen hatte, dass sie überlebt hatte, während so viele andere gestorben waren. Sie verbarg diese Schuldgefühle so geschickt, dass sie von dem alltäglichen Stress überdeckt wurden, den die Führung einer Armee mit sich brachte. Oder die Organisation einer Rebellion.

Han dachte an all die Dinge zurück, die er über Kiamurr gesagt hatte, und verzog das Gesicht. Er wollte sich entschuldigen, ihr Trost spenden, aber er war nicht sicher, wie er das anstellen sollte. Also beschränkte er sich letztlich darauf, ihre Frage zu beantworten.

»Es war nicht der Schlüssel, um den Krieg zu beenden«, erklärte er. »Es war der Schlüssel, um zu verhindern, dass irgendjemand je wieder etwas tut, was den herrschenden Mächten nicht gefällt. Dem Krieg ein Ende zu machen wäre nur der Anfang gewesen, und ja, wer hätte es nicht getan? Die Leben der Unschuldigen schützen und dem Imperator seine Macht rauben? Aber sobald dieser Schneeball ins Rollen gekommen ist, kann man ihn nicht mehr aufhalten.«

»Sie meinen, die Verantwortung wäre zu groß gewesen?«, fragte Organa. Die Bemerkung vermittelte ihm beinahe den Eindruck, als hätte sie seine unausgesprochene Entschuldigung angenommen.

»Die Verantwortung ist nicht das Problem«, sagte er. »Aber eine Galaxis ohne Schmuggler und Diebe? Was wäre das für ein Leben? Nein, Durchlauchteste, Sie müssen schon ein wenig Platz für Leute wie mich lassen.«

»Muss ich das?«, entgegnete sie.

»Absolut«, nickte Han. »Vor allem weil Sie und Ihre Freunde selbst manchmal zu diesen Leuten gehören.«

Ihr Blick wurde um eine Winzigkeit sanfter. Luke sah von einem zum anderen, einen verwirrten Ausdruck in seinen hellen blauen Augen. Einen Moment lang fühlte es sich an, als könnte etwas geschehen, etwas, das Hans und Leias Verhältnis zueinander für immer verändern würde, aber dann wandte die Prinzessin den Blick ab, und ihr Gesicht verwandelte sich wieder in die altbekannte, sardonisch lächelnde Maske.

»Manchmal«, räumte sie ein. »Aber danach wasche ich mich ausgiebig.«

Chewbacca schnaubte, Skywalker lachte erleichtert und

Han hob beschwichtigend die Hände. »Wie Sie wollen, Schätzchen. Sie können sich einreden, was immer Sie möchten. Aber wir wissen beide, wie Sie wirklich fühlen.«

»Sie wollen mir doch nicht immer noch einreden, dass ich eifersüchtig auf Scarlet Hark wäre, oder?«

»Das ist nichts, weswegen man sich schämen müsste«, meinte Solo. »Ich bin ein gut aussehender Mann. Und auf Cioran hatte ich keine andere Wahl. Ich musste meine Kleider ausziehen. Das geht an keiner Frau spurlos vorüber.«

»Warum musstest du deine Kleider ausziehen?«, fragte Luke.

Der Corellianer zog die Schultern hoch. »Sie waren zerknittert. Aber das ist nicht der Punkt. Schließlich ist es völlig normal für eine Frau – oder in diesem Fall für zwei Frauen –, dass sie sich zu einem Kerl wie mir hingezogen fühlen.«

Chewie heulte laut.

»Ja, sie hat sich umgedreht«, brummte Han. »Aber ich bin sicher, sie hat heimlich geguckt.«

»Das hat sie«, bestätigte Leia.

Einen Moment lang sagte niemand etwas. Solo spürte, wie ihm die Röte in die Wangen stieg, aber er zwang die Scham zurück.

»Siehst du?« Er stieß Chewbacca mit dem Finger gegen das Knie. »Sie hat geguckt.«

Der Wookiee würdigte ihn keiner Antwort. Rings um sie herum gingen die Rebellen weiter den täglichen Aufgaben eines Krieges nach, wie sie es noch monate- oder jahrelang tun würden, bis eine Seite endlich den Sieg errang. Han fragte sich, ob er noch immer für die Allianz fliegen würde, wenn dieser Tag kam, oder ob er dann gegen eine neue Regierung rebellieren müsste.

»Tja«, meinte Skywalker schließlich, »jetzt, wo wir Seymarti und Cerroban abhaken können, bleiben nicht mehr viele Planeten für den Bau unserer neuen Basis.«

»Solange es nur nicht Hoth ist«, brummte Han. »Das ist ein schrecklicher Planet.«

»Wir finden schon einen passenden Ort«, erklärte Leia. »Es wird nicht leicht, und es wird nicht billig, aber uns fällt schon etwas ein. Uns fällt schließlich immer etwas ein.«

SHORTSTORY

James S. A. Corey

Silber und Scharlachrot

»Seddia Chaan«, sagte der Wachmann und wiederholte damit den Namen, der auf meinen Identifikationspapieren stand.

»Ja«, log ich.

Er gab mir die Unterlagen zurück, nickte mit seinem gewaltigen grüngrauen Schädel und trat beiseite. Ich versuchte es mit dem kühlen, höflichen Lächeln, mit dem eine hochrangige Waffenproduzentin meiner Vorstellung nach einen Türsteher bedachte, und betrat den Club. Nach der Hitze und Luftfeuchtigkeit draußen war der Wechsel in die kühle, trockene Luft des Etablissements wie die Ankunft in einer anderen Welt. Oolan war eine Bargenstadt auf offener See; die Gebäude waren durch Brücken miteinander verbunden und durch Kanäle voneinander getrennt, sodass sich die Architektur in einem fort änderte. In diesem Monat hatte die Strömung die Stadt nach Norden getrieben, fast bis zum Äquator des Planeten. Als Nächstes verschlug es sie vielleicht nach Süden, bis blaugrünes Eis gegen die Fundamente der Gebäude stieß und Frost die Brückengeländer überzog. Bis dahin wollte ich allerdings längst wieder bei der Rebellenflotte sein; dann wären alle Lieferungen abgeschlossen und meine jüngste falsche Identität bloß noch eine verblassende Erinnerung. Falls ich mich morgen wider Erwarten doch noch in Oolan aufhielt, hieß das, dass etwas Unvorhergesehenes passiert war.

In Anbetracht meiner »Erfolgsbilanz« war beides möglich.

Der Privatclub war als ein einziger großer kreisrunder Raum angelegt, mit drei Meter hohen Fenstern ringsum. In der Mitte befand sich das Zentrum mit den privaten Konferenzräumen und den Aufzügen zu den oberen Ebenen. Aufgezeichnete Bith-Harfenmusik erfüllte die Luft; die Wiedergabe war vom Klang her so rein, dass es sich anhörte, als hätten die Noten scharfe Kanten. Außerhalb der großen Fenster glitt die Stadt in die Höhe, sackte nach unten und stieg dann wieder an, getragen von den Wellen des Ozeans. Ein Dutzend Skimmer in leuchtenden Farben sauste den Kanal entlang; die Menschen und Quarren am Ruder schienen sich einen Wettstreit in Rücksichtslosigkeit zu liefern. Ich zupfte den Saum meines Kostüms zurecht und ließ den Blick beiläufig über die zwölf oder vierzehn Clubmitglieder schweifen, die sich an den Tischen und auf den Sofas tummelten. Der Mann, nach dem ich suchte, war ein schon etwas älterer Mensch, den ich bislang bloß von Fotos und Hologrammen kannte. In dem Bemühen, ungezwungen zu wirken, aktivierte ich mein Kommlink.

»Elvier?«

»Ma'am«, ertönte die tiefe, raue Stimme des Droiden.

»Wie sicher sind wir uns, dass er tatsächlich hier ist?«

»Zu sechsundneunzig Prozent.«

»Okay, dann geh bitte die übrigen vier Prozent für mich durch.«

»Es bestünde die Möglichkeit, dass der General entdeckt wurde und es sich bei dem Individuum, das ihn in seinem Shuttle von der Orbitalbasis zur Oberfläche runtergebracht hat, um einen Verräter handelte«, erklärte der Droide, dessen Aufgabe es war, mir den Rücken freizuhalten. »Gibt es bei Ihnen Schwierigkeiten, Ma'am?«

»Ich versuche bloß, ihn zu finden. Ich schaue mich noch mal um«, sagte ich und unterbrach die Verbindung. Naturgemäß wäre Seddia Chaan, Sicherheitsingenieurin der Salantech-Kooperative, mit den forschen, einstudierten Bewegungen und der undeutbaren Miene einer Ex-Militäragentin im Raum umhermarschiert. Da ich sie spielte, ahmte ich sie einfach nach. Ein Servierdroide schwebte zu mir herüber und erkundigte sich mit sorgsam kreierter Stimme, ob er mir etwas zu trinken bringen könne. Da Seddia Chaan Rauschmittel ablehnte, bat ich um Tee. Die Männer und Frauen an den Tischen und auf den Sofas musterten mich flüchtig und wandten dann den Blick ab, auf eine Art und Weise höflich und distanziert, die mir selbst dann verraten hätte, dass ich mich im Herzen des Imperiums befand, wenn ich mit Gedächtnisverlust an diesem Ort zu mir gekommen wäre.

Ich hatte diese Operation schon vor Monaten in Angriff genommen, als mir das Gerücht zu Ohren kam, dass der Direktor eines imperialen Gefängnisses für politische Gefangene möglicherweise Sympathie für seine Häftlinge entwickelt hatte. Es kostete Wochen, der Sache auf den Grund zu gehen, da das Ganze nicht das Geringste mit einem imperialen Gefängnisdirektor zu tun hatte; außerdem ging es nicht um irgendein Gefängnis, und General Cascaan hatte in Wahrheit auch nicht allzu viel für die Rebellion übrig. Doch abgesehen davon, dass sich sämtliche Informationen als falsch erwiesen, war alles ziemlich gut gelaufen. Ich hatte Cascaan im Entiia-System aufgespürt, seine heimliche Geliebte in Oolan ausfindig gemacht und die Verhandlungen eröffnet. Die Sache war ungefähr so sicher und ungefährlich, wie eine verdorianische Feuerratte auf meiner Nase zu balancieren, doch bis auf den letzten Teil der Mission – das eigentliche Treffen mit dem General und der Austausch – war alles erledigt.

Ich drehte gerade meine dritte Runde durch den Raum und hatte meine Tasse Tee fast geleert, als ich ihn schließlich erkannte. Er saß allein an einem kleinen, hohen Tisch, dicht am Fenster. Er hatte eine Hand vor den Mund gelegt und den Blick auf den funkelnden kristall- und silberfarbenen Komplex auf der gegenüberliegenden Seite des Kanals gerichtet. Als ich ihn jetzt sah, wurde mir klar, warum ich ihn nicht sofort erkannt hatte. Alle Bilder, die ich von ihm gesehen hatte, zeigten einen steifen Mann mit hellschwarzen Augen und herausforderndem Blick. Der Mann am Tisch saß vornübergebeugt da. Seine dunkle Haut hatte einen aschefarbenen Teint angenommen, und seine Augen waren feucht und wässrig. Als er sich auf seinem Platz bewegte, konnte ich die Kraft sehen, die in seinem Körper steckte, aber wenn er sich nicht rührte, wirkte er wie ein alter Mann, wie irgendjemandes Großvater.

In meinem Gewerbe hatte ich es schon mit der ganzen Bandbreite von Verrätern zu tun, von denen, die Angst hatten, erwischt zu werden, über jene, denen es einen Kick versetzte, unartig zu sein, bis hin zu denen, für die das Ganze bloß ein Geschäft war. Auf den Mann am Tisch traf nichts davon zu. Vielmehr schien ihn die Sache krank zu machen. Das war nicht gut. Ich setzte Seddia Chaans kühles Lächeln auf und ging zu ihm hinüber.

»Ma'am?«, sagte L4-3PO.

»Alles bestens. Ich habe ihn gefunden.«

»Wir haben noch ein weiteres Problem. Auf der obersten Etage des Turms ist ein Flieger gelandet. Der Registrierung zufolge handelt es sich um das Privatschiff von Nuuian Sulannis.«

»Vielleicht ist er hier Clubmitglied«, entgegnete ich, ohne langsamer zu werden.

»Die Wahrscheinlichkeit, dass ein imperialer Vernehmungsbeamter, der Nachforschungen über den General angestellt hat, rein zufällig zu diesem Treffen erscheint, beträgt …«

»Das war ein Witz, Süßer. Danke für die Warnung. Klink dich ins Computersystem des Clubs ein, wenn du kannst, und versuch, ihn hinzuhalten. Ich werde mich beeilen.«

»Ja, Ma'am.«

Ich ließ mich in den Sessel gegenüber von Cascaan gleiten. Er schaute hoch, und einen Moment lang blitzte Überraschung in seinen Augen auf. Dann verzogen sich seine Lippen langsam zu einem reumütigen Lächeln. »Sind Sie Hark?«

»Ja, Sir«, sagte ich.

»Ich hatte einen Mann erwartet.«

»Das ist ein weit verbreitetes Vorurteil«, erklärte ich. »Aber keine Sorge, ich nehme dergleichen nicht persönlich.«

Ich holte den Creditchip aus meiner Kostümtasche hervor und legte ihn auf den Tisch. Auf der schwarzen Tischplatte wirkte der silberne Chip heller, als er in Wirklichkeit war. Der General musterte ihn stirnrunzelnd und fischte einen rot emaillierten Speicherkristall aus seiner Tasche. Ich wartete und zwang meinen Körper dazu, entspannt und ruhig zu bleiben, während der Gedanke daran, dass der oberste Vernehmungsbeamte gerade fünf Stockwerke über mir mit seinem Schiff landete, einen eisigen Schauer über meinen Rücken sandte.

»Ich nehme an, das sind die Pläne, über die wir gesprochen haben?«, sagte ich in dem Bemühen, gleichzeitig ungezwungen zu klingen und den Ball am Laufen zu halten.

Der General blickte finster drein und nickte. Der Griff, mit dem er den Speicherkristall zwischen Zeigefinger und Daumen hielt, entspannte sich nicht. Ich hatte den Eindruck, dass er den Kristall wegziehen würde, wenn ich die Hand danach ausstreckte. Als er sprach, war seine Stimme leise und präzise.

»Haben Sie jemals etwas oder jemanden verraten?«

Ich spürte, wie mir das Herz in den Magen sackte. Meinungsänderungen in letzter Sekunde waren bei Missionen dieser Art immer eine Gefahr. Normalerweise konnte ich in solchen Fällen ein paar Stunden investieren, um die Zielperson betrunken und rührselig zu machen, ein paar Lieder über Ruhm und verlorene Liebe zu singen und ganz allgemein den Zuspruch und die Bestätigung zu bieten, die nötig waren, damit der Austausch schließlich doch noch stattfand. Doch dazu hatte ich jetzt keine Zeit. Falls der General beschloss, mein Angebot abzulehnen, könnte ich die Pläne für die nächste Generation von Sternzerstörern, obwohl zum Greifen nah, endgültig vergessen. Zudem würde ich vermutlich hier und heute draufgehen. Und das war absolut nicht der Ausgang dieses Treffens, den ich im Sinn hatte.

»Ja, das habe ich, wenn auch nicht leichtfertig«, sagte ich. »Ich hatte immer meine Gründe.«

»Und bedauern Sie ihn? Ihren Verrat?«

»Nein.«

Er ließ den Speicherkristall auf seine Handfläche fallen und schloss die Faust darum. Ihm standen Tränen in den Augen. Unter anderen Umständen hätte ich die Geste als weniger frustrierend empfunden. »Ich war ein treuer Untergebener des Imperators. Ich befolgte die Befehle meiner Kommandanten. Ich redete mir ein, dass wir der Galaxis Ordnung bringen, denn das war es, was sie uns einbläuten.«

Ich lehnte mich vor und legte ihm sanft meine Hand aufs Handgelenk. »Ich verstehe«, sagte ich.

»Wenn wir das hier durchziehen«, sagte Cascaan, »werde ich für den Tod Tausender Soldaten verantwortlich sein.«

»Und was ist, wenn wir es nicht tun? Wie viele Leute werden sterben, wenn wir das Ganze einfach abblasen? Und leben auf den Welten, von denen der Imperator glaubt, dass sie ihm nicht genügend Respekt zollen, Soldaten oder unschuldige Bürger?«

»Niemand sonst hat Zugriff hierauf. Sobald diese Pläne irgendwo auftauchen, wird automatisch bekannt, dass ich mich gegen sie gewendet habe. Dafür werden sie mich abschlachten.«

Der Griff seiner Finger lockerte sich nicht. Ich änderte meine Taktik, nahm meine Hand von seiner und tippte auf den silbernen Chip. »Hierauf ist genügend Geld, um Ihre Sicherheit zu gewährleisten. Sie können einfach im Rim abtauchen, sich dort irgendwo ein ruhiges Eckchen suchen und einen neuen Namen annehmen. Sich ein neues Gesicht zulegen. Sie werden schon klarkommen.«

»Werde ich das, Hark? Und was ist mit meinem Gewissen?«

Dräng ihn nicht, ermahnte ich mich. *Er ist ohnehin schon verängstigt, und wenn du ihn jetzt drängst, wird er einfach dichtmachen, und das war's dann.* Ich holte tief Atem, ließ ihn langsam wieder entweichen, entspannte meine Schultern und setzte eine sanftere Miene auf. Der Servierdroide schwirrte zu meiner Linken mit einer frischen Tasse Tee heran. Die Stadt draußen vor den Fenstern wogte auf und ab.

Mir blieben vielleicht noch zwei Minuten.

»Natürlich tut es das«, sagte ich. »Und allmählich habe ich das Gefühl, dass Sie mir gern etwas erzählen würden, Sir.«

»Wie Sie wissen, befahl ich den Angriff auf Buruunin.«

»Ja«, bestätigte ich. »Bei diesem Angriff verlor ich viele Freunde.«

»Die Städte waren schutzlos«, sagte er. »Sobald wir den Befehl für die Bombardierung erhielten, wusste ich, dass ich meinen Imperator verraten muss. Mein Imperium. All diese Toten brachten keine Ordnung. Bloß Angst. Das war nicht richtig.«

»Trotzdem haben Sie den Angriff nicht abgebrochen«, sagte ich, schärfer, als ich eigentlich beabsichtigt hatte. Doch er zuckte weder mit den Wimpern noch lockerte sich sein Griff um den Speicherkristall.

»Das hätte keinen Unterschied gemacht. Man hätte mich exekutiert, und dann hätte mein Stellvertreter den Angriffsbefehl gegeben. Wegen Insubordination hingerichtet zu werden ist eine törichte Art abzutreten. So sterben nur Narren. Ich habe meine Ehre, aber ich bin kein Narr.«

Mir blieben vielleicht noch anderthalb Minuten. Das sah nicht gut aus.

»Hinterher«, erklärte General Cascaan, »gab es jede Menge Kollaborateure, die heulend und jammernd zu jedem unserer Außenposten kamen und meinten, sie hätten Informationen zu verkaufen. Informationen darüber, wo sich die Rebellen verstecken, wer sie unterstützte, wo sich ihre Waffenlager befanden. Für ein paar Credits hätten die selbst ihre Mutter verraten.«

»Sie waren verzweifelt«, sagte ich. »Sie hatten Angst.«

Er drehte seinen Kopf, um mich unverwandt anzusehen. Bislang war mir überhaupt nicht aufgefallen, dass er meinem Blick ausgewichen war. Seine Züge waren von einem Kummer gezeichnet, der mir den Atem raubte. Ich arbeitete schon lange verdeckt, und irgendwann in all dieser Zeit hatten sich Canaan und Männer wie er für mich in eine Art gesichtslosen Feind verwandelt. Nun, jetzt hatte ich ein Gesicht vor mir, und von dem vierschrötigen Soldatenführer, der er einst gewesen war, fehlte jede Spur.

»Ich bin *auch* verzweifelt«, sagte er leise. »Ich habe *auch* Angst. All diese Leute, die ich früher verachtet habe … und ich *habe* sie verachtet, Hark. Jetzt bin ich einer davon. Ich verkaufe das Vertrauen, das man mir schenkte, für Geld. Für Sicherheit. Für die wundervolle Lüge, dass ich ein besserer Mensch werden kann, indem ich mich auf diesen Teufelspakt einlasse.«

»Diese Leute waren Flüchtlinge – die Überlebenden eines planetenweiten Militärschlags. Sie sind einer der mächtigsten Männer des Imperiums«, sagte ich. »Mir scheint, als befänden Sie sich doch in einer etwas anderen Situation.«

»Und stehe ich dadurch besser da? Oder schlechter?«

»Besser«, sagte ich, größtenteils, weil das die Antwort war, von der ich annahm, dass sie ihn am ehesten dazu bringen würde, die Finger zu öffnen. Ich fragte mich, ob ich es schaffen würde, mir die Pläne zu schnappen und zur Tür hinauszulaufen, bevor mich irgendjemand angriff, wenn ich mich jetzt einfach auf ihn stürzte. Ich glaubte nicht, dass meine Chancen sonderlich gut standen. Und wenn ich ihm sagte, dass wir beide drauf und dran waren, vom Imperium verhaftet zu werden, würde mich das vermutlich auch nicht weiterbringen.

»Da bin ich anderer Meinung«, sagte der General. »Dieser Handel ist unehrenhaft. Damit bin ich nicht besser als diese Kollaborateure. Ich kann Ihr Geld nicht annehmen.«

Er machte einen Rückzieher. Mein Kommlink piepte. Ich schnitt eine Grimasse und aktivierte das Gerät. »Schlechter Zeitpunkt, Elvier. Ich bin gerade ziemlich beschäftigt.«

»Ich habe alles getan, was in meiner Macht stand, Ma'am. Doch ich fürchte, diese ... *Situation* erfordert Ihre Aufmerksamkeit.«

Cascaan hatte seinen Griff geöffnet. Das Licht, das durchs Fenster hereinfiel, wurde von der roten Oberfläche des Speicherkristalls reflektiert. Seine Handfläche schimmerte, als hielte er Blut in Händen. Ich schaute zu dem dunklen Zentrum des Clubs mit den Privatgemächern und Aufzügen hinüber.

Zeit für Plan C.

»Würden Sie mich bitte kurz entschuldigen?«, sagte ich und hielt einen Finger in die Höhe. »Ich bin gleich wieder da.«

Ich ging auf die Aufzüge zu, während ich sämtliche Möglichkeiten durchspielte, wie diese Sache laufen und ich dafür sorgen konnte, dass sich die Dinge so entwickelten, wie ich es wollte. Der Servierdroide schwirrte heran, um sich zu erkundigen, ob ich noch etwas für meinen Tee benötigte, und ich scheuchte ihn mit einem Wink davon. Ich vermochte nicht zu sagen, ob mein schwankender Gang von dem Adrenalin herrührte, das in meinen Adern pulsierte, oder weil die Stadt von größeren Wellen getroffen wurde als üblich.

»Elvier«, sagte ich in mein Kommlink. »Weißt du, wo er ist?«

»Der Verhörbeamte Sulannis befindet sich gegenwärtig in einem Aufzug, der ins Erdgeschoss hinunterfährt, Ma'am.«

»Können wir den Aufzug lahmlegen?«

»Das habe ich bereits einmal gemacht, Ma'am. Er verwendet seinen Notfallüberbrücker. Ich bin aus dem System ausgesperrt.«

Damit fielen etliche potenzielle Lösungen des Problems in sich zusammen und lösten sich in Wohlgefallen auf. Einerseits musste ich mir jetzt nicht mehr so viele Gedanken machen. Andererseits waren jetzt auch die Möglichkeiten hinfällig, die mir am besten gefielen. Inzwischen hatte ich das Zentrum des Clubs fast erreicht. »In welchem Lift ist er?«

Rechts von mir glitt eine Tür auf, und eine ältere Quarren-Frau trat heraus. Nicht Sulannis.

»Elvier, in welchem Aufzug ist er?«

»Anfrage läuft, Ma'am.«

»Beeil dich.«

»Sechs.«

Ich drehte nach links ab und ging so schnell wie möglich, ohne zu rennen. Meine Möglichkeiten wurden rasch weniger. Der Kupfergeschmack der Panik füllte meinen Mund, doch ich achtete nicht darauf.

Die Aufzugtüren bestanden aus schwarzem Emaille und waren glatt wie Spiegel. Ich ließ mein Spiegelbild ruhig, förmlich und auch ein bisschen gelangweilt wirken. Nur Sekunden machten den Unterschied zwischen »in Sicherheit« und »zu spät« aus. Die Türhälften vibrierten und öffneten sich. Nuuian Sulannis stand in der Kabine; das Licht schien in seiner schwarzen Uniform zu versacken, als wäre sie aus Schwarzen Löchern gewoben. Er schickte sich an, aus dem Aufzug zu treten, und ich stellte mich vor ihn hin, korrigierte meine Position im selben Moment wie er die seine und ließ das Ganze wie einen kleinen, unbeholfenen Tanz der Fehlschritte wirken. Sein finsterer Blick hätte den Panzer eines Keebkäfers zerbersten lassen.

»Tut mir leid«, sagte ich. Und dann: »Sind Sie nicht der Verhörbeamte Sulannis?«

Ihm blieb gerade noch Zeit, seine Überraschung zu zeigen; dann traf ihn mein Tritt unmittelbar über dem Becken. Der Kick sollte ihn nach hinten taumeln lassen, und genau das tat er auch. Die Aufzugtüren schlossen sich, und ich schlüpfte just in dem Moment hindurch, als er sein Gleichgewicht wiedererlangte. Ich drückte den Knopf für die Landeplattform.

Nahkämpfe auf so engem Raum erforderten Greiftechniken, besonders wenn der Gegner so viel kräftiger war als ich. Ich fing damit an, ihn in den Schwitzkasten zu nehmen, doch er entzog sich meinem Griff gleichermaßen durch Glück wie durch brutale Stärke. Er schlug mir zweimal in die Rippen, doch die Enge der Aufzugkabine machte es ihm schwer, viel Wucht hinter seine Hiebe zu legen, was mir die Gelegenheit zu einem Beinfeger verschaffte, der ihn von den Füßen holte. Sobald es mir gelungen war, einen Arm um seinen Hals zu schlingen, war es vorbei, doch es dauerte lange, grässliche Sekunden, bis mein Würgegriff endlich Wirkung zeigte. Als er schließlich unter mir erschlaffte, hatten wir das Landefeld bereits erreicht. Ich drückte auf den Knopf, um wieder nach unten zu fahren, bevor irgendjemand sah, wie eine derangierte Waffeningenieurin mit gespreizten Beinen auf dem bewusstlosen Leib eines imperialen Verhörbeamten hockte.

Ich hatte noch eine Dosis Betäubungsmittel in meinem Schuh. Ich verpasste sie ihm, stoppte den Aufzug im dritten Stock, schleifte Sulannis auf die Frauentoilette und stopfte ihn in eine der Kabinen. Alles in allem dauerte das Ganze weniger als fünf Minuten.

Auf dem Rückweg nach unten zupfte ich mein Kostüm zurecht und strich die Falten glatt, während ich versuchte, mir etwas einfallen zu lassen, um den General dazu zu überreden, sich doch noch auf das Geschäft einzulassen. Doch sobald die beiden Hälften der Aufzugtür aufglitten, wusste ich, dass es vorbei war. Der kleine Tisch, an dem wir gesessen hatten, war leer. Ich konnte Cascaan nirgends entdecken. Als ich näher kam, stiegen keine Dampffäden von meiner Teetasse auf. In meiner Magengrube machten sich Enttäuschung, Verärgerung und Frustration breit, aber da war auch noch etwas anderes. Ein Teil meines Bewusstseins sagte mir, dass ich etwas übersah. Die Sache war nicht so, wie sie zu sein schien.

»Ma'am?«, fragte L4-3PO über meinen Kommlink. »Ist alles in Ordnung?«

Auf dem schwarzen Tisch glomm der silberne Chip mit Cascaans Honorar. Daneben glänzte das helle Rot des Speicherkristalls. Er hatte die Pläne und das Geld hiergelassen. Er wusste, dass man ihn erwischen würde, und es gab nichts, das ich hätte tun können, um das zu verhindern. Als ich aufschaute, sah ich ihn, draußen vor dem Fenster: Er überquerte die Kanalbrücke und entfernte sich von mir. Er hatte den Rücken stolz durchgedrückt und den Kopf erhoben. Zum ersten Mal wirkte er wie der Mann aus den Hologrammen. Ein Krieger, bereit zu kämpfen. Bereit zu sterben.

Ich hob das Silberne und das Rote auf und ließ beides in meine Tasche gleiten, bevor ich mein Kommlink aktivierte. »Zeit zu verschwinden. Gib dem Skimmer die Sporen und lass uns zum Schiff zurückkehren. Wir müssen hier weg sein, bevor Sulannis wieder zu sich kommt.«

»Ja, Ma'am«, sagte der Droide. »Darf ich fragen, ob Sie bekommen haben, weshalb Sie hergekommen sind?«

»Ja«, sagte ich.

»Und der General?«

Cascaan erreichte die andere Seite der Brücke, wandte sich nach rechts und verschwand aus meinem Blickfeld.

»Der ebenfalls.«

Danksagung

Die Autoren möchten Shelly und Jen ihren Dank aussprechen, sowie Anne Groell, die uns miteinander in Kontakt gebracht hat. Zudem gebührt unsere Dankbarkeit all den *Star-Wars*-Fans, die in ihrem Innersten immer noch sieben Jahre alt sind und voller Staunen und Freude in einem dunklen Kinosaal sitzen. Und dann noch Danny, der einfach saucool ist.